Der ferne Tod

Willi Zurbrüggen

Der ferne Tod

Roman

Draupadi Verlag

Willi Zurbrüggen:
Der ferne Tod. Roman

Heidelberg: Draupadi Verlag, 2015
ISBN 978-3-945191-04-0

Copyright © 2015: Draupadi Verlag

Draupadi Verlag
Dossenheimer Landstr. 103
69121 Heidelberg

info@draupadi-verlag.de
www.draupadi-verlag.de

Grafische Gesamtgestaltung:
Reinhard Sick, Heidelberg

„Die sind alle tot, diese Arschlöcher."

Jean Yanne in „Weekend" von Jean-Luc Godard

Inhalt

29. April 1999, Bremerhaven	9
Marder	13
29° 26' 1" N, 51° 17' 31" O	43
Zhora	47
Talisman	71
Der Schut	87
Empor die Herzen	103
AA	157
Hamburger Intermezzo	165
Jon	167
Ausgebootet	183
Tod und Verderben	199
Balkan	202
Mor Gabriel	272
Roatán, 4 Monate später	313

29. April 1999, Bremerhaven

1

Zuerst kommen die Ratten. Sie machen sich über die blutigen Stellen her. Zwei oder drei stoßen mit spitzen Schnauzen in die leeren Augenhöhlen und reißen grunzend Bindehautfetzen und Muskelfäden heraus. Eine weitere beschnüffelt die breite Halswunde, unter der sich eine dunkle Lache gebildet hat, die schon einzutrocknen beginnt. Andere haben sich durch den klaffenden Riss in der Bauchdecke bis ins Innere des Körpers vorgearbeitet und fressen die Eingeweide. Es ist noch dunkel. Als die Morgendämmerung heraufzieht, werden streunende Hunde und frühe Möwen vom Blutgeruch angelockt. Auf der ausgetretenen Steintreppe, die vom Kai zum Wasser hinunter führt, kommt es zu einem fauchenden, knurrenden, bellenden, kreischenden Tumult, der den stellvertretenden Hafenmeister weckt. Gähnend und die Arme streckend tritt er aus dem Bürocontainer, in dem er gegen Ende seiner Nachtschicht eingeschlafen ist. Die Luft ist kühl, von der Weser weht eine leichte Brise herüber.

Der stellvertretende Hafenmeister ist ein alter Fahrensmann, in Rente mittlerweile, doch als Vertretung des Hafenmeisters zur Stelle, wann immer der ihn braucht. In dieser Nacht ist das wieder der Fall gewesen. Im Gehen zieht er sich die Hosenträger über die Schultern. Der tierische Radau in der Mitte des Kais wird lauter. Sehen kann er noch nichts. Wahrscheinlich balgen sich die üblichen Verdächtigen – Hunde, Katzen, Möwen und Ratten – um einen angeschwemmten Fischkadaver. Das Gejaule und Gekreisch kommt von der schmalen Treppe, die ins Hafenbecken führt und an deren Fuß üblicherweise Dingis und kleine Segelboote festmachen. Dem Lärm nach zu urteilen, scheint es sich diesmal um einen besonders großen Kadaver zu handeln.

„Hohhh, hohhh!", ruft der alte Mann näherkommend und klatscht in die Hände. Die Tiere nehmen davon keine Notiz. Möwen flattern auf und stoßen kreischend wieder herab, Hunde bellen und knurren, dazwischen das unheimliche Fauchen der Ratten. Dann sieht er es.

2

Was er sieht, ist sechs Stunden früher passiert. Der Hafen lag zu dieser Zeit in tiefer Finsternis. Die Umrisse der am Kai gestapelten Container, der Kräne und der beiden Frachtschiffe, die an der Hafenmauer festgemacht hatten, hoben sich nur schwach gegen den Nachthimmel ab. Am Boden sah man nichts. Auch die dunkle Gestalt, die sich in den engen Durchgang zwischen zwei Containerstapel drückte, sah nichts; es war das kaum vernehmbare Plätschern von Wellen, das ihre Wachsamkeit jetzt bis an die Schmerzgrenze trieb. Der Mann zwischen den Containern wusste, dass einige Meter vor ihm eine schmale Steintreppe mit zehn ausgetretenen Stufen nach unten führte und auf einem quadratischen Absatz endete, der bei Hochwasser überspült war. Wenn jemand mit einem Boot kam, diese Stufen hinauf schlich und sich dicht am Boden hielt, würde er ihn nicht sehen. Er wusste, dass der Mann, auf den er wartete, gefährlich war. Er wusste, dass er ihn töten musste. Er durfte auf keinen Fall zulassen, dass dieser Mann die Container erreichte und in seinen Rücken gelangte. Der Mann im Durchgang atmete flach und dachte an die Zeiten nächtlicher Spähtrupps und lautlosen Tötens. Das war lange her. Doch wie leicht war ihm alles von der Hand gegangen! In seinen besten Zeiten hatte er das Gefühl gehabt, bei einem Angriff unsichtbar werden, die Umgebungstemperatur annehmen und wie schwerelos über den Boden gleiten zu können. Er war ein begnadeter Killer gewesen.

Als er wenige Schritte vor sich ein kaum wahrnehmbares,

schabendes Geräusch vernahm, glitt er ohne nachzudenken aus seinem Versteck, bewegte sich lautlos auf den Rand der Hafenmauer zu und spürte seinen Gegner eher durch die sich stauende und verdichtende Luft zwischen ihren beiden Körpern, als dass er ihn wirklich sah. Im selben Moment wirbelte der dunkle Umriss vor ihm herum. Doch da war seine Faust, die das doppelseitig geschliffene Tanto-Messer hielt, bereits unterwegs. Es war, als kenne sein Gegner die Bewegungsabläufe dieser Choreografie und spiele mit. Noch in der Drehung wich er zurück. Der Mann mit dem Messer hatte damit gerechnet und mit einem weiten Ausfallschritt nach vorn für die nötige Reichweite und Stoßkraft gesorgt. Er spürte, wie das Messer durch Tuch schnitt und in den Körper eindrang. Sofort verstärkte er den Druck und zog die Klinge dabei nach oben, bis sie vom Rippenbogen aufgehalten wurde. Der Schemen vor ihm gab einen röchelnden Laut von sich. Daraufhin riss er das Messer mit einem brutalen Ruck heraus und den Mann damit zu sich heran. Sein linker Handballen stieß vor und traf das Kinn des Gegners, drückte es nach oben, während er ihm mit der Rechten die Kehle durchschnitt. Der Mann vor ihm griff sich an den Hals und schwankte, fiel aber nicht. Erst als der Andere ihm in die Kniekehle trat, verlor er das Gleichgewicht und schlug zu Boden, blieb am Rand der Hafenmauer liegen, zuckend, die Augen weit aufgerissen. Der Mann mit dem Messer legte den Kopf in den Nacken und sog mit offenem Mund die Luft in sich hinein. Ein lang entbehrtes Glücksgefühl durchströmte ihn. Vor seinem inneren Auge erstand im schlierigen Grün von Nachtsichtgeräten eine Szene aus längst vergangenen Zeiten. Er erschauerte. Dann kniete er neben dem am Boden Liegenden nieder, hielt mit der Linken den noch schwach zuckenden Kopf fest und stieß die Messerklinge tief in beide Augenhöhlen. Auf das Kastrieren verzichtete er. Der Adrenalinstoß war versiegt, und es musste nicht ganz genau so sein wie damals. Der Mann wischte sein Messer an der Jacke des Opfers ab und steckte es ein. Dann fasste er den Toten unter den Achseln, hob ihn hoch und warf ihn die Treppe hinunter. Einen Lidschlag später war der Mann verschwunden, verschluckt von der Finsternis, die er besser zu nutzen gewusst hatte, als der, der jetzt tot am Wasser lag.

Marder

3

Ein Gewimmel von Leibern und blutigen Mäulern über einem verstümmelten menschlichen Leichnam. Bei der Schilderung des stellvertretenden Hafenmeisters hätte Hauptkommissar Thomas Marder schon auf dem Weg zum Tatort kotzen können. Der Schock traf ihn, als er das zerfetzte Hemd des Toten vorsichtig hochschob und die breite Narbe auf der Brust entdeckte. Seine Augen verengten sich, er schnappte nach Luft, Schweiß trat ihm auf die Stirn. Was ein vager Verdacht gewesen war, war unabweisbare Wirklichkeit geworden. Vor ihm lag Zolloberamtmann Achim Eklund aus Hamburg; in einem früheren Leben Hauptmann Eklund und zusammen mit Hauptmann Marder überall dort im Einsatz, wo die Welt brannte.

4

Begegnet waren sich Achim Eklund und Thomas Marder, als sie gerade das Teenageralter hinter sich ließen. Sie hatten ihren Militärdienst beim bundesdeutschen Grenzschutz abgeleistet und sich bei der Grundausbildung kennengelernt, die sie im grenznahen Heideland hinter Hannover absolvierten. Innerdeutsche Grenze, eiserner Vorhang, kalter Krieg. Als nach dem Olympiamassaker im Jahr 1972 die GSG 9 eingerichtet wurde, waren sie die Einzigen ihrer Einheit, die sich für den neuen Dienst meldeten. Nach neun Monaten verschärfter Ausbildung traten sie ihren ersten Auslandseinsatz an: Deutsche Botschaft in Damaskus. Sie lachten und hielten witternd ihre Nasen in die Morgenluft, als sie die Gangway zur Lufthansamaschine hinaufstiegen, die sie nach einem Tankstopp auf Zypern in die syrische Hauptstadt bringen würde.

Für die beiden jungen Männer war ein Traum wahr geworden. Während Gleichaltrige dumpfen Kasernendienst schoben, als revoltierende Studenten auf Demonstrationen durch deutsche Großstädte marschierten oder als friedensbewegte Blumenkinder um die Welt trampten, fühlten sie sich – dem Uniformzwang entronnen – frei wie Vögel und warteten auf die *action*. Doch Damaskus war damals eine verschlafene orientalische Großstadt, deren Lebenstempo vom Getriebe des Souk bestimmt wurde. Das einzig Abenteuerliche war für die beiden Freunde in dieser Zeit ein Sandsturm, der zwei Tage lang gegen Damaskus wütete, ums Haus orgelte und das Gebäude der Deutschen Botschaft bis unter die Fenstersimse des Erdgeschosses im Sand begrub. Ansonsten war der Dienst in der Botschaft eintöniger Alltag, Routine, der Eklund und Marder dadurch begegneten, dass sie Arabisch lernten und sich mit der arabischen Kultur beschäftigten. Das taten sie ein Jahr lang sehr intensiv, und am Ende ihres ersten Auslandseinsatzes sprachen sie leidlich Arabisch, hatten einige Dichter des Orients gelesen, waren mit der Geschichte des Landes und der Region vertraut. Dann kam Mogadischu. Diese Aktion war für die mittlerweile zu Leutnants beförderten Freunde der erste internationale Kampfeinsatz. Bislang hatten sie es mit Geiselbefreiungen aus den Händen von kopflosen Bankräubern oder sonstigen planlos handelnden Verbrechern zu tun gehabt; Aktionen, bei denen nie jemand getötet oder ernsthaft verletzt worden war. Eine Flugzeugerstürmung dagegen galt bei den Antiterrorkampfgruppen als der schlimmste anzunehmende Ernstfall; als das Meisterstück, wenn sie gelang.

Für einen Einsatz wie diesen hatten sie fünf Jahre trainiert. Zwei Einheiten, insgesamt sechzig Mann, waren der entführten Maschine – der „Landshut", einer Boeing 737 der Lufthansa – nach Larnaka, Dubai und Aden hinterhergeflogen und in der Nacht des 18. Oktobers 1977 auf dem Flughafen von Mogadischu gelandet. Alle Vorbereitungen waren getroffen, nach einer kurzen Lagebesprechung ging es los. Ein Dutzend Männer – Marder und Eklund unter ihnen – schlich sich von hinten an und unter das entführte Flugzeug. Sie hatten die Aktion an einem identischen Flugzeugtyp geübt, bis sie jeden Handgriff reflexhaft beherrschten. Nun hockten sie unter der Maschine, und Oberstleutnant Wegener schickte seine Männer per Handzeichen an ihre Plätze. Mit Schaumstoff umwickelte Sturmleitern aus Leichtmetall wurden angelegt, Blendgranaten scharf gemacht, automatische Waffen entsichert. Dann begann der Feuerzauber. Marder und Eklund stürmten durch die Notausgänge über den Tragflächen rein. Als sie durch die gegenüberliegenden Türen ins Innere drangen, sahen sie etwa zehn Schritte entfernt den Anführer der Terroristen im Mittelgang stehen und seine Waffe auf einen der Passagiere richten. Marder, Eklund und Captain Mahmoud, wie er sich nannte, standen in diesem Augenblick in einem spitzwinkligen Dreieck zueinander, und Eklund schoss als erster. Da Mahmoud ihm seitlich zugewandt stand, war Eklunds Schussposition denkbar ungünstig; und Marder konnte überhaupt nicht schießen, da eine Frau am Mittelgang, mitten in seiner Schusslinie, ihren Kopf noch oben hatte. Eklund schoss und traf Mahmud so hoch in der rechten Schulter, dass sein Oberarmkopf aus dem Schultergelenk gesprengt und der Mann von der Wucht des Einschlags herumgerissen wurde in Richtung Marder. Der schoss genau in diesem Moment und traf den Anführer der Terroristen ins Herz. Mahmud wurde nach hinten geschleudert und war tot, noch bevor sein Körper auf dem Boden des Mittelgangs aufschlug. Zwei, drei weitere Schüsse fielen, dann herrschte Stille. Drei Flugzeugentführer waren tot, die Vierte – eine der beiden Frauen des Kommandos – war angeschossen und lag wimmernd im Gang.

Die Befreiungsaktion war so verlaufen, wie man sich das nach dem Olympiadesaster von 1972 idealerweise vorgestellt hatte. Nach vier Minuten war alles vorbei gewesen. Außer den Geiselnehmern hatte es weder Tote noch Verletzte gegeben, bis auf einen Kameraden, der sich beim Sprung von der Tragfläche den Fußknöchel verstaucht hatte. Mit dieser Aktion war die GSG 9 in den Fokus der Öffentlichkeit gerückt, war zu einer weltweit anerkannten Eingreiftruppe geworden, die mit den Special Air Services und den Navy Seals in einem Atemzug genannt wurde. Die Akteure im Innern der Lufthansamaschine wurden befördert, die beiden Freunde waren nun Hauptmann Marder und Hauptmann Eklund. Aktionen wie in Mogadischu gab es für die Spezialkräfte vielleicht ein oder zwei Mal im Leben; der größte Teil des Dienstes bestand aus Warten, unaufhörlichem Training, Erarbeiten neuer Kampftechniken und Technologien, alle paar Wochen ein Einsatz im In- oder Ausland, von dem die Öffentlichkeit meist nichts erfuhr.

Im Sommer '79 heiratete Achim Eklund Marianne Taylor, eine englische Krankenschwester, die er während eines Austauschs beim Special Air Service kennengelernt und bei einem Spaziergang im Park unter einem Fliederbusch geschwängert hatte. Neun Monate später wurde ihre Tochter Suzanne geboren. Marianne blieb nach der Geburt kränklich, fand nicht mehr zu der lachenden Lebensfreude, mit der sie den eher stillen Eklund bezaubert und seinem männerbündischen Leben ein Stück weit entrissen hatte. Marder blieb Junggeselle. Er fühlte sich unter den Männern seiner Einheit auch nach Feierabend am wohlsten, genoss das Zusammensein bei Dosenbier und qualmendem Gartengrill, bei harten Drinks und zynischen Witzen an den Theken der Nachtbars, mit wechselnden weiblichen Bekanntschaften, die nie von Dauer waren, weil sich keine Freundin von Format fand, wie er es nannte. Was genau darunter zu verstehen war, wusste er wohl selber nicht so recht. Keine Frau hatte seine Kragenweite, war einer seiner Sprüche. Er entwickelte sich zu einem Macho reinsten Wassers, doch wurde diese Attitüde gemildert durch seinen sprühenden Witz und eine unverbrüchliche Zuverlässigkeit. Die Kameraden begegneten ihm mit Respekt, die Frauen bewunderten ihn. Er hatte die beste Zeit seines Lebens.

Sechs Jahre nach Suzannes Geburt starb Marianne. Kurz nach ihrer Hochzeit hatte Eklund am Stadtrand von Bonn ein Häuschen am Rhein erworben, ein Nest, in dem Suzanne aufgewachsen war und eine behütete Kindheit verbracht hatte. Thomas Marder wurde eine Art Ersatzmutter oder Zweitvater für sie. Sie sagte Onkel Tom zu ihm. Dann – Suzanne war zehn geworden und besuchte das Géza von Radványi-Gymnasium in Sankt Augustin – kam für die beiden Freunde der schicksalhafte Einsatz im ersten Golfkrieg, der ihrer beider Karriere bei der GSG 9 beendete. Eklunds Schwester, die mit ihrer Familie in dem Städtchen Soltau in der Lüneburger Heide lebte, nahm Suzanne vorübergehend bei sich auf.

Am 2. August 1990 überfiel der Irak das kleine Emirat Kuwait, woraufhin eine breite westliche Kriegsallianz unter Führung der USA dem irakischen Diktator Saddam Hussein ein Ultimatum bis zum 15. Januar 1991 stellte, um sich aus Kuwait zurückzuziehen. Das Ultimatum verstrich, und in der Nacht zum 16. Januar begannen die Luftangriffe, bei denen 85.000 Tonnen Bomben auf den Irak und seine Stellungen in Kuwait abgeworfen wurden. Am 24. Februar wurden die Bodentruppen der Allianz in Marsch gesetzt und der Wüstenkrieg begann. Während der dazwischenliegenden fünf Wochen infiltrierten Spezialkräfte und Sondereinheiten aus den USA, England, Frankreich, Deutschland und Spanien den Irak an verschiedenen Stellen und nahmen Kontakt zu den Widerstandsgruppen auf, die Saddam Hussein bekämpften. Diese Spezialkommandos bestanden aus kleinen Trupps von vier bis fünf Männern, die, von einheimischen Verbindungsleuten geführt, in langen Nachtmärschen über die Grenzen ins Land eindrangen. Ihre Aufgabe bestand darin, sich mit den Rebellen in Verbindung zu setzen, eine verlässliche Kommunikation zwischen den verstreuten Widerstandsgruppen herzustellen, sie im Gebrauch moderner Waffen zu unterrichten und ihnen die Grundzüge – mehr war in der kurzen Zeit nicht möglich – des Guerrillakampfes und der Sabotage beizubringen. Die Weltöffentlichkeit erfuhr nie etwas von diesen Unternehmen. Saddams Geheimdienst hingegen hatte relativ schnell Wind davon bekommen und machte Jagd auf die Kommandotrupps. Ein Heer von Spitzeln wurde ausgesandt. Für die Männer aus dem Westen war es kaum noch möglich, Freund von Feind zu unterscheiden; die nervliche Anspannung, unter der sie ihre Arbeit verrichteten, war enorm.

Thomas Marder und Achim Eklund waren mit zwei Kameraden der GSG 9 – Bernd Dubel, Funkspezialist, und Otto Froebius, Waffen- und Sprengstoffexperte – vom Iran aus, nördlich von Khorramshar, auf irakisches Gebiet eingedrungen und hatten ihre Verbindungsleute in der Nähe der Provinzhauptstadt Al Amarah getroffen. Obwohl sie sich die Bärte wachsen ließen und einheimische Kleidung trugen, hatten sie offenbar Verdacht erregt. Dabei waren sie nie lange an einer Stelle geblieben, waren in der weiten Sumpflandschaft des Schatt al-Arab ständig in Bewegung. Ihre Kontakte trafen sie in abgelegenen Behausungen oder einsamen Gehöften, instruierten die Männer ein paar Tage, unterwiesen sie im Gebrauch von technischem Gerät und zogen dann weiter, meistens nach Einbruch der Dämmerung und nachts, hinterließen keine erkennbaren Spuren. Dennoch hatten sie das unbestimmte Gefühl, verfolgt zu werden, von einem unsichtbaren Gegner eingekreist zu sein. Sie waren noch keine zwei Wochen im Land, da hatte Bernd Dubel bereits einen chiffrierten Funkspruch aufgefangen, den ihre irakischen Begleiter zwar nicht hatten entschlüsseln können, über den sie jedoch in helle Aufregung gerieten und der bei den Deutschen den Verdacht begründeten, dass man auf sie aufmerksam geworden war.

Dieser Verdacht bestätigte sich eine Woche später auf grausame Weise. Mit dem Anführer der Widerstandsgruppe, der die Vier ins Land gebracht hatte, war verabredet, sich an einem bestimmten Tag zu einer bestimmten Zeit in einer konspirativen Wohnung am Stadtrand von Al Amarah zu treffen, wo das weitere Vorgehen besprochen werden sollte. Dorthin waren sie unterwegs, die ersten Lichter der Stadt waren in der Dunkelheit schon auszumachen, als ihnen plötzlich eine Gestalt in den Weg trat. Marder und Eklund sprangen instinktiv zur Seite, der eine nach links, der andere nach rechts, und als sie wieder auf den Füßen landeten, waren ihre Maschinenpistolen entsichert und auf die vermummte Gestalt gerichtet. Der in einen wollenen Umhang gehüllte Mann, der aus dem Nichts aufgetaucht war, redete wild gestikulierend auf die beiden irakischen Begleiter ein und wies immer wieder nach Westen.

„Er sagt, der konspirative Treff in der Stadt sei nicht sicher", übersetzte einer der Männer. „Abu Ammar Al Tahiri, unser Anführer, erwartet uns in einem Haus zwei Kilometer westlich von hier, sagt er."

„Woher weiß der Mann, dass wir hier sind? Kennt ihr ihn?" fragte Marder misstrauisch.

„Ja, er dient uns manchmal als Kurier. Wir kennen ihn schon lange."

Der Mann stand in der mondlosen Nacht vor ihnen auf dem dunklen Weg und schaute unruhig von einem zum andern. Sein unsteter Blick huschte hin und her wie der eines gefangenen Tiers. Marder hatte das sichere Gefühl, urplötzlich in eine gefährliche, für sie vollkommen unübersichtliche Situation geraten zu sein. Er warf einen Blick zu Eklund, der unmerklich nickte.

„Gut, wir gehen zu dem Haus. Ihr Drei geht voran, wir folgen. Los jetzt, schnell", befahl Marder und unterstrich die Dringlichkeit seiner Worte mit einem kurzen Anheben des Laufes seiner MP.

Nach zwanzig Minuten stolpernden Marsches querfeldein und über Wege, die sich von querfeldein nicht unterschieden, tauchte vor ihnen der schwarze Umriss eines massigen Gebäudes mit Turm und Zinnenmauern auf, das an eine Karawanserei denken ließ. Es lag einsam in einem flachen, von Schilfdickichten bewachsenen Gelände, dunkel, drohend, ohne jedes Licht. Einen idealeren Ort für einen Hinterhalt hatte Marder noch nie gesehen.

„Will der Kerl uns verarschen?", flüsterte Eklund und blieb stehen.

Marder schaute sich um und entdeckte rechterhand ein Gebüsch, von zwei krüppeligen Bäumen überragt. Die Entfernung zum Gebäude betrug von dort aus etwa fünfunddreißig Meter.

„Da rein!", befahl er. Sie rannten ins Gebüsch, trotz des ihnen unbekannten Geländes ohne jeden Laut. „Froebius, leg Munition bereit. Dubel, schnell, wir brauchen eine Funkverbindung zum nächsten Team oder besser noch direkt zu einem AWAC. Würde mich wundern, wenn wir hier ohne Luftunterstützung wieder rauskämen."

Einer der beiden Iraker zupfte ihn am Ärmel.

„Omar ist weg."

„Wer ist Omar?"

„Der Kurier. Eben war er noch da. Jetzt ist er weg."

„Scheiße!"

Er sah, dass der Mann vor ihm zitterte und sich mit fahrigen Händen den Bart raufte. Keine Panik jetzt!

„Okay. Beruhige dich. Omar hat die Hosen voll. Sowas kommt vor. Er ist Zivilist. Hier sind wir vorerst in Sicherheit."

Überzeugend klingen hörte sich anders an. Aber was konnte er sagen! Er hatte nicht die geringste Ahnung, was sie dort vorn erwartete – bloß dieses schrumpfende Gefühl im Bauch.

Eklund stand hinter einem der Bäume und beobachtete durch ein Nachtsichtgerät das Gebäude. Froebius hatte Ersatzmagazine, Handgranaten und zwei Blendgranaten bereitgelegt. Jetzt war er dabei, aus kurzen Titaniumstäben eine Schleuder zusammenzuschrauben, die mit Latex-Powerbändern und Stahlkugeln funktionierte. Er bemerkte Marders ungläubigen Blick.

„Nicht weit von hier stand einmal Abrahams Haus, da ist eine biblische Waffe wie diese durchaus angebracht", brummte er.

Marder wandte sich kopfschüttelnd ab.

Dubel drückte und drehte derweil alle möglichen Knöpfe an seinem Funkgerät, doch außer einem gedämpften Rauschen kam aus dem Hightec-Apparat nichts heraus. Zum Glück auch nicht das jaulende Pfeifen von Störsendern, das ihre Anwesenheit definitiv verraten hätte. Wenn Omar sich nicht zum Haus geschlichen und ihre Ankunft hinterbracht hatte, sondern einfach nur in kopfloser Angst davongelaufen war, bestand immer noch die Möglichkeit, dass sie nicht bemerkt worden waren. In dem Fall konnten sie es vielleicht schaffen, unbemerkt an dieses finstere Gebäude heranzukommen. Dort würden sie dann improvisieren müssen.

„Wie sieht's aus?", fragte Marder. Eklund drehte sich zu ihm um und reichte ihm das Nachtglas.

„Nicht die geringste Bewegung im Haus. Irgendwie unheimlich. So ein großes Gebäude völlig leer? Oder sie liegen da wirklich vollkommen bewegungslos auf der Lauer und schlagen los, wenn wir herankommen. Noch wissen sie ja nicht, wie viele wir sind. Es sei denn, der Kaftan ist zu denen rein und hat es ihnen verraten."

„Oder sie warten, bis wir im Haus sind, und lassen die Falle dann zuschnappen. Denn dass dies eine Falle ist, daran gibt's wohl keinen Zweifel, oder?"

„Ich bin mir da nicht so sicher", antwortete Eklund und schaute unruhig in die Runde. „Hier können wir jedenfalls nicht bleiben. Wenn es hell wird, sitzen wir auf offener Bühne. Wir müssen ins Haus."

Dubel winkte ihn zu sich heran.

„Ich kann von hier aus keinen Befehlsstand erreichen", flüsterte er gehetzt, „wir scheinen uns in einem *no-net-area* zu befinden. Ich habe eine Drohne abgesetzt, das ist das Einzige, was ich tun kann."

Eklund nickte. Eine Drohne war ein verschlüsselter Funkspruch, der auf gut Glück in den Äther geschickt wurde, auf einer Frequenz, die hoffen ließ, dass ihre Leute sie irgendwo auffingen. Rechtzeitig genug auffingen, um Hilfe schicken zu können.

Froebius hatte sein Arsenal auf einer Zeltplane ausgebreitet.

Er hatte begonnen, zwei MP-Magazine gegenläufig zusammenzulegen und mit Klebeband zu umwickeln, damit man das leergeschossene Magazin aus der Waffe ziehen und mit einer Drehbewegung das andere wieder hineinschieben konnte. So gewann man im Feuergefecht wertvolle Sekunden. Der Griff der Hightec-Schleuder ragte aus seiner Brusttasche. Eklund griff sich zwei Reservemagazine und zwei Handgranaten. Dann schob er sich hinter Marder, der immer noch das Haus beobachtete. Ein Rascheln im Gebüsch ließ ihn herumwirbeln. Er sah gerade noch wehende Umhänge in der Dunkelheit verschwinden. Die beiden Iraker hatten die Nerven verloren und rannten in der dem Haus entgegengesetzten Richtung davon. Die vier Männer sahen sich an. Jedem war klar, wie es jetzt weitergehen musste. *Last Stand*-Stimmung machte sich breit.

Funkgerät und übrigen Sprengstoff vergruben sie zwischen den beiden Bäumen, dann schwärmten sie aus und schlichen auf das immer noch dunkel drohend wie eine Wüstenfestung vor ihnen aufragende Bauwerk zu.

Der Schilfgürtel hörte kurz hinter dem Gebüsch auf, jetzt hatten sie nur noch die Dunkelheit als Deckung. Gebückt rannten sie das letzte Stück zu dem Gebäude, in dem sich immer noch nichts rührte, aus dem nicht der geringste Laut nach draußen drang, das vielleicht nur ein harmloses Gehöft war, in dem eine Großfamilie friedlich schlummerte. Dubel und Marder erreichten die Ostseite, an der es weder Fenster noch Türen gab, Eklund und Froebius die Rückseite. Marder lugte um die Ecke, Dubel sicherte nach Westen. Eklund winkte, Marder und Dubel huschten ums Haus und stießen zu den beiden anderen, die sich neben einer niedrigen Eisentür an die Mauer drückten. Otto Froebius war dabei, Graphitstaub in das Türschloss zu blasen und es dann mit kleinem Besteck zu entriegeln. Vorher hatte er die Türangeln eingesprüht; nun warteten sie noch zwei Minuten, damit das Spezialöl seine Wirkung tun konnte.

Alles Folgende ging schnell und absolut geräuschlos vonstatten. Unablässig in Bewegung, stets umeinander kreisend, nach beiden Seiten, nach oben und nach unten sichernd, drangen sie unaufhaltsam in das Innere des Hauses vor. Marder spürte die Anspannung der Männer wie seine eigene. Sie umgab sie wie ein Kraftfeld, das es ihnen erst ermöglichte, in eine vollkommen unbekannte, nachtschwarze Umgebung einzudringen, wo hinter jeder Tür, hinter jeder Biegung eines Korridors der Tod lauern konnte. Doch nichts geschah. Niemand stürzte sich mit Gebrüll und wild um sich schießend auf sie. Das Haus schien verlassen. Die meisten Räume standen leer; hier eine Bank an einer Wand, dort ein wackliger Stuhl mitten im Zimmer, mehr Einrichtung war nicht. Überall lag dicker Staub. Sie hinterließen Fußspuren wie auf dem Mond. Gerade hatten sie einen Innenhof mit einem gemauerten Brunnen in der Mitte durchquert, als alle Vier in ihrer Bewegung innehielten und horchend die Köpfe hoben. In der ansonsten vollkommenen Stille vernahmen sie ein Summen wie von einer schlecht isolierten Stromquelle. Es gab Elektrizität in diesem Haus? Eher unwahrscheinlich in einem so abgelegenen Gehöft.

Sie bewegten sich vorsichtig auf eine Tür zu, hinter der die Ursache des Gesumms zu liegen schien. Die Tür war nicht verschlossen, und als sie nach kurzen Blicken der Verständigung den dahinter liegenden Raum stürmten, empfing sie ein Höllensturm von summenden und brummenden Fliegen und ein Gestank, der den Männern die Eingeweide umdrehte. Mitten im Raum stand ein großer Holztisch, und darauf sahen sie im tanzenden Licht ihrer Lampen den unbekleideten Körper eines Mannes mit weit zur Seite ausgestreckten Armen. Als sie nähertraten, fanden sie bestätigt, was der Gestank ihnen längst verraten hatte: der nackte Mann war schon einige Zeit tot, und er lag in einer ekelerregenden Lache aus Exkrementen und getrocknetem Blut, das schwarz geworden war. Die Männer bekamen kantige Gesichter, als sie sahen, wie die Leiche zugerichtet war. Man hatte dem Mann die Augen ausgestochen und die Kehle durchgeschnitten. Der Bauch war aufgeschlitzt und die Eingeweide lagen bloß, waren mittlerweile jedoch von einer weißlichen Schicht wimmelnder Maden bedeckt. Hoden und Penis waren abgeschnitten und dem Mann in den Mund gestopft worden. Dubel wandte sich ab und übergab sich an der Wand. Marder stieß Eklund in die Rippen.

„Sieh mal genau hin! Das ist Abu Ammar."

Eklund nickte. „Gefoltert und hingerichtet als Kollaborateur. Die Botschaft lautet: So ergeht es Verrätern."

„Die Frage ist, was er seinen Folterknechten verraten hat. Was weiß der Geheimdienst jetzt über uns und über die anderen Teams?"

„Der Grausamkeit und Brutalität nach zu urteilen, haben sie nicht viel Zeit gehabt."

„Vielleicht war das gar keine Folter. Sieh dir die Wunden und Verletzungen an, jede für sich war tödlich: die Stiche durch die Augen gehen direkt ins Hirn, durchtrennte Kehle, der Stich in den Solarplexus, und dann die Sauerei mit den Geschlechtsorganen ... Sie haben ihn als Abschreckung so zugerichtet ... Sie wissen schon alles über uns ... Wir sollen einen Blick in die Hölle werfen, bevor ..."

Ein hohles Pfeifen in der Luft ließ die Männer herumfahren und sich in der Bewegung noch zu Boden werfen. Im selben Moment schien das Zimmer in die Höhe gehoben zu werden und gleich darauf wieder auf die Erde zu krachen. Der Donner der Detonation ließ sie taub werden. Ihr Handeln war jetzt reiner Reflex. Sie strebten auseinander und wandten sich zur Tür, durch die sie in den Raum eingedrungen waren. Das Türblatt war durch die Druckwelle halb aus dem Rahmen gerissen worden, und durch die Öffnung konnte man ein Stück des Korridors und des Innenhofs überblicken. Von dort schien keine unmittelbare Gefahr zu drohen. Eines von den auf Mannshöhe angebrachten schmalen Bogenfenstern war von einer Granate oder einem RPG-Geschoss getroffen worden; schlecht getroffen, denn das Geschoss war nicht glatt hindurchgeflogen, sondern seitlich auf die Fensterumrandung geprallt, die von der meterdicken Außenmauer gebildet wurde. Glück für die vier Männer, denen drinnen die Hölle heiß gemacht werden sollte.

Sie traten die Türreste aus dem Rahmen und stürmten nach draußen. Gerade rechtzeitig, denn eine zweite Granate traf und verwandelte den Raum mit dem verstümmelten Mann auf dem Tisch in eine lodernde Feuerhölle. Flammenzungen leckten hinter den Deutschen her, die sich hinter Mauervorsprünge warfen und in einen Torweg retteten. Aus diesem mussten sich Marder und Eklund jedoch sogleich wieder zurückziehen, da unter Krachen und Splittern ein Panzerfahrzeug mit rotierendem Geschützturm durch das Tor brach. Dahinter sahen sie schemenhafte Gestalten in das Haus eindringen. Mit mehreren Feuerstößen verschafften sie sich einige Sekunden Luft, orteten Dubel und Froebius hinter einer Mauerbrüstung, die diesen Gebäudeteil vom Innenhof trennte. Auf dessen gegenüberliegender Seite war jetzt Bewegung auszumachen, und schon blitzten Mündungsfeuer auf. Viel zu viele. Da durchzubrechen würde ihnen nie gelingen. Eine unbekannte Zahl gut verschanzter Gegner vor sich, hinter sich ein gepanzertes Fahrzeug, in dessen Schatten weitere Kämpfer gegen sie vorrückten: Die Falle war zugeschnappt. Die Dunkelheit der Nacht war mittlerweile einer trüben, von Pulverdampf gedämpften Helligkeit gewichen, in der sich huschende Gestalten bewegten, die nur schwer ins Visier zu bekommen waren. Sie mussten sich etwas einfallen lassen, und zwar schnell. Marder und Eklund krochen zu Dubel und Froebius in den Schutz der niedrigen Mauer. Der Funker und der Waffenspezialist erwarteten die kampferprobteren Kameraden mit fragendem Blick.

„Wir gehen vorne raus!" schrie Marder ihnen zu. „Wir setzen den Panzer außer Gefecht und schießen uns den Weg frei."

Mit einer Geste forderte er die Hand- und Blendgranaten der Männer, reichte zwei an Eklund weiter, dann robbten die beiden zur Mauerecke zurück. Dubel und Froebius folgten ihnen auf dem Hosenboden rutschend und mit wechselseitigen Feuerstößen die Verfolger auf Abstand haltend. Ein kurzer Blick um die Ecke zeigte Eklund, dass der rumpelnde kleine

Panzer nur noch wenige Schritte von ihnen entfernt war. Er zeigte Marder die fünf Finger seiner Hand, nickte ihm zu, dann sprangen sie beide vor. Eklund blieb auf seiner Seite, Marder überwand mit einer Hechtrolle die Breite des Korridors, durch den das Kettenfahrzeug – eine Spur rücksichtsloser Zerstörung hinterlassend – dröhnend und ratternd auf sie zugewalzt kam. Marder und Eklund warfen ihre Handgranaten so, dass eine direkt vor der rechten Kette und die andere an deren Innenseite explodierten. Prompt schwenkte das Fahrzeug nach rechts, bohrte sein Geschütz ins Mauerwerk und wütete mit funkensprühender linker Kette gegen die Korridorwand – wie ein jähzorniges Kind, das gegen eine verschlossene Tür schlägt und tritt und kreischend Einlass begehrt.

Sofort ließen Marder und Eklund ihre Blendgranaten über den Boden rollen. Sie zählten mit abgewandtem Gesicht die Sekunden. Dann zeigten sie Dubel und Froebius die hochstoßende Faust und stürmten los. Sie schossen in alle Richtungen ihre Magazine leer, wechselten und schossen weiter. Über Gesteinsbrocken und leblose Körper hasteten sie stolpernd voran, rissen, als ihre Magazine leergeschossen waren, die Waffen toter Iraker an sich und ließen nun die Kalaschnikows bellen. Durch Staub und Pulverdampf sah Marder das helle Rechteck einer Tür vor sich, glaubte schon, einen rosafarbenen Himmel zu erkennen, als er hinter sich einen Aufschrei hörte. Er wirbelte herum, sah einen schwarzen Kapuzenmantel durch die Luft fliegen und Eklund unter sich begraben. Ein Dolch blitzte auf. Alles geschah so rasend schnell und gleichzeitig wie in Zeitlupe, dass er glaubte, sich selbst dabei zuzusehen, wie er seine Pistole aus dem Gürtelholster riss und drei Schüsse nah beieinander in das dunkle Wollbündel platzierte, unter dem Eklunds zuckende Füße hervorschauten. Der Wollhaufen erschlaffte und sank über dem schreienden Eklund zusammen, der gleich darauf mit schmerzverzerrtem Gesicht den toten Körper von sich wälzte.

Entsetzt starrte Marder auf den Griff des Dolches, der seinem Freund mitten aus der Brust ragte. Eklund schaute ihn mit weit aufgerissenen Augen an und versuchte vergebens, auf die Beine zu kommen. Marder stürzte zu ihm und griff ihm unter die Arme. Ächzend kamen sie beide hoch. Marder legte Eklunds rechten Arm um seinen Nacken, packte das Handgelenk und schleifte den Freund hinter Froebius und Dubel her, die an ihnen vorbei gerannt waren, am Ausgang Deckung gesucht hatten und sich nun ein Feuergefecht mit unsichtbaren Gegnern lieferten. Dubels linker Arm sah aus wie ein herabhängender blutiger Lappen. Er hatte sich den Kolben einer Kalaschnikow in die rechte Hüfte gestemmt und schoss einhändig im Stehen. Überdeutlich sah Marder die leergeschossenen Patronenhülsen aus der Kammer hüpfen und zu Boden regnen. Von der Seite schob sich Otto Froebius ins Bild. Auch er blutete. Er hatte den Mund zu einem Schrei aufgerissen und die Augen in blankem Entsetzen. Der Lauf seiner Maschinenpistole war auf Marder und Eklund gerichtet. Marder sah das Mündungsfeuer aufblitzen und hörte das Hämmern der Salve. Er duckte sich und riss den offenbar bewusstlos gewordenen Eklund, der schwer an seiner Seite hing, nach vorn, dem Ausgang entgegen, dorthin, wo er den rötlichen Schein des Himmels sah. Als er nach draußen stolperte, traf ihn ein harter Schlag in den Rücken und warf ihn nach vorn. Er schnappte nach Luft, hatte das Gefühl, ein Ventil sei aus ihm herausgezogen worden.

Thomas Marder versuchte sich zu bewegen. Alles schien in Fluss geraten zu sein und vor seinen Augen zu verschwimmen. Seinen Freund Achim Eklund hatte er losgelassen. Alle Kraft war aus seinen Muskeln gewichen. Wie die Luft aus seinen Lungen. Er tastete über den Boden, suchte Eklund ins Blickfeld zu bekommen, bekam aber nur Staub in Nase und Mund und hustete. Ein furchtbarer Schmerz zerriss ihm die Brust. Über ihm verdunkelte sich der Himmel. Bevor ihn die endgültige Schwärze der Bewusstlosigkeit umfing, sah er einen wunderbaren Sternenregen niedergehen, und ihm war sogar, als hörte er die beschwingten Klänge der Marseillaise. Ein Lächeln umspielte seine Lippen und er hatte die Augen geschlossen, als sein Kopf kraftlos auf die Erde sank.

5

Als zwei Wochen später der Irakkrieg begann, weilte Hauptmann Marder nicht mehr unter den Lebenden; nicht so ganz jedenfalls. Er schwebte in jener Grenzregion zwischen Leben und Tod, die kein Erwachen garantiert. In dieser Phase entscheidet sich der Körper, ob er wieder in Funktion treten oder im Reich der Toten seine Ruhe finden will. Nach dreiwöchigem Koma entschieden sich Körper und Geist des Menschen und Soldaten Thomas Marder fürs Leben.

Das Hauptquartier des französischen Kontingents der Operation Wüstensturm lag in einem freundlichen grünen Flusstal, nur wenige Kilometer von der Stadt Abu Gharab entfernt, die die Amerikaner besetzt hielten. Dort, bei den Franzosen, erwachte Marder in einem weißen Krankenzimmer, das er zuerst für das Paradies hielt; bis eine weißgewandete Krankenschwester zu ihm trat, welche unter ihrem wallenden Tuch eine Körperfülle ahnen ließ, die dem Bild, das sich der Mensch gewöhnlich von den Engeln des Himmels macht, selbst bei wohlwollendster Betrachtung nicht entsprach. Da wusste Hauptmann Marder, dass er nur überlebt hatte.

Einige Tage später wurde er nach Deutschland ausgeflogen und ins Bundeswehrzentralkrankenhaus in Koblenz eingeliefert. Dort traf er auch Achim Eklund, Bernd Dubel und Otto Froebius wieder. Als er eines Morgens erwachte, standen die Drei breit grinsend in seinem Zimmer. Dubel trug den Arm in der Schlinge, Eklund einen monströsen Brustverband. Marder kam mit einem weniger aufsehenerregenden Verband aus. Die Kugel, die ihn niedergestreckt hatte, war von einem Rippenbogen in die Lunge gelenkt worden und dort steckengeblieben.

Er pfiff gewissermaßen auf dem letzten Loch, brachte kaum hörbare Töne hervor, und die Ärzte hatten keine Hoffnung, die Kugel jemals entfernen zu können. Blieb also nur abzuwarten, ob er wieder so weit auf die Beine kommen würde, dass es zu mehr als einem Spaziergang um den Häuserblock reichte. Froebius war gänzlich unverletzt, hatte bei dem Gefecht lediglich einen Streifschuss an der Schulter davongetragen, eine Fleischwunde, die schon wieder verheilt war.

„Als du am Ausgang die MP auf uns gerichtet hast, habe ich tatsächlich einen Sekundbruchteil lang gedacht, du wärst durchgedreht und würdest uns abknallen", sagte Marder schmunzelnd. Seine Stimme klang hohl.

„Wenn mir danach gewesen wäre, hätte ich das getrost den Irakis überlassen können", antwortete Froebius grinsend. „Ich war völlig verzweifelt, weil ihr genau in meiner Schusslinie herankamt. Hinter euch hatten zwei von denen schon ihre Waffen im Anschlag. Ich weiß gar nicht mehr, wie ich sie erwischen konnte, ohne dich und Eklund zu treffen."

„Du bist eben ein Meisterschütze", sagte Eklund.

„Und was für einer", ergänzte Dubel. „Ihr hättet sehen sollen, wie er mit seiner Hightec-Zwille die nächsten beiden erledigt hat. Sehen konnte man es eigentlich gar nicht, nur ahnen. Plötzlich griff sich einer von denen an den Hals und fiel um, der Zweite hatte gleich darauf ein silberglänzendes Stahlkugelauge und schielte entsetzt mit dem anderen darauf. Ich hätte lachen können, wenn ich die Zeit dazu gehabt hätte. Aber schon ging draußen der Tanz los, als die Franzosen kamen."

„Absolut filmreif", lachte Froebius. „Mit zwei Helis. Einer ging vorne runter, der andere auf der Rückseite des Hauses. Sie schossen aus allen Rohren und ließen dazu aus angeschraubten Lautsprechern die Marseillaise herunterdröhnen. Die reine Apokalypse, sage ich euch."

„Dann hast du deine Drohne also auf den richtigen Weg gebracht", flüsterte Marder anerkennend.

„Glück gehabt", wiegelte Dubel ab.

„Was man von uns nicht sagen kann", knurrte Eklund und schaute missmutig auf seinen breiten Brustverband. Der Krummdolch hatte in seiner Brust schlimme Verwüstungen angerichtet. Er war hart rechts neben dem Brustbein eingedrungen, am oberen Rand der siebten Rippe abgeprallt, hatte sich halb gedreht, so dass die Spitze unter dem Brustbein hindurch das Herz erreicht hatte. Eklund war dem Tod nur knapp entronnen. Hätte Marder ihn nicht ins Freie gezerrt, so dass Eklund unverzüglich mit dem Heli ins Lazarett geflogen werden konnte, würde er jetzt nicht mit den anderen am Krankenbett des Freundes sitzen. Zudem hatte er das Glück gehabt, dass der französische Arzt im Camp ein passionierter Herzchirurg war, der ein ganzes Arsenal an Kardiotechnik mitgebracht hatte und über ein beachtliches Ersatzteillager von künstlichen Herzklappen, Gefäßballons, Venensonden und anderen Kleinteilen verfügte. Es hatte jedenfalls gereicht, um Eklund eine neue Aortenklappe zu verpassen, ihn weiter am Leben teilnehmen zu lassen. Wenigstens das.

Dubels Arm war zwar einigermaßen zusammengeflickt worden, würde aber gelähmt bleiben. Der aktive Dienst war für Bernd Dubel daher ebenfalls beendet, auf ihn wartete ein geruhsames Leben als einarmiger Frührentner.

„Ich werde angeln, vielleicht sogar Tennis spielen, mir irgendwo ein hübsches Plätzchen suchen und einen Reiterhof aufmachen. Den Leuten das Westernreiten beibringen. Sowas in der Art."

Er war voller Pläne und schien mit seinem Schicksal nicht im Geringsten zu hadern. Froebius wollte im Außendienst bleiben, er brauchte die *action*, sagte er, genau wie Marder und Eklund. Für die war allerdings Schluss damit. Wenn sie wider Erwarten im Dienst verbleiben konnten, wartete höchstens ein Schreibtisch in irgendeiner verstaubten Dienststelle auf sie. Das waren die wenig beglückenden Aussichten, auf die Eklund angespielt hatte.

So ähnlich war es dann auch gekommen. Wieder genesen,

war er mit Suzanne nach Hamburg gezogen, wo seine Tochter später das Abitur ablegte und ein Studium der Arabistik und Orientalistik begann. Aus ihr war eine sportliche junge Dame geworden, die in ihrer Freizeit regelmäßig ein Kickbox-Gym in St. Georg besuchte. Eklund wurde vom Hamburger Zoll übernommen, wo er als Oberamtmann zwar einen todlangweiligen Dienst im vierten Stock des Hafenverwaltungsgebäudes schob, seinen Alltag jedoch durch tägliche sogenannte Kontrollgänge im Hafen aufzulockern wusste. Das waren stundenlange Wanderungen über die Betriebsgelände der Werften, an den Docks vorbei und durch die Speicherstadt; Spaziergänge bei Wind und Wetter, bei denen er die Augen offenhielt und bald besser als jeder andere wusste, wie der Hamburger Hafen in seinem Wesen funktionierte, wie das Räderwerk der Arbeitsabläufe ineinandergriff und diesen kreischenden Moloch am Laufen hielt, der die Stadt prägte, ohne sie zu beherrschen. Er durchschaute, in welcher Beziehung die dort arbeitenden Menschen zueinander standen, wie fließend und wie wechselnd diese Beziehungen waren, wer gerade von wem abhängig, wer oben und wer unten war. Er wusste genau, welche Erschütterungen ein vom Kran gefallener Container nicht nur am Entladekai, sondern auch im Büro eines der persischen Teppichhändler auf dem Brook oder in der muffigen Baracke der Hafenarbeitergewerkschaft hinter den Docks von Blohm + Voss, aber ebenso in den vornehm gedämpften Räumen der Buchhaltung einer Reederei in der Hafencity verursachen konnte, sobald das Zollamt seine Aufmerksamkeit auf so einen Container richtete. Es dauerte nicht lange, da kannte Eklund jede Hafenratte von Angesicht zu Angesicht – und er war Mr. Harbour, der Mann, den jeder im Hafen kannte.

Über all die Jahre hielt er Kontakt zu Thomas Marder, mit dem er regelmäßig telefonierte und der ab und zu nach Hamburg kam, wo sich die beiden Freunde dann jedes Mal einen Jux daraus machten, unangemeldet in Suzannes Wohngemeinschaft aufzutauchen, um sie zu einem gediegenen Dinner auszuführen, welches gewöhnlich in einem der großen Hotels an der Außenalster eingenommen wurde. Nicht immer freute sich die junge Dame, wenn sie die Tür ihrer Altbauwohnung im fünften Stock öffnete und sich unerwartet den beiden Herren gesetzten Alters gegenüber sah, die schnaufend und feixend ihre Einladung zum Abendessen zu formulieren suchten. Fünf Stockwerke steigen, das war weder für Marders perforierte Lunge noch für Eklunds künstliche Herzklappe ein Spaß. Und schon bekam Suzanne Mitleid mit den beiden Männern. Das Gefühl grenzenloser Liebe und Zuneigung zu dem Vater und dem, der Ersatzmutter oder Zweitvater für sie gewesen war, schlug dann wie eine haushohe Welle über ihr zusammen, und mit dem Ruf: „Ich zieh mir nur schnell was über, bin gleich wieder da" rannte sie in die Wohnung zurück, während Marder und Eklung sich zuzwinkerten und grinsend an der Wohnungstür warteten.

Kurz nachdem Eklund seinen Dienst im Hamburger Zollamt angetreten hatte, war Marder in Bremen bei der Hafenpolizei untergekommen. In Bremerhaven, genauer gesagt. Oberstleutnant Wegener hatte sich persönlich darum gekümmert, dass seine besten Kämpfer anständige Jobs bekamen. Ihr physischer Zustand erlaubte ihnen zwar nicht, weiterhin bei der GSG 9 tätig zu sein, doch von allen anderen Dienststellen bei Zoll, Polizei und Bundeswehr hagelte es Anfragen, als bekannt wurde, dass Marder und Eklund als Ermittler zur Verfügung standen. Sie gingen beide dorthin zurück, wo sie auf die Welt gekommen waren.

Marder arbeitete fortan als Ermittler bei der Bremer Hafenpolizei. In Bremerhaven hatte er im dritten Stock eines Appartementhauses zwischen altem Vorhafen und Weserfähre eine moderne Zweizimmerwohnung mit weitem Blick aufs Wasser gefunden. Wenn sich die aufgehende Sonne in das Panoramafenster seines Schlafzimmers schob, stand er auf und fühlte sich im Einklang mit der Natur. Dann zog er seinen ausgebleichten grünen Trainingsanzug an, von dem er die alten

Aufnäher entfernt hatte, und lief als erste Lockerungsübung des Tages um den Fahrstuhlschacht herum die Treppen hinunter zur kleinen Bäckerei am Ende des Blocks, hinter dem Tonnenhof, einem großen zementierten Platz, auf dem ein bunter Haufen Bojen aller Art und Größe lagerte und dort seit Jahrzehnten unverdrossen in Stand gehalten wurde. Dieser Platz war das Herz der alten Hafenstadt, und die Pflege der eisernen Bojen war Teil der Folklore. Marder mochte dieses Fleckchen Erde, weil es ihn an seine Kindheit am Weserufer in Bremen erinnerte. Aus den Fenstern seines Appartements ging der Blick weit über den von Süden kommenden Fluss, auf moderne Hafengebäude und Wohnanlagen, aber auch auf hundert Jahre alte Backsteinhäuser mit spitzen Giebeln und auf schiefe Fischerhäuschen am jenseitigen Ufer der Geeste, auf der Schoner und Schlepper dümpelten und die moderne Weserfähre ihren Anleger hatte. Bei seinem Bäcker kaufte Thomas Marder jeden Morgen zwei Croissants, einen großen Milchkaffee im Pappbecher sowie den „Weserboten", dann trabte er zu seiner Wohnung zurück und die drei Stockwerke hinauf, und wenn er oben war, keuchte er und verwünschte die Ärzte, die es trotz modernster Technologie nicht schafften, ihm das Geschoss aus der Lunge zu holen.

Im Vergleich zur GSG 9 war der Dienst in Bremerhaven ziemlich genau das, was der Volksmund „eine ruhige Kugel schieben" nennt. Ab und zu brachte ein Überseedampfer oder eines der riesigen Containerschiffe drüben am Eurogate eine Leiche mit; an Land hingegen wurde nur selten gemordet. Die Schiffsleichen waren in der Regel Opfer von Unfällen im Maschinenraum oder von Herzattacken durch Altersschwäche auf dem Promenadendeck. Nur einmal in seiner Laufbahn als Hafenpolizist hatte es auf einem Containerschiff ein Mordopfer gegeben. Der Fall hatte jedoch keiner Ermittlungen und Aufklärung bedurft, da er abgeschlossen, dokumentiert und von Zeugen eidlich bestätigt an die deutschen Behörden übergeben wurde. Die Leiche war noch warm gewesen. Beim Einlaufen in die Wesermündung – die malaiische Besatzung war schon dabei, sich landfein zu machen – hatte einer der Matrosen den chinesischen Koch beleidigt, oder der chinesische Koch hatte sich beleidigt gefühlt, weil der Matrose das Lied: *Ein Hund lief in die Küche und stahl dem Koch ein Ei, da nahm der Koch den Löffel und schlug den Hund zu Brei* ... (auf Vulgärchinesisch – *Gôu zôu jin chúfáng, töule yigè jidàn zhû shú, yinwèi chúshi názhe sháozi hé dâ gôu dào zhíjiang* – klang das recht drollig) gesungen und eine Strophe hinzugefügt hatte, in der der Hundebrei auf den Tellern der Mannschaft landete. Woraufhin der Koch derart außer sich geraten war, dass er mit einem Küchenmesser auf den Malaien losging und es ihm umstandslos in den Leib rannte. Der chinesische Koch war in Handschellen und der malaiische Matrose mit den Füßen voran von Bord gebracht und im Keller der Hafenpolizei zwischengelagert worden. Der Vorfall endete damit, dass der Koch der chinesischen Gerichtsbarkeit überstellt und in die VR China ausgeflogen und der Matrose im selben Flugzeug in einem Zinksarg an seine Heimatadresse expediert wurde, wobei sich ihrer beider Wege nach einem umständehalber eingelegten Zwischenstopp in Neu-Delhi für alle Zukunft trennten. Nach diesem Vorfall, der sich vor ungefähr zwei Jahren ereignet hatte, war aus kriminalistischer Sicht kaum noch Aufregendes passiert in Bremerhaven.

Marder bewegte sich tunlichst an der frischen Luft und überließ den Schreibtischkram so weit es ging seinem Assistenten, dem Kriminalgehilfen Willie Burgwald, der den ehemaligen Superagenten still bewunderte und ihn – von offiziellen Dienstgraden unbeeindruckt – nach wie vor Herr Hauptmann nannte. Seine Bewunderung ging so weit, dass er die eigene Karriere darüber vernachlässigte und der Kriminalgehilfe blieb, als der er Marder – Hauptmann Marder – kurz vor dem Containerschiffmord zugeteilt worden war. Nach Feierabend ging Marder meistens mit den Kollegen noch einen trinken, da durfte auch Willie Burgwald dabei sein. Hin und wieder fuhr Marder mit dem Taxi nach Bremen, wo er die Nachtbars unsicher machte, denn mit einem Whisky in der Hand und einer hübschen Brünetten am Tresen fühlte er sich nach wie vor am wohlsten in seiner Haut. Körperlich in Form hielt er sich, indem er drei Mal die Woche im Bürgerpark seine Runden lief, dabei in wechselndem Tempo jeweils fünf Kilometer absolvierte. Mehr gaben seine Lungen nicht her. An den beiden anderen Tagen trainierte er nach Dienstschluss im Kraftraum seiner Dienststelle am Kaiserhafen, wo sich auch der Schießstand befand, in dem er täglich einige Kombat-Serien schoss, um seine Reflexe geschmeidig zu halten. Der dienstliche Alltag in Bremerhaven erinnerte Thomas Marder oft an das Jahr in Damaskus und hatte ihn vor kurzem auf den Gedanken gebracht, sich in der Volkshochschule anzumelden, um seine verschütteten Arabischkenntnisse aufzupolieren. Doch dann, vor knapp einem Monat, hatte Eklund ihn angerufen und eine Geschichte erzählt, die jeden Fortbildungsgedanken in Vergessenheit geraten ließ.

Eklund hatte ihn sogar in Bremerhaven aufgesucht, was höchst selten passierte. Seine Geschichte hörte sich abenteuerlich an, bekam aber Gewicht durch zwei Tote, die auf ihr lasteten: ein Zollinspektor in Danzig und ein polnischer Hafenarbeiter in Hamburg. Eklund war überzeugt, dass die beiden Fälle zusammenhingen.

„Zwei Hafenstädte, und beide Opfer sind erstochen worden", berichtete er Marder, als sie beim Aperitif in der Bar des Sail-Hotels saßen, das weltläufige Gäste gern als Burj al Arab von der Waterkant bezeichneten.

„Einer in Polen, ein anderer in einer deutschen Großstadt; das kann Zufall sein", gab Marder zu bedenken. „Und dann noch erstochen. Hafentypischer geht's ja kaum."

„Zwei Häfen, zwei identische Tötungsweisen. Beiden Männern wurde ein Messer direkt ins Herz gestoßen, das ist Profiarbeit. Und beide Opfer waren Polen. Das ist kein Zufall. Ich habe Nachforschungen angestellt. Der Pole bei mir im Hafen kam von einem Schiff, das vier Tage zuvor in Danzig ausgelaufen war. Der Zollinspektor in Danzig wurde eine Woche früher getötet, als dasselbe Schiff im Hafen lag. Ein Trampsteamer, die *Sursum Corda*, in Danzig gemeldet, transportiert Stückgut zur Nordsee und zurück. Rotterdam, Antwerpen, weiter südlich war sie nie. Meistens pendelt sie zwischen den Ostseehäfen und uns hier oben: Hamburg, Bremerhaven, Wilhelmshaven. Meinem Gefühl nach hängt das alles zusammen. Ich habe bei den polnischen Kollegen angefragt. Sie ziehen Erkundigungen ein und benachrichtigen mich, sobald sie neue Erkenntnisse haben. Die sind in heller Aufregung da drüben. Was verständlich ist. Einen Zollinspektor umbringen! Wer tut so was? Eigentlich doch nur jemand, der in Panik ist, der nichts mehr zu verlieren hat."

„Oder alles zu verlieren hat. Ebensogut kann es aber auch Zufall gewesen sein. Der Mörder hat vielleicht gar nicht gewusst, wen er da umbringt. Was mich im Augenblick mehr interessiert ist, warum das Schiff von Danzig bis Hamburg vier Tage gebraucht hat. Durch den Nord-Ostsee-Kanal benötigt man dafür doch höchstens die Hälfte der Zeit."

„Das ist auch so eine Merkwürdigkeit. Die *Sursum Corda* ist noch nie im Kanal registriert worden. Ich habe mir das Logbuch angesehen. Sie fährt entweder durch den Öresund oder durch den Großen Belt ins Kattegat, über den Skagerrak um Dänemark herum und läuft dann die Nordseehäfen an. Der Kapitän begründet das damit, dass sie immer auch Fracht für dänische oder schwedische Häfen haben, und sei es nur, dass sie eine Kiste Wodka in Göteborg ausladen oder in Frederikshavn eine Ladung Stockfisch an Bord nehmen."

„Wer den Kanal befährt, wird gründlicher kontrolliert, als einer, der an den Küsten entlangschippert", sagte Marder nachdenklich. „Du solltest dir die *Sursum Corda* genauer ansehen. Wann kommt sie das nächste Mal nach Hamburg?"

„Ich werde es bald wissen. Hier, ich habe dir eine Kopie des Logbuchs mitgebracht. Ist nicht ganz legal, hilft uns aber hoffentlich weiter. Wirf mal einen Blick hinein. Vielleicht fällt dir etwas auf, was mir entgangen ist. Ich werde das Gefühl nicht los, dass da an einem ganz dicken Ding gedreht wird."

„Zwei Tote könnten darauf hindeuten. Wenn sie denn miteinander in Verbindung stehen."
„Irgendwas braut sich zusammen. Das fühle ich. Würde mich nicht wundern, wenn die beiden Polen irgendwann Gesellschaft bekämen."
Vor zwei Tagen hatte Eklund ihn spät nachts noch einmal angerufen. Er sei auf eine heiße Spur gestoßen. Nichts am Telefon. Er käme anderntags nach Bremerhaven.

6

Da war er nun. Achim Eklund. Der einzige wirkliche Freund, der Partner, dem er sein Leben anvertraut, dessen Leben er selbst einmal gerettet hatte. Tot. Ermordet. Bestialisch verstümmelt lag er auf dem Marmortisch des gerichtsmedizinischen Instituts. Und erst jetzt, beim zweiten Anblick, als der Leichnam bereits gesäubert, das Blut abgewaschen war, überrollte Thomas Marder eine Welle von Ekel, Hilflosigkeit und glühendem Hass; eine Gefühlswoge, die zu empfinden er, der abgebrühte Kämpfer, nicht für möglich gehalten hatte. Sein Gesicht wurde hart. Dr. Trautmann, der Gerichtsmediziner, räusperte sich und warf einen Blick in die Runde.
„Er hat weniger gelitten, als es den Anschein hat. Durch den multiplen Schock des gewalttätigen Angriffs dürfte er kaum Schmerzen verspürt haben. Außerdem ist der Tod sehr schnell eingetreten."
Der Gerichtsarzt hatte einen bewusst sachlichen Ton angeschlagen.
„Der Angriff erfolgte mit dem Stoß einer sehr scharfen Stichwaffe mit breiter Klinge in die Aorta. Der Stich drang mindestens zwölf Zentimeter in den Bauchraum ein. An den Wundrändern am Hals des Toten haben wir Spuren von Gallenflüssigkeit gefunden", erklärte er mit Blick auf seinen Gehilfen, einen jungen Mann mit Bart und Brille, der unsicher zur

Seite schaute und insgesamt den Eindruck vermittelte, zum ersten Mal in einem Leichenkeller zu stehen. Marder hatte den Kriminalassistenten Burgwald mitgebracht, der bleich war und unablässig schluckte, was seinen Adamsapfel in ständiger Bewegung hielt.

„Das zeigt, in welcher Reihenfolge die tödlichen Attacken ausgeführt wurden. Das Weitere war im Grunde nur noch Ritual, um es einmal so zu bezeichnen. Da war Eklund eigentlich schon tot."

Dr. Trautmann wandte sich ab und zog sich die Latexhandschuhe von den Händen. Einen Moment lang herrschte eisige Stille im Keller der Gerichtsmedizin.

„Wie muss man sich einen Menschen vorstellen, der zu so was fähig ist?" Burgwalds Stimme flatterte.

„Wenn ich dich heute morgen richtig verstanden habe, hast du so was Ähnliches schon mal gesehen", sagte Trautmann und schaute Marder fragend an. „Hilft uns das weiter?"

„Ich weiß noch nicht. Vor acht Jahren, zu Beginn des ersten Irak-Krieges, wurde unser iranischer Verbindungsmann dort auf absolut identische Weise hingerichtet. Nur wurde er zusätzlich noch kastriert. Von diesem Detail abgesehen, könnte man glauben, es seien derselbe oder dieselben Täter gewesen. Aber mit welchem Motiv überbrückt man eine so lange Zeit und dreieinhalb Tausend Kilometer?" Marder rieb sich zweifelnd das Kinn.

„Hingerichtet trifft es irgendwie", murmelte der junge Mann mit dem dunklen Bart und der schwarzen Hornbrille. „Erinnert irgendwie an eine Kreuzigung. Hat was Religiöses, Strafgerichtshaftes, nicht?"

„Bei dem Maß an Brutalität muss ich an russische Mafia denken", warf Willie Burgwald ein, relativierte jedoch gleich darauf, „aber das sind ja wohl eher Atheisten."

„Eine Mafia-Vendetta oder sonst eine Art von Fememord werden wir als Motiv trotzdem im Auge behalten müssen", sagte Marder. „Ich werde mir den Fall vornehmen, an dem

Eklund in den letzten Wochen gearbeitet hat."
„Die Tatwaffe könnte vielleicht einen Hinweis liefern", bemerkte Dr. Trautmann.
„Du meinst das Messer mit der breiten Klinge", erinnerte sich Marder. „Vielleicht. Willie, darum kümmerst du dich. Wir brauchen die Tatwaffe. Häng dich da rein! Ich gehe zum Chef rauf. Der dürfte inzwischen ein Ermittlungsteam zusammengestellt haben. Wir müssen jetzt Druck machen. Die Schweinerei an Eklund muss schnell aufgeklärt werden." Mit diesen Worten stürmte er nach draußen.

7

Als Willie Burgwald auf die Straße trat, zündete er sich erst einmal eine Kent an und inhalierte tief. Mann, war er froh, aus diesem Gerichtskeller heraus zu sein! So was Perverses hatte er in seiner ganzen – zugegeben, nicht sehr langen – Laufbahn als Polizist nicht gesehen. Eine solche Tat konnte doch nur ein Wahnsinniger, ein Psychopath begangen haben. Er sog noch einmal an seiner Kippe, warf sie in den Rinnstein und zündete sich gleich die nächste an. Wenn einer seine Opfer so zurichtete ... Er kam ins Grübeln, hätschelte die Psychopathischer-Serienkiller-Theorie ein Weilchen, doch sobald ihm wieder das Bild des ermordeten Eklund vor Augen trat, geriet sein Magen in Bewegung. Bevor ihm richtig schlecht werden konnte, tastete er nach der Zigarettenschachtel und klopfte sich eine neue Kent heraus.

Willie Burgwald war dreiundzwanzig Jahre alt und seit seiner Volljährigkeit Polizist. Den Beruf hatte er gewählt, weil sein Vater Polizist gewesen war und auch sein Großvater schon. So weit er das überblicken konnte, waren die männlichen Burgwalds immer Polizisten gewesen. Er war Polizist, wie andere junge Männer Werftarbeiter waren oder Versicherungsvertreter. Seiner körperlichen Statur nach war er nicht unbedingt für den

Polizeidienst geschaffen. Er war dünn wie ein Streichholz, rauchte Kette und hustete viel. Sein fliehendes Kinn ließ ihn im Profil aussehen, als würde er stets gegen starken Wind gehen, und sorgte insgesamt für einen etwas trotzigen Gesichtsausdruck. Da er wenig ehrgeizig war, nahm er den grauen Dienstalltag wie er kam und machte ihn sich bunter, indem er sich bei jeder passenden und unpassenden Gelegenheit als Superbulle inszenierte. Das tat er mit großer Akribie und Sinn fürs Detail. Im Gegensatz zu den Kollegen trug er kein Gürtelholster, sondern hatte darauf bestanden, ein Schulterhalfter zu bekommen. Darin hätte er gern einen 44er Magnum herumgetragen, doch die Dienstvorschriften waren in dieser Hinsicht wenig flexibel und zwangen ihn, wie alle anderen Kriminaler die SIG Sauer P226 bei sich zu führen, eine 9 mm Parabellum mit zweireihigem Magazin und einem Fassungsvermögen von fünfzehn Schuss. Diese gewaltige Feuerkraft versöhnte ihn mit dem erzwungenen Verzicht auf den langläufigen *six-shooter* von Dirty Harry. Jacke oder Mantel zog er nur über, wenn es sich nicht vermeiden ließ; innerhalb der Dienststelle pflegte er sein Schulterhalfter über einem makellos weißen Oberhemd oder (an kühleren Tagen) dunkelblauen Rollkragenpullover zur Schau zu stellen. Als er jetzt auf seinem Hollandrad zum Dienstgebäude zurückstrampelte, trug er einen flatternden US-Army-Parka und eine dunkelbraune Pudelmütze, hielt das Gesicht markant in die steife Brise, die ihm vom Meer entgegenschlug, und fühlte sich wie ... nein, war *Detective* Frank Serpico im verdeckten Einsatz.

8

Kriminalrat Siegmund Rupp saß grübelnd am Schreibtisch seines Dienstzimmers im obersten Stock des Hafenpolizeigebäudes. Seine Jacke hatte er einmal längs gefaltet über die Rückenlehne des Schreibtischsessels gehängt, trug Hemd und Krawatte und den unvermeidlichen dunkelroten Pullunder, die Hände lagen wie zum Gebet gefaltet auf der Schreibtischplatte. Nach einer Weile fuhr er sich mit der Hand durch das schütter gewordene Haar, das er streng nach hinten gekämmt und im Nacken glatt abgeschnitten trug. Er klopfte sich ein paar Schuppen von den Schultern, schob die randlose Brille auf der Nase hoch, dann zog er die oberste Schublade auf, holte eine dünne Akte heraus und legte sie mit gequälter Miene vor sich auf den Tisch. Er konnte sich Amüsanteres vorstellen, als diesen aufgeblasenen Ex-James Bond zurückzupfeifen, den er jeden Moment ins Zimmer stürmen zu sehen erwartete. Der würde sich nicht einfach an die Kandare nehmen lassen. Der war ein explosiver Bursche, kein disziplinierter Beamter, wie sie der Kriminalrat am liebsten um sich scharte. Doch so lange er, Rupp, den Laden leitete, würde er jede Art von Aktionismus auf das allernotwendigste Maß beschränken. Schon Blaise Pascal, der Philosoph mit dem Zettelkasten, hatte gewusst, dass das Unheil in der Welt nur daher rührte, dass der Mensch nicht still in seinem Zimmer sein konnte. Und Marder, dieser Cowboy, der sich vornehmlich draußen herumtrieb, im Büro so gut wie nie gesehen wurde, nur im Keller, wo er teure Munition verballerte, würde in diesem Fall gewaltig mit den Hufen scharren. Was verständlich war. Immerhin hatte es seinen ehemaligen Partner erwischt. Es gab gar keine andere Option, als Marder von diesem Fall abzuziehen. In Rupps Augen war der Mann ein wandelndes Pulverfass. Nicht auszudenken, wenn sich dieser Mensch auf einen Rachefeldzug begab.

Er hatte nichts gehört, aber plötzlich stand Marder in seinem Zimmer.

„Klopfen Sie jetzt nicht mal mehr an?", fragte er ungehalten und ein wenig erschrocken.

„Es eilt", sagte Marder. „Haben Sie das Team für den Fall Eklund zusammengestellt? Wer ist dabei? Wir brauchen jeden Mann."

„Sachte. Ich verstehe Ihre Ungeduld. Zunächst einmal möchte ich Ihnen mein Mitgefühl für den Verlust Ihres ehemaligen

Partners aussprechen."
„Danke", murmelte Marder.
„Im Fall Eklund müssen wir besonders umsichtig vorgehen. Ich habe meine besten Männer dafür abgestellt. Sie, Herr Hauptkommissar, werden nicht dabei sein."
„Wenn Sie glauben, ich schiebe hier normalen Dienst, während andere sich mit der üblichen Ermittlungsbürokratie die Zeit vertreiben, sind Sie gewaltig auf dem Holzweg, Chef."
„Sie sind zu dicht dran, Marder. Das wissen Sie selbst. Sie können diesen Fall nicht objektiv angehen. Sie sind seelisch belastet. Sie wären den Kollegen eher Hindernis als Hilfe."
„Ich werde Eklunds Mörder um die halbe Welt jagen, wenn es sein muss, und ich werde ihn fassen. Darauf können Sie Gift nehmen."
„Als Ihr Vorgesetzer sage *ich* Ihnen, was Sie tun. Versuchen Sie, Abstand zu gewinnen, Marder. Nehmen Sie sich meinetwegen eine Auszeit. Machen Sie Urlaub. Aber die Aufklärung des Eklundmordes ist für Sie absolutes No-Go."
„Das ist für mich nicht akzeptabel."
„Ihnen wird nichts anderes übrig bleiben. Meine Entscheidung ist endgültig."
„Das werden wir ja sehen." Marder starrte ihn mit zusammengekniffenen Augen an, dann wandte er sich abrupt um, hinter ihm knallte die Tür ins Schloss.
Genau so etwas hatte Kriminalrat Siegmund Rupp befürchtet. Eben das hätte nicht passieren sollen. Jetzt war dieser halbe Hauptmann völlig unberechenbar geworden. Fast bedauerte er ihn. Was glaubte dieser Mann, sich zumuten zu können? Als einsamer Rächer durch die Lande ziehen?
Der Lauf seiner Gedanken wurde vom Klingeln des Telefons unterbrochen.

29° 26' 1" N, 51° 17' 31" O

9

Ein Mann in der Wüste. Die Sonne im Zenit. Kurz nach Mitternacht hat er sich aus dem Lager geschlichen und ist losmarschiert. Vor zwei Stunden hat er angefangen, nach einem Schattenplatz Ausschau zu halten. Er muss eine Pause einlegen. Seit zwölf Stunden ist er unterwegs; zuerst in bitterer Kälte, danach in sengender Sonne. Quer über dem Rücken hängt ihm ein aus Ziegenhäuten zusammengenähter Wasserschlauch, der etwas leckt und nur noch wenige Schlucke Wasser enthält. Er trägt Ledersandalen, khakifarbene Hose und Hemd, um den Kopf hat er eine verblichene, rotweiß gewürfelte Kufiya geschlungen. Seit einiger Zeit glaubt er, knatternde Motoren zu hören; die Motoren der Jeeps, die durch die Wadis jagen und ihn bald gefunden haben werden, wenn er jetzt kein Versteck findet. Er glaubt auch, die Steine singen und unsichtbare Zikaden zirpen zu hören. Er muss einen Platz zum Ausruhen finden.

10

Die Sonne brennt senkrecht vom Himmel und lässt die Steine glühen. Im Schutz zweier hoher, schroff aufragender Felsen steht ein windschiefer Holzschuppen mit Wellblechdach am Rande des Tals. Das Dach ist rostfleckig, ein kleines Rechteck ist herausgeschnitten und dient als Rauchabzug. Das Schiebetor ist mit einem modernen Vorhängeschloss gesichert. Manchmal steht es offen und Männer werden hineingebracht. Dazu müssen sie durch ein Tor im Stacheldrahtzaun, der den Schuppen umgibt.

Jetzt stehen zwei verstaubte Geländewagen davor. Vier

Männer sind hineingegangen. Einer von ihnen mit einer Kapuze über dem Kopf. Er ist von zweien mehr hineingeschleift worden, als dass er gegangen ist. Der vierte Mann, der allein in einem Landrover kam, trägt einen hellen Sommeranzug und einen Strohhut mit schwarzem Band, den er beim Hineingehen abnimmt. Er zieht ein schwarzes Einstecktuch aus der Brusttasche und tupft sich damit den mit blonden Strähnen überkämmten, wie rohes Fleisch aussehenden Schädel ab.

Drinnen hat sich ein gespenstisches Szenario entfaltet. In einer offenen Öltonne in der Schuppenecke brennt ein Feuer, über dem der Mann mit dem Fleischgesicht eine lange Kneifzange zum Glühen gebracht hat, die er nun prüfend in die Höhe hebt. Er macht ein zufriedenes Gesicht, als er sich umdreht und zu dem Mann tritt, der jetzt keine Kapuze mehr trägt, stattdessen mit Draht an einen Stuhl gefesselt ist. Der Stuhl ist am Boden festgeschraubt, der Mann ist nackt. Er zittert am ganzen Leib und die Augen quellen ihm aus den Höhlen, als der Fleischgesichtige ihm die Zange so nah vors Gesicht hält, dass er das glühende Eisen riechen kann.

„Du weißt, was wir wissen wollen", sagt der Mann mit dem roten Gesicht. „Sag es uns. Sag es jetzt. Sonst wirst du dein verbranntes Fleisch riechen, und sagen wirst du dann nichts mehr können."

Der Mann mit dem rohen Gesicht lächelt böse. Er hat seine Anzugjacke abgelegt, die Krawatte gelockert, die Manschettenknöpfe aus den Ärmelaufschlägen genommen und in die Hosentasche gesteckt, die Hemdsärmel halb hochgekrempelt, so dass man am linken Handgelenk eine flache Armbanduhr mit goldenem Armband sieht und am rechten Unterarm eine eigenartig verschlungene grobgliedrige goldene Kette. Was seinen Anblick so furchterregend macht, sind jedoch nicht dieses schreckliche, rote Gesicht, sondern die dunkelfleckige Lederschürze, die er sich umgebunden hat und die dicken Lederhandschuhe an seinen Händen. Er sieht aus wie ein Bankangestellter, der sich einen langgehegten Albtraum erfüllt und einmal Folterknecht spielt.

„Los, raus mit der Sprache", zischt der Rotgesichtige jetzt. Der Mann auf dem Stuhl beißt die Zähne zusammen, dass die Kieferknochen knirschen. Der Folterknecht holt aus und stößt das glühende Eisen nach vorn. Mit vor Entsetzen aufgerissenen Augen sieht es der gefesselte Mann wie in Zeitlupe auf seinen Mund zufliegen, dann jäh aus seinem Gesichtskreis verschwinden. Ungläubig starrt er auf seinen Peiniger. Der hat die glühende Zange zu Boden fallen lassen.

„Es ist zum Knochenkotzen", knurrt er, „ich kann einfach kein Blut mehr sehn."

Dann dreht er sich halb zur Seite und schlägt dem nackten Mann mit dem Handrücken ins Gesicht, und weit ausholend noch einmal mit der flachen Hand, dass der Kopf erst in die eine, dann in die andere Richtung fliegt. Bevor irgendwo Blut herauslaufen kann, wendet er sich ab.

„Nehmt ihr ihn euch vor", sagt er zu seinen Männern. „Wir müssen wissen, wohin er wollte."

Die beiden Turbanträger nähern sich eilfertig, in vorfreudiger Erwartung grinsend, sich tatendurstig die Ärmel ihrer weiten Hemden hochschiebend, und in einem bellenden Dialekt schon in Streit darüber geratend – so kann man aus ihrem Gefuchtel schließen –, wer sich welcher Körperteile ihres nun schlaff auf dem Stuhl hängenden Opfers annehmen soll.

Mit einem letzten, bedauernden Blick zurück tritt der fleischgesichtige Mann nach draußen und zündet sich eine Zigarette an. Er wirft den Kopf nach hinten und inhaliert tief, betrachtet gedankenverloren die sonnendurchglühte Wüste ringsum. Lederschürze und Handschuhe hat er drinnen gelassen, sein wundes Haupt jetzt mit dem Strohhut bedeckt.

Wie vertraut ihm diese Gegend ist! Ein klein wenig vertrauter noch als dem Mann dort drinnen. Sie hatten ihn am Nachmittag in der Wüste aufgegriffen. In seiner Kleidung war ein Filmstreifen eingenäht gewesen. Jetzt mussten sie herausfinden, für wen er bestimmt war. Würden die Fotos auf dem Film an die Öffentlichkeit gelangen, wäre nicht nur der Standort gefährdet, sondern vermutlich auch sein irdisches Dasein bald beendet.

Zhora

11

Marder saß auf einem der Alsterstege vor dem Hotel Atlantic und starrte auf das Wasser. Ein warmer Frühsommerwind kabbelte die Oberfläche der Außenalster. Irgendwo schrie ein Kind, ein Stuhl fiel um, ein halbes Dutzend Enten stob flatternd und schnatternd in die Höhe. Sie flogen so dicht über den Wellen davon, dass ihre Flügelspitzen manchmal die kleinen Kämme berührten. Dann drehten sie jäh ab, jagten in perspektivisch verkürzter Linie zur Seite und sahen im Gegenlicht einen Wimpernschlag lang aus wie übers Wasser hoppelnde Hasen. Marder lehnte sich zurück. Entspann dich, mahnte er sich. Er war viel zu verkrampft. Vor einer Woche war Eklund beerdigt worden. Das, und alles Vorherige, hatte ihn mehr mitgenommen, als er sich eingestehen wollte. Er fühlte sich mit einem Mal allein auf der Welt. Verloren. Ohne Halt. Es gab gar keine Worte für Eklunds Verlust. Aber er machte ihn auch frei. Frei, zu handeln. Vogelfrei hatte Kriminalrat Rupp das genannt und ein bedenkliches Gesicht gemacht. Als der Leiter der Bremerhavener Hafenpolizei stur dabei geblieben war, Hauptkommissar Marder nicht mit den Ermittlungen im Mordfall Eklund zu betrauen, hatte dieser einen Wutanfall bekommen, noch im Büro seines Vorgesetzten die Brocken hingeschmissen und fristlos gekündigt. Bereut hatte er es bisher nicht. Er war sechsundvierzig Jahre alt, und wenn das, was jetzt vor ihm lag, vorbei war, würde er einen neuen Job finden. Bei irgendeiner Sicherheitsfirma. Zur Not als Privatdetektiv. Darüber machte sich Marder jetzt keine Gedanken.

Nachdem er dem Kriminalrat Marke und Dienstwaffe auf den Tisch geknallt hatte, war er zu Willie Burgwald gegangen und hatte ihn für den Abend zu einem Abschiedsessen eingeladen. Er musste seine Hilfstruppen mobilisieren. Allein würde er nicht weit kommen.

Die schmächtige Brust des Kriminalassistenten war vor Stolz geschwollen und sein Adamsapfel hatte haltlos zu hüpfen begonnen, als er im Restaurant erfuhr, welche Pläne Hauptmann Marder mit ihm hatte. Er sollte der Mann seines Vertrauens werden, sein Verbindungsmann im Amt. Das war Agententätigkeit! Nachdem jeder von ihnen eine ordentliche Fischplatte verdrückt und eine beschlagene Flasche Chablis dazu getrunken hatte, waren sie zum Hafen hinauf in Marders Wohnung gegangen und hatten angefangen, ihre Aktionen zu planen.

Burgwald war Feuer und Flamme. Er zündete sich die wievielte Zigarette an und blies den Rauch durch die Nase.

„Herr Hauptmann, wenn Sie mich fragen, haben wir es bei Eklunds Mörder entweder mit einem geisteskranken Serientäter oder, wenn die russische Mafia im Spiel ist, möglicherweise mit einem tschetschenischen Auftragskiller zu tun."

„Einem tschetschenischen Auftragskiller? Geht's nicht noch etwas exotischer?"

„Tschetschenen sind Muslime, Herr Hauptmann. Die schächten. Hälse durchschneiden, wenn auch bloß bei Schafen, ist für die eine normale Form des Tötens."

„Willie, das Schächten von Schafen ist eine Sache; einen Menschen so zuzurichten wie Eklund aber doch wohl ganz was anderes, oder? Da kannst du nicht ernsthaft eine direkte Linie ziehen wollen."

„Ich versuche mir nur Zusammenhänge vorzustellen."

„Und ich muss in diesem Zusammenhang an den Mann denken, der vor acht Jahren im Irak auf die gleiche Weise umgebracht worden ist. Da war mit Sicherheit kein tschetschenischer Auftragskiller im Spiel. Dieser Spur müssen wir nachgehen. Du musst vom Büro aus die offiziellen Kanäle abfragen. Gut, dass der Alte dich ins Ermittlerteam aufgenommen hat, damit hat er uns einen großen Gefallen erwiesen. Ich frage mich, ob er das mit Absicht gemacht hat. Auf jeden Fall muss ich mich auf deine strikte Verschwiegenheit über unsere Zusammenarbeit verlassen."

„Sie wissen doch, dass Sie das können, Herr Hauptmann."

„Gut. Versuche über Interpol herauszubekommen, ob von der damaligen Aktion etwas an die Öffentlichkeit gedrungen ist, ob es vielleicht nachfolgende Erkenntnisse gegeben hat. Schließlich hingen die Iraner mit drin. Die müssen doch einiges unternommen haben, um zumindest die Hintergründe dieser unmenschlichen Mordtat aufzuklären."

„Wird gemacht, Herr Hauptmann." Willie Burgwald hatte einen Spiralblock gezückt und machte sich Notizen.

„Ich werde mir nochmal Eklunds Unterlagen vornehmen", sagte Marder nachdenklich. Er stand auf, ging zum Kühlschrank, holte zwei Flaschen Bier heraus, öffnete sie und stellte eine vor dem Kriminalassistenten hin. Der nahm sie mit einem Seitenblick zur Kenntnis und dankte mit einem Nicken. „Die Spur zu diesem Schiff ist das einzig Handfeste, was wir bisher haben", fuhr Marder fort. Er wanderte durchs Zimmer, drückte sich die kalte Bierflasche an die Stirn. „Ich muss mehr über die Hintermänner herausfinden. Ich werde ein paar Tage nach Hamburg fahren. Wir halten telefonisch Kontakt."

Jetzt saß er am Alsterufer und versuchte, Spannung abzubauen. Zwei Tage lang hatte er sich in Eklunds Wohnung eingeschlossen und dessen Unterlagen gesichtet. In dieser Zeit war ein ebenso bizarres wie beunruhigendes Bild vor seinem inneren Auge entstanden. Marder machte sich Vorwürfe, dass er nach dem Besuch seines Freundes nicht voll in die Geschichte eingestiegen war, sich die Kopie des Logbuchs der *Sursum Corda* nur halbherzig angesehen hatte. Nun war es zu spät. Zu spät für Eklund. „Aber nicht für mich", knurrte er.

Zweifellos war Achim Eklund auf eine hochgefährliche Sache gestoßen, deren Brisanz er falsch eingeschätzt und die in sehr kurzer Zeit drei Tote gefordert hatte. Der Zollinspektor in Danzig war draußen auf dem Kai ermordet worden, als er offenbar ein Schiff überprüfen wollte. Welches von den vieren, die zu der

Zeit im Hafen gelegen hatten, konnte nicht gleich geklärt werden. Sie waren bis zum nächsten Tag festgehalten worden, man hatte ihre Frachtpapiere noch einmal überprüft und die Schiffe waren durchsucht worden, danach hatten die Polen sie ziehen lassen müssen. Eines dieser Schiffe war die *Sursum Corda* gewesen, der Stückgutfrachter, der sich nie in den Nord-Ostsee-Kanal wagte. Wie sich später herausstellte, hatte der Danziger Zollinspektor einen V-Mann an Bord geschleust, dessen Tarnung allerdings spätestens bei der Ankunft in Hamburg aufgeflogen war. Da war er nur noch der tote Matrose, der Eklund auf den Plan gerufen hatte. Der wiederum hatte den Kapitän und die Mannschaft verhört und sich dann das Logbuch angesehen. Dabei waren ihm die Ungereimtheiten aufgefallen, deretwegen er seinen Freund Marder aufgesucht und diesen ins Vertrauen gezogen hatte. Die umständlichen Fahrten um Dänemark herum hatten seinen Argwohn geweckt. Kein Mensch fuhr diese Route wegen ein paar Kisten Fisch und Schnaps, selbst wenn er dabei die Kanalgebühren sparte.

Die *Sursum Corda* war ein Trampschiff, fuhr jeden Hafen an, in dem es Fracht aufzunehmen oder abzuladen gab und zu dem sie unterwegs per Funk beordert wurde; aber einige Häfen lief sie regelmäßig an. Bei jeder Fahrt. Das waren Frederikshavn in Dänemark sowie Varberg und Kristiansand in Schweden und Norwegen. Große Häfen wie Kopenhagen oder Göteborg hingegen ließ sie links und rechts liegen. Was hatten diese kleinen Häfen, was die großen nicht hatten? Der polnische V-Mann hatte diesbezüglich nichts mehr preisgeben können, aber Eklund hatte herumtelefoniert und eine Menge – wenngleich nur vage – Notizen hinterlassen. Skizzierte Verläufe. Darin tauchten immer wieder die Lastwagen auf. In unregelmäßigen Abständen von Wochen, manchmal Monaten, fuhren sie offenbar in den Danziger Hafen direkt auf die *Sursum Corda*, die dort auf sie wartete und ablegte, sobald sie an Bord waren. Die Polen würden wissen, was es mit diesen LKW auf sich hatte, wo sie herkamen, wem sie gehörten ...

Thomas Marder zuckte zusammen, als sich eine Hand auf seine Schulter legte. Leicht wie ein Vogel, doch unverkennbar. Er schaute auf und sah in das ernste Gesicht von Suzanne.

„Hallo, Onkel Tom", begrüßte sie ihn und gab ihm einen Kuss auf die Wange. Sie setzte sich zu ihm an den Tisch.

„Hallo, mein Mädchen. Geht es dir ...", Marder zögerte eine halbe Sekunde, „... gut?"

„Mhm." Suzanne lächelte tapfer. Sie sah blass aus. Sie hatte eine schlimme Zeit hinter sich. Seit er jetzt wieder in Hamburg war, hatten sie sich jeden Tag gesehen. Er warf einen Blick auf seine Armbanduhr. Exakt zu dieser Zeit waren sie hier auf der Terrasse verabredet.

„Möchtest du etwas trinken? Oder eine Kleinigkeit essen?"

„Einen Milchkaffee und ein Croissant vielleicht."

Marder winkte die Bedienung herbei und bestellte, für sich ein zweites Pellegrino.

Plötzlich beugte Suzanne sich vor und flüsterte: „Ich habe Angst, Onkel Tom."

„Was ist passiert?", fragte Thomas Marder alarmiert.

Suzanne kramte etwas aus ihrer Handtasche und schob es über den Tisch zu ihm hin. „Meine Freundin Nancy, die in dem großen WG-Zimmer wohnt, ist seit zwei Tagen verschwunden. Heute Mittag lag dies in unserem Briefkasten."

Es war Suzannes Ausweis für die Unibibliothek. Daran mit einer Heftklammer festgetackert ein Zettel, auf dem mit ungelenken Druckbuchstaben geschrieben stand: LET REST OF THE DEAD THE WORLD BELONG TO THE SURVIVORS. Marder schaute sie fragend an.

„Nancys Vater ist Wirtschaftsanwalt und muss sich gerade vor einem Standesgericht verantworten. Sie wollte sich in der Unibibliothek ein juristisches Fachbuch ausleihen, ihm irgendwie helfen. Da sie aber nicht immatrikuliert ist, habe ich ihr meinen Bibliotheksausweis gegeben. Mit dem ist sie am Montagvormittag los, und seitdem habe ich sie nicht mehr gesehen. Kein Mensch weiß, wo sie ist. Ich habe überall herumtelefoniert, jeden gefragt, der sie kennen könnte. Nichts. Und heute Mittag dann der Ausweis und dieser Zettel. Was hat das zu bedeuten?" Ihre Stimme zitterte.

„Lass die Toten ruhen, die Welt gehört den Überlebenden", sagte Marder versonnen und lauschte dem Klang der Worte nach. „Wie sieht diese Nancy aus?"

„Mittelblond, wie ich, helle Augen, grau-grün oder blaugrau. Etwa meine Größe. Du glaubst doch nicht ..."

„Wir haben es mit gewissenlosen Leuten zu tun, Suzanne. Vielleicht wurde sie entführt, weil man sie für dich gehalten hat." Einen Moment lang fragte sich Marder, ob er vielleicht zu direkt war, Suzanne nicht zuviel zumutete. Andererseits, beruhigte er sich, hatte Suzanne eine robuste Natur, konnte einiges wegstecken. „Sie ist keine Studentin, sagst du. Was und wo arbeitet sie?"

„Sie jobt bei einem Escort-Service hier in Hamburg."

„Ach ja?"

„Was heißt ach ja? Du bist doch nicht etwa prüde oder hast Vorurteile, Onkel Tom?"

„Ganz bestimmt nicht. Aber als Escortgirl bekommt man es mit merkwürdigen Kunden zu tun. Da trifft man mehr halbseidene oder gar kriminelle Elemente, als wenn man hinter der Käsetheke arbeitet. Vielleicht ist bei einem ihrer Dienste was schiefgelaufen."

„Wozu aber dann die Warnung? Ich verstehe das nicht."

„Ich halte die Verwechslungsthese auch für wahrscheinlicher. Du darfst auf keinen Fall in deine Wohnung zurückgehen. Ich werde Kriminalrat Rupp anrufen, der soll sofort eine Euro-Fahndung rausgeben. Weißt du, was deine Freundin trägt? Irgendwas Auffallendes? Leopardenfellhosen, gefälliges Dekolleté, etwas in der Art?" Marders Haifischgrinsen erstarb unter Suzannes Blick.

„Weißes Männeroberhemd, Jeansrock, grüne Strümpfe. Braune Lederumhängetasche. Schuhe ... weiß ich nicht."

„Gut. Hast du einen Freund oder eine Freundin, bei der du

eine Weile wohnen kannst?"

„Ja, Wibke, eine Kommilitonin. Sie macht Feldforschung in Botswana. Ich gieße ihre Blumen. Die Wohnung ist noch mehrere Wochen frei. Ich schreibe dir die Adresse auf. Ihre Telefonnummer weiß ich nicht auswendig, die findest du aber im Telefonbuch: Wibke Scheuermann. Ich rufe dich in jedem Fall auf dem Handy an, sobald ich sie weiß." Suzanne atmete tief ein. „Warum sollte man mich entführen wollen? Und wer, zum Teufel?"

„Tja, wer? Den ersten Teil der Nachricht, «LET REST OF THE DEAD», kann man als Drohung lesen. Ich muss mich unbedingt mit den Polen unterhalten. Und Willie Burgwald anrufen."

Marder winkte der Bedienung. Er drückte Suzanne einen Zwanzigmarkschein in die Hand.

„Nimm dir ein Taxi. Verlasse die Wohnung nur wenn unbedingt nötig. Ich melde mich bei dir, muss jetzt los, hab noch einige Anrufe zu tätigen."

Er hatte sein Auto vor dem Eingang des Hotels Atlantic abgestellt. Als er hineinging, um zu telefonieren, vernahm er die nöhlende Stimme des Altrockers, der seit zwanzig Jahren hier hauste und an der Hotelbar vermutlich sein erstes Likörchen bestellte.

12

Gerade steckte er den Schlüssel ins Schloss seiner Wohnungstür, da hörte Marder das Klingeln des Telefons. Es war der Kriminalassistent. Als hätte der ihn kommen sehen!

„Herr Hauptmann, gut dass Sie da sind. Kann ich mal eben rüberkommen?" Er klang, als blicke er sich verstohlen nach allen Seiten um und spräche in die gewölbte Hand, die er um die Sprechmuschel gelegt hatte.

„Ja klar. Hat Rupp inzwischen die Euro-Fahndung nach diesem Mädchen rausgegeben?"

„Äh, nein. Er hat dem Ermittlungsteam die Fakten vorgetragen, so wie Sie sie ihm genannt haben. Aber nur inoffiziell sozusagen."

„Dieser ignorante Schweinehund! Dann können wir uns bald auf eine weitere verstümmelte Leiche gefasst machen."

„Ich bin gleich bei Ihnen." Willie Burgwald legte auf.

Marder fluchte. Nur weil er nicht mehr im Dienst war, versagte ihm Rupp die gebotene Dringlichkeit. Er war kein Beamter mehr; in Rupps Augen daher ein fragwürdiges Subjekt. Seinen nächsten Fluch brach er ab, weil das Telefon schon wieder läutete. Es war Suzanne.

„Was?" Marder lauschte mit offenem Mund und klappte ihn erst wieder zu, als Suzanne aufgelegt hatte.

Spielten jetzt alle gegen die Regeln? Nancy war wieder da. Die Entführer hatten sie vor einer Stunde irgendwo draußen im Alten Land abgesetzt, ihr sogar das Mobiltelefon gelassen, mit dem sie Suzanne angerufen und ihr alles erzählt hatte.

Am Montag war sie bei Verlassen der Unibibliothek von zwei seriös gekleideten Herren südländischen Aussehens unter einem Vorwand in eine Limousine mit abgedunkelten Scheiben gelockt worden. Drinnen hatte man ihr die Augen verbunden und sie nach längerer Fahrt in ein abgelegenes Haus mit einer Kiesauffahrt gebracht. Nancy hatte das Ganze eher als aufregend, denn als beängstigend empfunden. Bis man sie in einen Keller sperrte und ankettete. Da hatte sie angefangen zu schreien, hatte sich eine Ohrfeige eingehandelt, von der immer noch eine blau angelaufene Wange kündete, danach hatte sie den Mund gehalten. Man hatte ihr zu essen und zu trinken gegeben, bei Bedarf durfte sie ein Bad benutzen, das weiß gekachelt und ansonsten vollkommen leer gewesen war. Gesprochen wurde nichts. Bis heute Nachmittag, als die beiden Männer, die sie ins Auto gelockt hatten und die jetzt Jeans, Pullover und Lederjacken trugen und unsauber rochen, sie mitten auf einer Landstraße aussteigen ließen, auf der weit und breit weder ein Mensch noch ein menschliches Anwesen zu sehen war. Nur

Obstbäume, so weit das Auge reichte. Bevor sie davonbrausten, hatte einer der beiden Männer sehr nachdrücklich zu ihr gesagt, und das jetzt wörtlich: „Sag dem Wiesel, dass das eine Warnung war. Wir finden dich immer wieder, Suzanne." Erst da war ihr aufgegangen, dass man sie verwechselt hatte. Jetzt war sie wohlbehalten wieder da und erinnerte sich noch, dass der Mann ihren Namen französisch und nicht englisch ausgesprochen hatte. Ihre Beschreibung der beiden Männer war die südländisch übliche: kurze schwarze Haare, schwarze Schnauzbärte, schwarze Bartstoppeln, einer von beiden hatte eine Schusswaffe im Hosenbund gehabt. Ach ja, das Nummernschild hatte sie nicht entziffern können, weil es total verdreckt gewesen war.

Die Türglocke bimmelte. Marder fuhr herum. War hier Kirmes? Nein, das musste Burgwald sein. Von der Dienststelle bis zu seiner Wohnung war es nur ein Katzensprung. Marder öffnete die Tür und ... vor ihm stand Polizeileutnant Frank Bullitt – nur ohne Kinn und um einiges zu schmächtig. Die linke Hand auf Augenhöhe an den Türrahmen gestützt, die rechte Faust nach hinten in die Hüfte gestemmt, im dunkelblauen Rollkragenpullover mit dem Schulterhalfter darüber, starrte Willie Burgwald ihm entschlossen in die Augen.

„Hi, Frank", sagte Marder, um ihm eine Freude zu machen, „komm rein."

Er hatte die Panoramascheibe zur Seite geschoben, sie setzten sich auf den Balkon. Es war früh dunkel geworden. Ein fernes Gewitter zog als Wetterleuchten über den Himmel. Die beiden Männer tranken Bier. Marder kratzte sich am Kopf, räusperte sich:

„Rupp hat recht daran getan, keine Fahndung herauszugeben. Das entführte Mädchen ist wieder da."

„Sowas muss er im Blut gehabt haben, er ist doch ein alter Fuchs", sagte Burgwald an seinem Schulterhalfter zupfend.

„Ja, die Aktion war wohl als Schuss vor den Bug gedacht. Die schrecken vor nichts zurück. Hier, sieh dir das an, diese Nachricht haben sie übermittelt." Er zeigte Burgwald den Zettel, den sie an Suzannes Bibliotheksausweis geheftet hatten. „Und als sie die Kleine freiließen, haben sie ihr wörtlich folgende Botschaft mit auf den Weg gegeben: «Sag dem Wiesel, dies war eine Warnung. Wir finden dich immer wieder, Suzanne.»"

„Wieso dem Wiesel? Wer soll das sein? Und hieß die Kleine nicht Nancy?"

„Die haben sie verwechselt. Zwei südländisch aussehende Typen. Wahrscheinlich welche vom Balkan, wenn sie über Polen und die Ostsee operieren. Jedenfalls keine Sprachfürsten. Ich nehme an, die haben auch das Wiesel mit dem Marder verwechselt. Bei euch haben sie sich nicht gemeldet, was?"

„Was? Nein." Willie Burgwald war in Gedanken noch bei den Tieren.

„Das heißt, sie haben nur mich im Visier. Erst Eklund, jetzt mich. Und Suzanne natürlich."

„Und mich wahrscheinlich auch." Burgwald reckte sich und versuchte sein Kinn vorzuschieben. „Schließlich arbeite ich mit Ihnen zusammen."

Marder bedachte ihn mit einem zweifelnden Blick. „Was machen eigentlich die Nachforschungen, mit denen ich dich beauftragt habe?", fragte er.

„Darüber wollte ich ja die ganze Zeit mit Ihnen sprechen, Herr Hauptmann. Also, erstens die Tatwaffe. Die haben wir noch nicht gefunden."

„Damit hatte ich auch nicht gerechnet. Wer so mordet, der lässt sein Werkzeug nicht einfach liegen oder wirft es weg. Nein, sein Messer hat dieser sadistische Schweinehund wieder mitgenommen, das braucht er noch."

„Damit wären wir bei Punkt zwei; nämlich der Möglichkeit, dass wir es mit einem Serienkiller zu tun haben. Mit einem Perversen oder Psychopathen möglicherweise. Einem, der durch Europa zieht und je nach Tagesverfassung Leute absticht. Ich habe dem Herrn Kriminalrat vorgeschlagen, einen *profiler* anzufordern, damit wir diesbezüglich ein klareres Bild bekommen."

„Einen *profiler*, hm? Und wenn der Täter gefasst ist, wird er erst einmal von der Frau Polizeipsychologin betreut, was? Du gehst wohl oft ins Kino. Hängst zuhause vor der Glotze, anstatt mit der Freundin auszugehen. Wenn ich dir einen Rat geben darf, Willie: Schau weniger Schwedenkrimis und krieg selbst den Hintern hoch, such selber nach Spuren, steck die Nase in den Dreck."

„Jawohl, Herr Hauptmann."

„Nu lass mal den Hauptmann! Wir sind ein Team, oder nicht? Außerdem bin ich jetzt Zivilist, und als solcher heiße ich Thomas." Er streckte dem Kriminalassistenten die Hand hin. Der schlug ein.

„Das ist für mich ein großer Vertrauensbeweis, Herr ..., ich meine, Thomas." Burgwald war sichtlich bewegt. „Wird wohl noch ein Weilchen dauern, bis ich mich daran gewöhnt habe, so von gleich zu gleich. Danke, wirklich."

„Nichts zu danken. Und jetzt Butter bei die Fische. Was hast du mir mitgebracht?"

Burgwald straffte sich. Er hatte einige Papiere dabei, in denen er zu blättern begann.

„Die Anfrage bei Interpol bezüglich Ihres Einsatzes vor neun Jahren. Da kam gleich eine Meldung zurück, dass es vor wenigen Tagen aus Khorramshar, das ist eine Stadt in Iran ..."

Marder hob ungeduldig die Hand und bedeutete ihm, weiterzumachen.

„... dass es von da ebenfalls eine Anfrage zu den damaligen Ereignissen gegeben hat. Sobald weitere Informationen vorliegen, werde ich von Interpol benachrichtigt."

„Aus Khorramshar kam unser iranischer Verbindungsmann; der, den sie genauso brutal wie Eklund umgebracht haben. Abu Ammar hat er geheißen", sagte Marder nachdenklich. Er stand auf und begann, auf dem Balkon hin und her zu gehen. „Seltsam, dass sich die Iraner ausgerechnet jetzt für den Fall interessieren."

„Wie gesagt, wenn es da irgendwelche Unterlagen gibt, bekommen wir sie", nahm Burgwald seinen Faden wieder auf.

Marder hörte nicht hin. Er stand mit hängenden Schultern wortlos da und versuchte seinen Gedanken zu folgen, die einen langen Lauf über die Landkarte absolvierten.

„Eine Spur, die von Iran nach Hamburg führt, das letzte Stück durch Polen, mit einem merkwürdigen Umweg über Ost- und Nordsee", grübelte er. „Das bedeutet Schmuggel. In Anbetracht der Begleitumstände muss es sich um eine verdammt große Sache handeln, die unter keinen Umständen gefährdet werden darf. Aber was schmuggelt man so außerordentlich Wertvolles vom Persischen Golf nach Nordeuropa? Nach Deutschland und/oder Dänemark und/oder Schweden? Und hauptsächlich über Land, wenn wir an die Lastwagen denken, die in Danzig aufs Schiff verladen werden."

„Dazu wollte ich gerade kommen", unterbrach Burgwald ihn. „Der Danziger Zoll hat uns ein paar Seiten rübergefaxt. Offensichtlich hat der ermordete Zollinspektor eine Art Protokoll geführt, handschriftliche Notizen, die aber gut lesbar sind und auch die *Sursum Corda* betreffen. Hier, sehen Sie; ich meine, sieh dir das an. Die Lastwagen, die das Schiff an Bord nimmt, und die später wieder in Danzig von Bord rollen, gehören der Hamburger Firma KOK-IMEX GmbH & Co. KG. Wenn ich die Aufzeichnungen richtig lese, handelt es sich ausschließlich um LKW dieser Firma. Man müsste dem Kapitän der *Sursum Corda* mal gehörig auf den Zahn fühlen, wenn du mich fragst."

„Hast du schon rausgefunden, wer hinter dieser Firma steckt?"

„Ja. Ein gewisser Kurt Otto Krahke, er ist der einzige Geschäftsführer dieser dubiosen Im- und Exportfirma."

„Das Ganze deckt sich weitgehend mit Eklunds Notizen. Von der KOK-IMEX hat er natürlich noch nichts wissen können. Pass auf, wir gehen folgendermaßen vor. Ich werde diesem Herrn Krahke einen Besuch abstatten, du kümmerst dich um das Schiff. Finde heraus, was in diesen kleinen Häfen passiert, die immer angelaufen werden. Frederikshavn, Varberg, Kristiansand. Was gibt es da? Was wird da ausgeladen, einge-

laden? Nimm die Frachtpapiere genau unter die Lupe. Das muss im Zuge der offiziellen Ermittlungen ohnehin gemacht werden. Da kannst du den ganzen Apparat nutzen. Und du hast Recht: Sobald sich der Kapitän hier oder in Hamburg blicken lässt, knöpf' ihn dir vor, dreh' ihn durch den Wolf!"
„Jaah." Burgwalds Augen leuchteten.
Sie tranken noch ein letztes Bier. Das Gewitter war dem Lauf der Weser flussaufwärts gefolgt und hatte sich nach Süden verzogen. Nachdem Burgwald gegangen war, saß Marder noch auf dem Balkon und dachte voller Sorge an Suzanne. Er fühlte sich nicht gut dabei, sie in Hamburg allein zu lassen. Sie war neunzehn Jahre alt, eine erwachsene junge Frau, eine ausdauernde, technisch versierte Kickboxerin zudem, die kürzlich den braunen Gürtel erworben hatte. Auch von ihrer früheren Scheu und Zurückgezogenheit war nichts geblieben. Sie war jetzt weltoffen und neugierig auf alles, was das Leben ihr bot, betrieb ihr Studium mit großem Ernst und war auf dem besten Weg, eine vorbildliche junge Dame zu werden. Trotzdem fühlte sich Marder nicht wohl bei dem Gedanken, sie allein in Hamburg gelassen zu haben. Vielleicht sollte er – wenigstens bis dies alles vorüber war – in Eklunds Wohnung ziehen, um in ihrer Nähe sein zu können.

Es war kühl geworden. Thomas Marder ging hinein und zog die Panoramatür hinter sich zu. Heute würde er keine Entscheidung mehr treffen.

13

Kriminalrat Siegmund Rupp schnippte sich sorgfältig ein paar Schuppen von den Pullunderschultern, dann hatte er seine Gemütsruhe wiedergefunden und griff – nach dem vierten Klingeln – zum Hörer.
„Rupp!"
„Kriminalrat Rupp in Bremerhaven?"

„Natürlich Kriminalrat Rupp in Bremerhaven. Wen haben Sie denn angerufen?"
„Kriminalrat Rupp in Bremerhaven."
„Schön. Und wer sind Sie?"
„Unterstaatssekretär Matthes, vom Auswärtigen Amt. Und bevor Sie mir erklären, dass Sie dem Innenministerium unterstehen, lassen Sie mich Ihnen versichern, dass mir das durchaus bewusst ist; aber diese Sache hier geht über Grenzen, und darum ..."
„Sachte, sachte! Welche Sache, welche Grenzen ...? Wovon reden Sie?"
„Wenn ich recht informiert bin, sind Sie es, der die Ermittlungen im Mordfall des Zolloberamtmanns Achim Eklund leitet?"
„Ja."
„Und das ist ein grenzüberschreitender Fall, deshalb ..."
„Ich weiß, mit den polnischen Kollegen arbeiten wir bereits zusammen. Die sind kooperativ."
„Es geht, genau gesagt, nicht um die polnischen Kollegen, Herr Kriminalrat, sondern um eine Kollegin, die gewissermaßen von uns betreut wird. Leutnant Zhora bent Hadi Tahiri, aus dem Iran. Das iranische Außenministerium hat uns gebeten, ihre Arbeit hier zu unterstützen und sie an den Fall Eklund heranzuführen. Die Einzelheiten, so weit wir sie kennen, habe ich Ihnen in einem Brief dargelegt, den die Dame Ihnen übergeben wird. Sie müsste eigentlich gleich bei Ihnen sein."
„Gleich bei mir sein? Langsam, langsam. Nur, damit ich das richtig verstehe: der Iran schickt eine Ermittlerin, die im Mordfall Eklund mitmachen will? Spricht die Dame denn Deutsch?"
„Sie hat sogar eine Zeit lang Deutsch unterrichtet. In ihrer Heimatstadt, Khorramshar, das ist ..."
„Ja, ja, schon gut. Was genau wird von uns erwartet?"
„Nun, Sie wissen sicher, dass unsere diplomatischen Beziehungen zu Iran, wie soll ich sagen ..., einigermaßen delikat sind. Wir möchten nicht, dass es da zu Reibungen kommt. Erfüllen Sie Leutnant Tahiris Wünsche so weit es eben geht. Und

sorgen Sie bitte dafür, dass ihr Einsatz unter keinen Umständen der Öffentlichkeit bekannt wird. Wir wollen nicht in der Zeitung lesen, dass die deutsche Polizei mit den Schergen der Ayatollahs zusammenarbeitet."
„Verstehe. Haben Sie die Dame gesehen?"
„Ich habe sie vom Flughafen abgeholt."
„Beschreiben Sie sie mir."
„Ende dreißig würde ich sagen, ungefähr einssiebzig groß, schwarzes Haar, aber gut unter einem Kopftuch versteckt, schlanke, sportliche Figur, etwas breiter Hintern, wenn Sie mich fragen."
„Gut, wir kümmern uns um sie."
„Danke. Falls es Komplikationen gibt, rufen Sie mich sofort an: Unterstaatssekretär im Auswärtigen Amt Oswald Matthes. Meine Telefonnummer finden Sie auf dem Schreiben, das Leutnant Tahiri Ihnen gibt."
„Rechnen wir mit Komplikationen?"
„Eigentlich nicht. Auf Wiederhören, Herr Kriminalrat."
„Wiederhören ..."
Rupps Blick kroch hinter dem Hörer her, den seine Hand langsam auf den Apparat zurücklegte. Drei Tote waren schon Komplikation genug. Der suspendierte Marder, der sich jederzeit selbständig machen konnte, war eine Komplikation. Eine iranische Ermittlerin – er warf einen Blick auf seinen Junghans Chronographen, den er am rechten Handgelenk trug – musste keine große Komplikation sein; aber dass jetzt das Auswärtige Amt mitmischte, das schrie förmlich nach Komplikationen. Kompetenzgerangel oder Entscheidungsblockaden würden noch die geringste Sorge sein. Jetzt waren Spione mit im Boot, Geheimagenten. Mit denen würde sich Marder prächtig verstehen. Rupp war ans Fenster getreten und schaute auf die Straße hinunter. Er sah gerade noch ein leuchtend grünes Kopftuch im Hauseingang verschwinden. Seufzend wandte er sich um und nahm wieder hinter seinem Schreibtisch Platz. Er versuchte sich noch an einer würdevollen, respektgebietenden Chefhal-

tung, als es an der Tür klopfte. Noch bevor er etwas sagen oder zu einer endgültigen Positur finden konnte, wurde die Tür aufgedrückt, und das grüne Kopftuch stand im Zimmer. Rupp starrte die Frau ungläubig an. So schnell war kein Fahrstuhl! Sie musste die drei Stockwerke über die Treppen hochgerannt, nein, gesprungen sein. Aber sie war bei Gott keine Gazelle. Das Bild von den muskulösen Flanken einer Stute huschte ihm durch den Kopf, als er sie – mit einem Gesichtsausdruck, der weder Würde ausstrahlte, noch Respekt gebot – mehr anstarrte als musterte. Unter dem Kopftuch funkelten ihn zwei dunkle Augen an, die mit der markanten Nase, den geschwungenen Lippen und dem festen runden Kinn eine stolze orientalische Physiognomie ergaben. Die Brust hob und senkte sich vielleicht eine Spur zu schnell, ansonsten stand Leutnant Tahiri ganz entspannt vor seinem Schreibtisch und hielt ihm einen Briefumschlag hin. Ziemlich akzentfrei sagte sie:

„Ich bin Leutnant Zhora bent Hadi Tahiri von der iranischen Kriminalpolizei. Dies ist meine Beglaubigung. In Iran ermittle ich in einer Angelegenheit, die möglicherweise den Mordfall Eklund berührt. Aus diesem Grund möchte ich mit Hauptmann Marder sprechen."

Rupp hob sich zwei Zentimeter aus seinem Sessel und deutete eine Verbeugung an.

„Angenehm. Rupp, Kriminalrat. Bitte, nehmen Sie doch Platz. Sie müssen ja ganz außer Atem sein." Er deutete mit der Hand auf den Besucherstuhl vor seinem Schreibtisch. Frau Leutnant kam der Einladung lächelnd nach. Sie schlug die Beine übereinander, zupfte sich den Rock glatt und richtete ihren dunklen Blick wieder auf den Kriminalrat. Die Dame machte einen ausgesprochen zielstrebigen Eindruck.

„Hauptmann Marder hat mit dem Fall Eklund nichts zu tun", sagte Rupp.

„Das würde mich wundern."

„Hauptmann Marder hat seinen Dienst bei der Kriminalpolizei Bremerhaven gekündigt. Er ist eine Zivilperson ohne jeden Zugang zu dem Fall Eklund."

„Wo finde ich ihn?"

„Er wohnt unten am Hafen. Darf ich erfahren, wie Sie sich Ihre Zusammenarbeit mit uns vorgestellt haben? Ich meine, Sie sind fremd hier. Sie müssen sich in eine neue Umgebung einfinden, sich in den Fall einarbeiten ..., brauchen Sie ein Büro?"

„Das weiß ich noch nicht. Zuerst möchte ich mit Hauptmann Marder sprechen."

„Der scheint Ihnen ja am Herzen zu liegen. Fragen Sie draußen nach Kriminalassistent Willie Burgwald, der bringt Sie zu ihm. Ich sehe Sie dann später."

Als die Tür hinter dem grünen Kopftuch ins Schloss gefallen war, ruhte sein Blick noch einige Zeit auf dem Türblatt, während er mit der Unterkante des Briefumschlags Morsezeichen auf die Schreibtischplatte klopfte. Schließlich griff er zu einem Brieföffner, schlitzte den Umschlag auf, nahm zwei eng bedruckte Blätter heraus und begann zu lesen. Als er damit fertig war, kratzte er sich hinterm Ohr, nahm seine Brille ab und massierte sich mit zwei Fingern die Nasenwurzel, setzte die Gläser wieder auf, stieß einen ächzenden Laut aus und las das Ganze noch einmal.

Draußen auf dem Korridor hätte Leutnant Tahiri beinahe einen jungen Mann umgerannt, wäre der ob ihres lautlosen Hervortretens nicht wie eine erschrockene Katze in die Luft gesprungen und an die Wand zurückgewichen. Jetzt nestelte er verlegen an seinem Schulterhalfter und starrte sie neugierig an. Dieses Anstarren hatte sie seit ihrer Ankunft am Flughafen schon einige Male erlebt. War das eine Eigenart der Deutschen? So wie Inder mit dem Kopf wackelten, wenn sie eigentlich nicken sollten?

„Ich suche einen Kriminalassistenten namens Willie Burgwald", sagte sie, „können Sie mir sagen, wo ich ihn finde?"

Der junge Mann straffte sich, wuchs gleichsam in die Höhe, seine Haltung fand zu einer fast amerikanischen Lässigkeit; und als er sie dann noch mit lustigen Lachfältchen angrinste, hätte er in dem schmal geschnittenen Anzug, dessen Jacke er, am Daumen festgehakt, über die Schulter geworfen hatte, wie Clint Eastwood in *Dirty Harry* aussehen können. Wenn er ein Kinn gehabt hätte.

„Zu Ihren Diensten", sagte er galant, und dann, wobei seine Augen schmal wurden: „Ich nehme an, Sie sind gekommen, um mit Hauptmann Marder zu sprechen?"

Sie betrachtete ihn überrascht, erstaunt, fragend.

„Kommen Sie", sagte der junge Mann und berührte ihren Arm. „Gehen wir nach draußen."

Er ging betont schlaksig und war offensichtlich bemüht, mit höflicher Konversation eine lockere Atmosphäre zu erzeugen.

„Sie sprechen sehr gut Deutsch. Wo haben Sie das gelernt, wenn ich fragen darf?"

„Im Deutschen Sprachinstitut in Teheran; das ist sozusagen eine Filiale des Goethe-Instituts von Neu-Delhi."

„Interessant. Wohnen Sie in Teheran?"

„Nein. Ich wohne in meiner Geburtsstadt, Khorramshar, das ist ..."

„Ich weiß, wo das ist. Die Stadt liegt am Persischen Golf, an der Grenze zum Irak. Hat etwa 120.000 Einwohner, nicht wahr?"

Ihr Seitenblick verriet Überraschung, Erstaunen.

„Sie sind gut informiert. Woher wissen Sie, dass ich nach Deutschland gekommen bin, um mit Hauptmann Thomas Marder zu sprechen?"

Inzwischen waren sie mit dem Fahrstuhl nach unten gefahren, und der junge Mann mit dem fliehenden Kinn zog nun seine Jacke an und hielt ihr die gläserne Eingangstür auf. Draußen schien die Sonne, vom Wasser her wehte ihnen ein frischer, leicht salziger Wind entgegen.

„Darf ich Sie zu einem Kaffee ins Burj Al Arab einladen?", fragte der Kriminalassistent lächelnd.

Leutnant Tahiri schaute sich irritiert um. Als sie Willie Burgwald wieder ansah, gewahrte sie die lustigen Lachfältchen in seinen Augenwinkeln.

„Ich denke, Sie sollen mich zu Hauptmann Marder bringen", erwiderte sie.

„Er ist nicht in der Stadt. Aber ich bringe Sie mit ihm zusammen. Kommen Sie, ich erkläre es Ihnen bei Kaffee und Kuchen."

„Im Burj Al Arab."

„Genau."

Als sie ein paar Straßen weiter um die Ecke bogen und sie zuerst das im Sonnenlicht glitzernde Wasser sah und dann das Sail City-Hotel, musste sie schmunzeln. Es war nicht der berühmte Sieben-Sterne-Tempel am Jumeirah-Beach (den sie während einer Fortbildung in Dubai zwar nicht bewohnt, aber immerhin gesehen hatte), doch der deutsche Kaffee war gut und der Kuchen sogar ausgezeichnet. Kriminalassistent Burgwald begnügte sich mit einem doppelten Espresso, in den er so viel Zucker schaufelte, dass es eines Mafiapaten würdig gewesen wäre. Er genoss es, mit der exotisch aussehenden Frau weltmännisch in einer mondänen Hotelbar zu sitzen. Lässig klopfte er eine Kent aus der Schachtel, hielt sie der Dame hin, die kopfschüttelnd ablehnte, woraufhin er die Zigarette mit den Lippen aus der Schachtel zog und sie sich anzündete. Genussvoll blies er den Rauch in die Luft. Leider wurde die Dame nun wieder dienstlich.

„Also, wo finde ich Hauptmann Marder?"

Burgwald berichtete ihr mit kurzen Worten, wie er auf die Iranspur gestoßen war und sie, Leutnant Tahiri, damit quasi nach Deutschland gelockt hatte. Die Einzelheiten und was es mit den mutmaßlichen Querverbindungen zum Iran auf sich hatte, würde sie mit Hauptmann Marder besprechen müssen.

„Das zu tun, versuche ich die ganze Zeit."

Die Dame, Leutnant Tahiri, schien allmählich die Geduld zu verlieren.

„Hauptmann Marder ist in Hamburg. Ich gebe Ihnen seine Telefonnummer. Wenn Sie hier ein Hotelzimmer brauchen, besorge ich Ihnen eins."

„Nein, danke. Ich nehme den nächsten Zug nach Hamburg."

Betrüblich, das Zusammensein mit ihr schien sich nicht länger hinausziehen zu lassen.

„Sind Sie nicht müde? Sie haben einen langen Weg hinter sich."

„Ich habe im Flugzeug geschlafen."

„Gut, dann schreibe ich Ihnen noch die Nummer meines Mobiltelefons auf. Unter der können Sie mich jederzeit und überall erreichen. Die Nummer von Kriminalrat Rupp haben Sie ja sicher."

„Ja sicher."

„Und grüßen Sie den Hauptmann von mir."

„Das tue ich gern."

Dann bestellte Burgwald ein Taxi, mit dem Leutnant Tahiri zum Bahnhof fuhr. Er schaute dem Wagen nach, bis er ihn im Gewimmel des Verkehrs aus den Augen verlor. Nie wäre er auf den Gedanken gekommen, dass er die attraktive Dame mit dem aparten Kopftuch erst in einem fernen Land und unter sehr viel turbulenteren Umständen wiedersehen sollte.

14

Am Dammtor-Bahnhof war der Teufel los. Es gab kein Durchkommen. Bahnsteige, Bahnhofshalle und Vorplatz waren ein wogendes Durcheinander buntgekleideter Menschen aus aller Herren Länder, die sich in jede nur mögliche Richtung bewegten, auseinanderstrebten, sich wieder mischten und erneut eine Richtung suchten. Eine Lautsprecherstimme bemühte sich in mehreren Sprachen, die Besucher zum Kongresszentrum zu lotsen. Zhora bent Hadi Tahiri stieß gegen eine Informationstafel, auf der die Gäste einer vom *Büro des Hohen Repräsentanten der Vereinten Nationen für die am wenigsten entwickelten Länder, Entwicklungsländer ohne Meerzugang und kleine Inselentwicklungsstaaten* organisierten Tagung willkommen geheißen wurden. Das waren selbst für Leutnant Tahiris Deutschkenntnisse komplizierte Vokabeln. In dem fröhlichen, fast schon lustvollen Gewoge und Geschiebe ausgesprochen farbenfroh gekleideter Frauen und Männer aus Ruanda, Mali, Burma, Polen, Georgien, Tschad, Malaysia, Usbekistan, Lesotho und vielen weiteren Nationen fand sie ausgiebig Gelegenheit, die Namensschilder der Leute zu studieren, auf denen unter Namen und Nationalität zu lesen stand: GUEST OF THE UNITED NATIONS OFFICE OF THE HIGH REPRESENTATIVE FOR LEAST DEVELOPED COUNTRIES, LANDLOCKED DEVELOPING COUNTRIES AND SMALL ISLAND DEVELOPING STATES (UN-OHRLLS). Da traf sich der ärmere Teil der Weltgemeinde also zu einer von den reichen Ländern finanzierten Tagung im frühsommerlich sonnigen Hamburg, dachte Zhora, ein wenig neidisch, weil es solche lebendigen internationalen Begegnungen in ihrem Land seit zwanzig Jahren nicht mehr gab.

Hinter dem Zeitungskiosk neben der Apotheke entdeckte sie eine freie Telefonzelle und beschloss, von dort Hauptmann Marder anzurufen. Niemand nahm ab. Sie versuchte es mit der Nummer seines Mobiltelefons. Nach dem zweiten Klingeln meldete er sich.

„Hier Leutnant Zhora bent Hadi Tahiri", sagte sie und wartete einen Lidschlag lang, um zu hören, ob ihr Name eine Reaktion hervorrief.

„Klingt hübsch", brummte die Männerstimme am anderen Ende der Leitung. „Sie sind mir schon angekündigt worden. Treffen wir uns gleich oder möchten Sie sich zuerst ein Hotel suchen, frischmachen und so?"

„Treffen wir uns gleich, und Sie empfehlen mir später ein Hotel."

„Gut. Wo sind Sie?"

„Im Bahnhof Dammtor."

„Das ist günstig. Da brauchen Sie bloß vier oder fünf Minuten zu laufen."

„Zu laufen? Wohin?"

„Na, Sie können auch mit dem Taxi fahren, da werden Sie

aber länger brauchen ..."

„Dass Sie mich hier abholen, mit einem Auto, beispielsweise, ist nicht denkbar?"

„Leider nicht, mir wird gerade das Abendessen aufgetischt. Ich sitze bei meinem Lieblingsportugiesen in der Feldstraße. Sie brauchen bloß die Marseiller Straße entlang zu gehen, vierte Straße rechts rein, dann sind Sie da. Gegenüber der Jet-Tankstelle finden Sie das Restaurant *Coimbrá*. Darf ich Ihnen schon einen Wein bestellen?"

„Ich trinke keinen Alkohol, vielen Dank."

„So, so, keinen Alkohol. Dann bis gleich."

Wie Burgwald ihm verraten hatte, trug die Dame auch Kopftuch; stolz erhobenen Hauptes, hatte er hinzugefügt. Sie bekamen es offenbar mit einer militanten Muslimin zu tun. Aber frühestens in fünf Minuten. So lange konnte er sich noch ungestört seinem Essen widmen.

Keine drei Minuten später stand sie an seinem Tisch.

„Hauptmann Marder?"

Thomas Marder sah überrascht auf. Sein Blick versank in zwei dunklen Augen, die den grünen Turban darüber zum Leuchten zu bringen schienen. Es war natürlich kein Turban; nur, der gesamte erste Eindruck der Dame war so orientalisch, dass er diese Assoziation unwillkürlich hervorrief.

„Sie sind aber schnell", entfuhr es Marder. Er stand auf, zog einen Stuhl hervor und deutete mit einer Handbewegung darauf: „Bitte, nehmen Sie Platz, Leutnant. Was darf ich Ihnen bestellen?"

„Ein großes Glas Wasser wäre gut."

Nachdem das Essen gegessen und das Wasser getrunken war, bestellten sie Kaffee. Marder lehnte sich zurück und musterte die Dame so ungeniert, dass es eine halbe Minute länger herausfordernd gewirkt hätte. Leutnant Tahiri ließ den Blick gleichmütig über sich ergehen. Sie nippte an ihrem Kaffee, schaute sich im Lokal um, betrachtete die flanierenden Menschen draußen, dann sagte sie:

„Es ist schön hier bei Ihnen in Deutschland. Gefällt mir."

„Sie sind voller Überraschungen. Ich frage mich, auf was ich bei Ihnen alles gefasst sein muss. Wo haben Sie eigentlich ...?"

„Im Deutschen Sprachinstitut in Teheran."

„... Ihr Gepäck?"

„Ach ..., ich hätte gewettet, dass Sie danach fragen, wo ich meine Deutschkenntnisse erworben habe. Das war bisher immer die erste Frage, die mir hier gestellt wurde. Mein Gepäck liegt im Schließfach am Dammtor."

„Sind Sie wegen der Sache von 1991 hier?"

„Indirekt. Sie haben die Aktion damals geleitet?"

„Ja", sagte Marder. Sein Blick verfinsterte sich. „Zusammen mit Eklund."

„Wussten Sie, dass sie den gefolterten Mann damals fotografiert und das Foto in Umlauf gebracht haben? Zur Abschreckung für Kollaborateure." Ihre Stimme hatte einen harten Klang bekommen.

„Das habe ich mir damals gleich gedacht. Waren Sie zu der Zeit schon bei der Kripo?", fragte Marder.

Leutnant Tahiri warf einen raschen Blick durchs Lokal, bevor sie in etwas leiserem Ton antwortete.

„Nein, da habe ich noch für den VEVAK gearbeitet."

„Interessant. Im Außendienst?"

„Als *field operator*, ja. Wir haben Ihnen Rückendeckung gegeben."

„Sie hätten sich ja mal zeigen können."

Um ihre dunklen Lippen spielte ein nachsichtiges Lächeln.

„Vor zwei Wochen wurde in der Gegend von Shiraz eine männliche Leiche gefunden, die genauso zugerichtet war wie Ihr damaliger Verbindungsmann. Kurz darauf erreichte uns eine Anfrage über Interpol, der Ihr Kollege Burgwald ein Foto des in Bremerhaven Ermordeten beigefügt hatte. Da kam plötzlich einiges zusammen."

„Shiraz, die Stadt der Blumen, der Dichter und der Liebe. Soll da in der Nähe nicht Abrahams Haus einst gestanden haben?"

Der Hauptmann in Marder sah sich ungläubig dabei zu, wie

er vor dieser Halbverschleierten den Troubadour machte.

„Sie verblüffen mich", gurrte sie prompt. „Tatsächlich soll Ibrahim, der Großvater des Propheten, der Überlieferung nach etwas weiter nördlich gewohnt haben."

„Ibrahim, so, so ... Sie sind religiös, was?", fragte Marder und ließ seinen Blick über ihr Kopftuch wandern.

„Ich bin gläubig, das ist was anderes."

„Gläubig, religiös, ich sehe da keinen Unterschied. Mit Ihrem Kopftuch ziehen Sie hier jedenfalls Blicke auf sich. Für einen Ermittler ist das reichlich kontraproduktiv."

Leutnant Tahiri schaute ihn irritiert an. „Sie verblüffen mich schon wieder", sagte sie kopfschüttelnd. „Sie erweisen sich als Kenner der islamischen Kultur, und im nächsten Atemzug fallen Sie darüber her."

„Überfallen sieht bei mir anders aus. Ich wollte Sie lediglich auf eine gewisse Unverträglichkeit hinweisen, wenn Sie vorhaben, so muslimisch aufgemacht in Deutschland zu ermitteln."

„Das kann man auch anders sehen. Wer weiß schon, wo die Ermittlungen uns hinführen."

„Höre ich da heraus, dass Sie auf einen längeren Aufenthalt bei uns eingerichtet sind? Wie viele Koffer haben Sie in dem Schließfach?"

Die letzte Frage ignorierte sie.

„Ich halte es für sinnvoll, aufeinander zulaufende Spuren auch einmal aus der Gegenrichtung zu beobachten."

„Sie meinen, ich sollte in den Iran gehen und Sie hier meinen Job machen lassen? Bunte Hunde tummeln sich in fremden Revieren? Schwebt Ihnen so etwas vor?"

„Warum können Sie nicht sachlich bleiben?"

„Kann ich ja. Erzählen Sie mir von den aufeinander zulaufenden Spuren. Aber zuerst bestelle ich mir noch ein Bier. Was darf es für Sie sein? Kennen Sie Alsterwasser? Das werden Sie lieben."

Leutnant Tahiri nickte ergeben und überlegte, wo sie mit ihrer Geschichte anfangen sollte.

Talisman

15

Im Jahr 2002 zog sich die kanadische Talisman Energy Company als letztes westliches Unternehmen vollständig aus dem Ölgeschäft im Sudan zurück. Den ersten ihrer nordsudanesischen Claims hatte sie schon zehn Jahre früher an die indische ONGC-Videsh Ltd. verkauft, die nicht nur nach Öl bohrte, sondern sich auch im Bergbau engagierte und auf drei Kontinenten nach allem Möglichen schürfte. Craig MacCullum, der zweite Ingenieur der Talisman, war ein kleiner, zu Korpulenz neigender Schotte mit kurzgeschorenem weizenblondem Haar, rosiger Gesichtshaut und einem Schnauzbart, der dem Tambourmajor eines Hochlandregiments zur Ehre gereicht hätte. Insgesamt ein glücklicher Mensch, dem der Beruf Erfüllung war, sah er es dennoch als seine persönliche Tragik an, dass es ihm in vierzigjähriger Berufstätigkeit – die Hälfte davon bei der TEC – nicht gelungen war, zum Chefingenieur aufzusteigen. Nichts sprach auch dafür, dass ihm dies in den verbleibenden fünf Jahren bis zum Erreichen des Pensionsalters noch gelingen könnte.

Schuld daran war nicht irgendeine berufliche Schwäche oder Unzulänglichkeit, sondern eher das Gegenteil davon: ein unablässiger, nicht unterzukriegender Übereifer, der mit sprühenden Einfällen, zahllosen Verbesserungsvorschlägen – von denen es einhundertsechsunddreißig bis in die Zentrale nach Calgary geschafft hatten – und in der Freizeit verfassten, von niemand angeforderten Machbarkeitsstudien einen sprunghaften, hyperaktiven Charakter verriet, dem man eine auf Dauer und Zuverlässigkeit angelegte Verantwortung nicht übertragen mochte. Als nun die Inder den zwischen Port Sudan und Suakin gelegenen Claim übernahmen, sah der eifrige MacCullum seine letzte Chance gekommen und griff zu. Er wechselte den Arbeitgeber und wurde Chefprospektor der Videsh Ltd. für den gesamten Mittleren Osten; ein Job, der ihn mit Begeisterung erfüllte, da er zu jener absonderlichen Spezies Mensch gehörte, auf die aride Landschaften eine unwiderstehliche Anziehung ausübten. Einfacher gesagt: MacCullum war ein Mann mit einer Schwäche für Wüsten. Der konnte er jetzt hemmungslos nachgeben, da die Inder ihm völlig freie Hand ließen bei der Suche nach nicht näher spezifizierten Bodenschätzen, die nur profitträchtig erscheinen mussten. Wochenlang vagabundierte MacCullum glückstrunken, doch ergebnislos, durch die arabische Halbinsel, dann setzte er über den Persischen Golf nach Iran über.

Im Hafen von Bushehr an Land zu gehen, war wie in einen Basar orientalischer Märchen einzutreten. Buntes, lärmendes Gewimmel umfing ihn so vollständig wie der meeresfeuchte Mantel der wohl unbeschreiblichsten Hitze, der er jemals ausgesetzt war. Er kam allein, mit nichts anderem dabei als eine kleine Reisetasche von Filson und seine vierzigjährige Erfahrung im Erkennen von Bodenschätzen. Wenn Craig MacCullum ein Mineral sah, es in der Hand hielt, zwischen den Fingern rieb, daran roch und es mit der Zunge berührte, wusste er meist ziemlich genau, womit er es zu tun hatte. So genoss er die Freiheit des unbeschwerten Umherwanderns, der Fahrten durch die Wüste, verließ sich ganz auf seine Sinne. Da er in Mimik und Gestik ebenso lebhaft war wie die freundlich neugierigen Iraner, schloss er schnell Bekanntschaften, wurde eingeladen, hörte Geschichten.

Irgendwann hörte er die Geschichte vom *Tal des Todes*, wobei er, wäre er Deutscher gewesen, vermutlich an Karl May gedacht hätte. Als Schotte und Schatzsucher dachte er eher an das, was die Inder von ihm erwarteten; nämlich, profitable Bodenschätze zutage zu fördern. In einem Haus in Tangak, einem Außenbezirk von Bushehr, hinter dem gleich die Wüste begann, saß er eines Nachmittags und trank mit Ingwer versetzten Pfefferminztee, der in der herrschenden Hitze von erstaunlich belebender Wirkung war. Zwei ehemalige Wanderhirten, die Brüder Haladschi, die von ihren Ziegen und Kamelen auf Taxi umgesattelt hatten und ihn seit einigen Tagen auf seinen Erkundungsfahrten begleiteten, erzählten ihm von einem aufgelassenen Bergwerk, das bis vor wenigen Jahren noch eine ganze Stadt, nun ja, ein Städtchen ernährt hatte. Einen eher unbedeutenden Wüstenort eigentlich. An die hundert Meilen nordöstlich von Bushehr gelegen. Ein Kaff namens Dalaki. In dem Bergwerk dort war jahrelang Titanium und wer weiß was sonst noch abgebaut worden. Nichts Großes jedenfalls, die Bewohner von Dalaki hatten Arbeit gehabt, reich geworden war dort keiner. Während des ersten Golfkriegs war der Betrieb dann eingestellt, die Anlage nach dem Waffenstillstandsabkommen vom 20. August 1988 als Lager für irakische Kriegsgefangene genutzt worden. Daran änderte auch der zweite Golfkrieg nichts, der zwei Jahre später ausbrach, nur sechs Wochen dauerte und sich den gefangenen Irakern allein dadurch bemerkbar machte, dass ihre Bewacher gereizter waren als sonst und sie mehr als üblich prügelten. Craig MacCullum hörte sich die Geschichte bedächtig kopfnickend an, und da der Abbau von „Titanium und wer weiß was sonst noch" seine Neugier geweckt hatte, beschloss er, am nächsten Tag hinauszufahren und das inzwischen aufgelöste Lager und leerstehende Bergwerk einmal in Augenschein zu nehmen.

Sie brachen frühzeitig auf, da sie vor Einbruch der Dunkelheit wieder zurück sein wollten. Das Taxi der Haladschis war ein dunkelroter Peugeot 504 Kombi, der sie bisher zuverlässig durch jedes Gelände gekarrt hatte. Äußerlich wurde der Eindruck von Zuverlässigkeit durch eine wuchtige Dachgepäckträgerkonstruktion, auf der zwei Sandbleche und zwei Schaufeln festgezurrt waren, ein auf die Heckklappe geschraubtes Ersatzrad sowie einen vor dem Kühlergrill aufgehängten ledernen Wassersack beschworen. Auf den Vordersitzen palaverten die Haladschis, MacCullum saß hinten und betrachtete die Landschaft. Man musste allerdings einen ausgeprägten

Hang zu Wüsten, speziell Geröllwüsten haben, um die Gegend als Landschaft zu bezeichnen. Sand, Gestein, später halbhohe Felsformationen, hier und da eine Art Wadi, darin ab und zu eine Art Baum oder Strauch, der Eintönigkeit waren keine Grenzen gesetzt. Die Brüder indes ließen nichts unversucht, ihrem Fahrgast den Eindruck einer Erlebnisreise voller Sehenswürdigkeiten zu vermitteln. Unablässig fuhren ihre Arme links und rechts aus den heruntergekurbelten Fenstern, wiesen ihre Finger auf bizarre Steingebilde, angebliche Reste historischer Befestigungsanlagen, auf mutmaßliche Höhlen und einmal – da wurde sogar angehalten und eine Pinkelpause eingelegt – auf ein krüppeliges Wäldchen kaum mannshoher Bäumchen mit bleigrauen, eingerollten Blättern, das sie als heiligen Hain bezeichneten. Selbst auf bleichende Skelette am Rande der Piste hinzuweisen, genierte sie nicht. Nach vierstündiger Fahrt erreichten sie ihr Ziel.

Sie erklommen eine kleine Anhöhe, von der aus sie einen guten Überblick über die Anlage hatten. Craig MacCullum schloss sie spontan in sein Herz. Sie lag in einem langgestreckten, zu einem breiten Oval sich ausbauchenden Wadi, und das eigentliche Bergwerk befand sich in der Mitte dieses von erodierten Felsgesimsen und karstigem Bruchgestein umwandeten Talkessels: Werkshallen oder Schuppen mit blinden, meist zerbrochenen Fenstern; ein rostiges Förderband, halb vom Sand zugeweht; bizarres Gestänge, das wie ein umgekippter Kran aussah; ein Dutzend eiserner Kipploren, unschlüssig bis zum Bauch im Sand verharrend; etwas höher gelegen zwei Stolleneingänge, mit Brettern vernagelt. Einige hundert Meter entfernt am nordwestlichem Rand des Tals ragten zwei schroffe Felsen in die Höhe, neben denen ein windschiefer Wellblechschuppen stand. *Tal des Todes* traf die Stimmung, die ganze Atmosphäre dort ziemlich gut.

Craig MacCullum hatte neben einem unfehlbaren Gespür für Gestein auch Sinn für Romantik, und diese Geistermine – sogar ein altmodisches Windrad stand untätig herum – tat alles, um ihn anzusprechen. Aber da war noch mehr. MacCullum war in die Hocke gegangen und spähte mit schräg gelegtem Kopf über die sandigen Bodenwellen. Er sah viel mehr als Sand. Er sah changierende Oberflächen mit glitzernden Reflexen unter der senkrecht stehenden Sonne. Die Tageszeit für seinen Besuch war mit Bedacht gewählt. Je minimierter der Sonneneinfallwinkel war, umso weniger falsche Reflexe gab es. Wenn sein geübter Blick, dicht über dem Boden schweifend, jetzt trotzdem auf Schimmer und Gefunkel stieß, deutete das auf Erze, auf unterirdisches Metall. MacCullum wusste, dass der über endlose Weiten ungehindert und ununterbrochen den Elementen ausgesetzte Wüstensand sich – in unvorstellbaren Zeiträumen von Millionen von Jahren gemessen – wie ein Paternoster verhielt; er wälzte sich in vertikaler Richtung langsam um, wobei es zu leichten diagonalen Verschiebungen kam, zeigte dem geschulten Auge an der Oberfläche, was der Untergrund barg. Und der Schotte spürte jetzt auch jenes Kribbeln, das ihn immer dann erfasste, wenn er auf eine vielversprechende Fährte stieß; ein Kribbeln, das in den Zehen beginnend sich in alle Extremitäten ausbreitete und sogar die Spitzen seines Schnauzbarts zum Zittern brachte. Als er sich aus der Hocke erhob, schauten die Haladschi-Brüder wieder einmal mehr als neidvoll auf diesen Schnauz, der nicht nur gewaltig war, sondern auch eigenes Leben entwickeln zu können schien.

„Sehen wir uns mal drinnen um", sagte MacCullum beiläufig und mit einer nachlässigen Handbewegung zu den Stolleneingängen hin.

Sandfahnen aufwirbelnd stolperten die drei den Abhang hinunter, und keine zehn Minuten später ruckelten und rissen die Brüder an den Brettern, die den Eingang des Stollens versperrten. Sie betraten einen Schacht, in dem es hinter der ersten Biegung dunkel wurde. Die Luft roch muffig und feucht, als befänden sie sich bereits tief unter der Erde. MacCullum musste an Bleivorkommen oder Quecksilber denken. Das knapp zwei Meter breite, aus der Wand gehauene Sims, auf dem sie gingen, wendelte sich mit beachtlichem Gefälle um einen zentralen Schacht, in dem ein offensichtlich lange nicht benutzter, völlig versandeter Lastenaufzug hing. Die drei Männer hatten starke Handscheinwerfer eingeschaltet, und der Ingenieur leuchtete unentwegt das Felsgestein zwischen den Stützbalken ab. Keiner der Männer sprach ein Wort. Plötzlich blieb MacCullum stehen. Er winkte den Älteren der Haladschis, der sich mit einem Montiereisen bewaffnet hatte, zu sich heran. Der Ingenieur deutete auf eine Stelle im brüchigen Fels und ließ ihn dort eine kleine Höhlung herausbrechen, der er mit Daumen und Zeigefinger eine Prise Gesteinsstaub entnahm. Er stülpte die Fingerkuppen wie Tulpenblätter nach außen und betrachtete die darin glitzernden Körnchen im Lichtkegel seiner Lampe. Die Haladschis schauten gebannt zu, wie er die Erdkrumen zerrieb und dabei den Kopf schräg legte, als horche er auf das Geräusch zerfallenden Staubes, sich dann die Finger an die Nase hielt und daran schnüffelte, danach den Zeigefinger ableckte und eine ganze Weile nachdenklich am Daumen lutschte. Sein Gesicht hatte einen verträumten Ausdruck bekommen. Die Brüder hielten die Spannung nicht mehr aus.

„Ist es Gold?", riefen sie. „Oder Silber? Titan etwa?"

„Oder Uran?"

„Nein, nein", murmelte MacCullum. „Es ist viel seltener."

Die Haladschis wechselten verständnislose Blicke.

„Diese Erde?", sagte Omar, der Ältere, während er mit dem Finger durch die von ihm in die Wand gestemmte Höhlung fuhr und ihn gleichsam anklagend hochhielt. „Selten?"

„Sehr selten", bestätigte der Chefingenieur, ihn sehr vergnügt anblinzelnd.

Für den Iran traf das auf jeden Fall zu. Craig MacCullum hatte soeben die erste und immer noch einzige Lagerstätte von Tantal und Niob im Land entdeckt. Seltene Erden, die gar nicht so selten im Verein mit Titanium gefunden wurden. In Dalaki hatte man sie übersehen, weil sie in so unwahrscheinlich geringen Mengen vorkamen.

Gleich am nächsten Tag flog MacCullum zum Zentralbüro der OVL nach Delhi, um seine Auftraggeber von diesem Sensationsfund zu informieren. Im Flugzeug schlief er die meiste Zeit und träumte von Zukunftstechnologie, von Milliardengeschäften, die mit einer offensiven Ausbeutung dieses so unschätzbar wertvollen Metalls zu machen wären. In den Wachphasen jedoch verzagte er jedes Mal, und es wollte ihm wie Größenwahn erscheinen, seine Auftraggeber davon zu überzeugen, die für einen profitablen Abbau erforderlichen Millioneninvestitionen zu tätigen. In einem Wüstenloch im Iran! Doch im Gegensatz zu dem bürokratischen Unverständnis, das ihm später aus den Amtsstuben und Ministerien dieses Landes entgegenschlug, zeigten die Inder klassischen Unternehmergeist und erwiesen sich darüber hinaus als clevere Geschäftsleute. Sie hörten sich seine Vorschläge freundlich lächelnd an, wackelten mit den Köpfen und gewährten ihm nach einer kurzen Besprechung alle Mittel, die er brauchte – einschließlich einer wohlgefüllten schwarzen Kasse, die helfen sollte, das bürokratische Unverständnis der Iraner zu überwinden.

Der Rückflug war für MacCullum, als schwebte er auf Wolken. Er verfügte mit einem Mal über Mittel, mit denen er aus der vergessenen Mine von Dalaki einen hoch technisierten, effektiv arbeitenden Bergbaubetrieb machen konnte, der auf eine Kapazität ausgelegt sein würde, die dem *global player* ONGC-Videsh Ltd. angemessen war. Gewaltige Mengen Erdreich würden hier bewegt werden, um daraus mit modernster Technik winzige Vorkommen miteinander verbundenen Tantals und Niobs zu extrahieren. Vor allem in der rapide wachsenden Branche der Informationstechnologie würden diese Metalle – davon war der Schotte ebenso überzeugt, wie er die Inder davon hatte überzeugen können – mittelfristig und auf lange Sicht eine unvorstellbare Nachfrage erleben. Die Preise dafür würden explodieren. Sein Bergwerk würde wertvoller sein als eine Goldmine.

In den nächsten Monaten arbeitete MacCullum, wie er im Leben noch nicht gearbeitet hatte. Am Rand der Talsenke ließ er ein Flugfeld anlegen, auf dem Hubschrauber und kleine Propellermaschinen landen konnten. Hier wurde leichteres Baumaterial auf dem Luftweg angeliefert, während das schwere Gerät per Schiff nach Bushehr gebracht und von dort mit Lastwagen zur Baustelle nach Dalaki transportiert wurde. Der ganze Ort hatte wieder Arbeit, die Menschen waren glücklich. MacCullum war von morgens bis abends auf der Baustelle unterwegs, gab Anweisungen, packte selbst mit an, er dampfte vor Energie. Ein bis zwei Mal die Woche flog er mit seiner einmotorigen Aquila nach Bushehr, wo die Bürokratie geschmiert werden wollte und wo er sich manchmal sogar eine kleine Auszeit genehmigte; zwei, drei Stunden, in denen er sich von den treuen Haladschis einige Kilometer auf der Küstenstraße nach Süden fahren ließ an eine Stelle, wo die Straße ins Landesinnere abbog, wo drei Palmen standen und dazwischen ein Strandkiosk, an dem man Limonade und Zigaretten kaufen, unter einem Strohdach sitzen und Tee trinken konnte.

Dort saß er eines Tages, als die Bauarbeiten schon fast abgeschlossen waren und das Bergwerk bald seinen Betrieb aufnehmen würde. Die Haladschi-Brüder saßen zwei Tische weiter und palaverten bei Ingwertee und Honigbrot. MacCullum war erschöpft und übermüdet, aber immer noch gab es so viel zu tun, an so vieles zu denken. Er rieb sich das stoppelbärtige Kinn und schaute grübelnd über den Strand, an der glitzernden Wasserlinie entlang in eine dunstige Ferne, wo sich ein dunkler Punkt bewegte, der näher zu kommen schien. MacCullum trank einen Schluck von seinem nur noch lauwarmen Tee und beobachtete den größer werdenden Punkt, der in der flirrenden Hitze erst dann einen menschlichen Umriss zu erkennen gab, als er schon ziemlich nah herangekommen war. Es handelte sich um einen Mann von kurzer, gedrungener, beinahe quadratischer Statur, der zweifellos einen langen Weg hinter sich hatte, aber immer noch kraftvoll ausschritt. Er trug Kakhisachen und lederne Schnürstiefel, unter einer braunen Baseballkappe lugte blondes Haar hervor, die Augen waren hinter einer Fliegerbrille mit dunkelgrünen Gläsern verborgen. MacCullum schätzte ihn auf Ende Dreißig, Anfang Vierzig. Am Kiosk angekommen, verlangte der Mann ein großes Glas Wasser, das er mit einem einzigen langen Schluck leer trank. Danach orderte er zwei Gläser Tee, und während er darauf wartete, nahm er erst die Sonnenbrille und dann die Baseballkappe ab. MacCullum erschauerte. Der Mann sah furchtbar aus. Gesicht und Kopfhaut waren von der Farbe rohen Fleisches, das Haar war strähnig und dünn, der ganze Kopf wirkte wie eine glühende Wunde. Als der Tee vor ihm hingestellt wurde, setzte der Mann die Kappe wieder auf und steuerte mit einem dampfenden Glas in jeder Hand auf MacCullums Tisch zu. Vor dem Ingenieur blieb er stehen.

„Amerikaner?", fragte er in lässigem Ton, als sei das auch schon die Antwort.

MacCullum, der den Vierschrot seinerseits für einen Amerikaner hielt, blickte in wassergraue Augen, die Selbstsicherheit ausstrahlten und Härte verrieten.

„Schotte", antwortete er und ärgerte sich insgeheim, so steif zu klingen.

Dem anderen schien das nichts auszumachen.

„Na, das nenn ich Zufall!", rief er aufgeräumt. „Vor einer Woche erst hab ich meinen Kumpel Scotty begraben. Auf der anderen Seite war das, in Aden." Er hatte unaufgefordert Platz genommen und eines der Teegläser wortlos zu MacCullum rübergeschoben. Nun lehnte er sich in dem grünen, von Sonne und Salz spröde gewordenen Plastikstuhl zurück und streckte die Beine von sich. „Der Freund ist tot, es lebe die Freundschaft. Auf dein Wohl, Scotty."

Er hob dem Ingenieur sein Glas entgegen und stellte es nach einem vorsichtigen Schluck behaglich seufzend wieder ab.

MacCullum hätte ob der distanzlosen Dreistigkeit eigentlich konsterniert sein wollen; zu seiner Überraschung jedoch empfand er nichts dergleichen, sondern sah sich ebenfalls das Teeglas heben und hörte sich sagen:

„Auf das Ihre, Mr. ..."

„Ach was, ich heiß Kurt. Hier in der Gegend nennen sie mich El Schut. Meine Kameraden haben mir diesen Namen verpasst, weil ich Deutscher bin."

MacCullum kriegte diese Informationen nicht so ohne weiteres auf die Reihe: die Rothaut war Deutscher, all right; aber der Name Schut sagte ihm nichts. War ja vielleicht auch nicht so wichtig.

„Craig MacCullum", stellte er sich mit angedeuteter Verbeugung vor.

„Angenehm Scotty. Ich hoff doch, es stört dich nicht, wenn ich dich Scotty nenn. Ich kann praktisch gar nicht anders, nachdem es meinen Kumpel verrissen hat."

„Verstehe schon", sagte MacCullum, dem die selbstsichere Lässigkeit des Deutschen zunehmend gefiel. Seit Jahren hatte er nur mit Vorgesetzten und Untergebenen zu tun, so dass er dieses entspannte Geplauder von Gleich zu Gleich als ausgesprochen wohltuend empfand. Gerade in den letzten Monaten hatte er nichts anderes getan als faule Arbeiter in den Hintern treten und korrupte Beamte umschleimen; da kam dieser respektlose Bengel mit der Teufelsfratze genau im richtigen Moment. Nach langer Zeit hatte „Scotty" das Gefühl, mal wieder frei durchatmen zu können.

„Ihre ..., die Kameraden, von denen du sprachst, waren das Arbeitskameraden oder Kameraden von irgendeinem Regiment ...?"

„Genau. Das waren Kameraden vom internationalen Regiment gut bezahlter Söldner. Ein Elitehaufen waren wir. Leider ausgemustert und jetzt in alle Winde verstreut. Wie das so geht in dem Beruf. Und selbst? Wohl nicht in der Branche tätig, was?"

MacCullum empfand den letzten Satz des vierschrötigen Mannes nicht als ehrenrührig; den abschätzigen Blick jedoch hätte er sich sparen können, fand er.

„In meinem Alter wohl kaum", erwiderte er kühl. „Ich leite ein Bergwerk in der Nähe von Dalaki."

„Ein Bergwerk in der Nähe von Dalaki, interessant. Was für ein Bergwerk ist das denn, und wie sieht's da mit der Sicherheit aus, Scotty?"

„Das ist eine Erzmine, und ..." Über die Sicherheit hatte er sich noch gar keine Gedanken gemacht. Den Aspekt hatte er völlig vernachlässigt. Der war bei der ganzen Aufbaueuphorie schlicht untergegangen. Dabei waren Diebstähle auf den Bohrfeldern der Talisman Inc. immer ein wichtiges Thema gewesen, hatten jedes Jahr mit mehreren Hunderttausend Dollar zu Buche geschlagen. Hier indes würde man sich nicht nur vor Diebstahl schützen, sondern auch Vorsorge gegen Sabotage treffen müssen. MacCullum hatte plötzlich das Gefühl, in einen Abgrund zu blicken. Und nun saß vor ihm dieser Mann, ein Deutscher, der sich mit dem Thema beschäftigt zu haben und möglicherweise sogar auszukennen schien. Wenn das nicht Kismet war! „... die Sicherheitsmaßnahmen müssen tatsächlich noch organisiert werden. Hast du Erfahrung mit Werksschutz und dergleichen?"

Die Antwort gab in diesem Moment das Meer. Mit lautem Knall, dass die Köpfe der Männer herumfuhren, ließ es einen gewaltigen Brecher auf den Strand schlagen, zornig nach der Linie der Hochflut leckend, die er nicht mehr erreichte, schäumend gebändigt und zurückgezerrt von Kräften, denen selbst dieser machtvolle Ozean gehorchen musste.

Später hätte sich MacCullum glücklich geschätzt, wenn ihn in diesem Augenblick eine ähnliche Gezeitenkraft gepackt und zurückgehalten hätte. Aber MacCullum war nicht das Meer. Er war ein kleiner dicker Schotte, der sich nach westlicher Gesellschaft sehnte; Mond- und Sonnenkräfte blieben ohne Einfluss auf ihn. An diesem Tag, am Strand von Bushehr, kam er mit Kurt Otto Krahke – dem Schut – ins Geschäft. Als er irgendwann begriff, dass der Schut ein Teufel war, war es für ihn zu spät.

Dabei hatte El Schut freimütig erzählt, frisch von der Leber weg sozusagen; Vorbehalte oder Tabus schien er gar nicht zu kennen. In jungen Jahren der Faszination der Waffen erlegen, hatte er sich freiwillig zum Militär gemeldet: Ausbildung in Nagold, auf vier Jahre verlängert, Abgang im Rang eines Leutnants. Mit den zwanzigtausend Mark seiner Abfindung war er durch die Welt getourt: Afrika, Südamerika, Nordamerika, Hawaii, Südsee ..., in Südostasien ging ihm das Geld aus, in Indonesien verdingte er sich erstmals bei einem internationalen Söldnerhaufen. Die harten Jungs lagen eher auf seiner Wellenlänge als die schlaffen Hippies in Kathmandu oder an den Stränden von Zipolite und La Ventosa. Danach kämpfte er in Afghanistan an der Seite der Mudschaheddin gegen die Russen. Später ließ er sich von Saddam Husseins Geheimdienst anwerben und verhörte amerikanische Gefangene und Kollaborateure der westlichen Allianz. Der Job war nicht nur der bestbezahlte, den er je im Leben gehabt hatte, sondern befriedigte auch gewisse Neigungen, die im Laufe jahrelangen Tötens Teil seiner Natur geworden waren. Well, den zweiten Halbsatz formulierte er etwas vager, und MacCullum fragte nicht nach, weil er das gute Gefühl nicht aufs Spiel setzen wollte, hier einem Mann begegnet zu sein, bei dem das Sicherheitsmanagement seiner Mine in verlässlichen Händen wäre.

Nach dem Krieg heuerte der Schut bei Blackwater Worldwide in Bagdad an, doch als die Amerikaner anfingen, Mitglieder der Truppe wegen Folter und sonstiger Gräueltaten zur Verantwortung zu ziehen, setzte er sich mit einem halben Dutzend seiner Jungs in den Jemen ab. Dort erledigten sie noch ein paar Jobs für verschiedene Stammesfürsten; aber die Bezahlung war erbärmlich und immer unsicher, und als bei einem Einsatz in Aden sein Freund über die Klinge sprang, löste er den Verein auf, und sie zerstreuten sich in alle Winde. Kurt Otto Krahke ging mit neuen Papieren in den Iran, da er der Meinung war, kein Mensch könne auf die Idee kommen, ihn im ehemaligen Feindesland zu suchen. Bislang war seine Rechnung aufgegangen, und wie es aussah, würde seine Glückssträhne nicht nur anhalten, sondern sich zu einem dicken Glückszopf auswachsen, nachdem er Scotty am Strand von Bushehr seine

Geschichte erzählt hatte.

„Scotty" MacCullum wiederum gefiel diese Geschichte nicht nur, weil sie mit seinen Plänen harmonierte, sondern auch deswegen, weil er sich seit langer Zeit in Gesellschaft eines Mannes wieder spürbar wohlfühlte; eines Mannes, der tatkräftig und durchsetzungsfähig zu sein schien und ähnlich rastlos wie er selbst. Am nächsten Tag zeigte er ihm das Bergwerk sowie die nächste Umgebung. Der Schut fand zwar lobende Worte für das, was der Schotte in den vergangenen Monaten buchstäblich aus dem Wüstenboden gestampft hatte, doch über die fehlenden Sicherheitseinrichtungen schüttelte er missbilligend den Kopf. Eine Woche später, am 17. Mai 1993, wurde ein Zweijahresvertrag unterschrieben; damit war Kurt Otto Krahke nun offizieller Sicherheitsbeauftragter der MacCullum-Mine von Dalaki, Südprovinz Fars, Iran. Ihm oblag die äußere und innere Sicherheit der Anlage, was auch die Sicherheit der Arbeiter und der Arbeitsbedingungen unter Tage einschloss. Im Laufe der nächsten Wochen und Monate holte El Schut eine Handvoll der Jungs zurück, die mit ihm in Jemen gewesen waren – ausgewiesene Mörder allesamt und von Skrupeln so wenig geplagt wie er selbst. Sie machten aus MacCullums Bergwerk ein mit modernster Technik gesichertes Lager, das niemand unbemerkt betreten und aus dem nichts unbemerkt verschwinden konnte. Die Auflagen für die Sicherheit der Arbeiter waren besonders hoch; die Maßnahmen, die dafür ergriffen werden mussten, würden die Kosten der äußeren Sicherheit noch übersteigen. Dafür zeigte der Schut allerdings wenig Verständnis. MacCullum erklärte es ihm:

„Wir holen hier die letzten Reste Platin aus der Erde, die uns der Betreiber der alten Mine übriggelassen hat. Das ist kaum der Rede wert, macht aber auch nichts, weil wir es im Wesentlichen auf das viel seltenere Tantal abgesehen haben, das hier in Verbindung mit Niob auftritt. Verwertet werden beide Metalle, aber sie müssen getrennt werden. Das Verfahren zur Trennung und Veredelung dieser Verbindung ist äußerst kostspielig. Für dieses Trennverfahren sind extrem schädliche chemische Substanzen erforderlich. Zudem fallen radioaktive Rückstände an. Die müssen alle entsorgt und die Bergleute, die damit in Berührung kommen, wirksam geschützt werden; vor Krebserkrankungen beispielsweise. In China, weltweit der Hauptlieferant seltener Erden, sind sich häufende Fälle von Knochen- und Blutkrebs bei Minenarbeitern schon jetzt ein riesiges Problem."

„Den Abfall verbuddeln wir einfach im Sand, davon gibt's hier ja genug", sagte der Schut. „Und für die Sicherheit der Arbeiter lassen wir uns noch eine kostengünstige Lösung einfallen, Scotty, keine Sorge."

„Sei bitte vorsichtig, Kurt. So einfach ist das nicht. Wir werden gewaltige Mengen giftigen Abraums haben. Es wird behördliche Kontrollen geben. Für das Verbuddeln von Chemie und radioaktiven Rückständen gibt es weltweit rechtsverbindliche Normen."

„Lass mich nur machen, Scotty. Ich hatte im Irak mit solchen Dingen zu tun. Damit kann ich umgehn."

Und da MacCullum, was den Schut betraf, ein gutes Gefühl hatte, ließ er ihn machen.

So wurden die Weichen gestellt, und die Dinge entwickelten sich in eine Richtung, die der Ingenieur eigentlich nicht vorgesehen hatte. In seinen Träumen sah er sich später immer noch als Alleinherrscher der MacCullum-Mine; bei Tageslicht besehen erkannte er indes, dass er sie ohne seinen Sicherheitschef kaum regieren konnte. Die Machtverhältnisse begannen sich unmerklich zu verschieben, so wie die Sandmassen im Laufe von Jahrmillionen. Nach und nach übernahm der Schut das operative Geschäft, und MacCullum – mit dem Zugang zum indischen Geld – sorgte nur noch für einen reibungslosen Ablauf hinter den Kulissen, auf der Bakschischebene also. Immer häufiger sah man ihn mit Regierungsbeamten und Ministern in Hotelfoyers beim Tee oder bei teuren Geschäftsessen in exklusiven Restaurants. Er wohnte jetzt in einem teuer eingerichteten Appartment am südlichen Stadtrand von Bushehr. In seinem Büroturm im Bergwerk war er nur noch selten gesehen. Die Hyänen der iranischen Bürokratie lernten schnell, den kleinen Schotten auszupressen, der nur deswegen mit großzügigen Geldgeschenken ihr Stillhalten erkaufen konnte, weil auf der anderen Seite der Schut die Kosten niedrig hielt. Wie er das bewerkstelligte, wollte MacCullum längst nicht mehr wissen. Nicht mehr, seit er einen Lastwagen voller Kinder durch das schwer bewachte Bergwerkstor zu einem der Schächte hatte fahren sehen. Nicht mehr, seit ihm ein Blut hustender, höchstens dreizehnjähriger Junge auf dem Werksgelände über den Weg getaumelt war. Nicht mehr, seit er mitbekommen hatte, wie die Wellblechbaracke am Ende des Tals mit einem doppelten Stacheldrahtzaun gesichert worden war. Einen Fuß hineingesetzt, einen Blick hineingeworfen hatte er nie. Als er sich dann doch dazu durchrang, den Schut zur Rede zu stellen und ihn dazu in sein Büro bat, wurden die grauen Augen des Mannes, in dessen Gegenwart „Scotty" sich schon seit langem gar nicht mehr wohlfühlte, ausdruckslos. Mit zwei Schritten war er bei ihm, riss ihn aus seinem Schreibtischstuhl hoch und zerrte ihn am Arm zum Fenster, von dem aus man das Bergwerksgelände fast vollständig überblicken konnte.

„Was siehst du?", fauchte der Schut.
„Was meinst du?"
„Was siehst du nicht?"
„Ich weiß nicht, worauf du hinauswillst."
„Du siehst, was alle sehn. Und du siehst nichts, was du nicht sehn willst. Niemand sieht das. Ich sorg dafür, dass das so bleibt. Das ist mein Job. Schon vergessen?"
„Dein Job ist die Sicherheit, Kurt. Aber Kinderarbeit ..., Herrgott noch mal! Und die Baracke da draußen ..."
„Du einfältiger Idiot! Was glaubst du denn, wie du zu deinen Zahlen kommst, mit denen du die Inder glücklich machst? Wieso wir hier nach nur fünf, gut, mittlerweile sechs Jahren mehr von deiner komischen Erde zutage fördern, als die hochge-

stochensten Prognosen erhoffen ließen? Weil wir zur Freude des Betriebsrats einen entspannten Achtstundentag fahren und übertarifliche Löhne zahlen? Nein, weil wir in drei Schichten rund um die Uhr ackern. Dalaki und die ganze nähere Umgebung stehn bei uns in Lohn und Brot. Leute aus Kazerun und Borazdjan arbeiten bei uns. Sogar aus Bushehr kommen welche. Und alle sind glücklich. Okay, nicht alle. Aber Ausfälle sind bei einem Riesenbetrieb wie unserm normal. Wir hängen's bloß nicht an die große Glocke."

Die Ansprache beruhigte MacCullum nicht. Mit der Tatsache, nur noch der Frühstücksdirektor seiner Mine und Geldbriefträger für die gefräßigen Bürokraten zu sein, hatte er sich abgefunden. Das Sagen im Bergwerk hatte El Schut, da musste man sich nichts vormachen. Aber dass der die Baracke bei den Felsen am Ende des Tals mit Stacheldraht hatte einzäunen lassen, war ganz und gar kein gutes Zeichen. MacCullum schlief schlecht in dieser Nacht. Und auch in der nächsten. Und der übernächsten ... Dann fasste er einen Entschluss.

Der Schut

16

„Wie gesagt, vor zwei Wochen haben wir in der Wüste diesen Mann gefunden. Er war der Chefingenieur und Leiter eines Bergwerks in der Nähe von Dalaki. Anwohner haben uns zu der Leiche geführt. Der Mann war nackt, auf die bekannte Weise misshandelt und verstümmelt und ganz eingetrocknet; er lag in einer Art Höhle und war bestimmt schon seit mehreren Tagen tot."

Leutnant Tahiri nahm einen Schluck von ihrem Alsterwasser und spitzte anerkennend den Mund.

„Was war das für ein Bergwerk? Wer profitierte vom Tod dieses Mannes?", wollte Marder wissen.

„Das Bergwerk gehört einer indischen Firma. Sie fördern da irgendwelche seltenen Erze. Sie haben schon einen neuen Chefingenieur eingestellt, einen Italiener. Vom Tod seines Vorgängers direkt profitiert hat, soweit das bislang feststellbar ist, niemand. Der Sicherheitschef der Mine wurde entlassen. Kein Wunder, wenn er seinen Vorgesetzten umbringen lässt."

„Sie meinen, er war es, der seinen Chef umbringen ließ?"

„Nein, da habe ich mich offenbar ungeschickt ausgedrückt. Ich wollte sagen, dass er zugelassen hat, dass sein Chef umgebracht werden konnte. Er hat es nicht verhindern können."

„Ja, verstehe schon. Haben Sie den Mann vernommen?"

„Nein, der ist weg."

„Der ist weg? Was meinen Sie damit?"

„Er besitzt eine Villa in Dalaki. Da ist er aber nicht. Während der letzten Wochen hat er in Bushehr gewohnt, in einem Appartment, das dem ermordeten Ingenieur gehört hat. Als wir ihn da befragen wollten, war er aber auch nicht da."

„Lassen Sie mich raten: ein Mietnomade."

„Was ist das?"
„Vergessen Sie's."
„Die Leute dort fürchten den Mann. Sie beschreiben ihn als einen grausamen Menschen. Er nennt sich Der Schut."
„Der Schut?" Marder musste lachen. „Warum nicht gleich Santer oder Burton?"
„Sein richtiger Name ist Kurt Otto Krahke."
Marder blieb der Mund offenstehen. Bevor er ihn schließen oder gar etwas sagen konnte, fuhr Leutnant Tahiri fort:
„Er ist Deutscher. Er ist hier in Hamburg."
„Donnerlittchen, Leutnant, die Bombe haben Sie aber wirkungsvoll platzen lassen. Das ist der Bursche, dem ich ohnehin einen Besuch abstatten wollte. Aber der hat hier doch ein Transportunternehmen, soll in die Schmuggelsache verwickelt sein, in der Eklund ermittelt hat. Einigermaßen unübersichtlich das Ganze, finden Sie nicht?"
„Ich bin mit meinen Informationen am Ende. Mehr kann ich Ihnen nicht sagen. Alles Weitere hoffe ich hier herauszufinden."
„Für die Aufklärung des Mordes an einem Ausländer haben Sie diese weite Reise auf sich genommen? Und auch noch finanziert bekommen?"
„Ja."
Es klang trotzig.
„Okay. Lassen wir's für heute gut sein. Sie hatten einen anstrengenden Tag. Wir holen jetzt Ihr Gepäck, und dann bringe ich Sie zum Novum Hotel, das ist ein gutes und preisgünstiges Hamburger Haus ganz in der Nähe. Morgen früh um neun hole ich Sie dort ab, wenn Ihnen das recht ist. Dann nehmen wir uns diesen Krahke zur Brust."
„Danke. *Was* machen wir mit diesem Krahke?"
„Wir nehmen ihn unter die Lupe, fühlen ihm auf den Zahn."
Leutnant Tahiri machte ein zweifelndes Gesicht, sah von weiterer Nachfrage jedoch ab. Sie hatte Küppers Wörterbuch der deutschen Umgangssprache im Gepäck, da würde sie später nachschauen, was es mit der Lupe und dem Zahn auf sich hatte.

Zuerst einmal aber, nachdem Marder verabschiedet und das Gepäck in ihrem Zimmer war und sie sich nach einer kurzen Dusche wieder frisch fühlte, unternahm sie einen Erkundungsgang durch St. Pauli. Unterwegs fand sie ein einladendes italienisches Restaurant, in dem man sie an einen Zweiertisch am Fenster führte. Mit einem erleichterten Seufzer sank sie auf den Stuhl. Als man ihr die Speisekarte brachte, ließ sie ihren Blick durch den Paradiesgarten der Gerichte wandern, von denen jedes mit einem appetitanregenden Foto um die Gunst des Gastes warb, und bestellte schließlich *Scaloppa ai Pfifferlinge*, was ihr sowohl dem Gastgeber als auch dem Gastland gegenüber ein gutes Gewissen gab. Dazu trank sie zwei weitere Gläser Alsterwasser. Es war kurz vor elf, als sie glücklich lächelnd zum Hotel zurück und auf ihr Zimmer ging. Dort legte sie sich gleich ins Bett und schlief die ganze Nacht tief und traumlos.

Früh am Morgen hatte es im Hafen eine Schießerei gegeben, berichtete Marder, als er Leutnant Tahiri – heute mit einem himmelblauen Kopftuch zu einem dunkelbraunen Hosenanzug – im Hotel Novum abholte. Bewaffnete hatten offenbar versucht, den Teppichhändler Tabrizi auszurauben, waren aber an den Sicherheitsvorrichtungen in seinem Lagerhaus gescheitert, und es war zu einem Schusswechsel mit der Hafenpolizei gekommen. Die Täter hatten unerkannt fliehen können.

Die KOK-IMEX GmbH & Co. KG hatte ihre Geschäftsräume in der Beletage einer der Villen am Falkensteiner Ufer in Blankenese. Auf dem Weg dorthin unterrichtete Marder die Kollegin mit wenigen Worten über das, was Burgwald von dieser Firma bisher in Erfahrung gebracht hatte.

„Das passt überhaupt nicht zu dem, was Sie mir über diesen Mann erzählt haben, der Sicherheitschef einer Erzmine im Iran sein soll", grübelte Marder. „Zu Gesicht bekommen haben Sie ihn nie, oder?"

„Nein. Aber die Bergleute aus Dalaki haben ihn immer wieder als einen grausamen Menschen beschrieben und des Öfteren als roten Teufel bezeichnet."

„Als roten Teufel? Der Schut? Das wird ja immer abenteuerlicher. Dann hoffen wir mal, dass er heute hier ordentlich seine Geschäfte führt und nicht gerade im Iran herumteufelt."

Den Rest des Weges legten sie schweigend zurück. Auf der Elbe zogen tief im Wasser liegende Lastkähne und haushohe Containerschiffe still ihre Bahn. Der Himmel lag bleigrau über der Stadt, dem Land und dem Fluss. Die Sonne würde noch eine Weile brauchen, bis sie sich durch die Wolkendecke gekämpft hätte. Falls ihr das heute überhaupt gelang.

Die Villa in Blankenese war in dem allgegenwärtigen dunkelroten, mit Efeu berankten Backstein Hamburger Großbürgerlichkeit erbaut. Auf dem Klingelschild der ersten Etage stand KOK-IMEX, auf dem darunter KOK priv. und auf dem darüber der Name G. Balatow. Auf ihr Klingeln hin öffnete ein hagerer Mann mit asketischen Gesichtszügen, der sich seinen Schnurrbart auf der unteren Hälfte der Oberlippe als bleistiftschmales Bürstchen stehen ließ. Er hatte Augen wie ins Gesicht gebrannte Löcher und trug ein Toupet von der Farbe einer toten Fledermaus.

„Sie wünschen?"

„Wir möchten mit Herrn Kurt Otto Krahke sprechen", sagte Marder.

„Haben Sie einen Termin?"

„Das nicht; aber Herr Krahke wird Ihnen dankbar sein, wenn Sie uns anmelden."

„Und wen, bitte, darf ich melden?"

„Hauptkommissar Marder und Leutnant Tahiri."

„Gewiss können Sie sich ausweisen."

Bevor Marder zu einer Antwort fand, dröhnte eine Baritonstimme aus dem ersten Stock: „Gregor, führ die Herrschaften bitte nach oben!"

Mit einer knappen Verbeugung ließ der mit Gregor Angesprochene die beiden in einen weitläufigen Salon eintreten und führte sie eine elegant geschwungene Freitreppe hinauf in eine lichte Beletage. Ohne anzuklopfen, öffnete Fledermaus eine hohe, zweiflügelige Tür und trat zur Seite, um Marder und Leutnant Tahiri einzulassen. Sie betraten ein Büro, eher eine Art Atelier, eine Mischung aus Loft und modernem Wohnzimmer, riesengroß jedenfalls und hell, mit zeitgenössischer Kunst an den Wänden. Über einen sehr alten, mit Seide durchwirkten Kerman Lawar von mindestens drei mal vier Metern glitt der mutmaßliche Kurt Otto Krahke auf sie zu.

Oh Haupt voll Blut und Wunden! Marder blieb abrupt stehen. Der Kopf des Mannes schien ein einziger Entzündungsherd zu sein. Das Gesicht sah aus, als hätte eine Gasflamme hineingeschlagen, und das über längere Zeit. «Als würde er einmal pro Woche mit dem Schweißbrenner gefoltert», dachte Leutnant Tahiri, sich berufsbedingter Erlebnisse im Krieg erinnernd. Notdürftig bedeckt wurde das Ganze von dünnem blondem Haar, das in langen Strähnen über die glühendrosa Kopfhaut gezogen war.

„Es ist weniger schmerzhaft als es aussieht. Rosazea im dritten Stadium, leider chronisch", begrüßte sie der vierschrötige Mann. Damit schien das Thema für ihn erledigt. Er streckte ihnen eine behaarte Pranke entgegen: „Kurt Otto Krahke. Bitte nehmen Sie Platz." Er wies auf zwei Sessel aus elfenbeinfarbenem Leder und hievte sich selbst in seinen Schreibtischsessel. „Kann ich Ihnen etwas anbieten? Kaffee? Tee?"

„Kaffee wäre gut."

„Tee, bitte."

Krahke wandte sich an das Fledermaustoupet: „Gregor, machst du mal?" Und zu seinen Besuchern: „Darf ich vorstellen: Herr Balatow, mein Sekretär."

Herr Balatow nickte und verschwand.

Herr Krahke kam gleich zur Sache.

„Wenn ich Ihr Erscheinen richtig deute und Ihre Dienstränge richtig verstanden hab, kommen Sie wegen der Ereignisse im Iran zu mir", sagte er, Leutnant Tahiri aufmerksam musternd. Er hielt seine Hände gefaltet und drehte die Daumen umeinander. Er hatte kurze Wurstfinger, zwischen denen sich klobige Reklamekugelschreiber vermutlich wohler fühlten als schlanke Designerkulis.

Herr Balatow servierte die Getränke – für seinen Chef ein Glas mit einer milchigen Flüssigkeit, als wären mehrere Tabletten in Wasser gelöst – und zog sich lautlos zurück. Krahe wandte sich an den Leutnant.

„Sie verstehn unsere Sprache, Frau ...?"

„Leutnant Tahiri. Ja."

Marder merkte, wie Leutnant Tahiri sich verkrampfte.

„Die Ermittlungsarbeit im Fall eines in Iran grausam verstümmelten und ermordeten Europäers, darüber hinaus noch in leitender Position, wird verständlicherweise mit einigem Aufwand betrieben", schaltete er sich ein. „Da Sie dort nirgends zu finden waren, ist Leutnant Tahiri nach Deutschland geschickt worden. Wo haben Sie da eigentlich gesteckt?"

„Nach dem Mord bin ich fristlos entlassen worden; fallengelassen wie 'ne heiße Kartoffel. Ich gehörte aber nicht zum sogenannten Kreis der Verdächtigen, darum durfte ich mich frei bewegen und auch das Land verlassen. Ich hab diesen festen Wohnsitz, den die Deutsche Botschaft in Teheran bestätigen konnte. Fluchtgefahr wurde ausgeschlossen, weil ich ja die Firma hier führen muss."

„Wie geht das eigentlich zusammen, im Iran die Sicherheit einer Erzmine managen und gleichzeitig hier in Hamburg eine Im- und Exportfirma führen?"

„Das ging gleitend, hat sich mit der Zeit so ergeben. Nachdem sich unser Sicherheitskonzept im Bergwerk bewährt hatte, war da aktiv nicht mehr viel zu tun. Ich bin dann öfter mal durchs Land gefahren. Da kam ich auf die Teppiche. So märchenhaft schöne und vor allem so kunstvoll gearbeitete Teppiche wie im südlichen Iran hab ich nirgendwo auf der Welt gesehn, und ich bin reichlich rumgekommen, das können Sie mir glauben. Da kam mir die Idee, die Teppiche in Europa zu verkaufen."

„Selbst wenn Sie fliegende Teppiche hätten, könnten Sie

nicht an zwei Orten gleichzeitig sein."
„Ja, wohl kaum." Krahke rang sich ein Lachen ab. „Aber wenn ich im Iran bin, wo ich ja auch persönlich die Teppiche aussuch, werd ich sehr kompetent von Gregor ..., Herrn Balatow, vertreten. Er führt hier meine Geschäfte, wenn die Mine ruft, das heißt, rief. Das ist ja jetzt vorbei."

„Sie meinen, Sie brauchen Herrn Balatow in Zukunft nicht mehr?"

„Wieso, hätten Sie eine Stelle für ihn? Nein, Scherz beiseite, auf Herrn Balatow möcht ich auch in Zukunft nicht verzichten."

„Kümmert er sich um die Frachten, die Ihre Lastwagen auf die *Sursum Corda* bringen?"

Krahkes Blick geriet kurz ins Flackern, bevor er sich in seinem Sessel zurücklehnte und dann mit beherrschter Stimme antwortete.

„Auf die *Sursum Corda* und andere Trampschiffe wie die *Regina Selznik*, die *Gdansk* ... ich hab jetzt nicht alle Schiffsnamen parat. Trampschiffe sind ja mittlerweile eine große polnische Spezialität. Konkurrenzlos preisgünstig. Und bislang auch zufriedenstellend zuverlässig. Was will man mehr. Wir haben Abnehmer für unsere Teppiche bis nach Dänemark und Schweden. Nicht zu vergleichen mit dem, was wir hier in Hamburg umsetzen; aber wie es heißt so schön: Kleinvieh macht auch Mist."

„Unsere Ermittlungen haben ergeben, dass Ihre Laster allein mit der *Sursum Corda* befördert werden. So ist es aus den Frachtpapieren zu ersehen."

„Ermittlungen?", fragte Krahke unruhig. „Was für Ermittlungen?"

„Leutnant Tahiri ermittelt im Mordfall MacCullum. Ich ermittle im Mordfall Eklund. Die hiesige Polizei ermittelt in Zusammenarbeit mit den polnischen Behörden in zwei weiteren Mordfällen: dem des Zolloberinspektors Lech Bubilski und des Zollbeamten Stanislaw Krawzcic, die beide im Danziger Hafen gearbeitet haben."

„Die Namen sagen mir nichts." Krahke rutschte in seinem

Sessel nach vorn und legte die Unterarme auf die Schreibtischplatte. „Aber jetzt müsste ich Sie doch einmal bitten, mir Ihre Dienstausweise zu zeigen."

„Wo waren Sie Ende Januar 1991?" Leutnant Tahiris Stimme klang gepresst.

Die Augen in dem wundroten Gesicht des Mannes, der ihr gegenüber saß, wurden schmal. Doch nur für den Bruchteil einer Sekunde, dann schwang er seinen Sessel in ihre Richtung und sagte kalt:

„Das kann ich Ihnen zufällig genau sagen, Frau Leutnant. Ende Januar '91 war ich in Japan, auf Honshu, da hab ich mit japanischen Freunden den Fujiama bestiegen. Und jetzt wär ich Ihnen dankbar, wenn wir unsere Unterredung beenden könnten. Ich bin furchtbar beschäftigt. Herr Balatow wird Sie hinausbegleiten."

17

Auf dem Rückweg in die Stadt starrte Leutnant Tahiri zum Seitenfenster hinaus. Marder warf hin und wieder einen Blick zu ihr. Schließlich sagte er:

„Was war da eben los? Die Unterredung scheint Sie reichlich mitgenommen zu haben."

Zhora drehte ihren Kopf langsam in seine Richtung.

„Haben Sie die Reaktionen dieses Mannes beobachtet?"

„Ja, wir haben ihn unruhig gemacht. Sie haben ihn erfolgreich abgelenkt, als er auf unsere Legitimation zu sprechen kam. Was hat Sie zu Ihrer Frage bewogen?"

Zhoras Antwort kam zögernd.

„Ausweise vorzuzeigen wäre uns wohl beiden schwergefallen. Meine Anwesenheit hier ist nicht ganz so offiziell, wie Sie annehmen."

„Wie Kriminalrat Rupp vielleicht annimmt. Mir ist schon lange klar, dass Sie eine viel ältere Spur verfolgen."

„Dass ich in Deutschland bin, habe ich alten Verbindungen zum Geheimdienst zu verdanken. Da gibt es jemand, der Einfluss im Außenministerium hat."

„Und die dort haben unser Auswärtiges Amt kontaktiert ..." Bei Marder schrillten die Alarmglocken. „Sie sind nicht als Polizistin hier, sondern als Agentin!"

„Nein, ich bin schon seit Jahren nicht mehr beim VEVAC. Ich befinde mich in der gleichen Position wie Sie."

„Wie ich?" Marder lachte. „Das ist aber keine gute Position."

Vor ihnen staute sich der Verkehr. Marder gelang es gerade noch, in eine Seitenstraße auszuweichen, die sie in das Einbahnstraßenlabyrinth eines Wohnviertels führte, aus dem es lange kein Entrinnen gab. Schließlich sagte er: „Wie kommen Sie auf die Idee, dass dieser Krahke etwas mit den Vorfällen von 1991 zu tun haben könnte?"

„Ich weiß nicht, ich sah den Mann und hatte das sichere Gefühl ..."

„Konkrete Hinweise haben Sie keine? Hören Sie, Leutnant, wenn Sie mit mir zusammenarbeiten wollen, müssen Sie Ihre Karten auf den Tisch legen. Alle Karten. Auch die, die Sie im Ärmel haben."

„Herr Marder, Ihre Redensarten verstehe ich zwar nicht immer; aber glauben Sie mir, dass ich ein ebenso gewichtiges Interesse daran habe wie Sie, diesen Fall zu lösen. Darum habe ich Ihnen alles gesagt, was wichtig ist."

„Manchmal ist das Unwichtige vom Wichtigen nicht so leicht zu unterscheiden." Marder zögerte einen Moment, dann sagte er bedächtig: „Dass Sie einen ebenso schwerwiegenden Grund haben wie ich, diesen Fall zu lösen, möchte ich Ihnen nicht wünschen."

Leutnant Tahiri presste die Lippen aufeinander.

„Haben Sie sich nie auf Ihr Gefühl verlassen?", fragte sie nach einer Weile.

„Doch, es ist ein Ausweis von Professionalität, sich auf sein Gefühl verlassen zu können. Aber hier ... Ich weiß nicht ... Wir brauchen Fakten. Dieser Mann lässt sich nicht so einfach ans Bein pinkeln."

„Herr Marder, Ihre Redensarten in Ehren; aber wäre es Ihnen möglich, sich weniger vulgär auszudrücken?"

Marder bedachte sie mit einem ungläubigen Blick.

„Vulgär, meine allahgläubige Blume des Orients, hört sich bei mir ganz anders an. Da Sie Ihre Gefühle aber offenbar brauchen, um unseren Fall zu lösen, will ich mich bemühen, sie in Zukunft nicht mehr zu verletzen. In Ordnung?"

„Ja, in Ordnung. Aber was soll das mit der allahgläubigen Blume des Orients? Reden Sie nicht so jovial mit mir! Ich bin doch kein Kind."

„Nein, Sie sind Jeannie, der Geist aus der Flasche; aber anstatt mir hilfreich zur Seite zu stehen, nerven Sie mich mit Ihren Mimositäten. Warum seid Ihr Moslems bloß so empfindlich?"

„Ach, jetzt sind es wir Muslime. Nur weil wir nicht so grob und unbehauen sind wie Ihr Deutschen, sind wir auf einmal nervige Neurotiker ..."

„Nu mal langsam. Wenn Sie mit Begriffen wie unbehauen und neurotisch kommen, denken Sie bitte daran, in welchem Land Delinquenten – selbst Minderjährige – zur Gaudi gaffender Neugieriger öffentlich ausgepeitscht und Gotteslästerer noch aufgehängt werden; wo eine Frau, die nur die Freiheit ihrer Gefühle in Anspruch genommen hat, zu Tode gesteinigt wird. Das ist neurotisch. Das ist archaische Barbarei, wenn Sie mich fragen. Und so überempfindlich seid ihr, weil euch mit fortschreitender Globalisierung allmählich klar wird, dass ihr den Anschluss an die Moderne komplett verpasst habt."

„So etwas sagen Sie mir fünfzig Jahre nach der größten Barbarei des Jahrhunderts, die in Ihrem Land stattgefunden hat."

„Meine Liebe, Sie vergessen, dass ihr die eigentlichen Arier seid und die Juden immer noch ins Meer treiben wollt."

Zhora warf ihm einen vernichtenden Blick zu.

„Nicht wir wollen das. Nicht das Volk. Das wissen Sie genau. Nur weil einige Fanatiker in der Regierung ..."

„Die seit zwanzig Jahren an der Macht ist."
„Ja, ich weiß. Ihr Tausendjähriges Reich hat nur zwölf Jahre gehalten."
„Es war nicht mein Tausendjähriges Reich. Und Polemik hilft uns nicht wirklich weiter."
„Sie haben Recht. Entschuldigen Sie. Ich merke nur immer wieder, dass Sie mir mit Ablehnung begegnen. Vielleicht stört es Sie auch nur, dass ich ein Kopftuch trage. Und dann behandeln Sie mich auf diese herablassende Art. Allahgläubige Blume des Orients; Jeannie, der Geist aus der Flasche. Was soll das? Meinen Sie, ich weiß nicht, worauf Sie anspielen?"
„Sie können im Iran amerikanische Fernsehserien sehen?"
„Zu Schahzeiten konnten wir das."
„Ihr Kopftuch können Sie doch einfach abnehmen. Hier müssen Sie es ja nicht tragen. Ohne Tüchlein sehen Sie bestimmt viel hübscher aus."
„Sie sind ein unverbesserlicher Chauvinist. Auf den Gedanken, dass ich das Kopftuch freiwillig trage, weil es für mich stimmt und mir gefällt, kommen sie wohl nicht?"
„Ich komme mir nur komisch vor, wenn ich so mit Ihnen durch die Stadt ziehe. Wenn wir zu Fuß unterwegs sind, gehen Sie bitte fünf Schritte hinter mir."
Zhora schüttelte resignierend den Kopf.
„Ihnen ist nicht zu helfen", sagte sie.
„Werfen Sie nicht gleich die Flinte ins Korn", feixte Marder. „Noch ist nicht aller Tage Abend."
Leutnant Tahiri verdrehte die Augen.
„Was gedenken Sie als nächstes zu tun, Herr Marder?"
„Gute Frage. Wir müssen an diesem Krahke dranbleiben. Ich kann offiziell nichts unternehmen. Der junge Burgwald muss da ran. Er muss nach Danzig fahren, bei den Polen recherchieren, bevor Rupp einen anderen losschickt. Ich werde Eklunds Aufzeichnungen noch einmal durchsehen. Es muss da etwas geben, einen Hinweis, eine Andeutung. Vielleicht sollten wir uns auch bei diesem Krahke noch einmal umschauen. Ich

werde das Gefühl nicht los, etwas Entscheidendes übersehen zu haben. Und dann muss ich mich auch mal wieder um Suzanne kümmern."

„Wer ist Suzanne?"

„Eklunds Tochter. Sie studiert hier in Hamburg. Seit dem Tod ihres Vaters bin ich ihre Familie."

„Sie hat sonst niemand?"

„Nein. Aber sie ist ein tapfers Mädchen. Sie werden sie sicher noch kennenlernen."

„Das würde ich gerne."

„Und Sie? Was sind Ihre Pläne? Soll ich Sie ins Hotel zurückbringen?"

„Nein. Es wäre nett, wenn Sie mich zum Iranischen Generalkonsulat fahren würden. Vielleicht kann ich dort noch etwas über die Aktionen von 1991 recherchieren und herausfinden, ob dieser schreckliche Krahke darin verwickelt war."

„Gute Idee. Haben Sie die Adresse des Konsulats?"

„Bebelstraße, glaube ich."

Das Generalkonsulat der Islamischen Republik Iran lag in der Bebelallee Nr. 18. Wieder ein Hamburger Backsteinhaus, ein langgestreckter Zweistock mit ausgebautem Dachgeschoss. Hinter einem Eisengitterzaun mit verzierten Spitzen hing schlaff die iranische Fahne. Der Eingang des Gebäudes war massiv gesichert. Marder hielt kurz an und ließ Leutnant Tahiri aussteigen.

„Wenn Sie was herausfinden, rufen Sie mich an. Die Nummer meines Handys haben Sie ja", sagte er.

„Ihr Handy? Was ist das? Wieder was Unanständiges?"

„Mein Mobiltelefon."

„Handy sagen Sie dazu? Wie apart!"

Den Anflug eines Lächelns auf den Lippen, entschwand der Leutnant.

Marder schmunzelte, als er den Gang einlegte und losfuhr zu Eklunds Wohnung. Dort hatte er die Adresse und Telefonnummer von dieser Kommilitonin, bei der Suzanne jetzt wohnte. Birthe oder Dörthe nochwas. Unterwegs rief er Willie Burgwald an. Der Kriminalassistent meldete sich erst nach längerem Klingeln. Die Verbindung war schlecht.

„Willie, wo bist du? Wir müssen uns treffen."

„Hallo, Herr Hauptmann, ich meine, Thomas. Ich sitze im Europabus nach Danzig. Die Verbindung ist verdammt schlecht. Hier drinnen ist ein Geschnatter, der Fernseher krakeelt, ich kann nix verstehn."

„Gut, ruf mich an, wenn du angekommen bist."

„Was? Ich rufe zurück, wenn ich da bin."

Marder hatte sein Telefon bereits eingesteckt. Fixer Junge, der Buchwald. Erstaunlich, dass er den Kriminalrat so schnell herumgekriegt hatte. Oder hielt der die Danziger Spur für zweitrangig und hatte darum nur einen Assistenten losgeschickt? Marder dachte an den Überfall im Morgengrauen auf den Teppichhändler in der Speicherstadt. Ob Rupp da einen Zusammenhang sah? Nun, bei einem Bier in der Kneipe würden ihm die Kollegen – Ex-Kollegen – schon verraten, in welche Richtung ihre Ermittlungen zielten. Wichtig war nur, dass Burgwald sich in Bewegung gesetzt hatte. Auf den Jungen konnte er sich verlassen, das war gut. Und es sprach für dessen Opfermut, dass er den Europabus genommen hatte.

18

Wibke Scheuermann hieß die Kommilitonin, für die Suzanne die Blumen goss. Sie wohnte zur Miete in einer hübschen kleinen Altbauwohnung im dritten Stock in der Eimsbütteler Chaussee.

„Na, hier lässt es sich aushalten", sagte Marder mit einem anerkennenden Blick in die Runde, nachdem er Suzanne lange in den Armen gehalten hatte.

„Ja, sehr heimelig. Ich kann hier gut arbeiten. Nach draußen gehe ich nur, um das Nötigste einzukaufen. Immer zu verschiedenen Zeiten."

„Ganz Profi. Was macht das Studium, mein Mädchen?"

„Mitte des Jahres stehen Examen an. Die nächsten zwei Monate heißt es pauken. Dann kommt auch Wibke aus Botswana zurück. Ich hoffe, dass sich die Situation bis dahin entspannt hat und ich wieder in meine WG übersiedeln kann."
„Zwei Monate sind eine lange Zeit. Vielleicht haben wir den Fall bis dahin ja schon abgeschlossen."
„Seid ihr mit den Ermittlungen vorangekommen? Gibt es neue Erkenntnisse? Schon eine Ahnung, wer die Entführer waren? Für wen sie gearbeitet haben?"
„So viele Fragen auf einmal, Suzanne; belaste dich nicht mit unnötigen Sorgen. Hier bist du doch sicher. Was die Ermittlungen angeht, da haben wir bisher leider nur Vermutungen. Ein paar Zusammenhänge deuten sich an. Ich habe übrigens eine neue Mitarbeiterin, eine Art inoffizielle Partnerin, kompliziert zu erklären. Sie kommt aus Iran, hört auf den blumigen Namen Zhora bent Hadi Tahiri und ist Polizeileutnant. Wenn du willst, mache ich euch bekannt."
„Eine Frau aus dem Iran? Und sie arbeitet mit dir zusammen?"
„Ja. Warum siehst du mich an, als liefe sie Gefahr, von mir gefressen zu werden? Sie trägt Kopftuch und ist eher der Typ strenge Lehrerin."
„Hört sich nach interessantem Studienobjekt an. Verzeihung, das war überheblich. Ja, ich würde sie gern einmal kennenlernen."
„Du hörst dann von mir. Ich muss wieder los."
„Pass auf dich auf!"
„Und du auf dich."

19

Kurt Otto Krahke hatte das Gefühl, der Himmel müsse ihm auf den Kopf fallen. So lange war alles glatt gegangen, viel zu glatt, und jetzt brach es an sämtlichen Fronten über ihn herein. Sie hatten sich verhalten wie Kinder im Sandkasten, allein mit sich und ihrer Welt, unerreichbar für jede Gefahr von draußen.

Verdammter Leichtsinn! Und Gregor, dieser Idiot, hatte geglaubt, sich in Bremerhaven aufführen zu können wie zu ihren besten Zeiten im Irak. Jetzt hieß es, retten was zu retten war. Diese beiden Figuren, die sich als Ermittler ausgegeben hatten, würden niemals locker lassen. Das hatte er gespürt, als sie ihm gegenübersaßen. Die würden ihm im Nacken sitzen bis zum Schluss. Es kam gar nicht darauf an, ob sie einen offiziellen Auftrag hatten oder nicht. Er war sogar ziemlich sicher, dass sie den nicht hatten. Das waren Bluthunde. Beide eher von persönlichen Motiven getrieben. Ihrs ging auf '91 zurück, so viel war klar. Das des Mannes wahrscheinlich auf den Mord an diesem Eklund, da musste er sich noch Gewissheit verschaffen.

„Gregor!" Seine Stimme vibrierte vor Zorn.

Gleich darauf stand Fledermaus im Zimmer. Er sah aus, als hätte er sich die Haare gerauft und danach das Toupet nicht richtig justiert.

„Was machen wir, Schut?"

„Hör mir auf mit dem verdammten Schut, du Clown, das ist aus und vorbei – *dead and gone*. Du musst mal langsam in der Realität ankommen. Die ist hier. Und in Bremerhaven. Und in Danzig, auf diesem verfluchten Schiff. Überall; nur nicht da, wo du geistig zurückgeblieben bist." Er hätte Gregor umbringen können. Aber er brauchte ihn noch. „Find raus, ob dieser Hauptkommissar den Zollmann in Bremerhaven gekannt hat, den du sozusagen mit deiner Visitenkarte da liegen lassen hast. Der Bursche wird uns gefährlich, ich spür's genau. Und diese Kopftuchschlampe leg am besten um, wenn sie dir das nächste Mal über den Weg läuft. Die rührt die ganze alte Kacke wieder auf."

„Okay, Chef, sonst noch was?"

„Wir machen den Laden dicht. Die Lieferung, die unterwegs ist, geben wir noch raus, danach ist Schluss. Ich geh mit aufs Schiff, wickel da alles ab und mach den Deal mit den Schweden klar. Die sollten mittlerweile so weit sein, dass sie liefern können. Falls nicht, mach ich denen die Hölle so heiß, dass sie einen GAU für den kleinsten anzunehmenden Unfall halten. Und dann kommt die letzte große Fahrt, mein Lieber. Danach werden wir für alle Zeiten ausgesorgt haben. Bis dahin hältst du hier die Stellung."

„Was machen wir mit den Rumänen?"

„Ach ja, die Herren Entführer. Auch so eine bescheuerte Idee von dir. Bezahl sie und schick sie nach Hause. Möglicherweise brauchen wir sie da noch. Die sollen sich auf Abruf bereithalten."

Hätte Kurt Otto Krahke – der Schut, als er noch nicht so blutempfindlich war – zu diesem Zeitpunkt geahnt, welche Art Hilfe von ihnen zu erwarten war, wäre ihm der Himmel tatsächlich auf den Kopf gefallen.

Empor die Herzen

20

Willie Burgwald fühlte sich nicht besonders gut. Ohne Schulterhalfter und Waffe kam er sich wie eine Nacktschnecke vor. Natürlich war es ein Gebot der Vernunft gewesen, die Sachen zu Hause zu lassen. Und jetzt gab es kein Zurück. Der Hauptmann verließ sich auf ihn. Nach der zwölfstündigen Tortur namens Europabus wäre er am liebsten gleich losgestürmt, um endlich wieder die Beine unter sich in Bewegung zu spüren. Er beschloss, zu Fuß zu gehen und sich zum Hafen durchzufragen. So würde er einen Eindruck von der Stadt bekommen. Das konnte nützlich sein.

Danzig im Frühsommer – das war von der Stimmung her wie Bremerhaven im Spätherbst. Der Himmel war grau, und die Leute ließen die Köpfe hängen. Burgwald warf sich den Seesack über die Schulter und machte sich auf den Weg. Viel war auf den Straßen nicht los an diesem frühen Morgen. Ab und zu eine Straßenbahn, die eine Handvoll Fahrgäste entließ; ein Mann, der einen mit klirrenden Milchflaschen gefüllten Karren übers Kopfsteinpflaster schob; ein Möwenpärchen, das schimpfend über ihn hinwegflog. Der Kriminalassistent folgte den Vögeln und gelangte, am Krantor vorbei, ziemlich direkt zum inneren Hafen. Eine Barkasse beförderte ihn über einen der vielen Mottlauarme zum Nowy Port. An dessen nördlichem Ende befand sich das Zollamt, dem Oberinspektor Bubilski vorgestanden hatte. Die drei Zollbeamten, zwei Inspektoren und eine Anwärterin, die gerade ihre Schicht angetreten hatten, musterten ihn neugierig, als er den prallen Seesack absetzte und seine Pudelmütze vom Kopf zog. Sie hatten einen deutschen Beamten erwartet, keinen Matrosen.

„Wer ist hier der diensthabende Offizier?", fragte Burgwald.

Das war deutsches Vokabular, wie es den Vorstellungen der Polen entsprach. Der Älteste der drei trat einen Schritt vor und streckte dem jungen Mann die Hand entgegen.

„Das bin ich, Zollinspektor Horst Jankowski. Willkommen in Polen. Sie müssen der deutsche Kriminalassistent sein, der uns avisiert wurde. Kommen Sie, wärmen Sie sich ein wenig auf."

Er ging zu einer Art Anrichte, auf der ein aufwendig gearbeiteter, mattsilberner Samowar die schönsten Erwartungen weckte. Burgwald trat staunend näher und fuhr bewundernd mit den Fingern über die bauchigen Rundungen dieser außergewöhnlichen Apparatur, die von einem merkwürdigen Aufsatz gekrönt wurde.

„Tee aus so einem Samowar zu trinken, muss himmlisch sein", sagte er andächtig.

„Ha, ha", lachte der Inspektor. „Den benutzen wir als Kaffeemaschine. Funktioniert ausgezeichnet."

Das war nicht übertrieben. Der espressostarke Kaffee, der aus dem Hahn tröpfelte, konnte, mit vier Stückchen Zucker genossen, süchtig machen, dachte Burgwald und schmatzte anerkennend. Die Polen freuten sich, dass es ihm schmeckte. Inspektor Jankowskis Miene hatte sich jedoch verdüstert. Er fasste Willie Burgwald am Arm und führte ihn zum Fenster.

„Soll ich Ihnen die Stelle zeigen, an der Bubi ermordet worden ist?"

Der Kriminalassistent warf einen fragenden Blick in die Runde.

„Bubilski, der Oberinspektor", wisperte die Anwärterin.

„Das war direkt hinter dem konfiszierten Maersk-Container da hinten", fuhr Jankowski fort. „Keine fünfzig Schritte von hier entfernt, hat er die ganze Nacht da gelegen, und keiner hat ihn gefunden. Erst am andern Morgen", er warf einen Blick auf seine Armbanduhr, „etwa um diese Zeit, als ich meinen Rundgang machte, hab ich ihn entdeckt, den Bubi."

Mit betrübter Miene wandte er sich ab, um Trost am Samowar zu suchen.

„Nein. Ich will da jetzt nicht raus. Ich will aufs Schiff", sagte Burgwald. „Man soll mich hier nicht mehr als einmal rein und raus gehen sehen. Ich möchte versuchen, als Hilfskraft auf der *Sursum Corda* anzuheuern. Vielleicht können Sie mir dabei behilflich sein?"

„Natürlich können wir das. Das wäre ja gelacht", schnaubte der Diensthabende. „Es waren doch mit Sicherheit die Verbrecher von diesem Schiff, die den Bubi auf dem Gewissen haben. Eine Schande, dass wir nichts gegen die vorbringen können. Raffiniertes Gesindel ... Wenn Sie auf diesem Schiff irgendwelche Hinweise fänden, eine Spur, dann könnten wir sie drankriegen. Lech Bubilski muss gerächt werden!"

Eine Sekunde lang glaubte Burgwald, der Alte würde die geballte Faust hochreißen. Stattdessen räusperte der sich in eine Ansprache hinein. Die beiden anderen schienen das zu kennen. Sie hatten sich auf zwei Stühlen am Tisch niedergelassen und bedeuteten Burgwald mit Gesten, vertrauensvoll hinterm Schreibtisch Platz zu nehmen.

„Der Bubi war ein Namensvetter des großen Lech Walesa, mit dem er gemeinsam auf den Barrikaden gestanden hat, als wir hier die Werft verteidigt haben. In den Siebzigern war das. Dann haben wir die erste freie Gewerkschaft des ganzen Ostblocks gegründet. «Solidarität» hieß die, und Lech und Lech waren die führenden Köpfe. Mit der «Solidarität» haben wir den Kommunismus ins Stolpern gebracht. Aber kaum war der Eiserne Vorhang gefallen, stürzten sich alle Sorten von Ganoven wie die Aasgeier auf uns. Seitdem haben wir es hier mit Verbrechen zu tun, das glauben Sie gar nicht. Anzugkriminelle, die unser Steuersystem durch den Wolf drehten. Ein paar Jahre lang wurden wir hier – nur zum Beispiel – mit zigtausend Tonnen Diesel, Benzin und Schweröl überschwemmt. Die Tanker lagen bis in die Ostsee raus auf Reede. Weil Religionsgemeinschaften von Steuern befreit waren, gab es hier mit einem Mal Dutzende von Sekten, die mit allen Sorten von Sprit beliefert wurden. Eine Gemeinde Vereinter Kirchen gab es, die

hatte neunzehn Mitglieder. Deren Erzbischof war ein ehemaliger Knastbruder, der nach einer an ihn persönlich gerichteten Lieferung von zehntausend Litern Super-Benzin wieder hinter Gittern verschwand. Später waren es Zigaretten, dann Autoreifen, jetzt ist es wieder was Neues. Wir kriegen nicht raus, was es ist. Es muss mit diesem Schiff zu tun haben, das Sie sich ansehen wollen. Es scheint was Kleines, Nebensächliches zu sein; etwas, auf das kein Mensch achtet. Aber es gibt schon drei Tote, oder noch mehr inzwischen?"
„Nein, drei bisher", bestätigte Burgwald.
„Wie oft schon haben wir die LKW gefilzt, die auf die *Sursum Corda* fahren!", fuhr Jankowski fort. „Nichts zu finden, absolut rein gar nichts. Teppiche, das ist alles. Eine harmlose kleine Importfirma für Orientteppiche, sollte man meinen, der nur zwei alte Lastwagen gehören. Andererseits aber auch dieses RoRo-Schiff, mit dem sie über die Ostsee bis nach Nordwesteuropa tuckern. Das passt doch nicht zusammen. Auch das Schiff haben wir untersucht. Keine doppelten Wände, keine Geheimkammern, nicht einmal die Hunde haben was aufspüren können."
„Moment mal", meldete sich Burgwald mit erhobenem Zeigefinger. „Mit dem RoRo-Schiff meinen Sie die *Sursum Corda*?"
„Ja, haben Sie das nicht gewusst? Sie gehört einer polnischen Niederlassung von KOK-IMEX, die hier in Danzig ansässig ist. Ich dachte, wir hätten Ihnen diese Unterlagen alle zugefaxt?"
„Mir ist nichts dergleichen unter die Augen gekommen. Haben Sie dazu Näheres in Erfahrung bringen können?"
„Das ist aber merkwürdig, junger Mann. Überprüfen Sie das mal! Wir haben selbstverständlich den Kapitän befragt. Der hat uns zur Antwort gegeben, sein neuer Chef hätte den Kahn beim Pokern gewonnen. Das muss man sich mal vorstellen! So rotzfrech sind diese Kerle, weil sie sich für unangreifbar halten. Aber was für ein großes Ding muss man in Planung haben, um zwei Zollbeamte umzubringen? Drei, wenn wir Ihren dazurechnen. Gewissenlose Halunken sind das!"
Jankowski starrte durchs Fenster.

„Wir werden Sie also mit einem hieb- und stichfesten Alibi auf das Schiff bringen, Herr Burgwald, so dass Sie sich da frei bewegen können. Aber finden Sie was, um Himmels willen! Wenn das Morden angefangen hat, wird erfahrungsgemäß die Zeit knapp. Das wissen Sie hoffentlich."

Burgwald nickte.

„Wir könnten versuchen, ihn über die Küche reinzubringen", meldete sich der andere Inspektor. „Da arbeitet doch dieser Balte, der unserer Grażyna schöne Augen macht."

Er schaute die Anwärterin fragend an.

„Ja, sicher. Kein Problem", sagte sie.

Als Burgwald seine Kent hervorzog und ihr eine anbot, griff sie dankbar zu. Die Inspektoren lehnten ab, aber der Jüngere war sogleich mit Feuer zur Hand und hielt den beiden bereits ein brennendes Streichholz entgegen, als Burgwald noch sein Päckchen verstaute.

„Oder kämen Sie im Maschinenraum besser zurecht?"

„Gott bewahre! Aber kochen kann ich auch nicht gut."

„Das müssen Sie auch nicht. Der Balte hilft in der Kombüse nur aus, ist ein bisschen Mädchen für alles. Sie würden sozusagen als Küchenjunge mit erweitertem Aufgabenbereich einspringen, wenn er ausfiele."

„Aber wie wollen wir das glaubwürdig über die Bühne bringen? Wann läuft die *Sursum Corda* eigentlich ein? Weiß man das überhaupt?"

„Die liegt doch schon am Kai. Haben Sie sie nicht gesehen? Die warten nur noch auf ihre Laster. Sobald die an Bord sind, machen sie die Leinen los."

„Am Kai liegt doch nichts, was nach einem Dampfer aussieht", murrte Burgwald, aus dem Fenster spähend.

„Aber dieses langgestreckte weiße Schiff, das gar keine nennenswerten Aufbauten hat, das sehen Sie doch?"

„Das soll ein Trampschiff sein? Die *Sursum Corda*?"

„Zugegeben, eine seltene Form für ein RoRo-Schiff, wie die Dinger heute heißen. In Russland gebaut, glaube ich, ist schon etwas älter, auch nicht hochseetauglich. Aber für die Küstenschifffahrt reichts. Die können tatsächlich den Bug hochklappen und über eine Rampe die Lastwagen aufnehmen. Maximal vier, weil sie dahinter noch zwei Laderäume für Schüttgut haben. Mehr als zwei sind aber noch nie reingefahren. Das sind die beiden LKW der KOK-IMEX. Lohnen kann sich das ganze Kleinklein wirklich bloß, wenn der Herr Krahke den Kahn tatsächlich beim Pokern gewonnen hätte." Der Inspektor schüttelte den Kopf. Die anderen machten ratlose Gesichter. Alle drei schauten hoffnungsvoll auf den Kriminalassistenten. Von dem hing – aus ihrer Sicht – jetzt alles ab.

Sie hockten noch ein paar Stunden zusammen und schmiedeten ihren Plan. Gegen Mittag verließen der jüngere Inspektor und die Anwärterin in Begleitung des Matrosen mit dem geschulterten Seesack das Zollamtsgebäude und begaben sich zum Seemannsheim, einem unscheinbaren Gebäude hinter der Hafenpromenade, nicht weit vom Krantor entfernt. Dort lieferten sie den Matrosen ab, aßen danach im Stehen in einer Fischhalle und gingen gemächlich zum Zollamt zurück. Sie passierten die *Sursum Corda*, die still und wie verlassen am Kai lag, und waren schon fast vorbei, als sie eine Eisentür schlagen hörten, sich umdrehten und eine Gestalt über den Laufsteg kommen sahen. Der Inspektor zwinkerte der Anwärterin zu. Es war Mirko, der Balte. Der Inspektor setzte seinen Weg zum Zollbüro fort, Grażyna blieb stehen.

„Hallo, Mirko", sagte sie.

21

Jan Bronski war seit über siebenunddreißig Jahren Hauswart im Seemannsheim von Danzig, einer altehrwürdigen Einrichtung, die vor kurzem ihr hundertjähriges Bestehen gefeiert hatte. Bekannte Seefahrer wie Joseph Conrad und Kapitän Edward Smith hatten dort genächtigt. Herr Bronski war immer stolz gewesen, seinen Dienst in diesem traditionsreichen Haus zu verrichten, und jetzt sollte es sang- und klanglos geschlossen, vielleicht sogar abgerissen werden. Einen Monat gaben sie ihm noch. Herr Bronski war empört. Im Stillen musste er allerdings zugeben, dass das Seemannsheim in den letzten Jahren kaum noch genutzt worden war. Von rentabler Führung konnte schon lange keine Rede mehr sein. Die Zeiten, da der Speisesaal bis auf den letzten Platz gefüllt war und beim Abendessen wilde Seemannsgeschichten über die Tische flogen, Mannschaften aus aller Herren Länder sich mit ihren – bei Neptuns Dreizack! – selbsterlebten Weltmeerabenteuern überboten, gehörten seit Jahren der Vergangenheit an. Manchmal hatte er tage- und wochenlang keinen Gast; oder nur einen einzigen, wie jetzt den jungen Deutschen, der ganz offensichtlich kein Seemann war, aber unbedingt auf einem Schiff anheuern wollte. Die vom Zoll hatten ihn gebracht. Aber das durfte er absolut niemand gegenüber erwähnen, hatten sie ihm eingebleut und ihm als überzeugendes Argument eine Flasche Wodka *Grasowka* unter den Tresen gestellt.

Nun saß der Deutsche seit Stunden in seinem Zimmer und kam nicht heraus. Alles deutete darauf hin, dass Jan Bronsky die Hoffnung auf einen gemütlichen Abendplausch mit seinem Gast würde begraben müssen. Wenigstens hatte er den *Grasowka*, tröstete er sich.

Willie Burgwald hatte tatsächlich nicht die Absicht, die schlichte Seemannsstube, die ihm der freundliche Herr Bronsky zugewiesen hatte, in den nächsten Stunden zu verlassen. Er saß mit einer Backe auf der Bettkante, vor sich auf der Decke ausgebreitet sämtliche Unterlagen, die er in Bremerhaven kopiert hatte. Wirkliche Erkenntnisse waren daraus nach wie vor nicht zu gewinnen. Er fragte sich, ob er nicht im Begriff stand, sich auf einen völlig falschen Dampfer zu begeben. Was konnte eine Firma, die so offensichtlich nur Teppiche verschob, derart Schreckliches im Schilde führen, dass dafür drei Menschen hatten sterben müssen? Irgendetwas Kleines, Unscheinbares, hatte der alte Inspektor vermutet. Im Geiste sah er Eklunds geschundenen Leichnam wieder vor sich und musste mehrmals tief Luft holen, um aufkommende Übelkeit zu unterdrücken. Und hatten sie es mit einem oder mit mehreren Tätern zu tun? Erklärungen gab es für beide Theorien; wirklich stichhaltig, wirklich überzeugend war keine. Vielleicht folgten sie einer gänzlich falschen Spur. Hatten sich möglicherweise total vergaloppiert. Ihm wurde ganz schlecht, wenn er daran dachte, dass ihnen Eklunds Mörder entwischen könnte. Er würde an Bord höllisch die Augen offenhalten müssen.

Später schickte er Marder eine Kurznachricht aufs Mobiltelefon und eine weitere an Kriminalrat Rupp. Er warf noch einen letzten prüfenden Blick auf die auf dem Bett ausgebreiteten Papiere, dann sammelte er sie zusammen, zerriss sie in kleine Fetzen, warf sie ins Waschbecken und zündete sie an. Nachdem er sich vergewissert hatte, dass es keine Rückstände gab, zerdrückte er die Aschereste mit den Fingern und spülte sie durch den Abfluss. Dann wusch er sich gründlich die Hände, absolvierte seine tibetischen Kampf- und Konzentrationsübungen, rauchte noch eine Zigarette und begab sich zu Bett. Jetzt brauchte er bloß noch eine Mütze voll Schlaf, dachte er und warf sich mit gebleckten Zähnen einen letzten Blick im Badezimmerspiegel zu (James Coburn als Derek Flint), dann würde er das Schiff auseinandernehmen.

Am nächsten Morgen erwachte Burgwald ausgeruht und voller Tatendrang. Während er sich in der Kantine des Seemannsheims einen Kaffee aufbrühte, wurde es einen Kilometer weiter, auf dem Zollamtskai, ungewohnt lebendig. Ein schwarzer Mercedes 230 SE glitt heran und hielt neben der *Sursum Corda*. Die Fahrertür öffnete sich, und das Erste, was sich den Inspektoren und der Anwärterin im Zollhäuschen zeigte, war ein nadelgestreiftes Hosenbein über Schlangenlederstiefeletten, dem die ihnen schon bekannte Gestalt des Schiffseigners Kurt Otto Krahke folgte. Der Rotgesichtige schaute sich prüfend um. Im selben Moment wurde auf dem Schiff eine kreischende

Schiebetür aufgeschoben, und der Kapitän trat in Begleitung zweier Männer heraus. Sie gingen über die kurze Gangway auf den Kai und begrüßten den Mann. Was gesprochen wurde, konnten die durch das Fensterrollo spähenden Beamten nicht hören. Sie sahen nur, wie Krahke dem Kapitän und einem der Männer die Hände auf die Schultern legte und sie alle drei zurück aufs Schiff schob. Hinter ihnen fiel die Schiebetür knarrend ins Schloss. Im Zollhäuschen herrschte jetzt erwartungsvolle Spannung.

In der Messe der *Sursum Corda* nahmen die vier Männer am Esstisch Platz. Außer Krahke und dem Kapitän waren dies der Erste Ingenieur und der Chemiker, ein blasser älterer Herr mit Hornbrille und Mitessern im Gesicht. Der Kapitän gab einen kurzen Überblick über den Stand der Dinge. Als er geendet hatte, wedelte der Schiffseigner ungeduldig mit der Hand.

„Wir laufen auf jeden Fall morgen früh aus. Die Laster sollten im Lauf des Tages hier eintreffen. Seht zu, dass ihr bis dahin für den Balten einen Ersatzmann gefunden habt. Vielleicht wird der gute Mirko ja auch rechtzeitig wieder gesund."

„Das wage ich kaum zu hoffen, so wie der ausgesehen hat." Der Kapitän schüttelte den Kopf. „Er scheißt sich die Seele aus dem Leib und hat hohes Fieber. Salmonellenvergiftung meint der Arzt."

„Er hatte es nicht mal bis zur Toilette geschafft, als wir ihn vor seiner Kabinentür gefunden haben", sagte der Erste Ingenieur. „Es hat ihn umgehauen, als wäre er vom Blitz getroffen worden. Ziemlich ungewöhnlich, das Ganze."

Der Chemiker drehte angewidert den Kopf zur Seite.

„Zur Sicherheit sollte man die gesamten Lebensmittelvorräte entsorgen und neue kaufen", schlug er vor. „Und der Koch soll seinen Saustall wienern. Ich habe keine Lust, Mirko in diesem verlausten Polackenhospital, in das ihr ihn gebracht habt, Gesellschaft zu leisten."

„Hören Sie, Herr Wustrow", schnaubte der Kapitän, „mit Ihrer Polackophobie halten Sie sich bitte zurück! Das Danziger

Stadtkrankenhaus ist bestimmt nicht schlechter als Ihre vielgerühmte Charité." Er bedachte den Chemiker mit einem eisigen Blick.

„Herr Moltke", wandte er sich dann an den Schiffsingenieur, „der Koch soll die Kombüse desinfizieren und sämtliche Lebensmittel ersetzen. Das muss bis heute Abend erledigt sein. Und schicken Sie jemand zum Seemannsheim, ob der alte Jan Bronski da vielleicht einen Ersatzmann für uns hat. Oder gehen Sie besser selbst hin und überprüfen den prospektiven Kandidaten, bevor Sie ihn aufs Schiff bringen. Vorsicht ist immer noch die Mutter der Porzellankiste."

Krahke nickte: „Wir wolln uns hier keine Laus in den Pelz setzen. Ich will den Mann sprechen, bevor er mitfährt."

„Prospektiven Kandidaten überprüfen", brummelte der Erste, „Aye, aye, Käpt'n."

22

Im Aufenthaltsraum des Seemannsheims hatte Burgwald die Füße hoch gelegt. Er hielt die Augen geschlossen und eine qualmende Kent zwischen den Lippen. Im Aschenbecher auf dem Tisch neben ihm lagen fünf ausgedrückte Kippen. Er hatte dem freundlichen Herrn Bronski seine mit den polnischen Zollinspektoren abgesprochene Geschichte erzählt und wartete nun auf die Wirkung.

Im Zollamt machte sich unterdessen Hektik breit. Dieser Obergauner, dieser Krahke schien an Bord gehen und mitfahren zu wollen. Seinen Mercedes hatte er auf dem neuen Langzeitparkdeck abgestellt. Und Moltke, der Erste Ingenieur, war auf dem Weg in die Stadt. Man musste sofort den deutschen Kriminalassistenten warnen. Inspektor Jankowski griff zum Telefon. Sein jüngerer Kollege fiel ihm in den Arm.

„Warte Horst. Da kommt der Krahke. Ich gehe ins kleine Büro und rufe den Deutschen von da aus an."

Er war gerade im Nebenzimmer verschwunden, da klopfte es draußen und gleichzeitig wurde die Tür aufgestoßen. Krahke kam hereingewalzt wie ein überhitzter Panzer. Sein Gesicht glühte. «Scheußlich», dachte Jankowski, «als hätte man dem Kerl rohe Koteletts an den Kopf genagelt.»

„Einen wunderschönen Tag, Herr Zollinspektor. Wir laufen morgen bei auflaufender Flut aus. Ich dachte, ich sag Ihnen gleich mal Bescheid, falls Sie den Kahn vorher durchsuchen wollen. Das tun Sie doch so gerne." Seine Schweinsäuglein huschten durch die Amtsstube, glitten über die Anwärterin, die an ihrem Tisch saß, auf der Schreibmaschine klapperte und ihn gar nicht wahrzunehmen schien, dann richtete sich sein Blick wieder auf den Inspektor. „Wir erwarten unsere Laster im Lauf des Tages. Zollerklärung und Frachtpapiere hab ich Ihnen schon mitgebracht. Hier." Er hielt dem alten Inspektor ein paar Formulare hin. „Es ist dasselbe wie immer, aber Sie können selbstverständlich gern an Bord kommen und sich überzeugen."

„Ist nicht nötig." Inspektor Jankowski winkte müde ab. „Fahren Sie nur." Er griff nach den Formularen und legte sie auf seinen Schreibtisch.

„Einfach so?", staunte Krahke.

„Entschuldigen Sie uns bitte, wir haben zu tun." Jankowski starrte den Schiffseigner mit unverhohlener Abneigung an, drehte sich um und kehrte ihm den Rücken zu.

Eine Sekunde lang stand Kurt Otto Krahke wie ein dummer Junge im Zollbüro, dann machte er auf dem Absatz kehrt und marschierte hinaus.

Kaum waren seine Schritte hinter der Tür verklungen, schob Grażyna ihren Stuhl zurück und applaudierte leise. „Da haben Sie aber eine vollendete Performanz hingelegt, Herr Jankowski", sagte sie. „Glaubwürdiger hätte es nicht sein können."

„Das will ich hoffen", knurrte der Inspektor. „Dieser Krahke ist misstrauisch wie eine Elster. Den legt man nicht so einfach rein." Er starrte grüblerisch vor sich hin, derweil sich die Anwärterin eine der Zigaretten mit weißem Filter anzündete, von denen der nette Deutsche ihr eine Schachtel zugesteckt hatte. Der alte Inspektor hieb sich die rechte Faust in die linke Handfläche und ging nach nebenan ins kleine Büro. „Der deutsche Kriminalassistent wird jetzt eine verdammte Portion Glück brauchen", murmelte er.

23

Für Burgwald wurde es in der Tat etwas eng. Er hatte sein Mobiltelefon noch am Ohr, als der freundliche Herr Bronski mit einem hochgewachsenen Mann mittleren Alters, vielleicht Ende dreißig, den Aufenthaltsraum betrat. Der Mann trug eine marineblaue doppelreihige Seemannsjacke über Bluejeans, dazu blaulederne Decksschuhe mit weißen Sohlen. Er war sonnengebräunt, und obwohl die Gesichtshaut ein wenig aufgeschwemmt wirkte und harte Kerben die Mundwinkel nach unten zogen, hatte er ein gewinnendes Auftreten, war für Burgwald das Inbild des schneidigen Schiffsoffiziers.

„Das ist der junge Mann", sagte Bronski auf Burgwald deutend.

Der Mann trat auf ihn zu und streckte ihm die Hand entgegen. „Moltke. Ich bin Erster Ingenieur auf der *Sursum Corda*. Schon mal von dem Schiff gehört?"

„Nein. Burgwald. Sehr erfreut."

„Aber Sie waren doch beim Zoll; da sind Sie daran vorbeigegangen."

„Tatsächlich? Ich habe den Namen nirgends gelesen."

„Hmm ... Sie suchen also ein Schiff, das Sie an die Nordseeküste bringt. Sie haben kein Geld und wollen die Überfahrt abarbeiten."

„Ja, das stimmt. Ich bin Tramper. Ich wollte eine Freundin in Bialystok besuchen. Aber heute Morgen rief sie mich an, sie hätte unerwartet einen Job bekommen und wäre die nächsten

zwei Wochen nicht zu Hause. Und als ich hier die Hafenkräne sah, kam mir die Idee, anstatt quer durch Europa zurück zu trampen, es mal mit einem Trampschiff zu versuchen." Burgwald ließ ein flottes Grinsen sehen. „Arbeiten kann ich; und ich mache alles, was anfällt."
„Mit wem haben Sie eben telefoniert?"
„Wie? Ach, das war meine Mutter. Ich habe ihr zum Geburtstag ein Mobiltelefon geschenkt. Seitdem will sie alle paar Tage wissen, wo ich bin und wie es mir geht. Mütter machen sich gerne Sorgen, das kennen Sie ja sicher." Burgwald wechselte zu seinem harmlosesten Lächeln, und der alte Herr Bronski nickte dazu.
„Wo haben Sie Ihren Wohnsitz? Wenn wir Sie mitnehmen, müssen Sie während der Zeit an Bord Ihren Pass abgeben. Das wissen Sie hoffentlich."
„Das wusste ich nicht, ist aber kein Problem. Wohnen tu ich bei meiner Mutter, in Bremerhaven."
„So, so, in Bremerhaven ... Sie kommen jetzt am besten mit. Ich zeige Ihnen, was Sie auf der *Sursum Corda* erwartet, falls wir Sie mitnehmen. Und der Schiffseigner hat wohl auch noch ein paar Fragen an Sie."
Mit einem freundschaftlichen Klapps auf die Schulter verabschiedete er sich von Herrn Bronski. „Vielen Dank, mein Lieber, dass Sie den jungen Mann für uns aufgehoben haben." Burgwald war schon unterwegs, um seinen Seesack zu holen.
Wäre er nicht vorgewarnt gewesen, hätte ihn der Anblick des vierschrötigen Mannes, dessen geckenhaftes Äußeres in einem grotesken Gegensatz zu seinem wundroten Gesicht stand, schockiert. Burgwald konnte den Blick kaum abwenden von diesem Märtyrerantlitz, in dem er alle seine imaginierten Tätertypen gebündelt in einer Person vor sich zu sehen glaubte.
Krahke ließ die Bestürzung des jungen Mannes ungerührt über sich ergehen. Er hatte kurz erwogen, ihn in seiner Eignerkabine zu verhören, es dann jedoch vorgezogen, mit dem Jungen in der Mannschaftsmesse zu bleiben. Dieser Burgwald sah

zwar wie ein Einfaltspinsel aus; aber bevor er ihn nicht durch den Verhörwolf gedreht hatte ... Seit seiner Begegnung mit Jankowski spürte er eine Unruhe in sich, die er nicht deuten konnte, die ihn reizbar und übervorsichtig machte. Im Nachhinein war ihm, als hätte im Zollamt ein Scheingefecht stattgefunden. Die verschlossene Tür zum hinteren Büro, in dem er jemand telefonieren zu hören geglaubt hatte; die hektisch tippende Anwärterin... «Ist nicht nötig», hatte der Zollinspektor gesagt, als er ihm angeboten hatte, das Schiff zu durchsuchen, «fahren Sie nur.» Das Schiff zu durchsuchen war also gar nicht nötig; er sollte bloß losfahren. War das so zu verstehen? Oder waren seine Nerven jetzt, da die entscheidende Aktion bevorstand, doch etwas überreizt? Wenn er anfing, Gespenster zu sehen, könnte der ganze Deal gefährdet werden. «Bleib ruhig, du alter Schut, behalt die Nerven», mahnte er sich.

„Wie kommen Sie eigentlich auf die Idee, als Tramper auf einem Schiff anheuern zu wollen? Sie sehn nicht aus, als hätten Sie jemals Decksplanken unter den Füßen gehabt." Krahkes Stimme triefte vor Argwohn. Burgwald atmete tief durch. Nun war die Situation eingetreten, die er im Geiste hundert Mal durchgespielt hatte, seit er in den Europabus eingestiegen war.

„Ich habe einmal ein Buch gelesen, das hieß *Die letzte Fahrt des Tramp Steamer*. Als ich hier im Hafen stand, dachte ich, so ein Abenteuer könnte für mich jetzt auch beginnen. Abgesehen davon, dass mir eine nochmalige Tramptour quer durch Europa nicht besonders verlockend erschien."

„So, Sie kommen also frühmorgens hier an, gehn als erstes zum Zoll, und am nächsten Tag sind Sie schon an Bord des einzigen Schiffs, das hier liegt, weil am Nachmittag zufällig der Küchenjunge krank geworden ist. So ein glücklicher Zufall aber auch."

„Wirklich wahr. Da konnte ja kein Mensch mit rechnen. Aber ein bisschen *fortune* braucht man wohl im Leben."

„Sie sollen hier keine klugen Sprüche ablassen, sondern mir sagen, warum Sie als erstes zum Zoll gehn, wenn Sie'n Schiff suchen. Das ist doch nicht normal!"

„Ich kenne ja niemand hier im Hafen. Und der erste Mensch, der mir über den Weg lief, war der Mann vom Zoll. Den habe ich gefragt, und er hat mir gesagt, ich soll mich im Seemannsheim anmelden und da warten. Wenn irgendwo auf einem Schiff jemand gebraucht wird, hat er gesagt, fragen sie beim alten Bronski nach."

„So, hat er das?" Krahke schien mit seinen Gedanken plötzlich abzuschweifen. Er starrte durch Burgwald hindurch, als wäre dieser unsichtbar; doch zwei Sekunden später war er wieder da.

„Was machen Sie eigentlich beruflich?"

In diesem Augenblick wurde die Kombüsentür aufgestoßen und ein schmuddelig wirkender Mann kam mit einem Tablett herein, auf dem zwei Tassen und eine über einem Stove dampfende Teekanne standen. Er stellte die Sachen auf den Tisch, nahm das Tablett wieder an sich und verschwand mit einem genuschelten „Wohl bekomm's."

Krahke schüttelte angewidert den Kopf. „Sie sind nicht zufällig Koch?"

„Nein, ich bin Erfinder."

„Erfinder, aha ... Was erfinden Sie denn so? Kann man davon leben?"

„Bisher habe ich eine Wirbelstrombremse für Skateboards und Inlineskater erfunden, eine Tabakpfeifeneinrauchmaschine, eine Hantel mit elektromagnetisch regelbarem Eigengewicht und eine minimalistische, kostengünstig zu produzierende hydraulische Schiebebrücke für kleinere Wasserwege. Die kompletten Bausätze habe ich alle hier drin", er tippte sich mit dem Zeigefinger an die rechte Schläfe. „Aber haben Sie eine Ahnung, wie schwierig es ist, sich diese Sachen patentieren zu lassen? Denn anders gibt's ja kein Geld. Da brauchen Sie professionelle Konstruktionszeichnungen samt statischen Berechnungen, die von einem Gutachtergremium abzusegnen sind. Dafür müssen Sie sich einen Ingenieur und einen Statiker suchen, die das machen. Und die wollen bezahlt werden. Außerdem fallen jede Menge Gebühren an für Anmeldungen, Recherchen, Konzeptentwicklung und Marktgängigkeitsstudien. Sie brauchen einen Patentanwalt, der sich mit den Formalien auskennt. Der kostet auch. Bevor Sie nur in die Nähe eines Patents kommen, sind Sie schon mehrere tausend Mark los. Nein, um auf Ihre zweite Frage zu antworten, davon leben kann ich nicht."

„Aber um durch die Gegend zu trampen reicht's schon? Ich mein, wenn ich Sie richtig verstanden hab, müssten Sie doch eigentlich arbeiten und Geld verdienen, um Ihre Projekte zu realisieren."

„Ich habe ja immer gute Jobs. Mal dies, mal jenes. Und die Zeit des Trampens ist ja auch eine kreative Zeit. Das wechselt sich ab, greift ineinander, bildet ein großes Ganzes." Burgwald hatte zu gestikulieren begonnen. „Außerdem wohne ich noch bei meiner Mutter, das hält die Unkosten niedrig."

„Sie kommen aus Bremerhaven. Wann sind Sie da losgefahren?"

„Oh Gott, ich bin schon lange unterwegs. Warten Sie, das war vor ungefähr drei Wochen, ja, genau, Mitte April, samstags bin ich los, der 17. war das, glaube ich."

„Haben Sie ein Zelt dabei?"

„Ein Zelt? Nein."

„Wo schlafen Sie denn, wenn Sie durch die Lande trampen?"

„Überall wo ich ein Plätzchen finde. Wenn mich Freaks mitnehmen, kann ich meistens bei denen schlafen. Manchmal in Kolpinghäusern, die sind billig. Ich habe auch schon in Kirchen und den Eingangshallen von Postämtern geschlafen. Im Sommer oft unter freiem Himmel."

„Und Ihre Mutter versorgt sie unterwegs mit Neuigkeiten aus der Heimat."

„Na ja, meistens fragt sie nur, wie es mir geht, ob ich gesund bin und so. Neuigkeiten in dem Sinne ..., da muss schon ein Flugzeug abstürzen ..."

„Ist aber nicht in letzter Zeit, was?"

„Nein, ich glaube nicht. Besitzen Sie auch Flugzeuge?"
Bevor der Schiffseigner antworten konnte, wurde angeklopft und der Erste steckte den Kopf durch die Tür.
„Herr Krahke, die Laster sind soeben eingetroffen."
„Okay, ich komm." Und an Burgwald gewandt: „Gut, wir nehmen Sie als Küchenhilfe mit erweitertem Aufgabenbereich an Bord. Das heißt, Sie gehn dem Koch zur Hand, machen sauber und erledigen kleinere Sachen, die sonst noch anfallen. Sie bekommen keine Heuer, aber eine Schlafstelle und Verpflegung so lang Sie an Bord sind. Abgemacht?" Er hielt ihm die Hand hin. Burgwald schlug ein.
„Abgemacht."
„Dann gehn Sie in die Kombüse und lassen sich von Herrn Gatsos – das ist der Herr, der uns den Tee serviert hat – einweisen. Ich muss mich um die Ladung kümmern."
„Aye, aye, Sir!"
Krahke warf ihm einen grimmigen Blick zu, als er hinausging.

24

Draußen auf dem Kai standen die beiden Lastwagen der *KOKIMEX GmbH & Co. KG – Hamburg* mit hochgeschlagenen Planen und laufenden Motoren. Einer der Zollinspektoren stand neben den Fahrern, jungen, stoppelbärtigen Iranern mit sportlicher Figur, und notierte etwas auf einem Klemmbrett. Der Ältere, Jankowski, drehte eine Runde um die Wagen, bückte sich ab und zu und warf einen Blick unter das Fahrgestell, trat gegen einen Reifen, ließ sich am Ende seiner Inspektionsrunde eine Motorhaube öffnen und leuchtete mit einer kleinen Taschenlampe in alle Ecken. Die Anwärterin war auf die Ladefläche des anderen LKW geklettert und krabbelte zwischen den Teppichstapeln umher. Sie hob hier einen Zipfel an, lugte dort in die dunkle Röhre eines zusammengerollten Teppichs, schnüffelte mit krauser Nase und geschlossenen Augen, pochte mal mit den Fingerknöcheln, mal mit ihrer Taschenlampe gegen die Innenwände, dann sprang sie hinunter, klopfte sich den Staub von den Knien und schüttelte wortlos den Kopf, als sie zu Jankowski trat.

Krahke und der Erste Ingenieur standen etwas abseits und beobachteten das Ganze. Der Erste scheinbar gelangweilt, Krahke angespannt, wachsam. Als die Zöllner sich grußlos verzogen, folgte sein Blick ihnen, bis sie im Zollamt verschwunden waren, dann wandte er sich an den Schiffsingenieur.

„Sagen Sie mal, Moltke, bevor der Mirko plötzlich seine Koliken oder was immer kriegte, wissen Sie, ob er da Kontakt zu diesen Zollheinis hatte, vielleicht sogar bei denen im Büro war?"

Der Erste stutzte, machte dann ein besorgtes Gesicht. „Sie glauben doch nicht ... Möglicherweise weiß der Koch etwas. Ich werde ihn gleich befragen. Was halten Sie übrigens von dem jungen Mann, der jetzt mit uns fährt?"

„Schlichtes Gemüt oder Fachidiot. Möglicherweise beides. Die letztendliche Beurteilung überlass ich Ihnen. Der fällt in Ihr Ressort. Er ist Erfinder." Krahke verdrehte die Augen. „Mit dem können Sie patente Gespräche führen."

„Er kommt aus Bremerhaven. Auch Zufall?"

„Das wird sich zeigen. Wenn Sie aus dem Koch nichts rauskriegen, fahren Sie ins Krankenhaus und quetschen Mirko aus. Sprechen wird er ja wohl noch können."

„Das will ich hoffen."

Die *Sursum Corda* begann gerade, ihr Heck ins Hafenbecken zu drehen, um einen 90°-Winkel zur Kaimauer einzunehmen, damit die Frontklappe geöffnet und die LKW aufgenommen werden konnten. Am Ende des Kais bestieg Moltke ein Taxi und ließ sich ins Stadtkrankenhaus fahren. Die Befragung des Schiffskochs hatte nichts ergeben; der Mann wusste nichts und hatte keine Ahnung von nichts, was nicht mit der Herstellung von Speisen zu tun hatte. Für einen Koch war das durchaus in Ordnung.

Burgwald hatte Mirkos Kabine zugewiesen bekommen. Dessen Habseligkeiten hatte der Ingenieur mit ins Krankenhaus genommen. Die Kabine war ein fensterloser Verschlag im Schiffsinnern: muffig, eng, ein Spind, eine Koje, ein Klapptisch mit Stuhl, eine schmale Tür, dahinter Dusche und Toilette. Er warf seinen Seesack auf die Koje und stieg gleich wieder rauf an Deck, weil er zusehen wollte, wie die Lastwagen ins Schiff gefahren wurden. Da es keine nennenswerten Aufbauten gab – eine geduckte Kommandobrücke achtern, mittschiffs ein langgezogenes flachgiebeliges Wellblechdach über Ladeluken und Frachtraum, davor ragte ein Ladebaum in die Höhe, dann kam der offene Bug mit den beiden Ankerwinden –, fand Burgwald keine erhöhte Plattform, von der aus er das Manöver umfassend hätte beobachten können. Dazu hätte er zum Kapitän auf die Brücke müssen oder ganz nach vorn zum Bug. Da standen aber schon drei Männer: der Größte von ihnen war der Schiffsingenieur; neben ihm einer in einem braunen Overall, wahrscheinlich der Maschinist; und ein kleiner Mann in beiger Freizeitkleidung, der nervös zu sein schien, denn alle paar Sekunden zuckte seine rechte Hand nach oben und rückte eine wuchtige Hornbrille zurecht. Burgwald lehnte sich seitlich über die Reling und hatte – so lange die *Sursum Corda* nicht ihre 90°-Position eingenommen hatte – von dort noch gute Sicht auf die allmählich aus seinem Blickfeld verschwindenden Lastwagen, neben denen er vier Männer mit Krahke zusammenstehen sah, der lebhaft auf sie einredete. Offenbar die Fahrer. Die würden auch an Bord kommen. Vier durchtrainierte junge Männer, Iraner vermutlich, die er in seiner Kalkulation gar nicht berücksichtigt hatte. Einen Moment lang bekam er weiche Knie.

Nachdem das Manöver beendet war, ging er zurück in die Kombüse, um sich vom Koch in seine Arbeit einweisen zu lassen. Mittlerweile war es dunkel geworden, und der Erste Ingenieur war noch nicht wieder an Bord. Etwas beunruhigt fragte sich Burgwald, was die polnischen Zöllner mit dem armen Balten angestellt hatten. Er beruhigte sich mit dem Gedanken, dass die Zöllner die Guten waren und dem Ärmsten bestimmt nicht allzu übel mitgespielt hatten. Morgen bei Tageslicht würde er sich das Schiff vornehmen.

25

In Hamburg machten sich Hauptmann Marder und Leutnant Tahiri bereit, sich „diesen Krahke" noch einmal vorzunehmen. Herauszufinden auch, was ihn mit Gregor Balatow verband. Ein Kollege aus Bremerhaven hatte sich bereit erklärt, den Mann für ihn zu überprüfen, doch wann und ob überhaupt was dabei herauskam, stand in den Sternen. Da nahmen sie die Sache lieber selbst in die Hand. Leutnant Tahiri hatte darauf bestanden, mitzumachen. Sie trug Kopftuch, Rollkragenpulli, Jeans und Sneakers – alles in Schwarz. Eine Ninja. Und ausgesprochen figurbetont.

„Eines muss klar sein", sagte Marder streng; in der Hoffnung, seinen wohlgefälligen Blick dadurch nicht ganz so wohlgefällig wirken zu lassen. „Kill Kurt kommt erst, wenn der Mord an Achim Eklund aufgekärt ist."

„Seien Sie unbesorgt. Ich habe neun Jahre gewartet. Da kommt es mir auf einen Tag nicht an."

Leutnant Tahiri wirkte ganz entspannt.

„Waffen", sagte Marder. „Was haben Sie dabei?"

Sie schob den linken Ärmel ihres Pullis hoch. Auf der Innenseite des Unterarms trug sie in einer Klettverschlussvorrichtung einen schlanken, zweischneidigen Dolch.

„Gut." Marder nickte anerkennend. Er selbst hatte eine Art Museumsstück mitgebracht: Colt Automatic, Kaliber .45, sieben Patronen im Magazin, eine im Lauf. Die Waffe war reine Nostalgie. Bei einem Einbruch in einer zivilisierten Umgebung wie diesem Hamburger Villenviertel würde sie abschreckend wirken, die Feuerkraft im Ernstfall vermutlich ausreichen. Selbstverständlich hatte er ein Reservemagazin eingesteckt.

Seit drei Stunden observierte er Krahkes Villa. Leutnant Tahiri war noch einmal im Konsulat gewesen, dann mit der Straßenbahn nach Blankenese rausgefahren und gerade zu ihm ins Auto gestiegen.

„Nichts regt sich da drinnen. Wir gehen rein!"
Sie fuhren den Ford Scorpio um die nächste Straßenecke und ließen ihn dort stehen. Er war vom Haus aus nicht zu sehen. Leutnant Tahiri klingelte, nach einer Weile ein zweites Mal. Die Türglocke hallte durch ein leeres Haus. Während sie von einem Fuß auf den anderen trat, auf ihre Armbanduhr schaute und einen prüfenden Blick in den Himmel warf, knackte Marder das Schloss und bat sie mit höflicher Geste hinein. Sie zogen sämtliche Vorhänge zu und machten so viel Licht wie nötig. Dann durchsuchten sie das Büro im ersten Stock und Balatows Wohnung im Dachgeschoss. Jeder nahm sich eine Etage vor. Eine Stunde später hatten sie sich fast durchgearbeitet, als sie hörten, wie jemand einen Schlüssel ins Schloss der Haustür steckte. Marder sprintete die Treppe hinauf in Balatows Wohnung. Dort verschwand Leutnant Tahiri gerade in einem Wandschrank. Er huschte ins Bad. Die Tür ließ er weit offen und stellte sich dahinter. Durch den Spalt zwischen Wand und Türblatt würde er sehen können, wer herein kam.

Es waren offenkundig zwei Männer, und sie unterhielten sich in einer Sprache, die er nicht kannte. Sie sprachen laut und schienen sich ganz ungezwungen zu bewegen. Es hörte sich an, als würden sie Stecker aus Dosen reißen und Sachen einpacken. Einbrecher, die einen Hausschlüssel besaßen? Eine Weile waren sie im Erdgeschoss, in Krahkes Privaträumen beschäftigt, dann kamen sie herauf ins Büro. Marder schlich zur Treppe, legte sich auf den Bauch und konnte von der obersten Stufe einen schmalen Ausschnitt von Krahkes Arbeitsraum überblicken. Er sah zwei junge Männer durch sein Blickfeld laufen und elektronisches Gerät – Flachbildschirme, Tastaturen, Fernseher, Funktelefon – zusammenraffen und auf einem Tisch abstellen. Dann fingen sie an, Schubladen zu durchstöbern. Sie warfen sich Worte zu in der Sprache, die Marder nicht verstand, und lachten unbekümmert. Marder kroch zurück, schlich durch einen großen Raum – Balatows Wohnzimmer offenbar – und warf einen Blick aus dem Fenster auf die Kiesauffahrt. Dort stand ein dunkler Lieferwagen direkt vor dem Eingang. Was waren das für Kerle, die mit einem Schlüssel ins Haus kamen und in aller Ruhe Stockwerk für Stockwerk ausräumten? Einfach mal fragen!

Er zog seine Waffe, pochte im Vorbeigehen an die Wandschranktür, im nächsten Augenblick stand er auf halber Treppe und hatte den weitläufigen Arbeitsraum im Blick. Hinter ihm bewegte sich Leutnant Tahiri. Er räusperte sich. Die beiden Männer unter ihnen wirbelten herum, starrten sie eine Sekunde lang verblüfft an. Dann überschlug sich alles. Der eine drehte sich um und rannte zur Tür, der andere trabte rückwärts, zog dabei eine klobige Pistole aus dem Hosenbund und feuerte das ganze Magazin auf sie ab. Marder riss den Mund auf und warf sich zurück. Er prallte mit der Schulter gegen die Wand und ließ sich auf die Treppenstufe sinken. Aus dem Augenwinkel sah er Leutnant Tahiri, die sich eine Hand aufs Ohr drückte. Der Knall einer in einem geschlossenen Raum abgefeuerten großkalibrigen Waffe konnte einem das Trommelfell zerreißen. Und der Kerl hatte acht Mal durchgezogen! Er musste jetzt völlig taub sein. Marder hatte sich mit weit aufgerissenem Mund das schlimmste Knalltrauma erspart. Und Leutnant Tahiri? Sie stand zwei Stufen über ihm, schaute mit großen Augen zu ihm herunter, die rechte Hand immer noch aufs Ohr gepresst. Sie wankte. Im Licht der Treppenbeleuchtung sah Marder Blut zwischen ihren Fingern hervorquellen.

„Zhora!"

Sein gellender Schrei drang nur dumpf ans eigene Ohr. Mit einem Satz war er auf den Füßen und stürzte zu ihr. Er legte ihr den linken Arm um die Schulter und zog sie an sich.

„Ganz ruhig."

Mit der Rechten versuchte er behutsam, ihre Hand vom Ohr

zu lösen. Sie sträubte sich erst, dann lockerte sie sich. Der Hijab war am Hals zerrissen. Unter den Fetzen verbarg sich eine stark blutende Wunde. Marder begann, das Kopftuch zu lösen und vorsichtig abzunehmen. Er spürte, wie Zhora die Regung, ihr Haar zu schütteln, unterdrückte. In langen schwarzen, mit dunkelbraunen Strähnen durchwirkten Locken fiel es schwer auf ihre Schultern. Mit sanfter Hand strich er die lockige Pracht nach hinten. Da sah er die Wunde. Erstaunlich, dachte Marder, wie stark ein angeritztes Ohrläppchen bluten konnte.

„Glück gehabt", knurrte er. „Nur ein leichter Streifschuss."

„Beruhigend, zu wissen", entgegnete Zhora tapfer. „Ich gehe ins Bad und stoppe die Blutung. Verfolgen Sie die Männer."

„Dieser schießwütige Teufel und sein Kumpan sind längst über alle Berge. Wir haben sie bloß nicht wegfahren hören." Er hüpfte auf einem Bein zum Fenster und hielt dabei den Kopf schräg, als hätte er Wasser in den Ohren. „Wie ich's mir gedacht habe. Der Wagen ist verschwunden" sagte er. „Was für eine Sprache haben die gesprochen? War das Italienisch? Oder Spanisch?"

Marder lehnte mittlerweile am Türpfosten des Badezimmers und schaute der Kollegin zu, die ihr blutendes Ohrläppchen versorgte. Eine schöne Frau, wenn er es recht besah, aufregend zweifellos; der Hintern vielleicht eine Spur zu breit für ihre Größe.

„Nein. Ich glaube, Rumänisch", sagte sie, ihn im Spiegel beobachtend.

„Rumänen", wiederholte er gedehnt. „Ob die für Krahke gearbeitet haben? Die kamen mir vor, als wollten sie ihre Bezahlung in Naturalien abholen."

Zhora gab einen Schmerzenslaut von sich, als sie einen angefeuchteten Alaunstein auf die Wunde drückte. Wäre das Pflaster, das sie danach um ihr Ohrläppchen klebte, gelb, grün oder violett gewesen, hätte es wie ein modischer Ohrclip aussehen können.

„Auf jeden Fall ist alles, was uns weiterhelfen könnte, aus

den Wohnungen verschwunden", sagte sie. „Das sieht, wenn nicht nach überstürzter Flucht, so doch nach überhastetem Aufbruch aus. Aber wohin?"

„Krahkes Büro ist ebenfalls *clean*. In seiner Wohnung brauchen wir gar nicht erst zu suchen. Die sind ausgeflogen, soviel steht fest."

Marder strich sich durchs Haar.

„Ich muss herausfinden, wie weit Rupp mit seinen Ermittlungen ist. Vielleicht bringen die uns auf eine Spur."

Zhora hatte Wattestäbchen, blutige Wattebäusche und abgelöstes Heftpflasterpapier aus dem Waschbecken gefischt und ging damit zur Kloschüssel, hob den Deckel, um alles hineinzuwerfen. Mitten in der Bewegung stutzte sie.

„Oh", rief sie und schaute – charmant errötend – zu Marder. „Verkohltes Papier in der Toilettenschüssel. Das hätte ich als nächstes entdeckt."

Marder trat näher.

„Lassen Sie mal sehen." Sein Blick fiel auf verkohlte Papierfetzen. Die Asche war nicht zerrieben, was auf große Hast hindeutete. Da hatte es jemand eilig gehabt. Verdammt eilig. Er streifte sich den Ärmel hoch und griff beherzt in den Abfluss. Die Asche zerfiel bei Berührung. Nach einigem Herumrühren fühlte er festes Papier zwischen den Fingern und zog es vorsichtig heraus. Ein Fetzen mit verkohlten Rändern, etwas größer als eine Briefmarke. Als er das Papier umdrehte, sahen sie den Ausschnitt einer angeschmorten Fotografie. Er drückte sie Zhora in die Hand und griff noch einmal ins Klo, tastete bis zur Krümmung des Siphons alles ab. Das Wasser färbte sich schwarz.

Nachdem er sich Arm und Hände gewaschen hatte, wandte er sich Zhora zu, die versonnen den braun angelaufenen Farbfotofetzen betrachtete. Zwei halbe Gesichter. Eines davon trotz der verdunkelten Oberfläche so rot, als würde es jeden Moment Feuer fangen. Von dem anderen war nicht viel mehr als ein Stück dickrandiger Hornbrille zu erkennen.

„Beweis genug", sagte Marder. „Ein Foto von einem deutlich jüngeren Krahke als der, den wir kennengelernt haben, in Balatows Wohnung; das heißt, die beiden kennen sich seit langem. Nach dem Verhältnis der Gesichter zur Größe des Papierschnipsels zu urteilen, handelt es sich bei dem Foto um eine Gruppenaufnahme. Na ja, viel ist das nicht. Wäre sicher interessant gewesen, auch die übrigen Herrschaften der Gruppe kennenzulernen."

„Sehen Sie sich einmal den Hintergrund genau an", sagte Zhora und deutete mit dem Finger auf das Papier.

„Was soll da sein? Hmm ..., man könnte sich eine unregelmäßige horizontale Linie einbilden. Sowas wie die Krone einer Festungsmauer. Kommt Ihnen das etwa bekannt vor?"

„Ja, denn das ist ein ziemlich unverwechselbares Profil. Es handelt sich um die Zikkurat von Ur. Sie haben ganz richtig vermutet. Die haben ein Erinnerungsfoto vor dem Turm von Babylon gemacht."

„Die waren zusammen im Irak. Donnerwetter!"

„Das da ist keine zweihundert Kilometer von meiner Heimatstadt entfernt."

„Von Khorramshar. Und nach Al Amarah ist es noch näher."

Marder löste seinen Blick von dem Fotofragment und drehte langsam den Kopf zu Zhora. Sie schaute ihn an; in ihren Augen stand ein verräterischer Schimmer.

„Diese Schweine!", entfuhr es Marder.

26

Seit mehreren Stunden stampfte die *Sursum Corda* durchs Baltische Meer, wie die Männer aus dem Maschinenraum die Ostsee nannten. Eine steife Brise, die jeden Aufenthalt draußen unmöglich machte, blies von Nordwesten und trieb ihnen so hohe Wellen entgegen, wie Burgwald sie auf der Ostsee nie für möglich gehalten hätte. Er konnte sich nur durch das Schiff bewegen, indem er sich bei jedem Schritt irgendwo festhielt und sich so durch die Gänge hangelte. Wenigstens war er nicht seekrank geworden.

Sehen konnte man nichts. Der Himmel war dunkelgrau und dichte Nebelbänke schoben sich über das Wasser. Nach dem Frühstück hatte sich Herr Gatsos eine Stunde Zeit genommen, den neuen Gehilfen vom Bug bis zum Heck durchs Schiff zu führen und ihm auch den Maschinenraum zu zeigen, in dem zwei gewaltige Dieselmotoren arbeiteten. Sie wurden von dem Maschinisten im dunkelbraunen Overall und einem älteren Mechaniker mit ölverschmiertem Gesicht in Gang gehalten. Über eiserne Stege und Leitern waren sie wieder nach oben geklettert. Durch verschraubbare Luken in den sechs Meter hohen Schottenwänden gelangten sie zu zwei Laderäumen, die bis auf ein paar auf Paletten festgezurrte Säcke und mehrere mannshohe, quadratische Holzkisten leer gewesen waren. Jetzt standen sie im Frachtraum, der ebenfalls sechs Meter in der Höhe maß. Die am Vorabend eingetroffenen Lastwagen wirkten darin klein und verloren.

Die Iraner waren dabei, die Gestänge der Abdeckplanen von den Ladeflächen abzumontieren. Burgwald sah, dass sich auf ihnen ganz offenkundig nichts anderes befand als zwei etwas übermannshohe Teppichstapel. Daneben lagen etwa ein Dutzend gerollter und in festes Packpapier eingeschlagener Teppiche.

Einige Schritte von den LKW entfernt standen Moltke, der Erste Ingenieur, und der Mann mit der dicken Hornbrille. »Chemiker«, hatte Herr Gatsos achselzuckend gesagt und schmunzelnd hinzugefügt, anfangs hätte er befürchtet, der Mann sollte in der Küche eingesetzt werden, und er hätte sich schon vorgestellt, wie der Neue mit Bunsenbrenner und Destillierkolben an neuen Zutaten herumbastelte, «wie dieser Koch in Nordspanien». Danach hatte er Burgwald auf die Schulter geklopft und gesagt, es würde reichen, wenn er in einer halben Stunde käme, um ihm beim Auftischen des Mittagessens zu helfen. Eine halbe Stunde! Burgwald drückte sich tiefer in den

Schatten und hoffte, eine Weile ungesehen die weiteren Vorgänge beobachten zu können. Der Erste hielt eine Fernsteuerung in der Hand und lotste damit vier großflächige, mit Gurten vertäute Paneele von der Decke herunter und ließ sie direkt neben einem der Laster zu Boden sinken. Unter der Decke befanden sich meterlange, horizontal angebrachte Metallhalterungen, in denen die Paneele mit Klemmen fixiert waren. Längs der Fahrtrichtung war zwischen den Halterungen eine Art Laufgitter angebracht, von dem aus zwei der Fahrer breite Gurte um die Wandelemente schlangen und verknoteten und dann die Klemmen lösten. Die beiden mussten ihre Arbeit in gebückter Haltung verrichten, da der Laufrost nur etwa eineinhalb Meter unter den Halterungen verlief. Eben hatten sie begonnen, die zweite Ladung festzuzurren. Die beiden Iraner am Boden hatten unterdessen die Knoten gelöst, richteten die Wände auf und hievten sie nacheinander auf die Lastwagen. Am Ende hatte jede Ladefläche eine vollständige Umwandung aus vier etwa drei Meter hohen, nahtlos zusammengefügten Seitenwänden, die aus zwei Zentimeter dickem Pressspanholz bestanden. Da die gerollten Teppiche vorher ausgeladen worden waren, durften jetzt nur noch zwei mannshohe Teppichstapel auf jedem Laster liegen. Burgwald hatte das Gefühl, der Vorbereitung eines Copperfield'schen Zaubertricks beizuwohnen. Ein Blick auf die Armbanduhr zeigte ihm, dass die vom Koch gewährte halbe Stunde vorbei war. Der nächste Blick zurück zum Laster zeigte ihm, dass Moltke und der Chemiker verschwunden waren. Hatte der Zaubertrick schon begonnen? Nur die Fahrer waren noch da. Sie standen zusammen und zündeten sich Zigaretten an. Das hätte Burgwald jetzt auch gern getan. Stattdessen schob er sich geräuschlos aus dem Frachtraum und machte sich auf den Weg in die Kombüse. Er erreichte sie, ohne sich zu verlaufen. Seine Mission gestaltete sich ja viel einfacher, als er befürchtet hatte. Er rieb sich unternehmungslustig die Hände. Gerade wollte er die Kombüsentür aufdrücken, da wurde diese aufgerissen und Krahkes vierschrötige Gestalt wölbte sich ihm entgegen. Seine Quadratpranke zuckte vor und krallte sich in Burgwalds Schulter.

„Sie kommen jetzt mit mir!", schnaufte er.

Burgwald wurde blass.

„Ja, aber ...", stammelte er.

Ohne seinen Griff zu lockern und ohne ein weiteres Wort zu verlieren, schob Krahke ihn zur Eignerkabine. Drinnen saßen der Erste Ingenieur und der Chemiker, die dem Kriminalassistenten finster entgegen blickten.

„Setzen Sie sich!", blaffte Krahke.

Burgwald gab sich einen Ruck. Und blieb stehen.

„Hören Sie", sagte er, „ich bin Ihnen dankbar, dass Sie mich an Bord genommen haben; aber ich bin nicht Ihr Untergebener oder Leibeigener oder sowas. Reden Sie also nicht in diesem Befehlston mit mir!"

„Jetzt hör du mir mal zu, Grünschnabel." Krahkes Stimme war gefährlich leise geworden. „Wenn ich will, kann ich dich einfach so", er schnippte mit den Fingern, „den Fischen zum Fraß vorwerfen lassen. Das geht ganz schnell."

„Warum sollten Sie das tun?", fragte Burgwald und klang ehrlich erstaunt.

Der Erste Ingenieur mischte sich ein:

„Herr Krahke ist der Schiffseigner. Als solcher hat er die volle Verantwortung für alles. Und wenn einer wie Sie unter dubiosen Umständen auf dieses Schiff kommt, dann müssen Sie damit rechnen, ins Verhör genommen zu werden."

„Was heißt «einer wie Sie»? Und was für dubiose Umstände meinen Sie?" Burgwald bekam wieder Wasser unter den Kiel. „Außerdem besteht zwischen verhört und über Bord geworfen werden doch wohl ein Unterschied. Was geht hier eigentlich vor?"

„Was soll hier vorgehen?", schrie Krahke. „Spinnen Sie? Was glauben Sie, wo wir hier sind!" Er war aufgesprungen und beugte sich weit über den Schreibtisch. Sein Kopf glühte wie ein überheizter Ofen.

„Sie sind nun mal unter einigermaßen merkwürdigen Gegebenheiten an Bord gekommen", fuhr der Erste fort. „Sie sind gerade einen Tag im Hafen, Sie wollen auf dieses Schiff, und prompt fällt der Küchenjunge krank um."

„Moment mal." Burgwald hob beide Hände. „Ich wollte nicht auf dieses Schiff, sondern auf irgendein Schiff. Und ich darf Sie daran erinnern, dass ich mich nicht als blinder Passagier an Bord geschlichen habe, sondern dass Sie mich im Seemannsheim aufgesucht und mich angeheuert haben."

„Trotzdem komisch, dass kurz vorher der Küchenjunge so abkackt, dass er ins Krankenhaus muss. Da liegt er jetzt mit Fieber und fantasiert; bringt kein vernünftiges oder auch nur halbwegs verständliches Wort über die Lippen. Wir wollen jetzt die Wahrheit hören."

„Ich habe Ihnen doch schon alles gesagt. Aber Sie behandeln mich, als wäre ich ein Spion oder sowas." Burgwald schaute die Männer fragend an.

„Verstehen Sie doch", der Chemiker war aufgestanden und zu Burgwald getreten. Er kam ihm so nahe, dass dieser seinen Atem riechen konnte und unwillkürlich den Kopf in den Nacken warf. „Mirko – so hieß ..., heißt der Küchenjunge – gehört schon lange zur Mannschaft, und er ist uns allen ans Herz gewachsen. Da ist es doch ganz natürlich, dass man bei einer derartigen Häufung von Zufällen nervös wird, die Geduld verliert ... Was haben die vom Zoll Ihnen eigentlich erzählt?"

„Nichts. Was sollen die mir erzählt haben?"

„Das wollen wir von Ihnen wissen." Der Chemiker lächelte dünn.

„Haben die mit Mirko gesprochen? War der Balte bei denen im Zollamt?" Krahke schien vor Ungeduld zu platzen.

„Davon weiß ich nichts. Mir hat der ältere der Herren Inspektoren nur empfohlen, im Seemannsheim zu warten und dem Herrn Bronski zu sagen, dass ich ein Schiff suche. Das ist alles."

„Okay, okay", der Erste Ingenieur hob allseits beschwichtigend die Hände. „Sie werden verstehen, Herr Burgwald, wir müssen es einige Tage oder gar Wochen miteinander aushalten, da will man wissen, wen man an Bord hat. Nichts für ungut. Sie können jetzt gehen, der Koch wartet bestimmt schon sehnsüchtig auf Sie."

27

Nachdem die Sehnsucht des Kochs den Raum verlassen hatte, starrten sich die drei Männer wortlos an. Krahke sprach als erster.
„Ist der Bursche wirklich so ahnungslos, wie er tut, oder verarscht der uns?"
„Schwer zu sagen." Der Chemiker wiegte unschlüssig den Kopf. „Wir müssen ihn auf jeden Fall im Auge behalten; dafür sorgen, dass er nicht in den Frachtraum geht."
„Zu spät. Gatsos hat ihm schon das ganze Schiff gezeigt", sagte Moltke.
„Dieser dämliche Koch! Warum bleibt der nicht in seiner Stinkeküche, wo er hingehört?" Der Chemiker funkelte Moltke über den Rand seiner Brille hinweg an.
„Ich habe ihn gebeten, mit dem Neuen einen kleinen Rundgang durchs Schiff zu machen", antwortete der Erste. „Der muss schließlich wissen, wo hier was zu finden ist, wenn er seine Arbeit machen soll."
„Aber alles soll er ja nicht finden, oder?" Wustrow ließ wieder sein schmales Lächeln sehen.
Krahke schaltete sich ein:
„Selbst wenn er im Frachtraum war, kann er nicht viel gesehn haben. Unsere iranischen Freunde haben erst mal nur die Verschalung angebracht."
„Na, da wird er sich schon fragen, was das soll", blieb Wustrow skeptisch.
„Klar, aber so lange dieses Unwetter anhält, passiert ja weiter nichts." Der Erste wandte sich an Krahke. „Der Kapitän hat

seine Anweisungen?"

„Sicher. Er hält Kurs auf den Grønsund. Wenn wir den erreichen, haben wir's geschafft. Dann kann uns das Wetter mal."

„Okay, was machen wir also mit diesem Burgwald?" Moltke blickte sich fragend um.

Wustrow zuckte die Achseln, ging zu der kleinen Bar, die in einer Art Wandschrank untergebracht war, und goss sich einen Brandy ein. Krahke fuhr sich mit der Hand in den Nacken, blieb einen Moment lang so sitzen und ließ seinen Blick von einem zum andern wandern. Dann schien er zu einem Entschluss zu kommen.

„Wir behalten ihn im Auge. Ertappen wir ihn beim Rumschnüffeln, prügeln wir aus ihm raus, was wir wissen müssen, und schmeißen ihn über Bord. Bei dem Sturm kann so ein unerfahrener Bursche leicht ins Wasser fallen. Was sagt der Wetterbericht?"

„In den nächsten zwei Tagen wird sich nicht viel ändern", erklärte Moltke. „Da haben wir ein stabiles Tiefdruckgebiet. Die letzten Vorhersagen melden weiterhin stürmische Winde bis Stärke 9 und noch mehr Regen. Es bleibt ungemütlich. Da werden wir an Bord kaum arbeiten können."

„Also ankern wir in einem der Inselhäfen und machen es da. Dadurch verlieren wir zwar Zeit, aber eine andere Möglichkeit haben wir ja wohl nicht. Wie lange brauchen wir schätzungsweise, bis wir die Inseln erreichen, Moltke?"

„Im Grønsund haben wir ruhiges Fahrwasser, da werden wir schneller vorankommen als jetzt. Ich schätze, so acht bis zehn Stunden."

„Gut, Sie beide treffen Ihre Vorbereitungen; die Iraner sollen diesen Burgwald im Auge behalten. Mit dem Kerl stimmt was nicht. Warum haben wir den ausgerechnet auf unserer letzten Fahrt an Bord? Sie wissen beide, was auf dem Spiel steht."

„Ja. Das kann aber Zufall sein."

„Glauben Sie an Zufälle?"

„Klar, das halbe Leben besteht aus Zufällen."

„Glauben Sie auch an Zufälle, Wustrow?"

„Ich würde es eher Unwägbarkeiten nennen", sagte der Chemiker, nahm einen großen Schluck Brandy und gurgelte ihn geräuschvoll in der Mundhöhle herum.

„Unwägbarkeiten ... Dieser kinnlose Bursche ist glitschig wie nasse Seife, verdammt." Krahke schien sich in einen neuen Wutanfall hineinsteigern zu wollen; doch dann faltete er nur die Hände, drehte die Handflächen nach außen und dehnte mit ausgestreckten Armen seine Wurstfinger, bis sie knackten. „Also los. Gehn Sie an Ihre Arbeit. Moltke, Sie setzen sich mit den Schweden in Verbindung. Da darf jetzt nichts schiefgehn."

28

Burgwalds Verhör und das darauf folgende Gespräch der drei Männer hatte ungefähr auf Höhe der Stolpebank stattgefunden. Mittlerweile hatten sie Kap Arkona passiert und hielten auf die dänische Insel Falster zu. Die See war noch rauer geworden. Die *Sursum Corda* kämpfte sich durch meterhohe Wellenberge. „Wenn wir den Grønsund erreichen, sind wir erst mal in Sicherheit", hatte Herr Gatsos gesagt und ein besorgtes Gesicht gemacht. „So einen Tanz hab ich auf diesem Teich noch nie erlebt." Burgwald hatte Seekrankheit vorgeschützt, um in die Kabine verschwinden zu können. Nun hockte er auf seiner Koje und versuchte, einen klaren Gedanken zu fassen und seine Nerven zu beruhigen. Er streckte beide Hände aus. Sie zitterten. Nichts war mehr einfach. Aber eines wusste er jetzt: Er war auf dem richtigen Dampfer. Und es wäre nicht schlecht, wenn er herausfände, ob es an Bord jemand gab, von dem er möglicherweise Hilfe erwarten konnte. Mit Grausen dachte er an die vier Iraner, die bestimmt nicht nur Lastwagen fuhren, und an den Chemiker mit dem giftigen Atem. Der Erste Ingenieur schien ein einigermaßen zivilisierter Mensch zu sein; aber dieser Krahke war völlig unberechenbar und gemeingefährlich. Der Kapitän gehörte wahrscheinlich auch zu ihnen. Blieben der Koch und der Maschinist. Von dem alten Mechaniker war sicher nichts zu erwarten.

Er musste versuchen, in der Nacht unbemerkt an die Lastwagen heranzukommen. Vorher brauchte er aber Informationen. Also zurück in die Kombüse. Sie war leer, ebenso die Pantry. In der Offiziersmesse fand er den Koch.

„Herr Gatsos, mir geht es schon wieder besser. Ich kann hier saubermachen. Sie haben sich Ihren Feierabend weiß Gott verdient."

Der Koch schaute überrascht auf.

„Na, so was ... Geht's schon wieder? Du kannst übrigens Yannis zu mir sagen. Wir kennen uns ja schon ein bisschen."

„Danke, Yannis. Ich heiße Willie."

„Du scheinst 'ne gesunde Konstitution zu haben, Willie."

„Die Aussicht darauf, dass es bald ruhiger wird, hat schon geholfen. Wie, sagten Sie, sagtest du, heißt der Sund, in den wir bald einfahren?"

„Das ist der Grønsund, der trennt Falster von Møn und Bogø. Da haben wir zwar immer ordentlich Gegenwind, aber das Wasser wird ruhiger."

„Du kennst dich erstaunlich gut aus, Yannis. Fährt die *Sursum Corda* immer die gleiche Strecke?"

„So ziemlich, ja. Die Route ist immer die gleiche; nur die Häfen, wo angelegt wird, die wechseln immer mal wieder, je nach Fracht. Hier, nimm den Lappen. Die Ecke da muss noch geputzt werden. Dann bloß noch ausfegen. Der Besen steht da hinten."

„Wird gemacht. Fahren wir eigentlich die Nacht durch, oder ankern wir irgendwo?"

„Dir ist's wohl doch nicht ganz geheuer, was? Der Sund ist ruhig, da fahren wir wahrscheinlich ohne anzuhalten durch. Nördlich von Falster und Lolland beginnt der Große Belt und dann kommt das Kattegat, da kann's wieder lebhaft werden. Das ist wie auf offener See. Aber nicht ganz; auf dem ersten Stück gibt's noch Dutzende von Inseln. Ein paar von denen haben Häfen, in die wir reinpassen."

„Beruhigend, zu wissen."

„Also dann ... morgen früh um sechs zum Frühstückmachen in der Kombüse."

„Geht in Ordnung."

Das Saubermachen war schnell erledigt; danach saß Burgwald kettenrauchend in seiner Kabine und überlegte das weitere Vorgehen. Er durfte keine Zeit verlieren und würde noch in der Nacht versuchen, an die Lastwagen heranzukommen. Den Wecker seines Mobiltelefons stellte er dazu auf 03:00 Uhr. Der blecherne Ruf eines Muezzins riss ihn aus dem Schlaf. Den Klingelton hatte er einmal für eine witzige Idee gehalten. Jetzt verwünschte er sich für diesen Leichtsinn. Er hatte den Wecker zwar leise gestellt; aber die heiser bellende Stimme musste die Iraner doch im Ultraschallbereich ihres Unterbewusstseins treffen und aus dem Schlaf hochfahren lassen! Zum Glück lagen ihre Kabinen nicht im selben Gang. Das Stampfen des Schiffes hatte aufgehört, es hob und senkte sich jetzt gleichmäßig von vorn nach achtern. Sie waren also schon im Sund.

Burgwald schlich aus seiner Kabine und bewegte sich lautlos in Richtung Frachtraum. Er hatte seine Schuhe unter der Koje stehenlassen und dicke Wollsocken an den Füßen. Die Notbeleuchtung in den Gängen sorgte für diffuses, gelbliches Licht, so dass er sich leicht orientieren und auch Hindernisse rechtzeitig erkennen konnte. Die Tür zum Frachtraum ließ sich nicht ganz geräuschlos öffnen. Sie knarrte in den Angeln. Daran hatte er nicht mehr gedacht. Seine Hand zuckte von der Türklinke zurück. Erschrocken verharrte er regungslos einige Sekunden, in denen er nicht einmal zu atmen wagte. Hektisch huschte sein Blick nach allen Seiten. Nichts regte sich. Mit immer noch angehaltenem Atem drückte er nun die Tür so langsam auf, dass sich das Knarren zu einzelnen Knacklauten dehnte, die im stillen Seufzen der nächtlichen Schiffsgeräusche untergingen. Durch den schmalen Türspalt schlüpfte er in den Frachtraum, in dessen Mitte er die undeutlichen Umrisse der

Lastwagen erkannte. Hier war es dunkler als in den Gängen. Nur zwei trübe schimmernden Notleuchten an den Außenwänden sorgten dafür, dass der hallenartige Raum nicht in völliger Finsternis lag.

Behutsam Fuß vor Fuß setzend, den Blick konzentriert am Boden, schlich Burgwald zu den Lastern. Die hoch aufragenden Verschalungen der Ladeflächen wirkten wie abweisende Festungstürme. Wenn es ihm gelänge, auf das Dach einer Fahrerkabine zu klettern, würde er den oberen Rand der Umwandung erreichen und sich hochziehen können. Geräuschlos auf das dünne Blech eines Führerhausdaches zu klettern, dürfte jedoch verdammt schwierig werden, wenn nicht gar unmöglich sein. Er musste eine andere Lösung finden! Er hatte die nebeneinander stehenden LKW jetzt erreicht und tastete sich auf der Fahrerseite des ersten nach vorn. Unterhalb der Fahrertür blieb er stehen. Er drehte sich um und warf einen prüfenden Blick in die Runde. Erst jetzt bemerkte er, wie knapp er an diversen Hindernissen vorbeigeschlichen war. Keine zwei Schritte vor ihm lag eine Palette, über die er leicht hätte stolpern und Lärm verursachen können. Ein Stück dahinter lehnte eine Stehleiter an einem der eisernen Träger, die die Dachkonstruktion stützten. Nicht auszudenken, wenn er nur eine etwas veränderte Richtung eingeschlagen hätte, dagegengelaufen und die Leiter umgefallen wäre. Er war auch viel zu früh losgegangen, als seine Augen sich noch gar nicht vollständig an das herrschende Dämmerlicht gewöhnt hatten.

Mit nachträglichem Schrecken wandte er sich wieder um und entdeckte dabei die Schaufel, die am Vorderrad des Lasters lehnte. Gegen die wäre er als nächstes gestoßen. Burgwald erschauerte. Er hatte mit einem Mal das sichere Gefühl, der Situation überhaupt nicht gewachsen zu sein. Das Schiff war deutlich eine Nummer zu groß für ihn. Auf was hatte er sich da bloß eingelassen! Er war ja keiner von diesen Kinosuperhelden, die alle übermenschliche Kräfte besaßen und in letzter Sekunde immer rettende Einfälle hatten. Er riss sich zusammen. Mit solchen Gedanken kam man nicht weiter. Um die Fahrertür zu erreichen, gab es etwa sechzig Zentimeter über dem Boden einen Eisenrost als Fußtritt, und wenn Burgwald den Arm hochreckte, bekam er den an das Führerhaus geschraubten Haltegriff zu fassen, an dem er sich hochziehen konnte. Um in die Fahrerkabine schauen zu können, hievte er sich auf diese Weise langsam nach oben, warf von der erhöhten Position noch einmal einen prüfenden Blick durch die Halle. Dann blickte er durch das Seitenfenster ins Führerhaus.

Keine Handbreit entfernt starrte ihm einer der iranischen Fahrer ins Gesicht. Burgwald starrte entgeistert zurück. Sein Herz tat einen so gewaltigen Schlag, dass es ihm die Luft nahm, seine Hand sich vom Haltegriff löste und er ins Taumeln geriet. Er verlor das Gleichgewicht, konnte jedoch im letzten Moment rückwärts abspringen. Dass er überhaupt halbwegs gerade auf beiden Füßen landete, war ein Glück. Die leichte Drehung, in die sein Körper beim Absprung geraten war, warf ihn nach dem Aufprall am Boden schräg nach vorn, so dass er mit dem Kopf voran gegen den Stiel der Schaufel stieß. Bevor diese umfallen konnte, erwischte er sie mit der linken Hand und riss sie hoch, so dass sie jetzt keinerlei scharrendes oder schepperndes Geräusch mehr verursachen konnte. Nur war die taumelnde Bewegung durch seine vorzuckende Hand und das Gewicht der Schaufel darin so verstärkt worden, dass er sie nicht mehr kontrollieren konnte und hilflos fuchtelnd ins Stolpern geriet, dabei gegen die schwere, knöchelhohe Palette stieß und nun durch die Vereinigung sämtlicher auf ihn wirkenden Flieh-, Stoß- und Drehkräfte unweigerlich ins Stürzen kam und mit dem Rücken auf dem breiten Lattenrost landete.

Die Hand mit der Schaufel verzweifelt in die Luft gereckt, gelang ihm das unglaubliche Kunststück, sich geräuschlos abzurollen und jenseits der Palette wieder auf die Beine zu kommen. Sein Orientierungssinn jedoch hatte dieser Häufung unkoordinierter Bewegungsabläufe nicht ganz folgen können, so dass er erst merkte, in welche Richtung es ihn verrissen hatte, als er, immer noch schwankend, den rechten Fuß zur Stabilisierung nach hinten stellte und dabei an die Leiter stieß, die an dem Eisenträger lehnte. Ob die schwere Doppelleiter nachlässig abgestellt worden war oder sich bei der rauen See selbst in Bewegung gesetzt hatte und jetzt nur noch mit ihrer äußersten Kante an dem Pfeiler ruhte, jedenfalls rutschte sie ab und wäre krachend zu Boden gestürzt, hätte Burgwald nicht instinktiv den freien Arm zwischen zwei Sprossen durchgesteckt und sie auf die Schulter genommen. Mit schier übermenschlicher Kraft hielt er sich noch aufrecht, torkelte mit der Leiter auf der Schulter und der Schaufel in der Hand sich um die eigene Achse drehend und verzweifelt das Gleichgewicht suchend durch den Laderaum, als vollführe er einen betrunkenen Tanz, alle Sinne indes darauf gerichtet, nicht gegen ein weiteres Hindernis zu stoßen, bis er durch eine glückliche Fügung wieder ins Lot geriet und festen Stand bekam, bevor er gegen die Wand prallte. Schwer atmend stellte er die Leiter vorsichtig ab und lehnte die Schaufel an eine der eisernen Spanten, die die Schiffswand verstärkten. Er zitterte und Schweiß rann ihm in die Augen. Blinzelnd versuchte er, die Fahrertür des Lasters in den Blick zu bekommen. Nichts hatte sich dort verändert. Seine Schultern erschlafften und sanken herab, als ihm aufging, dass es ihm tatsächlich gelungen war, diese kinetische Hölle ganz und gar geräuschlos durchzustehen. Der Schweiß vermischte sich mit Tränen.

Aber der Fahrer?

Auf seinen Socken schlich Burgwald noch einmal von hinten an den Lastwagen heran. Er näherte sich lautlos der Tür, stellte einen Fuß auf das Trittbrett und zog sich Zentimeter um Zentimeter an dem Handgriff nach oben. Es kostete ihn ein Unmaß an Überwindung, einen neuerlichen Blick ins Fahrerhaus zu werfen. Dem Iraner war der Kopf auf die Brust gesunken, und er schnarchte leise. Er schlief mit schlierigen, immer noch halb geöffneten Augen.

Zweifellos war der Mann als Wache für die LKW eingeteilt, und ebenso zweifellos würde er irgendwann abgelöst werden. Vielleicht schon bald, vielleicht in den nächsten Minuten. Burgwald schauderte bei dem Gedanken, es mit zwei oder mehr Iranern aufnehmen zu müssen. Ebenso lautlos, wie er bisher alles bewältigt hatte, stellte er Leiter und Schaufel an ihre Plätze zurück, vergewisserte sich mit einem letzten Blick, dass alles so war, wie er es vorgefunden hatte, dann drückte er sich durch die Eisentür nach draußen und trippelte zurück in seine Kabine. Erschöpft sank er aufs Bett und stieß einen tiefen Seufzer der Erleichterung aus. Bei der Erinnerung an seinen Tanz mit Leiter und Schaufel kreuz und quer durch den Frachtraum begann es in seinem Brustkorb zu zucken und zu brodeln; glucksendes Lachen quoll ihm in dicken Blasen den Hals hinauf und füllte den Mund, bis er prustend auf seiner Koje lag und den Kopf ins Kissen presste, um von draußen nicht gehört zu werden. Als der Lachanfall verebbte, war er bereits eingeschlafen.

Keine zwei Stunden später wurde Burgwald von einem heftigen Schlag beinahe aus der Koje geworfen. Erschrocken und noch schlaftrunken setzte er sich auf und rieb sich die Augen. Sein Kopf brummte, in der engen Kajüte stank es nach erkaltetem Zigarettenqualm, abgestandene, stickige Luft trieb ihm den Schweiß aus den Poren. Er klaubte seine Schuhe hervor, stieg hinein und stiefelte mit vorsorglich seitwärts ausgestreckten Armen nach draußen. Die Tür ließ er offen, damit der Mief sich verziehen konnte. Am Ende des Gangs links lag der Aufgang zur Kombüse. Ein weiterer Wellenschlag traf das Schiff von der Seite und schickte ihn stolpernd die fünf steilen Stufen hinauf.

Yannis war schon in der Küche und versuchte, das Geschirr beieinander zu halten.

„Willkommen im Belt!", rief er. „Der Große hat dich unsanft geweckt, was? Der Sund liegt hinter uns. Jetzt geht der Tanz wieder los. Wir haben immer noch scheußliches Wetter."

„Hast du ein Aspirin für mich?" Burgwalds Stimme klang heiser.

„Werd' mir bloß nicht krank!", schnaufte Yannis. „Ein Ausfall reicht mir fürs Erste. Da, nimm!" Er hielt ihm einen Zehnerstreifen hin, in dem sich noch sechs Tabletten befanden. Burgwald stopfte sich zwei in die Backen und spülte mit Kaffee nach, den Yannis bereits frisch aufgebrüht hatte.

„Ach ja, mein Vorgänger. Was ist dem eigentlich zugestoßen? Krahke und der Erste tun so, als hätte ich ihn vergiftet, um bei dir in der Kombüse arbeiten zu können."

„Die brauchen wohl 'n Sündenbock. Mich haben sie gezwungen, sämtliche Lebensmittelvorräte wegzuschmeißen und in der Stadt alles neu einzukaufen. Als ob ich vergammeltes Essen gemacht und den armen Kerl sozusagen auf dem Gewissen hätte. Diesem Wustrow hab ich das zu verdanken. Da bin ich mir ganz sicher."

„Was macht der überhaupt auf dem Schiff? Fährt der nur so mit, oder ist der hier wirklich als Chemiker im Einsatz?"

„Du bist ganz schön neugierig, mein Junge. Nimm mal die Sachen hier und trage die rüber in die Offiziersmesse. Danach kannst du nebenan den Tisch decken."

„Okay. Aber ich weiß eben gern, mit wem ich's zu tun habe. Vor allem, wenn man mir droht, mich ins Meer zu werfen."

„Das hat Krahke gesagt, was? Der Mann ist – wie sagt Ihr auf gut Polnisch – ein Verbalradikalinski. Am besten hält man Abstand von dem. Der ist nicht nur wegen seines Aussehens unheimlich."

„Wie meinst du das?"

„Na, dass der 'ne dunkle Vergangenheit und keine besonders weiße Weste hat, ist doch wohl klar. Und dieser DDR-Typ, der Wustrow, ist 'n mieser Rassist. Die passen gut zusammen, die beiden."

„Du meinst, die kennen sich von früher?"

„Würde mich nicht wundern. Der ist an Bord gekommen, als das mit den Teppichen anfing." Der Koch reichte ihm einen Korb aufgebackener Brötchen und bedeutete ihm mit einer Kopfbewegung, den nebenan in der Mannschaftsmesse auf den

Frühstückstisch zu stellen. Nachdem Burgwald das erledigt hatte, fragte er:
„Wie lange arbeitest du eigentlich schon auf der *Sursum Corda*, Yannis?"
„Das ist eine lange Geschichte, Willie. Ich erzähle sie dir gelegentlich." Er zögerte kurz. „Vielleicht bei einem guten Metaxa später am Abend in meinem Kabuff?"
„Danke. Die Einladung nehme ich gerne an."

29

Die *Sursum Corda* bahnte sich, von Brechern geschüttelt, ihren Weg durch das Smalandsfarvandet, das Kleine Inseln-Gewässer nördlich von Lolland. Auf der Brücke beugten sich der Kapitän, Krahke, der Chemiker und der Erste Ingenieur über die Seekarten. Für ihre Arbeit brauchten sie ruhiges Wasser, und das war bei diesem Wetter nur in einem Hafen zu finden. Sie entschieden sich für die Insel Askø. An deren Südspitze gab es einen Boots- und Fährschiffhafen, in dem sie festmachen konnten. Insgesamt zwei, maximal drei Tage, schätzte Wustrow, würde der Verarbeitungsprozess dauern.
„Sind wir da ungestört?", fragte Krahke.
„Auf der Insel leben nur ein paar Dutzend Leute", antwortete der Erste. Die Touristen kommen erst später, in den Sommermonaten. Wir haben da nichts zu befürchten. Keinen Zoll, keine Polizei, nur ein paar Lagerhallen ... und vielleicht mal einen Segler, der da abwettert."
„Okay. Also Askø", entschied Krahke.
Der Kapitän war einverstanden. Irgendwann am Nachmittag würden sie die Insel erreichen, dann konnte es losgehen.

30

Burgwalds erster Arbeitstag führte ihn so ziemlich durch das ganze Schiff; bloß den Frachtraum zu betreten, fand er keine Gelegenheit. Er schrubbte und schnitt Gemüse in der Kombüse, fegte und wischte nach dem Essen in den Messen und auf der Brücke, am Nachmittag schmirgelte er an den Innenseiten zweier Schotts rostige Stellen ab und übermalte sie hinterher mit Mennige. Danach war in einem der Laderäume verrutschte Fracht zu fixieren, dabei half ihm der Maschinist. Ein paar Säcke hatten sich den Sicherungsgurten entwunden und waren von der Palette gerutscht. Die mannshohen Kisten waren unzureichend festgemacht gewesen und hatten sich in Bewegung gesetzt, als das Unwetter die *Sursum Corda* von einer Seite auf die andere warf. Sie mussten an die Wand in ihre Halterungen zurückgeschoben und dort mit Seilen gesichert werden.

„So ein Aufwand, bloß um sie morgen per Gabelstapler und Rollpaletten in den Frachtraum zu bringen", nörgelte der Maschinist. „Hätten wir auch jetzt gleich tun können."

„Was ist denn in den Kisten, und wofür werden sie im Frachtraum gebraucht?", fragte Burgwald.

„Irgendwelche chemischen Apparaturen, von denen ich nichts verstehe", brummte der Maschinist. „Für mich sieht das nach chemischer Reinigung für die Teppiche aus. Aber der Herr Wustrow ist sehr eigen mit den Apparaten."

Burgwald hielt es für klüger, keine weiteren Fragen zu stellen. Vielleicht würde ihm Yannis noch ein paar Informationen liefern. Hundemüde schlurfte er in seine Kabine, deren Tür jetzt geschlossen war, und stellte sich lange unter die heiße Dusche. Nachdem er sich kalt abgebraust hatte, fühlte er seine Lebensgeister wieder lebendig werden.

Zum Abendessen gab es mit Lammfleisch gefüllte Auberginen und hinterher Gyros mit Zaziki und Pommes frites. Das hatte sich Yannis Gatsos offenbar als Vorgeschmack auf den griechischen Abend in seiner Kajüte ausgedacht. Burgwald langte kräftig zu. Vor zwei Stunden hatten sie im kleinen Hafen von Askø festgemacht und lagen jetzt ruhig, von jeglichem Wellengang verschont, am Fährkai vertäut. Er hatte das Anlegemanöver von Deck aus verfolgt. Von der Insel hatte er sich bei dem stürmischen Regenwetter nicht einmal annähernd ein Bild machen können. Außer ein paar verwaschenen Lagerschuppen war nichts zu sehen gewesen.

Unter Deck hatte rege Betriebsamkeit eingesetzt. Moltke, Wustrow und zwei der iranischen Fahrer schafften die Kisten aus dem Laderaum durch das Verbindungsschott in die Frachthalle, in der die Lastwagen standen. Die Seitentür, durch die Willie Burgwald in der Nacht hereingekommen war, wurde von einem anderen Iraner blockiert, der rauchend davor herumlungerte, rhythmisch den Kopf bewegte und einen arabisch klingenden Refrain vor sich hin krächzte. Willie Burgwald trat, eine Kent zwischen den Lippen, zu ihm und fragte nach Feuer.

Da bekam er ein bemerkenswertes Schauspiel zu sehen. Sobald der Mann ihn erblickte, verwandelte er sich. Seine Größe und sein Aussehen behielt er im Großen und Ganzen zwar bei; aber seine Bewegungen, sein Blick, seine Körpersprache insgesamt veränderten sich derart, dass aus einem dunkel und verschlossen wirkenden, stoppelbärtigen Iraner in Bruchteilen einer Sekunde ein geschmeidiger junger Mann wurde, der sich in den Schultern vollkommen entspannte und die Arme baumeln ließ, sich mit der Andeutung eines Lächelns ihm zuwandte und ihm so wachsam, konzentriert entgegenblickte, dass Burgwald das Gefühl hatte, durchleuchtet zu werden. Zugleich schien die Körperlichkeit des Mannes ausgeprägter hervorzutreten. Seine sich lockernden Finger bewegten sich wie die Fangfäden einer Meduse und ließen unter dem taillierten Seidenhemd Muskeln in Bewegung geraten, die gar nicht zu ahnen gewesen waren. Nie hatte Burgwald so deutlich das Gefühl gehabt, einem todbringenden Mann gegenüber zu stehen. Er musste sich zusammenreißen, um weiterhin unbefangen zu wirken. Dass er sich mit dem Iraner nur auf Englisch verständigen konnte, machte es ihm ein wenig leichter.

„A lot of work to do in there, it seems. If you need any help ..."

„That's okay, thank you", antwortete der junge Mann immer noch lächelnd. „The chemist invented a rather sophisticated method to cleaning carpets, you know. He's trying out things and does not want any public yet."

„An invention, I understand."

Burgwald hob grüßend die Hand und trollte sich. «Eine raffinierte Methode, um Teppiche zu reinigen ...», das hörte sich ganz nach seiner Maschine zum Einrauchen von Tabakspfeifen an. Er fragte sich, wie er es anstellen konnte, einen Blick auf diese interessante Erfindung zu werfen.

Er ging an Deck, um sich kühle Luft um die Nase wehen zu lassen. Draußen stürmte es immer noch. Der Regen hatte zwar etwas nachgelassen, wurde aber fast waagerecht durch die Luft getrieben und schlug ihm ins Gesicht. Burgwald drehte sich um, zog den Parka enger um sich und rauchte mit hochgezogenen Schultern. So wanderte er an der Reling entlang in Richtung Bug. Wenn er einen Blick zurück warf, sah er die Brücke nur noch als verschwommenen Fleck. Wie es an Land aussah, war überhaupt nicht zu erkennen. Burgwald schnippte seine Kippe über die Backbordreling und ließ die Brücke weiter hinter sich. Er war beinahe am vorderen Ende der Frachtraumbedachung angelangt, hatte nur noch den Ladebaum und den offenen Bug vor sich, als er im grießigen Grau rechts neben sich einen schmalen, grellweißen Lichtstreif bemerkte. Der drang durch einen rissigen, an manchen Stellen unterbrochenen Spalt im Wellblechdach nach draußen. Bei näherem Hinsehen stellte er fest, dass eine der Rillen auf einer Länge von mehreren Zentimetern so stark durchgerostet war, dass sich unregelmäßige, längliche Löcher gebildet hatten, durch die der Regen eindringen, man aber auch einen Teil des Frachtraums einsehen konnte, wenn man sich darüber beugte. Auf den ersten Blick konnte er die Seitenwand eines der beiden Lastwagen sehen. Mit dem

Fingernagel drückte er die rostigen Stege zwischen den Löchern heraus, so dass ein durchgehender Riss entstand. Der Rost rieselte nach unten. Zum Glück befand sich der jetzt vielleicht einen halben Zentimeter breite und etwa zehn Zentimeter lange Spalt so nah an der Wand, dass der eindringende Regen von den in der Mitte des Frachtraums arbeitenden Männern kaum bemerkt werden würde. Und so lange sich Burgwald mit glücklich hüpfendem Herzen und einem zugekniffenen Auge darüber beugte, tropfte es gar nicht hinein. Er warf einen letzten prüfenden Blick zur Brücke, die im peitschenden Regen nicht einmal zu erahnen war, dann saugte er mit gierigem Zyklopenauge das Geschehen unter sich auf.

Die Männer im Frachtraum hatten eine Flutlichtanlage installiert. An vier um die LKW aufgestellten Masten befestigte Jupiterlampen tauchten die beiden Wagen und das Innere der umwandeten Ladeflächen in gleißendes Licht. Die drei Meter hohen Pressspanwände waren an den Kanten verschraubt und wurden zusätzlich im Innern durch zwei Querstreben stabilisiert, über die man Teppiche geworfen hatte, als sollten sie ausgeklopft werden. Die quadratischen, mannshohen Kisten aus dem benachbarten Laderaum waren aufgeschlagen worden und gaben den Blick auf ihren Inhalt frei: glänzende Apparaturen mit Knöpfen, Hebeln und Monitoren; große, trapezförmige, matt schimmernde Kästen, vermutlich aus Edelstahl; Tische und flache, wannenartige Behälter aus dem gleichen Material; armdicke Schläuche aus gelbem Kunststoff; eine Art Generator oder überdimensionierte Waschmaschine. Es sah aus, als sollten die Lastwagen in fahrende Operationssäle verwandelt werden. Moltke arbeitete wieder mit der Fernsteuerung. An einem Laufkran wurden die großen Edelstahlwannen ins Innere der umwandeten Ladefläche hinabgelassen und auf einem der Teppichstapel abgesetzt. Einer der Iraner saß auf dem Laufrost unter der Decke, ein anderer stand auf der Doppelleiter, und sie fixierten einen der trapezförmigen Kästen – eine Art Trichter – an Ketten so, dass er mit der großen Öffnung nach unten und einige Zentimeter tiefer als der obere Rand der Umwandung über der Ladefläche hing. Ein oberarmdicker Schlauch führte aus dem Kasten zur Schiffswand, wo er durch ein rundes Loch gleichen Durchmessers nach draußen geführt wurde. Ein Kabel und ein dünnerer weißer Schlauch verbanden den Kasten mit dem Generator am Boden. Dort wieselte Wustrow umher, bewegte Knöpfe und Hebel, prüfte Anschlüsse, notierte auf einem Klemmbrett Daten, die er von Monitoren ablas, rief Anweisungen zur korrekten Ausrichtung des Trichters nach oben, eilte zurück und begann, den wie eine Mikrowelle aussehenden Apparat auf einem der Edelstahltische aufzubauen, Kabel anzuklemmen und ihn mit einem Rechner zusammenzuschließen, dessen Tastatur noch an einem der Tischbeine lehnte.

Burgwald hob atemlos den Kopf. Es musste fürwahr ein gigantischer Zaubertrick sein, dessen Generalprobe da unten aufgeführt wurde. Ein lauter werdendes Summen und Brummen ließ ihn sich wieder über den Rostspalt beugen. Diesmal kniff er das andere Auge zu.

Der Generator war eingeschaltet worden und brachte die an den Ketten aufgehängten Trichter zum Vibrieren. Auf jeder Ladefläche stand einer der iranischen Fahrer und hielt einen Teppichklopfer in der Hand. Das Brummen steigerte sich zu einem dumpfen Brausen. Die Männer auf den Ladeflächen begannen nun tatsächlich, die über den Querstreben hängenden Teppiche auszuklopfen.

Burgwald traute seinem Auge nicht. Die metallenen Trichterkästen waren nichts anderes als riesige Dunstabzugshauben, die den aufwirbelnden Staub ansaugten und nach draußen beförderten. Schwerere Partikel schienen aus den Teppichen herausgeklopft und in den Edelstahlwannen aufgefangen zu werden. Aus der Entfernung war schwer zu erkennen, um was es genau ging. Die Iraner klopften mit gleichmäßigen Schlägen und gleichbleibendem Kraftaufwand jeden Teppich etwa zwei Minuten. Dann wurde der nächste über die Querstange geworfen, und die Prozedur wiederholte sich. Wenn sie sämtliche

Teppiche auf diese Weise ausklopfen wollten, überschlug Willie Burgwald, dann würden zwei Männer damit ca. zwei Tage beschäftigt sein; aber nur, wenn sie rund um die Uhr arbeiteten. Was sollte das werden?

Die Ansaugkraft der Trichter schien in einem exakt bemessenen Verhältnis zur Schwerkraft eingestellt zu sein und nur die aufwirbelnden Staubpartikel abzusaugen, während gewichtigere Körnchen oder Teilchen hinunterfielen und in den Wannen landeten. Burgwald sah nur Staub. Es hatte keinen Zweck, sich draußen noch länger durchnässen zu lassen und auszukühlen und vielleicht eine Lungenentzündung zu riskieren. Er musste herausfinden, um was für ein Material es sich handelte, das in den Edelstahlwannen aufgefangen wurde. Vielleicht war es Goldstaub! Er sah im Geiste die Teppichstapel vor sich. Auf jedem Laster zwei, und jeder Stapel gut zwei Meter hoch, das dürften jeweils mehr als zweihundert Teppiche sein. Achthundert bis tausend Teppiche also. Da konnte eine beträchtliche Menge zusammenkommen. Sie müssten es einschmelzen und in Barrenform gießen, um es verkaufen zu können, überlegte er; falls das der Sinn der Übung war. Burgwald richtete sich bibbernd auf und suchte den nächsten Niedergang. Er musste warm werden! Als er in den Gang einbog, in dem seine Kabine lag, wäre er beinahe in den Iraner hineingerannt, der eben noch vor dem Frachtraum Wache geschoben hatte und der jetzt an der Wand lehnte, die Arme vor der Brust verschränkt.

„Not so good a weather for smoking outside", bemerkte er lächelnd.

„Lousy", antwortete Burgwald grinsend und hastete vorbei, „that's what it is, lousy."

In seiner Kabine rubbelte er sich mit dem Handtuch trocken und fragte sich, ob sie den Mann zu seiner Bewachung abgestellt hatten. Wenn dem so war, würde er das Spionieren in Zukunft sehr viel vorsichtiger angehen müssen. Das Eis, auf dem er sich bewegte, war offenbar viel dünner, als er ange-

nommen hatte. Aber es gab kein Zurück. Das wusste er, seit er in Danzig aus dem Europabus gestiegen war. Dann schweiften seine Gedanken wieder ab, und er musste an den genialen Trick denken, Goldstaub oder ähnliche Partikel versteckt in staubigen Teppichen zu schmuggeln. Welcher Zöllner sollte auf so eine Idee kommen!
Für den Abend bei Yannis föhnte er sich die Haare und zog sein weißes Hemd an.

Der Grieche empfing ihn mit einem dampfenden Mokka, als hätten sie sich auf eine bestimmte Uhrzeit verabredet und die deutsche Tugend Pünktlichkeit sei eine Erfindung der Griechen. Der Kaffee war schwarz und heiß, und nachdem Willie Burgwald noch so viel Zucker hineingelöffelt hatte, dass der Kaffee bis an den Rand des Tässchens stieg, trank er. Das Gebräu rann ihm so süffig durch die Kehle, dass er glücklich die Augen verdrehte. Yannis rieb sich vor Freude die Hände. Als nächstes stellte er Schälchen mit Baklava und Kadaifi auf den Tisch, dazu eine Flasche 12-Sterne-Metaxa mit zwei Gläsern, die er sogleich füllte. Eines drückte er Burgwald in die Hand, das andere hob er ihm entgegen:

„Willkommen in meinen bescheidenen vier Wänden, Willie. Wie schön, dass ich dich als Gast bewirten darf."

„Danke, Yannis. Auf dein Wohl." Burgwald hob auch ihm das Glas entgegen. Sie nickten einander zu und tranken einen Schluck, ließen ihn mit nach innen gerichtetem Blick durch die Mundhöhle wandern, nickten erneut und wiederholten den Vorgang mit der gleichen Andacht. Danach stellte Burgwald sein Glas mit einem anerkennenden „Mhmm ..." auf den Tisch zurück und schaute sich um in dem, was der Koch sein *Kabuff* genannt hatte. Es war eine richtige Kajüte mit eigener kleiner Pantry und einem Tisch in der Mitte, dazu zwei Stühle. Ansonsten glich sie Burgwalds Kabine, nur dass sie doppelt so groß war. Mehr Platz gab es deswegen nicht. Es war ein Glück, dass man die Stühle überhaupt noch ein wenig nach hinten ziehen konnte, um sich darauf zu setzen. Ansonsten war jeder

Zentimeter vollgestellt mit aufeinander gestapelten Kisten, Kartons, Koffern, Büchsen, Dosen, Säcken und kleineren Tonnen. Dazwischen gab es schmale Gänge, durch die man sich nur mit einem Fuß hinter dem andern hindurchhüpfend bewegen konnte. An den Wänden waren Schnüre gespannt, über denen Handtücher, Trockentücher, Hosen, Hemden, eine Küchenschürze und ein Paar Socken hingen. Nur an der dem Bett gegenüberliegenden Seite war eine Stelle ausgespart. Dort hatte Yannis ein Plakat des Fremdenverkehrsbüros der Insel Paros an die Wand getackert. Es zeigte den Strand von Piso Livadi.

„Da bin ich aufgewachsen", sagte er mit Wehmut in der Stimme. „Am Strand von Logaras."

„Sehr schön sieht das aus", bestätigte Burgwald.

„Na komm, setz dich", sagte Yannis. „Jetzt wollen wir trinken."

Während Burgwald sich umschaute, hatte der Koch zwei weitere Gläser und eine Flasche Ouzo auf den Tisch gestellt.

„Ich kann dir auch einen guten Malamatina anbieten, wenn dir diese Sachen zu stark sind. Dazu passt dann besser Halva. Moment, Moment."

Yannis turnte über seine Warenvorräte, hob den Deckel von einer hölzernen Tonne, wühlte mit seitwärts gedrehtem Kopf und geschlossenen Augen eine Weile darin herum, dann hob er triumphierend ein in Zeitungspapier eingewickeltes Päckchen hoch.

„Das ist ein Halva von Paros. Weniger süß zubereitet als das, was man gemeinhin kennt. Passt gut zu Retsina. Was meinst du?"

„Ja, das probiere ich mal. Ich mag auch gern Retsina. Das scheint mir für den Anfang genau das Richtige zu sein."

„Du gefällst mir, mein Junge. Der Retsina Malamatina wird von meinen Landsleuten gern als der Schweiß der griechischen Seele bezeichnet. Weißt du, was das bedeutet?"

„Äh ... nein."

„Na, ich auch nicht. Aber man ahnt, was gemeint sein könnte, oder?"

So begann der griechische Abend in Yannis Gatsos' Kabuff. Die Süßspeisen waren übermächtig, die Getränke würden es gewiss noch werden. Burgwald war nach zwei Gläsern geharzten Weins zu dem weichen Weinbrand übergegangen, der ihn mit dem Gusto seiner zwölfjährigen Reife im Eichenfass bezauberte. Für des Kriminalassistenten süße Zunge war es wie Schlaraffenland. Yannis hatte von seiner Heimat zu erzählen begonnen, von der Kindheit in Piso Livadi und von späteren Fahrten durch die gesamte griechische Inselwelt auf Fährschiffen, auf denen er als Küchenjunge angefangen und als Hilfskoch aufgehört hatte.

„Das war am 13. Januar 1975. Am nächsten Tag habe ich als Koch auf der *Sursum Corda* angeheuert."

Burgwald machte ein ungläubiges Gesicht. „Du arbeitest schon seit über vierundzwanzig Jahren auf diesem Schiff?"

„Da staunst du, was? Tja, die *Sursum Corda* ist auch ein ganz besonderes Schiff: der letzte Dampfer, den der große Aristoteles Onassis mit eigener Hand getauft hat. Ich kann dir noch genau die Stelle zeigen, an der die Champagnerflasche zerplatzt ist. Das war vielleicht ein Fest ..."

„Und seitdem arbeitest du ununterbrochen auf diesem Schiff? Ich dachte, es wäre in Russland gebaut worden ..." Burgwald biss sich auf die Unterlippe, griff zu seinem Glas und trank, beobachtete dabei aus dem Augenwinkel Yannis' Reaktion. Der Koch schien seinen Patzer jedoch nicht bemerkt zu haben.

„Nein, nein. Die russische Reederei hat es Anfang der Achtziger gekauft. Dann ist die *Sursum Corda* fünfzehn Jahre lang unter russischer Flagge gefahren. Am Ende sollte sie verschrottet werden. Da hat Herr Krahke dann zugeschlagen und sie für'n Spottpreis erworben. In gewisser Weise bin ich ihm dankbar dafür. Wo hätte ich hin sollen? Dies Schiff ist mein Zuhause. Wenn ich hier runter muss, bin ich heimatlos." Yannis war zu Ouzo übergegangen und kippte sein randvolles

Glas mit einer schroffen Bewegung hinunter.

„Warum hast du nicht mal gewechselt, bist auf anderen Schiffen gefahren?", fragte Burgwald und klopfte die erste Kent aus seiner vorletzten Packung. Er bot Yannis eine an, doch der wehrte ab.

„Ich weiß auch nicht ... Als Ari Onassis ein paar Monate nach der Schiffstaufe gestorben ist, da hatte ich das Gefühl, sein Andenken bewahren zu müssen. Das konnte ich am besten, wenn ich auf diesem Schiff blieb. Als lebende Erinnerung an einen großen Mann, sozusagen. Igendwann hab ich mich hier dann so heimisch gefühlt, dass ich mir was anderes gar nicht mehr vorstellen konnte."

„Vierundzwanzig Jahre immer auf dem selben Schiff", sagte Burgwald versonnen, „da musst du doch jeden Winkel und jedes Mauseloch kennen."

„Und ob!"

Yannis war aufgestanden und räumte die leergegessenen Teller ab. Als er sich wieder setzte, legte er zwei Schachteln *Karelia Filter* auf den Tisch. Eine schob er Burgwald zu.

„Die ist für dich, Willie. Steck sie ein! Die andere Packung verqualmen wir hier."

Er schenkte Ouzo nach. „Ich kenne hier jeden Winkel und jedes Schlupfloch. Wenn du dich mal verstecken musst, komm zu mir."

„Warum sollte ich mich verstecken müssen?"

„Weil du um den Frachtraum herumschleichst wie die Katze um den heißen Brei, und weil's bloß noch 'ne Frage der Zeit ist, wann du von mir wissen willst, was da drinnen veranstaltet wird. Aber wenn sie dich beim Herumschnüffeln erwischen, wär's gut für dich, schnell ein sicheres Versteck zu finden."

Yannis prostete ihm mit seinem Ouzo schweigend zu und kippte ihn hinunter. Willie tat vor lauter Überraschung und Verlegenheit das Gleiche. Dann griff er zur Flasche und füllte die Gläser nach.

„Wenn ich dich fragte, wie du auf so einen Unsinn kommst",

sagte er gedehnt, „würdest du mir vermutlich antworten, dass du zwei und zwei zusammenzählen kannst?"

„Das trifft's auf den Kopf. Erstens hab ich nämlich mitgekriegt, wie die Kleine vom Zoll den Mirko abgeschleppt hat und wie der arme Kerl keine Stunde später auf der Nase lag und nicht mehr auf die Beine kam. Zweitens hab ich mitgekriegt, wie die drei Obergauner hier an Bord diskutierten, ob sie dir trauen können oder dich gleich ins Meer werfen sollen. Da gab's dann nicht mehr viel zusammenzuzählen. Und drittens bin ich froh, dass endlich einer wie du aufs Schiff gekommen ist. Deswegen hab ich auch mein Maul gehalten und dem Moltke nicht erzählt, was ich gesehen hab."

„Ist es so schlimm?"

„Wahrscheinlich noch schlimmer. Vor zwei Wochen, in Danzig, ist der Krahke nach Mitternacht noch einmal von Bord gegangen und ungefähr anderthalb Stunden später zurückgekommen. Am andern Tag haben sie den Zöllner tot auf dem Kai gefunden."

Burgwald zündete sich gedankenvoll eine von Yannis' Zigaretten an, inhalierte tief und blies den Rauch gegen die Decke. Einen Rest von Unsicherheit im Herzen, fragte er sich, ob er dem Koch wirklich trauen konnte. Denkbar war immer noch, dass ihm hier eine perfide Falle gestellt wurde. Sein Gefühl sagte ihm zwar, dass Yannis ein ehrlicher Kerl war; aber für ihn selbst war nur eines wichtig: Er musste hier lebend wieder rauskommen!

Der Koch hatte unterdessen in seiner Minikombüse herumgekramt und setzte sich jetzt wieder zu seinem Gast an den Tisch. Er schob ihm mit beiden Händen etwas zu, das Burgwald nicht gleich identifizieren konnte.

„Nur um deine Zweifel auszuräumen", sagte er.

„Was ist das?" Burgwald drehte ein längliches Alabasterschälchen auf dem Tisch herum, in dem sechs matt schimmernde Metallwürfel lagen. Sie waren einen Kubikzentimeter groß, und auf jeweils einer Seite waren Buchstaben eingeprägt.

Sie sahen aus wie mit Laser eingebrannt: *Ta* und *Nb*. Burgwald traute sich nicht, sie anzufassen.

„Ich hab sie gewogen", sagte Yannis. „*Ta* wiegt 15 Gramm, *Nb* 8 Gramm. Beide Sorten sind antimagnetisch. Aber was es ist, weiß ich nicht."

„Vielleicht strahlen sie."

„Möglich."

„Woher hast du sie?"

„Die werden da drüben im Frachtraum hergestellt."

„Waas?"

Burgwald hatte einiges getrunken. Jetzt erlebte er, was es hieß, schlagartig nüchtern zu werden.

„Vor zwei Jahren fing das mit den Teppichen an", berichtete Yannis. „Seitdem haben wir auch den Chemiker an Bord. Sie klopfen den Metallstaub aus den Teppichen, erhitzen ihn und pressen ihn zu diesen Würfeln. Mal *Ta*, mal *Nb*. Diesmal ist's wahrscheinlich *Ta*, weil die beiden letzten Fuhren *Nb* waren."

„Aber wie bist du an die Würfel gekommen? Das Ganze wird doch streng bewacht. Und diese Iraner sind nie im Leben LKW-Fahrer!"

„Diese vier nicht, da hast du wohl Recht. Aber die vorher waren harmlose Burschen, und zwei Jahre sind 'ne lange Zeit. Da bieten sich ausreichend Gelegenheiten. Ich wusste aber nie, was ich mit den Dingern anfangen sollte. Als dann auf der letzten Fahrt die Morde passierten, wurde mir klar, dass wir in einer brandgefährlichen Sache stecken. Es treibt auf ein Ende zu. Ich spüre das. Sie sind alle nervöser als sonst; und das nicht nur deinetwegen."

„Lass die Dinger sofort verschwinden, Yannis. Wir sind Fischfutter, wenn die hier gefunden werden. Wohin werden die eigentlich geliefert? Und wie viele solcher Würfel kommen auf einer Fahrt zusammen? Hast du das herausfinden können?"

„Meistens so 'ne Mülltonne voll. Die bringen sie mit anderen Abfallcontainern entweder in Frederikshavn oder in Ringhals an Land. Da wartet dann immer schon 'n Müllwagen, und weg ist das Zeug. In Norwegen wurde auch mal Kristiansand angelaufen; aber nur ein Mal, wenn ich mich recht entsinne."

„Fahren sie in Schweden nicht immer Varberg an?"

„Offiziell heißt's Varberg. In Wirklichkeit ist's Ringhals. Das ist so ein unscheinbarer kleiner Hafen ca. zehn Kilometer nördlich von Varberg."

„Hast du eine Ahnung, Yannis, warum die das Zeug nur in solche Winzhäfen liefern?"

„Offiziell, um Liegegebühren zu sparen. In Wirklichkeit aber, weil da nie kontrolliert wird. Da gibt's keinen Zoll, weil da gar keine Fracht ein- oder ausgeladen werden darf. Außer einem Hafenmeister ist da niemand. Offiziell wird in den kleinen Häfen immer nur Trinkwasser gebunkert, manchmal werden noch Lebensmittelvorräte aufgefrischt."

„Und wer das Zeug in den Häfen abholt, weißt du nicht?"

„Keine Ahnung."

Eine Weile hingen die Männer ihren Gedanken nach, tranken Ouzo und rauchten die griechischen Zigaretten mit dem etwas erdigen Aroma. Irgendwann räusperte sich Yannis.

„Sag mir eins, Willie; bist du Polizist?"

Willie Burgwald schaute den Koch an. Die Frage war unvermeidlich gewesen, und er hatte reichlich Zeit gehabt, sich die Antwort zu überlegen.

„Ich bin dein Gast, Yannis. Vertrau mir!"

„Das will ich gerne. Aber die Kerle hier haben angefangen, Leute umzubringen. Um ehrlich zu sein, Willie, ich hab 'ne Scheißangst."

„Wir müssen die Ruhe bewahren, Yannis. Und ich muss so schnell wie möglich herausfinden, aus welchem Material die Würfel sind. Wenn ich irgendwo telefonieren könnte ..."

„Ob du's glaubst oder nicht: draußen zwischen den Lagerhallen gibt es 'ne öffentliche Telefonzelle. So 'n rotes Drahtgitterhäuschen."

„Aber wie komme ich da ungesehen hin? Irgendwo da draußen lauert dieser iranische Bluthund auf mich."

„Dann mache ich das. Du wackelst betrunken in deine Kabine zurück. Der Typ folgt dir. Ich schleiche mich derweil an Land und komm ungesehen wieder an Bord. Das kriege ich hin. Du musst mir bloß 'ne Telefonnummer geben und mir sagen, was ich sagen soll."

Burgwald schaute ihn ungläubig an, dann heiterte sich seine Miene auf und sein Gesicht begann zu strahlen.

„Da weiß ich noch was besseres, Yannis: Genauso machen wir's."

Lachend stießen sie ihre Gläser aneinander.

AA

31

Bonn

Die Politische Abt. 3 des Auswärtigen Amtes war in einem L-förmigen Bungalow in der Adenauerallee 99-103 untergebracht. In seinem geräumigen, sachlich und kühl eingerichteten Büro hatte Unterstaatssekretär Oswald Matthes eine Unterredung mit zwei Herren, die gewissermaßen die beiden Extreme kriminalistischer Ermittlungsarbeit repräsentierten. Oswald Matthes – ein lebhafter junger Mann Anfang Dreißig, der seinen haselnussfarbenen Haarschopf sorgfältig gescheitelt und einen dreiteiligen hellbraunen Anzug mit roter Strickkrawatte trug – hatte seine Gäste gebeten, in den um einen gläsernen Couchtisch aufgestellten Le Corbusier-Sesseln Platz zu nehmen. Bei den Gästen handelte es sich um Kriminalrat Siegmund Rupp sowie um einen schwarzhaarigen, salopp gekleideten, levantinisch aussehenden jungen Mann, der dem Kriminalrat als Mitarbeiter des israelischen Außenministeriums unter dem Namen Sultan Ahmed vorgestellt worden war.

Der Kriminalrat sah die beiden Männer zum ersten Mal. Den Unterstaatssekretär hatte er sich nach dessen umständlichem Telefonat ganz anders vorgestellt. Zu dem Dunkelhaarigen sagte er:

„Für einen Israeli tragen Sie einen recht ungewöhnlichen Namen, Herr Ahmed."

„Wir können davon ausgehen, Herr Kriminalrat", sprang der Unterstaatssekretär dem Angesprochenen bei, „dass Sultan Ahmed es vorzieht, weiterhin unter seinem Decknamen bei uns tätig zu sein."

„Nennen Sie mich Ismael", sagte der Dunkelhaarige so lässig, wie seine Kleidung es war, „wenn Ihnen das leichter fällt."

„Namen sind Schall und Rauch, ich verstehe schon", erwiderte Rupp, sich ein paar Schuppen von den Schultern klopfend.

„Ich habe Sie hergebeten", fuhr Matthes fort, „weil es im Fall des ermordeten Zolloberamtmanns Eklund neue Erkenntnisse gibt und wir die Ermittlungen koordinieren müssen."

„Wie weit ist Herr Ahmed in den Fall eingeweiht?", fragte Rupp.

„Er ist auf dem Laufenden."

Auf Rupps Stirn schwoll eine Ader.

„Ich bin in dieser Runde offensichtlich der Trottel, der keine Ahnung hat. Erst drücken Sie mir eine Ermittlerin aus dem Iran aufs Auge, jetzt mischt auch noch Israel mit. Würden Sie mich bitte aufklären, bevor wir weiterreden?"

„Das werden wir tun, Herr Kriminalrat. Darf ich Sie nur bitten, uns zunächst den Stand Ihrer Ermittlungen zu referieren?"

Kriminalrat Rupp atmete tief ein und ließ die Luft langsam entweichen.

„Sie haben von der Schießerei im Hamburger Hafen gehört. Ein Teppichhändler namens Tabrizi ist da überfallen worden. Die Täter sind unerkannt entkommen. Wir nehmen an, dass es einen Zusammenhang gibt zwischen dieser Aktion und dem toten Polen, der nicht weit entfernt gefunden wurde, sowie der Ermordung Eklunds in Bremerhaven. Wir glauben, dass wir es mit Schutzgelderpressung in großem Stil zu tun haben. Einem Bandenkrieg, zwischen dessen Fronten Eklund geraten ist."

„Und der eine Woche zuvor ermordete Zolloberinspektor in Danzig, wie passt der da rein?"

„Der in Hamburg ermordete Pole war ein Spitzel von Zolloberinspektor Bubilski. Daher gehen wir von einer großen Organisation aus, die in den Hafenstädten der Nord- und Ostsee operiert."

„Der Mann hat auf einem Schiff spioniert; der in Danzig registrierten *Sursum Corda*. Was, glauben Sie, hat er da gesucht?"

„Ich kenne die Notizen von Zolloberamtmann Eklund. In der Sonderkommission in Bremerhaven hat sich jedoch die

Ansicht durchgesetzt, dass der polnische Spitzel nicht getötet wurde, weil er auf dem Schiff etwas gesucht hat, sondern weil er auf dem Schiff eine Spur verfolgt hat, die zum Hamburger Hafen führte."

„Trotzdem haben Sie Ihren Kriminalassistenten auf dasselbe Schiff geschickt. Nach Polen sogar. Warum das?"

„Zur Sicherheit. Er hielt das für eine Spur, die man auf keinen Fall aus den Augen verlieren dürfe. Und aus dem Ermittlungsteam konnte ich ihn am ehesten entbehren."

„Haben Sie Nachrichten von Herrn Burgwald? Wie halten Sie Verbindung zu ihm?"

„Vor drei Tagen hat er mir eine SMS geschickt. Aus einem Seemannsheim in Danzig. Er hoffe, mit Hilfe der polnischen Zöllner bald auf die *Sursum Corda* zu gelangen, schrieb er. Da er verdeckt ermittelt, habe ich ihm verboten, an Bord zu telefonieren oder Kurzmitteilungen zu verschicken. Das wäre viel zu gefährlich. Seitdem habe ich nichts mehr von ihm gehört. Ich gehe davon aus, dass er auf dem Schiff ist und sich bei nächster Gelegenheit wieder meldet. Das sollte dann in irgendeinem Hafen sein. Vielleicht in Dänemark oder Schweden."

Matthes wechselte einen kurzen Blick mit dem Mann, der sich Sultan Ahmed nannte.

„Befürchten Sie nicht, dass Herrn Burgwald etwas zugestoßen sein könnte?"

„Ist ihm was zugestoßen?"

„Wir wissen es nicht. Wir wissen nur, dass er in der vergangenen Nacht über einen Mittelsmann Hauptkommissar Marder kontaktiert hat."

Auf des Kriminalrats Stirn schwoll wieder die Ader.

„Ex-Hauptkommissar Thomas Marder ist vom Dienst freigestellt. Er hat mit dem Fall nichts zu tun und keinerlei Befugnisse mehr."

„Dennoch kontaktiert Ihr Kriminalassistent ihn und nicht Sie. Leutnant Tahiri arbeitet ebenfalls mit Marder zusammen. Halten Sie es für möglich, Herr Kriminalrat, dass Sie auf der falschen Fährte sind?"

Rupp schoss das Blut ins Gesicht und sein Mund sprang auf; doch dann sog er nur tief die Luft ein und atmete langsam wieder aus.

„Die Sonderkommission «Zoll» verfolgt alle Spuren, die sich ihr bieten. Nur glauben wir, dass die Teppichhändlerspur die erfolgversprechendste ist, wenn wir Zolloberamtmann Eklunds Mörder finden wollen."

„Das glauben wir auch. Nur meinen wir einen anderen Teppichhändler. Sagt Ihnen die Firma KOK-IMEX GmbH & Co. KG in Hamburg etwas?"

„Ja, die taucht in dem Brief auf, den mir Leutnant Tahiri übergeben hat. Da geht es um einen acht Jahre alten Fall von Folter und Mord im Irak. Deswegen wurde eine iranische Beamtin nach Deutschland geschickt, deren Status mir offengestanden nicht recht einsichtig ist. Ich gehe aber sicher recht in der Annahme, dass Herr Ahmed den Inhalt dieses Papiers ebenfalls kennt und es besser zu interpretieren weiß."

„Sehr richtig, Herr Kriminalrat. Würde er das nicht, säßen wir jetzt nicht hier. Es deutet einiges darauf hin, dass es um weit mehr geht, als um den Mord an Zolloberamtmann Eklund und die Vorgeschichte dazu. Die beiden polnischen Kollegen nicht zu vergessen."

Der Unterstaatssekretär stand auf, ging zu einem Sideboard, in dem ein Minikühlschrank untergebracht war, und kam mit einer neuen Flasche Mineralwasser zurück.

„Sultan Ahmed, wollen Sie den Herrn Kriminalrat ins Bild setzen?"

„Klar. Es ist eigentlich ganz einfach." Der Dunkelhaarige beugte sich vor, nahm einen Schluck von seinem Mineralwasser, dann schlug er die Beine übereinander, lehnte sich zurück und legte die Arme auf den Sessellehnen ab. „Diesen Kurt Otto Krahke haben wir seit etwa zwei Jahren im Visier. Seit er mit dem Teppichhandel anfing und seit er mit schöner Regelmäßigkeit im Kernkraftwerk von Bushehr gesichtet wird. Es gibt da zwar diese zeitliche Koinzidenz; einen kausalen Zusammenhang zwischen Teppichhandel und Kraftwerksbesuchen konnten wir bislang aber nicht herstellen. Wir vermuten Schmuggel, tappen aber leider völlig im Dunkeln, um was es gehen könnte. In dem Bergwerk, das Krahke leitet, werden seltene Erden gefördert, Tantal und Niob; die könnten für das Atomkraftwerk in Bushehr interessant sein, aber nur in begrenztem Maß. Wir haben einen verlässlichen Informanten da, illegale Lieferungen wären ihm aufgefallen. In Europa hingegen besteht vor allem in der HighTec-Industrie großer Bedarf an seltenen Erden. Es handelt sich dabei um Metalle, die nicht direkt selten sind, sondern nur in sehr geringen Mengen vorkommen, wie Coltan, Tantal, Niob und ein Dutzend andere. Sie kommen im Computerbau zum Einsatz, aber auch in Lenkwaffensystemen oder in ..."

„Danke, ich weiß, was seltene Erden sind", unterbrach ihn der Kriminalrat.

„Gut, also ... Diese Morde der letzten Tage und Wochen könnten bedeuten, dass eine große Operation kurz vor dem Abschluss steht und dass alles, was diese Operation gefährdet, aus dem Weg geräumt wird. Darum machen wir uns jetzt Sorgen um die Sicherheit von Herrn Burgwald."

„Aber wie Sie mehrfach betonten, basiert dies alles auf Spekulation. Es gibt keine substantiellen Hinweise. Warum verbeißen Sie sich so in Ihre Theorie?" Wenn Kriminalrat Rupp eines hasste, dann solch grundloses Umherstochern im Nebel.

„Für uns, für Israel, steht viel auf dem Spiel, Herr Kriminalrat." Sultan Ahmed hatte sich vorgebeugt, die Unterarme auf den Oberschenkel gestützt, und fasste den Kriminalrat fest ins Auge. „Wir können es uns nicht leisten, eine Spur zu ignorieren, die in den Iran führt."

Unterstaatssekretär Matthes nahm es als Stichwort.

„Leutnant Tahiri hat uns davon in Kenntnis gesetzt, dass Kriminalassistent Burgwald in der vergangenen Nacht Hauptkommissar Marder kontaktiert hat. Über einen Mittelsmann, der aus einer öffentlichen Telefonzelle auf der Insel Askø, in Dänemark, angerufen hat. Der Mann sagte, sie hätten auf der *Sursum Corda* große Mengen eines ihnen unbekannten Metalls oder Erzes entdeckt. Nach seiner Beschreibung handelt es sich um Tantal und Niob. Krahke hat also einen Weg gefunden, das Zeug unbemerkt aus seinem Bergwerk raus und hierher zu bringen. Der Mann sagte weiter, die Lage auf dem Schiff spitze sich zu, Burgwald stehe unter Bewachung. Der nächste Hafen, der angelaufen werden solle, sei wahrscheinlich Frederikshavn oder Ringhals."

„Dann schicken wir zwei Teams los und nehmen sie da in Empfang." Kaum waren die Worte heraus, strich sich Kriminalrat Rupp verlegen das schüttere Haar nach hinten. Er wusste so gut wie die beiden Männer, dass sein Vorschlag kindisch war. Weder die dänischen noch die schwedischen Behörden würden so etwas dulden. Die Freude über die Aussicht, seinen Kriminalassistenten unversehrt zurückzubekommen, war wie ein junger Gaul mit ihm durchgegangen.

„Das wäre eine Möglichkeit", hörte er den Unterstaatssekretär sagen. „Dann erfahren wir allerdings nicht, wer der Empfänger ist."

„Sie haben Recht. Wir sollten Burgwald einfach weitermachen lassen. Ich glaube auch nicht, dass er wirklich in Gefahr ist. Er hat eine gute Tarnung, und die polnischen Kollegen haben ihn auf überzeugende Weise an Bord dieses Schiffes gebracht."

Matthes zögerte einen Moment.

„Einverstanden", sagte er dann. „Sie ermitteln weiter in Richtung Bandenkriminalität, und wir versuchen herauszufinden, was Marder und die iranische Kollegin vorhaben. Über die beiden werden wir hoffentlich an Ihrem Kriminalassistenten dranbleiben können. Wer zuerst Nachricht von ihm erhält, informiert den anderen. Ist das in Ihrem Sinne?"

Kriminalrat Rupp nickte.

„Halten Sie bloß diesen Marder in Schach", sagte er, als er sich aus dem engen, unbequemen Ledersessel erhob. „Er ist nicht befugt, ich wiederhole: nicht befugt, sich in die Ermittlungsarbeit einzumischen."

Oswald Matthes und Sultan Ahmed nickten.

Der alte Kriminalrat verließ den Raum, die beiden jungen Männer blieben. Der Unterstaatssekretär ging nochmals zu dem Sideboard an der Wand und kam mit einer Flasche Whisky sowie zwei Gläsern zurück. Er goss zwei Fingerbreit in jedes Glas und hob seines gegen das Licht.

„Auf gutes Gelingen."

„Ein zehnjähriger Talisker ist dafür kein schlechter Anfang", erwiderte Sultan Ahmed lächelnd. Er trank den ersten Schluck mit geschlossenen Augen.

„Ich halte es für das Beste, Rupp und seine Sonderkommission ihre gemeinen Verbrecher jagen zu lassen. Mit einer politischen Dimension sind die ohnehin überfordert. Wir müssen allerdings eine stabile Kommunikation zu Marder und Leutnant Tahiri herstellen. Falls unsere Theorie stimmt, sind sie auf der richtigen Fährte; und es wird nicht mehr lange dauern, bis sie die Wahrheit herausfinden. Dann wird sich in Ringhals möglicherweise eine unerfreuliche Dynamik entfalten."

Sultan Ahmed stellte sein Glas auf den Tisch.

„Damit müssen wir allerdings rechnen. Wenn ich bloß diese Zhora besser einschätzen könnte!"

„Bist du ihr mal begegnet?"

„Nein, ich kenne nur ihren Lebenslauf und habe ein Foto von ihr gesehen. Ich weiß nicht, ob sie insgeheim noch immer für den VEVAC arbeitet oder vom Geheimdienst nur benutzt wird. Als Sonar im feindlichen Lager gewissermaßen."

„Ich habe die Dame vom Flughafen abgeholt. Sie hat einen ausgesprochen energischen, durchsetzungsfähigen Eindruck auf mich gemacht. Wir dürfen diese Zhora nicht unterschätzen. Egal für wen sie arbeitet. Mir wäre es allerdings deutlich lieber, sie auf unserer Seite zu haben."

„Da werden wir uns wohl auf Marder verlassen müssen. Wie weit ist der überhaupt einsatzfähig? Ich meine beruflich.

Der war doch mal so gut wie tot."

„Tja, allzu viel können wir von dem nicht erwarten. Physisch ist er ziemlich fertig. Aber er will Rache. Das ist immer ein starker Antrieb."

„Wenn Leutnant Tahiri für die Gegenseite arbeitet, dann gnade ihm Gott. Bislang deutet allerdings nichts darauf hin. So weit ich das überblicken kann, bilden die zwei ein ganz gutes Gespann. Beide agieren ungebunden und sind für diesen Fall, wenn er so liegt, wie wir vermuten, genau das richtige Kaliber. Wir sollten sie weiterhin beobachten und mit allem versorgen, was sie brauchen. Nur im Falle höchster Not greifen wir ein. Israel darf unter keinen Umständen als Akteur in Erscheinung treten."

„Das versteht sich. Ich werde einen zuverlässigen Kontakt zu Marder und Leutnant Tahiri herstellen. Du machst die Logistik, wie gehabt."

„Verlass dich auf mich."

„Das tu ich, Ismael." Oswald Matthes lächelte. „Für einen Israeli tragen Sie aber einen recht ungewöhnlichen Namen, Herr Ahmed", sagte er mit schnarrender Stimme, als sie sich zum Abschied umarmten.

„Hör mir damit auf", knurrte der andere, „sonst werde ich ruppig."

Hamburger Intermezzo

32

Unter der Markise eines Straßencafés in der Nähe des Hansa Theaters saßen Suzanne Eklund, Zhora bent Hadi Tahiri und Thomas Marder und ließen sich von der Maisonne wärmen. Der Ex-Hauptmann und Ex-Hauptkommissar hatte sein Versprechen gehalten und die beiden Frauen miteinander bekannt gemacht. Und wenn er je spontane Zuneigung erlebt hatte, dann war das vor diesem Straßencafé in St. Georg, als die beiden Frauen, einander kaum vorgestellt, sich in die Arme fielen wie zwei alte Freundinnen, die sich eine Ewigkeit nicht gesehen hatten. Nur Frauen konnten sowas. Dabei hätten sie unterschiedlicher nicht sein können: Suzanne, das biegsame, blonde Nordlandgewächs, und Zhora, die dunkle Orientalin, die vor dem Treffen darauf bestanden hatte, sich zwei Straßen weiter in der *Kaftan Boutique* einzukleiden, wo man ihr zu verwaschenen Karottenjeans ein weißes Männerhemd und einen blassrosa Hijab verpasst hatte.

„*Très chic*", hatte Marder gebrummt, als sie sich wie Salome noch einmal vor der spiegelnden Schaufensterscheibe drehte.

Nun saßen sie im Café und versuchten Suzannes tausend Fragen zu beantworten. Als irgendwann der Name Ringhals fiel, stutzte Suzanne.

„Den Namen hat Nancy gestern erwähnt."

„Nancy? Ringhals?", fragten Marder und Zhora wie aus einem Mund.

„Ja. Zurzeit jobbt sie als Kaffee-Fee bei Linklater, Rosenberg & Partner. Das ist eine Anwaltskanzlei hier in Hamburg, die, wenn ich das richtig verstanden habe, die Firmen Vattenfall und E.ON bei Verkaufsverhandlungen berät. Denen gehört das Kernkraftwerk Ringhals, das sie anscheinend an ein französisches Konsortium verkaufen wollen. Bei der Belegschaft im AKW scheint die Stimmung deswegen gerade auf dem Tiefpunkt zu sein. Nancy hat irgendwas von Streiks oder Unruhen in Ringhals aufgeschnappt."

Marder und Zhora wechselten alarmierte Blicke.

„Ringhals ist ein Atomkraftwerk? Dann wird dahin das Tantal geliefert!", rief Marder.

Zhora saß wie versteinert, die schwarzen Augen starrten ins Leere. Marder schaute sie an und sah, dass sie blass geworden war. Die flaumigen Härchen auf ihrer Oberlippe hatten sich aufgerichtet, auf ihrer Nase glänzte Schweiß.

Jon

33

Jon Carlson war so alt wie die schwedische Atomindustrie. Als am 1. Mai 1964 das erste Kernkraftwerk des Landes – der Schwerwasserreaktor von Agesta – in Betrieb genommen wurde, trugen seine Eltern ihn zur Taufe in die St. Bonifatius-Kirche von Haparanda, hoch im Norden, an der finnischen Grenze. Abgesehen von einem betenden Mütterchen in der letzten Bank waren sie in dem kargen Gotteshaus allein. Freunde oder Angehörige – falls es überhaupt welche gab – waren keine gekommen. Der Pfarrer schaute den Jungen an, dann die Eltern.

„Das ist aber ein mickriges Kind", sagte er.

„Seh'n Sie's mal so", knurrte der Vater. „Eigentlich hätt's gar keins werden sollen."

Die Mutter hielt den Kopf gesenkt und starrte stumm den Basaltsockel des Taufbeckens an. Ein Kind der Liebe war der kleine Jon offenbar nicht. Da man sich aber als christliche Familie verstand, wurde er mit den vier vorhandenen Schwestern aufgezogen, deren jüngste sieben Jahre älter war als er. So wuchs Jon in einer Art familiären Diaspora heran. Von den Eltern weitgehend ignoriert, von den Schwestern erst gehätschelt, später mit Gleichgültigkeit behandelt, lernte er früh, die Zähne zusammenzubeißen und seine Gefühle für sich zu behalten. Auf diese Weise überstand er die Turbulenzen der Pubertät und des beginnenden Wassermannzeitalters. In der Schule war er ein guter Schüler. Physik und Mathematik lagen ihm. Nach dem Abitur schrieb er sich für diese beiden Fächer an der Universität von Stockholm ein. Daneben belegte er Englisch.

Mittlerweile gab es in Schweden drei Kernkraftwerke mit insgesamt sechs Siedewasserreaktoren: zwei standen in Barsebäck, zwei in Oskarshamn, zwei in Ringhals. In Forsmark war ein weiteres Werk im Bau.

Sein Studium finanzierte Carlson mit einem Job als Barmann im *Westbank-Café*, einem vor allem von jungen ausländischen Touristen gern besuchten Musikclub auf Gamla stan. Das war ein privilegierter Arbeitsplatz, den er als solchen auch hätte würdigen können, wenn es ihm gegeben gewesen wäre, auf die unbefangene Anmache der im Club umherschwirrenden Mädchen unbefangen zu reagieren. Aber Jon Carlson kam nur schwer aus sich heraus. Ein so verschlossener Mensch war eigentlich eine Fehlbesetzung für den Job; doch eine kuriose Laune des Schicksals wollte es, dass seine Reserviertheit und Sprödigkeit von dem allabendlich einfallenden Jungvolk als vornehme Zurückhaltung interpretiert wurde, was den blassen Jungen mit den ebenmäßigen Gesichtszügen und der blonden Mähne geheimnisvoll und aufregend machte. Ohne Carlson hinterm Tresen wäre das *Westbank-Café* nicht das, was es war.

Eines Abends kam er dort mit einem deutschen Ingenieurstudenten aus Hamburg ins Gespräch. Sein Name war Michael Moltke. Er war ein hochgewachsener, gutaussehender, wortgewandter Junge, und die Chemie zwischen den beiden stimmte von Anfang an. Moltke studierte Ingenieurwissenschaften an der TU in Hamburg-Harburg. Ein ausgesprochen praxisorientiertes Studium, schwärmte er und erzählte mit der gleichen Begeisterung, mit der er den an der Bar vorbeischwebenden blonden Schwedinnen hinterherpfiff, von Elektro- und Werkstofftechnik, Thermodynamik, Stoffübertragung, Strömungslehre, Informatik und was sonst noch an ingenieurwissenschaftlichem Basiswissen aus Mechanik und Maschinenbau vermittelt wurde. Carlson lauschte gebannt. Zum ersten Mal gab jemand seiner naturwissenschaftlichen Sehnsucht konkrete Namen. Ihm war, als würde ihm ein Zuhause gezeigt; theoretischer Überbau als Heimstatt. Am Ende des Semesters packte er seine Sachen und zog nach Hamburg. Dort schrieb er sich an der Technischen Universität für den Studiengang Elektrotechnik ein. Die Vorlesungen besuchte auch Michael Moltke, der eigentlich schon weiter war, das Semester aber wiederholte. „Too much girls and too much wine", lautete seine schulterzuckende Erklärung. Er würde sich aber disziplinieren, schwor er, wenn sie im Studentenheim zusammensaßen und er seinem schwedischen Freund die Klippen und Untiefen der deutschen Sprache zu umschiffen half.

Vier Semester später trennten sich ihre Wege. Carlson hatte sich der Energietechnik verschrieben und suchte zwischen Wechselströmen, Netzwerken, Brennstoffzellen und Hochspannungstechnik seinen Spezialbereich. Moltke wollte als Ingenieur auf einem Forschungsschiff arbeiten und hatte sich für ein Jahr auf See verabschiedet.

Zu dieser Zeit befand sich Schweden auf dem Höhepunkt seiner Kernenergieproduktion. Insgesamt zwölf Atommeiler entlang beider Küsten deckten zeitweise bis zu fünfzig Prozent der gesamten Stromerzeugung des Landes ab.

Carlson spezialisierte sich auf Leistungselektronik und schloss das Studium nach drei weiteren Jahren als Diplomingenieur ab. Er beherrschte drei Sprachen, die Welt stand ihm offen. Ihn zog es jedoch zurück nach Schweden. Atomkraft galt dort immer noch als die Technologie der Zukunft. Der 1980 – als Reaktion auf die Kernschmelze im US-Atomreaktor *Three Mile Island* – vom Parlament beschlossene Ausstieg aus der Atomkraft war stets nur halbherzig betrieben worden. Während die Antiatomkraftbewegung in Deutschland Hunderttausende mobilisierte, schien die Mehrheit der Schweden völlig desinteressiert an dem Thema. Im Gegensatz zu Carlson, für den Atomkraft der Inbegriff sauberer, gewissermaßen der reinen Wissenschaft abgetrotzter Energie war; das Gegenteil von emotional, fossil, regenerativ. Geistesenergie, nicht Gefühlsenergie.

Es war nach wie vor leicht, in einem schwedischen Kernkraftwerk einen qualifizierten – vor allem gutbezahlten – Job zu finden. Nur dort, an der Spitze des technischen Fortschritts, glaubte Carlson, würde er sich verwirklichen, vielleicht sogar glücklich sein können. Seinen Einstieg ins mutmaßliche Glück fand er im selben Jahr im Kernkraftwerk Forsmark, das an der Ostseeküste drei Siedewasserreaktoren betrieb. Jon Carlson bewarb sich auf die Stelle des Sicherheitsingenieurs und bekam den Job sofort.

Die Firma bezahlte ihm neben dreizehn großzügigen Gehältern die Miete für einen Bungalow mit Blick auf einen stillen See in einer kleinen Siedlung, nicht weit vom AKW entfernt, in der die leitenden Angestellten wohnten. Dafür wurden täglich zehn bis zwölf Stunden hochkonzentrierter Arbeit im Komplex erwartet. Carlsons Aufgabe bestand zunächst darin, die Installation eines doppelten Notfall-Versorgungs-Systems zu überwachen. Das waren zwei unabhängig voneinander arbeitende Sicherheitssysteme, deren eines aus vier Dieselgeneratoren bestand, die die großen Energieverbraucher versorgen sollten; das andere – eine sogenannte unterbrechungsfreie batteriebetriebene Stromversorgung (UBS) – würde im Notfall den Schwachstrom für die Anlage liefern. Theoretisch handelte es sich um zwei getrennte Stromversorgungssysteme mit unterschiedlichen Aufgaben. Die Dieselgeneratoren waren bereits installiert und einsatzbereit, doch bei der Überprüfung der vier Batteriesysteme stellte Carlson in mehreren Simulationen fest, dass jedes einzelne in bestimmten Situationen die gleiche Störanfälligkeit aufwies. Er ordnete den sofortigen Abbau an. Vier neue Batteriesysteme sollten bestellt, die alten zurückgegeben werden. Der Reaktor würde bis zur Inbetriebnahme der neuen UBS stillgelegt bleiben.

„Das heißt mindestens weitere vier Wochen", schnaubte der Betriebsleiter. „Das ist völlig unmöglich. Wir befinden uns ohnehin schon in Lieferverzug. Der Reaktor muss ans Netz. Wir haben Verträge zu erfüllen."

„Aber das geht doch nicht ohne Notstromversorgung!"

„Man merkt, dass du wenig praktische Erfahrung hast, Jon. Sei mal ein bisschen flexibel! Es gibt Anlagen in diesem Land, die arbeiten mit nur zwei Notstromdiesel. Für eine überschaubare Zeit ist das durchaus vertretbar. Wo kämen wir hin, wenn bei jeder kleinen Unregelmäßigkeit abgeschaltet würde! Nein, nein. Nächsten Montag fahren wir das Ding wieder hoch. Die neue UBS kannst du auch bei vollem Leistungsbetrieb installieren."

Carlson wollte nicht glauben, was er hörte. Hatten die nichts aus Tschernobyl gelernt? Da er noch neu in dem Job war, biss er die Zähne zusammen und tat, was der Betriebsleiter befahl.

Als die neuen UBS eintrafen, fuhr die Anlage schon wieder volle Kapazität. Dennoch wurde die Installation unverzüglich in Angriff genommen. Carlson nahm seine Simulationen vor, prüfte, verglich, checkte immer wieder die Turbinenhalle, in der das Batteriesystem installiert wurde. Diesmal schien die UBS einwandfrei zu funktionieren. Alle atmeten auf, der Betriebsleiter spendierte Sekt. Erleichtert stieß Carlson mit ihm an.

„Siehst du, mein Junge", sagte der Alte, „ruhig Blut, kaltes Blut, damit kriegst du alles in den Griff."

Carlson trank und hoffte, dass der alte Mann Recht hatte.

Fünf Tage später kam es in Block II zu einem Kurzschluss, der die gesamte Anlage vom externen Hochspannungsnetz trennte. Sofort sprangen die Sicherheitssysteme an, doch an zwei der Dieselgeneratoren und zwei UBS begannen rote Lämpchen zu blinken. Heiseres Sirnengeheul trieb Carlson in die Turbinenhalle, wo ratlose Techniker hektisch mit Spannungsprüfern hantierten und auf Klemmbrettern Daten eintrugen. Carlson war der Einzige, der einen vollständigen Installationsplan dabei hatte und rasch feststellte, dass das UBS-System fehlerhaft verbunden war; und zwar so, dass bei Ausfall eines der vier Batteriesysteme auch einer der vier für die Notstromversorgung zuständigen Dieselgeneratoren ausfallen musste. Bei der Simulation war dieser Fehler nicht erkennbar gewesen. Dazu hatte erst eine reale Sicherung rausfliegen müssen. Im Klartext hieß das, alle Sicherheitssysteme für die Notstromversorgung hätten zur selben Zeit versagen können. Dann wäre unweigerlich das Kühlsystem ausgefallen, da das ganze AKW vom externen Hochspannungsnetz abgetrennt war. Wäre das passiert, hätte dies zur Kernschmelze und Freisetzung radioaktiver Materie geführt mit wahrscheinlich noch schwerwiegenderen Folgen als nach der Tschernobyl-Katastrophe. Doch diesmal hatten sie Glück. Zwei der vier Teile eines jeden Sicherheitssystems versagten nicht.

Carlson schrieb einen detaillierten Unfallbericht für die SKI, die schwedische Atomaufsichtsbehörde, und legte ihn zur zweiten Unterschrift dem Betriebsleiter vor. Der machte große Augen.

„Jon, was soll das? Bist du jetzt ganz von Sinnen?"

„Absolut nicht. Jeder Störfall muss der SKI gemeldet werden."

„Die uns dann – allein schon, um ihre Existenzberechtigung vorzuführen – einen Haufen sogenannter Experten ins Haus schickt, die den Laden auf den Kopf stellen und uns wochen-, wenn nicht monatelang vom Netz nehmen. Ist es das, was du willst, Jon? Den Aktionären unserer Betreiberfirmen wird unentwegt das Märchen von Leistungssteigerung, Laufzeitverlängerung und Anlagenmodernisierung erzählt und dass wir dabei weder Produktionskapazität noch Profit einbüßen. Darum investieren sie weiter, und wir behalten unsere Gratifikationen, Gehälter und die schönen mietfreien Häuschen. Wir haben den kleinen Zwischenfall doch gut in den Griff gekriegt. Es ist nichts passiert. Wo also liegt das Problem?"

Der Betriebsleiter hielt erschöpft inne und schob sich die Brille ins struppige Haar. Er schaute Carlson forschend an, als versuche er ernsthaft, dessen Beweggründe zu verstehen.

„Einen kleinen Zwischenfall nennst du das also."

„Ja. Mehr war das nicht. Ich habe in allen schwedischen AKWs gearbeitet und bin in über zwanzig Jahren einige Male ziemlich dicht an Katastrophen vorbeigeschrammt. Ich weiß, wie die sich anfühlen. Glaub mir, dies war nur ein kleiner Zwischenfall. Nichts, wofür man Behörden informieren müsste."

„Ich muss darüber nachdenken, Anders."
„Tu das. Den Bericht kannst du hierlassen. Den brauchst du dabei ja nicht."

Als Jon Carlson an diesem Abend seinem Bungalow am See entgegenschlurfte, hatte er das Gefühl, das Gewicht der Welt laste auf seinen Schultern. Schweren Schritts erklomm er die Stufen der Veranda, ging in die Küche, nahm ein Bier aus dem Kühlschrank und drückte sich die kalte Dose mal an die eine, mal an die andere Schläfe. Heute würde er auf keinen Fall mehr denken. Er holte die Tageszeitung aus dem Briefkasten, dann tappte er zum Schaukelstuhl auf der rückseitigen Terrasse, von der aus man den herrlichen Blick über die stille Wasserfläche des Sees hatte. Mit einem wohligen Grunzlaut ließ er sich in den Sessel sinken, riss die Dose auf und nahm einen tiefen Schluck. Die untergehende Sonne gab noch so viel Licht, dass er die Zeitung lesen konnte, ohne eine Lampe anmachen zu müssen. Das würde auch die Mücken noch eine Weile fern halten.

Als er das Blatt auseinanderfaltete, sprang ihm die Schlagzeile auf der Titelseite wie ein Menetekel entgegen.
SCHWEDISCHE KERNKRAFTWERKE DIE SICHERSTEN DER WELT ???

Drei Fragezeichen und darunter eine Auflistung von Pannen, Unfällen und Beinahekatastrophen in allen schwedischen Atomkraftwerken. Ein Mitarbeiter der SKI hatte den Artikel verfasst. Carlson wunderte sich über die Koinzidenz, mehr aber noch über die unerwartet große Zahl von Sicherheitsmängeln in den Kernkraftwerken des Landes. So drastisch war ihm das noch nie vor Augen geführt worden, und dem schwedischen Normalbürger sollten mit dem Artikel wohl auch die Augen geöffnet werden. Wenn als Nächstes der Forsmark-Unfall groß aufgemacht würde, wäre gleich wieder der Ruf nach Ausstieg in aller Munde, es könnte zu Demonstrationen kommen ... Carlson schüttelte ratlos den Kopf. Er blätterte um, überflog die zweite Seite und wandte sich dem Weltgeschehen auf Seite drei zu. Rechts, in der Mitte, blickte ihn von einem Foto Michael Moltke an. Carlson lächelte. Michael! Jetzt erst wurde ihm bewusst, wie lange er von seinem alten Freund nichts gehört hatte. Er war zur See gefahren, um seine Praktikumssemester zu absolvieren, und hatte sich nie wieder gemeldet. Carlson überflog den Bericht, in dem es um ein schweres Schiffsunglück vor Grönland ging.

Seit sich ihre Wege getrennt hatten, war Moltke zur See gefahren und hatte seinen Abschluss als Schiffsingenieur gemacht. Er war hauptsächlich auf Nordlandrouten und in arktischen Gewässern unterwegs, hatte sich als *Icemaster* qualifiziert und führte vorwiegend Forschungsschiffe durch die Packeisfelder des arktischen Ozeans, aber auch des südlichen Atlantiks und Pazifiks. Vor einer Woche hatte er ein kleineres Forschungsschiff des deutschen Alfred-Wegener-Instituts für Polar- und Meeresforschung vor der Küste von Ostgrönland ins Packeis gefahren. Dort war es nach überraschenden Witterungsumschwüngen mit rapiden Temperaturstürzen über mehrere Tage hin von sich übereinanderschiebenden Eismassen im küstennahen Gewässer zerdrückt worden. Die Besatzung hatte mit Hubschraubern gerettet werden können, die millionenteure Forschungsausrüstung nicht. Als verantwortlicher Lotse hatte der Erste Ingenieur Michael Moltke den letzten dramatischen Funkspruch abgesetzt: „Wir gehen von Bord. Alles ist verloren." Vom Hubschrauber aus hatte er zugesehen, wie die *Alfred Wegener* in der tödlichen Umklammerung des Eises kreischend in den Fluten versank. So beschrieb es der Reporter, der die Forschungsexpedition anscheinend begleitet hatte.

Nachdenklich legte Carlson die Zeitung aus der Hand und griff zu seinem Bier. *Too much girls and too much wine*, erinnerte er sich. Michael hatte es also versiebt. Mit der Disziplin haperte es offenbar immer noch. Er dachte, dass es ihn freuen würde, mal wieder mit dem alten Kumpel zusammenzusitzen, ein Bier zu trinken und über das Leben zu philosophieren. Am darauffolgenden Sonntag erfüllte sich dieser Wunsch. Moltke klopfte an seine Tür. Zu der Zeit war Carlson schon arbeitslos, und sie hatten beide viel Zeit.

Es war alles ganz schnell gegangen. Schockierend schnell. Am Tag nachdem er dem Betriebsleiter seinen Mängelbericht übergeben hatte, war er wie jeden Morgen zur Arbeit gegangen, vom Werkschutz jedoch daran gehindert worden, das Forsmark-Gelände überhaupt zu betreten. Man übergab ihm ein Schreiben, in dem er las, dass sein Arbeitgeber ihm das Vertrauen entzog und ihn als Sicherheitsrisiko einstufte, weshalb man sich gezwungen sähe, das Arbeitsverhältnis zu lösen und die fristlose Kündigung auszusprechen. Fassungslos ließ Carlson das Schreiben sinken und starrte ungläubig in das abweisende Gesicht des Werkschutzleiters.

„Sven ...", begann er, „du ..." Die mitleidlose Miene des Mannes, der einer seiner engsten Mitarbeiter gewesen war, verriet ihm, dass es keinen Zweck hatte, eine Erklärung zu verlangen. Er ging nach Hause und rief den Betriebsleiter an.

„Seid ihr alle wahnsinnig geworden, Anders? Damit kommt ihr doch nicht durch!"

„Reg' dich ab, Jon. So läuft das nun mal in unserer Branche. Du bist nicht der erste Fall und wirst auch nicht der letzte sein. Wenn du in deinem Job weitermachen willst, finde dich besser damit ab. Gerichtlich gegen die Kündigung vorzugehen ist übrigens zwecklos." Carlson hörte ihn seufzen. Der alte Anders schien diese Litanei nicht zum ersten Mal aufzusagen. „Es gibt Präzedenzfälle", fuhr er fort. „Die Gerichte entscheiden zugunsten der Betreiber. Du würdest nur deinen Ruf ruinieren. Ich habe dafür gesorgt, dass du eine anständige, und das heißt überdurchschnittliche Abfindung bekommst. Du bist ein guter Mann, Jon. Ein bisschen zu jung noch, ein bisschen zu idealistisch. Etwas mehr Gelassenheit, damit kämst du viel weiter." Er machte eine Pause, wartete auf einen Einwand Carlsons. Als der stumm blieb, sagte er: „Ich hab gehört, dass die unten in Barsebäck einen Sicherheitsmann suchen. Wenn du willst, empfehle ich dich."

„Nein, danke", quetschte Carlson durch zusammengebissene Zähne und legte auf.

Der Schock wollte verdaut werden. Die Abfindung in Höhe eines Jahresgehaltes sowie eine sechsmonatige Gehaltsfortzahlung gaben ihm das beruhigende Gefühl, sich damit Zeit lassen zu können. Dann, am Sonntag, kam Moltke.
Er hatte sich wenig verändert, war etwas stattlicher geworden. Carlson hatte gerade sein Frühstück beendet, als es an der Haustür klopfte.
„Das nenne ich eine Überraschung", begrüßte er seinen alten Freund und drückte ihn an sich. „Ich sehe dein Bild in der Zeitung, und drei Tage später dich leibhaftig vor mir. Komm rein. Hast du schon gefrühstückt?"
Sie verbrachten den ganzen Tag miteinander. Sie wanderten um den See, saßen auf einem Brettersteg in der warmen Herbstsonne und ließen die Beine im Wasser baumeln. Später tranken sie Kaffee auf der Veranda. Als es dunkel und die Luft kühl und feucht wurde, gingen sie ins Haus. Carlson brachte den Kamin zum Lodern, entkorkte die erste Flasche Wein, sie plauderten bis tief in die Nacht.
Hauptthema war natürlich der Schiffbruch. Eine Verkettung unglücklicher Umstände, wie so oft bei Schiffsunglücken, erklärte Moltke. Aber er war der *Icemaster*, war verantwortlich gewesen, und einen Schuldigen musste es immer geben. Die Reederei hatte ihn entlassen, ein Prozess wartete auf ihn, möglicherweise würden Regressansprüche an ihn gestellt werden. Er blickte einer unerfreulichen Zukunft entgegen. Darauf trinken wir, hatte Carlson entgegnet, und ihm die Geschichte der eigenen Entlassung erzählt, die fast zeitgleich mit Moltkes ausgesprochen worden war. Erstaunlicher Zufall überhaupt.
„In der Tat", bestätigte Moltke. Was er denn zu tun gedenke.
„Und du?", fragte Carlson.
„Ich werde mich nach einem neuen Schiff umsehen. Alles andere gilt es abzuwarten."
„Ich mache es umgekehrt. Ich warte noch ein Weilchen, danach werde ich mich nach einem neuen AKW umsehen."
„Du willst in der Branche bleiben?"

„Ja. Was dir dein Schiff, ist mir mein AKW. Kernenergie fasziniert mich nun mal. Und einen guten Sicherheitsmann können unsere Atomkraftwerke jederzeit brauchen. Das kannst du mir glauben."

So endete der Abend. Und es sollte diesmal zehn Jahre dauern, bis sich die beiden Freunde wiedersahen. Zehn Jahre, in denen weitere Illusionen zerstört, in denen aus idealistischen jungen Männern zynische Männer wurden, die nicht mehr ganz so jung waren. Michael Moltke wurde von der Reederei verklagt und wegen Fahrlässigkeit zu einer Geldstrafe von fünfzehntausend Mark verurteilt. Aufgrund seiner durch nichts zu beanstandenden bisherigen Laufbahn hatte er Loyalität erwartet und war fassungslos, dass sein früherer Arbeitgeber ihn stattdessen in den finanziellen Ruin trieb. Woher sollte er fünfzehntausend Mark nehmen? Er hatte nichts gespart, und keine Bank gab ihm – dessen Gesicht und Geschichte jeder Junge in Deutschland kannte – Kredit. Er legte seine letzten Scheine zusammen und ging damit auf die Pferderennbahn. Danach legte er den Offenbarungseid ab. Die Aussicht, in seiner alten Position auch nur auf einem rostigen Bananendampfer anheuern zu können, tendierte nun gegen Null. Es brach ihm das Kreuz. Er ließ sich gehen. Begann zu trinken. Eine Weile arbeitete er für eine Zeitarbeitsfirma, doch da nach Abzug der Raten für die ausstehenden Forderungen kaum noch genug zum Leben blieb, hörte er damit bald wieder auf. Hin und wieder konnte er seine Sozialhilfe durch etwas Schwarzarbeit aufbessern, ansonsten strich er durch den Hamburger Hafen, trottete an den Kais entlang, sprach Kapitäne und Offiziere an, trank mit Matrosen in frittigen Kneipen. Natürlich lief er irgendwann auch Zolloberamtmann Achim Eklund über den Weg. Der spendierte ihm ein Abendessen in einem anständigen Restaurant und gab ihm den Rat, es mit der Jobsuche mal im nahen Ausland zu probieren, in Polen, zum Beispiel. So kam Michael Moltke nach Danzig, wo er im Hafen unter anderen auch ein Trampschiff namens *Sursum Corda* enterte und den Geschäftsmann Kurt Otto Krahke kennenlernte.

Jon Carlson indes hatte sich in diesen zehn Jahren durch sämtliche Kernkraftwerke des Landes gearbeitet. Genau wie einst der alte Anders. Nur dessen *laissez-faire* konnte er sich nicht angewöhnen. Gleichgültigkeit entsprach einfach nicht seinem Naturell. Außerdem neigte er dazu, Dinge persönlich zu nehmen. Nach Moltkes Besuch saß er tagelang im Schaukelstuhl auf der Terrasse und schwelgte in Selbstmitleid und Rachephantasien. Am Ende jedoch biss er wieder die Zähne zusammen und bewarb sich auf die Stelle in Barsebäck. Er wurde gleich eingestellt, und einige Jahre ging alles gut. Im Juli 1992 kam es dann zu einem ernsten Störfall im Block 2. Beim Wiederanfahren des Reaktors nach einer Revision entstand ein Leck im Kühlkreislauf. Dabei wurde durch das ausströmende Wasser faseriges Isoliermaterial von den benachbarten Rohren gerissen. Da das ausströmende Wasser vom Reaktorsumpf wieder hochgepumpt wurde, kam es in den Sieben vor den Notpumpen zu Verstopfungen, und kurz darauf versagte das Pumpsystem. Überhitzung drohte. Carlson drängte auf eine Schnellabschaltung des Reaktors, doch die Geschäftsleitung stellte sich stur.

„Diese Möglichkeit kommt für uns nicht in Betracht, Herr Carlson. Lassen Sie sich was anderes einfallen!"

Carlson blickte in eisige Mienen. Er rannte zurück ins Reaktorgebäude und rief die Mannschaft von Block 2 zusammen.

„Wir haben noch eine Chance", sagte er, „aber wir müssen schnell sein und dürfen keine Fehler machen. Es geht folgendermaßen: Drei Mann arbeiten an den Sieben und sehen zu, dass sie da so viel wie möglich abräumen. Gleichzeitig versuchen wir es mit einer Umkehrung der Pumprichtung. Dadurch können die Verstopfungen vielleicht gelöst werden."

Genial einfach. Die Frage war nur, wie lange dies dauern würde, ob sie der Überhitzung zuvorkommen konnten. Die Männer an den Sieben schufteten in Gruppen, die sich halbstündlich abwechselten. Die Augen der Techniker hingen gebannt an Druckmessern und Thermometern. Die Pumpleistung war aufs Maximum hochgefahren. Und sie schafften es. Nach gut zwei Stunden arbeiteten die Pumpen wieder mit voller Leistung. Weil der Reaktor erst in der Hochlaufphase gewesen war, entstand in dieser Zeit kaum Nachzerfallswärme. Die Katastrophe blieb aus.

Carlson schrieb ein Memorandum, in dem er die Vorgänge minutiös schilderte und die unverantwortliche Haltung der Unternehmensführung kritisierte, sogar als kriminell bezeichnete. Seine Sekretärin fertigte heimlich eine Kopie des Schriftsatzes an und brachte diesen der Geschäftsleitung zur Kenntnis. Als Carlson nach oben zitiert und mit dieser Tatsache konfrontiert wurde, hätte er seinen Mageninhalt fast dem Teppich übergeben. Er fühlte sich nachträglich all die Jahre hindurch bespitzelt, verraten, zum Idioten gemacht. Er kündigte stehenden Fußes.

Carlson hatte das deutliche Gefühl, an den Umständen und an sich selbst irre zu werden, wenn er sich noch einmal in eine solche Lethargie sinken ließe, wie er es nach Moltkes Besuch nach seinem Rausschmiss in Forsmark getan hatte. Also biss er noch ein weiteres Mal die Zähne zusammen und bewarb sich umgehend auf eine Stelle als Wartungsingenieur für die drei Siedewasserreaktoren des AKW Oskarshamn. Die Zusage kam wie immer zuverlässig. Er löste seine Stadtwohnung in Stockholm auf und bezog zwei Tage später ein verträumtes Holzhaus an der Ostseeküste, direkt gegenüber der Insel Öland. Der Wohnungs- und Arbeitsplatzwechsel sowie die organisatorischen und bürokratischen Herausforderungen, die damit verbunden waren, lenkten ihn auf wohltuende Weise ab.

In Oskarshamn begannen die Probleme bereits am ersten Tag. Die Notstromversorgung war unzureichend. Das hatte Carlson zwar schon beim Rundgang durch das Werk gesehen, aber nichts dazu gesagt, weil er erst den Vertrag unterschreiben, durch die Qualität seiner Arbeit Vertrauen erwerben und dann aus gefestigter Position heraus das Problem behutsam zur Sprache bringen wollte. Im November 1992 jedoch – nach einem frühen Wintereinbruch war es ungewöhnlich kalt geworden – musste Reaktor 2 außerplanmäßig vom Netz, nachdem bei einem Test einer der sowieso nur zwei von vorgeschriebenen vier Notstromdiesel nicht funktionierte. Carlson brachte den darüberhinaus völlig veralteten Generator in beachtlich kurzer Zeit wieder zum Laufen und nutzte die vermeintliche Gunst der Stunde, um die Installation weiterer, neuerer Generatoren anzumahnen. Das sei ohnehin geplant, hieß es, auch seien schon Angebote eingeholt worden, man werde beizeiten seine Meinung dazu hören. Ein gutes Dreivierteljahr später war von neuen Generatoren überhaupt nicht mehr die Rede, dafür musste Block 1 binnen siebzehn Tagen wegen Vibrationen vier Mal schnell abgeschaltet werden. Carlson löste auch dieses Problem, scheiterte aber an Reaktor 3, der wegen Schäden am Reaktortank schon mehr als ein Jahr außer Betrieb war. Dafür bekam er zum Jahresende eine Abmahnung, aus der ihm das Wort *unqualifiziert* wie ein hässlicher Tausendfüßler entgegenzukrabbeln schien. Es war wie ein Tritt in den Bauch. Carlson wurde krank.

Er vergrub sich in dem Holzhäuschen am Strand, aß nur wenig und trank viel grünen Tee. Nachts wälzte er sich in Albträumen und schwitzte die Bettwäsche durch. Tagsüber saß er in seinem Schaukelstuhl am Wasser und ging mit sich und seinem Leben ins Gericht. Daher die Albträume, dachte er. Er machte sich keine Illusionen. Der attraktive Mädchenschwarm aus dem Westbank-Café, der begehrte Junggeselle war zwar noch kein komischer Kauz, wohl aber ein introvertierter Hagestolz auf dem besten Weg zum Sonderling geworden. Ein Leben ohne Frau und Freunde hatte ihn jeglicher sozialer Kompetenz beraubt. Er hatte nur für seinen Beruf gelebt; hatte seine Landsleute mit den Segnungen verantwortungsvoll gehandhabter Atomkraft beglücken wollen, aber nicht gemerkt, wann er einen Mitarbeiter vor den Kopf stieß oder einen Vorgesetzten brüskierte. Er hielt Atomkraft nach wie vor für einen Segen, sich selbst immer noch für einen Recken im Kampf gegen Schluderei und Korruption in den Kernkraftwerken. Doch langsam stieg der Verdacht in ihm auf, dass seine Hingabe an die Atomkraft von der Atomkraft gar nicht erwidert wurde. War es nicht sogar so, dass sie ihm – wo immer es ging – Beine gestellt hatte? Ihm immer nur ihr hässliches Gesicht, die Fratze der Pannen, Lecks und Beinahekatastrophen gezeigt hatte? Nie den strahlenden Glanz einer kraftvollen, wegweisenden, sauberen, rückstandsfreien Zukunftsenergie. Na ja, rückstandsfrei ... daran würde man noch arbeiten müssen, dachte er, während ihm der Kopf auf die Brust sank, die Grillen zu zirpen begannen und er dem nächsten Albtraum entgegendämmerte. Er träumte von weißglühenden, von bläulichen Blitzen umtanzten Brennstabbündeln, die in kupferummantelten Kanistern eingekapselt und von Beton umschlossen fünfhundert Meter tief in Felsgestein versenkt wurden, nach hundert Jahren die Ummantelung zerfressen hatten und ihre tödliche Strahlung durch Fels und Geröll an die Erdoberfläche schickten, um dort die Kinder und Kindeskinder derer zu töten, die geglaubt hatten, ein solches Endlager könne sogar eine neue Eiszeit sicher überstehen.

Am nächsten Tag kündigte er in Oskarshamn und bewarb sich um die Stelle des Technischen Direktors im leistungsstärksten Kernkraftwerk Schwedens, der Ringhals AB. Nur eine Woche nachdem er seine Bewerbung abgeschickt hatte, beglückwünschte man ihn dort zu seinem weiteren Schritt die steile Karriereleiter hinauf und stieß auf gute und lange Zusammenarbeit an. Dazu war Jon Carlson fest entschlossen. Seine donquijotische Kraft war gebrochen. Jetzt wollte er nur noch der sozialkompatible Kollege sein, *primus inter pares* höchstens, der effektiv seine Arbeit verrichtete und den Laden in Schwung brachte, anstatt über Kleinigkeiten zu nörgeln.

Um seinen Charaktertwist durchhalten zu können, musste er nach einem halben Jahr die Hilfe eines Therapeuten in Anspruch nehmen. In dieser kurzen Zeit waren ihm bereits 60 Störfälle gemeldet worden, mehrere davon in der höchsten Gefahrenkategorie. Ein Feuer war in einem der zwei Haupttransformatoren von Block 3 ausgebrochen, und er war explodiert. Durch rasches Herunterfahren des Reaktors konnte das Austreten von Radioaktivität gerade noch verhindert werden. Im Rahmen der Sanierungsarbeiten nach dem Brand wurden in den Rohrleitungen des Notkühlsystems Reste von Arbeitsmaterial gefunden, die Arbeiter dort in den achtziger Jahren bei Schweißarbeiten zurückgelassen hatten. Diese hochgefährliche Nachlässigkeit war der Kraftwerksleitung über zehn Jahre lang nicht aufgefallen. Jetzt wurde genauer hingeschaut, und prompt fand man einen vergessenen Dichtungsring innerhalb des Notkühlsystems von Reaktor 4. Bei einem Testlauf nach Servicearbeiten in Reaktor 2 kam es zu einem Kurzschluss mit nachfolgendem Brand, der gelöscht werden konnte, bevor der Reaktor abgeschaltet werden musste. Bei der Suche nach der Ursache fand man einen bei den Reinigungsarbeiten vergessenen Staubsauger. Die letzte dieser Pannen war im innersten Sicherheitsbereich passiert. Auf einem Gabelstapler, der dort herumfuhr, hatte man ein faustgroßes Stück sogenannten zivilen Sprengstoffs gefunden. Danach wurde in allen schwedischen Kernkraftwerken die Alarmbereitschaft um eine Stufe erhöht.

Carlson war mit den Nerven ziemlich runter, als im Spätsommer 1997 Moltke bei ihm anrief und seinen Besuch ankündigte. Darüber freute er sich. Diese Ablenkung kam gelegen. Mal wieder eine Nacht mit dem alten Freund verquatschen. Was der wohl wieder angestellt hatte?

Nichts. Moltke hatte nichts angestellt. Er hatte nur einen sehr unanständigen Vorschlag zu machen.

Ausgebootet

34

Willie Burgwald hatte einen schönen Traum. Er prügelte sich wie ein ausgekochtes Schlitzohr durch die turbulentesten Abenteuer auf Straßen und Highways und machte dabei *bella figura* wie der junge Burt Reynolds. Der Traum war licht und heiter und ausgesprochen situationskomisch, so dass Burgwald, als er daraus erwachte, lachte und dachte: «Den kaufe ich mir als DVD». Im selben Augenblick erkannte er mit Bedauern, dass es kein Film gewesen war. Nur ein Traum.

Der Sturm hatte nachgelassen, die *Sursum Corda* machte gute Fahrt durch den Großen Belt mit Kurs aufs Kattegat und die Värøbackahalbinsel mit dem Hafen, der zu Ringhals gehörte. Burgwald hatte sich – da war Yannis großzügig gewesen – ausschlafen dürfen. Seine Timex zeigte neun Uhr, als er die Beine aus der Koje schwang und sich, die Augen rieb. Gut gelaunt erhob er sich dann und ging zur Kombüse, um sich mit einem von Yannis frisch aufgebrühten Mokka für den Tag zu rüsten.

„Moin, Smutje", grüßte er den Koch, vergnügt lächelnd.

„Moin, moin", parierte Yannis tadellos.

„Was gibt's Neues?", fragte Burgwald, die Tasse mit dem heißen Kaffee schon in beiden Händen.

„Nichts Weltbewegendes. Im Frachtraum wird noch geschuftet, und am Nachmittag werden wir wohl Ringhals erreichen. Wir haben Sonntag, da ist in dem kleinen Hafen tote Hose. Wird wahrscheinlich nicht mal 'n Hafenmeister da sein."

„Das heißt, die können in aller Ruhe ausladen."

„Sieht ganz danach aus."

Yannis' Stimme war immer leiser geworden, auf dem Gesicht jede Spur von Heiterkeit erloschen.

„Ich will nur hoffen, dass Hauptmann Marder mit unseren

Informationen was anfangen kann", murmelte Burgwald und trank einen Schluck.

„Er muss jedenfalls was unternehmen." Yannis klang leicht panisch.

„Was soll er denn unternehmen? Wir sind in Schweden. Da hat er doch gar keine Befugnisse. Die hat er ja nicht mal mehr in Deutschland. Nein, wir müssen eigene Pläne machen."

„Eigene Pläne? Was stellst du dir vor? Wir sind hier auf einem Schiff. Wir sitzen in der Falle!"

„Nu mal langsam. Kein Mensch hegt einen konkreten Verdacht gegen uns. Gegen dich ohnehin nicht. Wenn ich dich richtig verstanden habe, werden die Würfel in Ringhals wahrscheinlich mit dem Abfall, der sich hier angesammelt hat, nach draußen gestellt und da von einem Müllwagen oder dergleichen abgeholt. Wir wissen aber weder, wer sie abholt, noch wohin sie gebracht werden."

„Richtig."

„Ich müsste ungesehen von Bord gehen und dem Wagen, oder was immer, folgen können."

„Wir fahren aber bestimmt noch in der Nacht weiter. Aufs Schiff kommst du dann nicht mehr. Und sobald die hier dein Verschwinden bemerken, warnen sie die andern."

„Das muss ich riskieren. Mir wird schon was einfallen."

„Dann geh in 'ner Stunde oder so nach oben und klopf mit dem Hammer das Schanzkleid nach Lackblasen und rostigen Stellen ab. Hinterher spritzt du mit dem Schlauch das Deck sauber. Damit bist du 'ne Weile beschäftigt und kannst die Einfahrt in den Hafen beobachten. Ich halte hier unten Augen und Ohren offen."

Bis es so weit war, musste Burgwald sich zwingen, den Frachtraum und die darin arbeitenden Männer ebenso zu ignorieren, wie den vermeintlichen Lastwagenfahrer, der sich hartnäckig in seiner Nähe hielt.

35

Zur selben Zeit hatte Jon Carlson sein Büro in Ringhals verlassen, um draußen eine Zigarette zu rauchen. Und um ungehört und ungestört zu telefonieren. Das war drinnen schlicht unmöglich. Dutzende von Arbeitern hatten das Verwaltungsgebäude gestürmt, rannten durch die Flure, hockten in Büros und diskutierten, durchwühlten Schreibtische und Schränke, als wüssten sie, wonach sie suchten. Er wählte die Mobilfunknummer seines alten Kumpels aus der Ingenieurschule.

„Ich bin's, Jon", sagte er, als Moltke sich meldete. „Wie sieht's bei euch aus?"

„Wir haben grünes Licht. Von uns aus kann es losgehn. Ist bei dir alles klar?"

„Hier herrscht völlige Anarchie. Ich habe ein paar Informationen über die Verkaufsverhandlungen durchsickern lassen. Daraufhin hat der Betriebsrat gleich die Belegschaft verrückt gemacht. Seit gestern halten sie das Werk besetzt. Höchste Zeit, abzuhauen. Vorbereitet ist soweit alles."

„Okay dann. Wir sind in etwa zwei Stunden da."

„*Alla de bästa.*"

„Dir auch."

Carlson nahm einen letzten Zug, schnippte die Kippe auf den Zierkies und trat sie aus. Dann fuhr er mit dem Fahrstuhl nach oben und ging – unbemerkt von seiner Sekretärin und den aufgebrachten Arbeitern, mit denen sie sich ein lautstarkes Wortgefecht lieferte – in sein Büro, warf sich einen Trenchcoat über den Arm, ergriff die lederne Reisetasche, die gepackt neben der Tür stand, und verließ seinen Arbeitsplatz für alle Zeit, wie er hoffte.

36

Die Sonne stand schon tief über den westlichen Dünen der Halbinsel, als die *Sursum Corda* sich der Hafeneinfahrt näherte. Im Hafenbecken lagen zwei Schleppkähne vertäut, nirgends eine Spur von Leben. Langsam schob sich das Schiff durch die schmale Einfahrt. Es steckte mitten drin, da vernahm Burgwald ein anschwellendes Summen, das von Südwesten kam. Es näherte sich rasend schnell lauter werdend und sich zu einem Brausen und Brüllen steigernd, dass ihm vor Schreck der Hammer aus der Hand fiel. Krahke und der Kapitän kamen zur Steuerbordnock gestürzt und starrten angestrengt gegen die tiefstehende Sonne. Sie konnten nur vage Bewegung auf dem gleißenden Wasser ausmachen. Dann schossen wie gewaltige schwarze Torpedos zwei Schnellboote aus dem blendenden Licht hervor und nahmen das Heck der *Sursum Corda* in die Zange, zwangen es gleichsam ins Hafenbecken hinein. Zwei der iranischen Fahrer standen plötzlich an Deck der *Sursum Corda* und hielten großkalibrige Pistolen in der Hand.

„Runter mit den Waffen!", schrie Krahke und wedelte hektisch mit den Händen. „Die Waffen runter, verdammt!"

Die Iraner reagierten zögernd, doch immerhin so schnell, dass die Männer auf den Booten die Waffen nicht sahen. Mit einer wütenden Handbewegung scheuchte Krahke die Männer von Deck. Dann fiel sein Blick auf den Kriminalassistenten und im selben Moment wurde ihm klar, dass der alles gesehen hatte. Er sagte etwas zu dem Kapitän und winkte jemand von der Brücke zu sich. Den Bügel seiner Brille betastend, trat Wustrow zu ihm. Krahke deutete anklagend auf Burgwald. Daraufhin setzte sich der Chemiker in Bewegung und begann eine Art Feuerleiter hinunterzuklettern, die in dem schmalen Gang zwischen Brücke und Bordwand endete. Burgwald war gar nicht neugierig auf das, was weiter geschehen würde. Er nahm einen kurzen Anlauf und hechtete über die Reling. Ihm gelang ein ganz passabler Kopfsprung ins Hafenbecken, aus dem er prustend wieder auftauchte. Mit ausgreifenden Kraulschlägen schwamm er zur Hafenmauer. Er fand ins Mauerwerk eingelassene Eisensprossen, an denen er hochkletterte, und oben einen Poller, hinter den er sich in Deckung warf. Dort blieb er keuchend liegen. Die wilde Schießerei, auf die er wartete, blieb seltsamerweise aus. Vorsichtig hob er den Kopf.

Was er sah, verschlug ihm die Sprache. Die Schnellboote waren längsseits gegangen, und einer der Männer auf ihnen winkte Krahke und seinen Leuten zu. Die Boote wurden an der *Sursum Corda* festgemacht, dann stiegen die Männer über die Jakobsleiter an Bord. Burgwald verstand die Welt nicht mehr; aber eines wusste er: Wenn die Neuankömmlinge zu Krahke und seinen Kumpanen gehörten, dann war es für ihn höchste Zeit, sich dünn zu machen. Nachdenken kam später. Er sprang auf und rannte los. Die klatschnasse Kleidung hing wie ein Gewicht an ihm. Er biss die Zähne zusammen und sprintete zu einer Art Bürobaracke, neben der mehrere Container standen. Dahinter erstreckte sich eine wellige Landschaft aus Niederwald und Wiesen. Hier und da waren Hausdächer zu sehen, in der Ferne ein schlanker Schornstein. Ein kurzer Blick zurück zeigte ihm, dass er nicht verfolgt wurde, noch nicht. Er verließ die Deckung der Baracke und stürzte ins nahe Gesträuch, verschwand unter den nächsten Bäumen. Ein lockeres Wäldchen, das mal dichter, mal durchlässiger wurde, zu struppigem Gebüsch verflachte und wieder zu schützendem Laubwald empor wuchs, durch den sich ein Fahrweg schlängelte. Am Boden wucherte dichter Farn, in dem man sich verstecken konnte. Aber bald würde es dunkel werden. Burgwald musste seine Sachen trocknen. Er brauchte solideren Schutz. Er lief in schnellem Trab; einem Tempo, das er lange durchhalten konnte. In der Abenddämmerung überquerte er Weideland in geducktem Lauf. Von bewohnten Anwesen hielt er sich fern. Zwar war die Versuchung groß, irgendwo zu klingeln, seine Sachen über eine Heizung hängen und für eine Nacht Unterschlupf finden zu können; dies jedoch in die Tat umzusetzen, erschien ihm letztlich allzu riskant, denn vermutlich hätte er Zusammenhänge erklären müssen, die er selbst nicht durchschaute, und vielleicht wäre er sogar mit der Polizei konfrontiert worden. Jedenfalls so lange er nicht wusste, über welche Infrastruktur Krahke und seine Leute hier verfügten, die mit einem Mal ungeahnte Verbündete besaßen. Er musste nachdenken.

Auf einer Lichtung stieß er auf eine Waldhütte, deren Tür zwar verschlossen war, dem Mehrzweckhaken seines Huntsman-Taschenmessers jedoch keinen nennenswerten Widerstand bot. Die Fenster waren mit Holzläden verrammelt. Die Tür konnte von innen mit einem Querbalken gesichert werden. Die Hütte bestand aus einem großen Raum mit einem roh gezimmerten Tisch und zwei Stühlen, einer Schlafpritsche in einer Ecke und einer Kaminfeuerstelle in einer anderen. Davor stand ein eingesunkener Ledersessel. Es war wie im Märchen. Er nahm vom Brennholzvorrat und machte er Feuer. Sodann leerte er seine Taschen und zog sich splitternackt aus. Hose, Hemd, Socken und Unterwäsche verteilte er über die Lehnen der Stühle und schob sie näher an die wärmenden Flammen. Die Schuhe stellte er daneben. Auf der Pritsche lag eine kratzige Pferdedecke, die er sich um die Schultern schlang. Dann ging er zum Tisch und betrachtete seine Habseligkeiten. Das Mobiltelefon war wahrscheinlich nicht mehr zu gebrauchen. Der Versuch, Marder anzurufen, bestätigte es ihm. Ein paar durchgeweichte Geldscheine: zweihundert Zloty, ein Fünfzig- und ein Zwanzigmarkschein, dazu ein paar Münzen. Die Schachtel Karelia war nicht angebrochen und daher noch von Cellophanpapier umhüllt, das war tröstlich. Sein Gasfeuerzeug funktionierte, nachdem er es ein paar Mal aus dem Handgelenk nach unten geschlagen hatte. Das Schweizer Taschenmesser musste sämtliche Werkzeuge spreizen und wurde neben das Telefon zum Trocknen ans Feuer gelegt. Dann klemmte sich Burgwald mit untergeschlagenen Beinen in den knarrenden Sessel und starrte in die Flammen. Er konnte immer noch nicht fassen, wie rasant sich die Dinge entwickelt hatten. Und auf welch unerwartete Weise! Als die Schnellboote kamen, war sein erster Gedanke gewesen, dass Marder die schwedische Küstenwache alarmiert hatte. Das war offensichtlich nicht der Fall, und er würde die nächste Zeit auf sich allein gestellt sein. Mit zitternden Fingern riss er das Cellophanpapier von der Zigarettenschachtel und das Silberpapier an einer Ecke auf, fummelte eine Karelia heraus und schaffte es nach mehreren Versuchen, sie anzuzünden. Er inhalierte mit tiefem Behagen.

Die Lieferung des seltsamen Metalls schien diesmal mit Hilfe der Schnellboote abgewickelt zu werden. Okay. Aber warum hatte Krahke den Iranern so hektisch befohlen, die Waffen zu verstecken? Burgwald musste daran denken, wie sich der Mann vor der Frachtraumtür bewegt hatte. Waren die Lastwagenfahrer tatsächlich iranische Agenten? Mitglieder der Revolutionsgarden vielleicht? Pasdaran! Er griff sich mit beiden Händen an den Kopf. War Leutnant Tahiri etwa deretwegen nach Deutschland gekommen? Dann musste einiges mehr auf dem Spiel stehen als irgendwelche komischen Erze, die illegal nach Schweden eingeführt wurden. Um strahlendes Material konnte es sich dabei auch nicht handeln, so wie damit umgegangen wurde. Und dafür waren drei Zollbeamte ermordet worden? Das ergab doch keinen Sinn! Er brauchte mehr Informationen. Er musste so schnell wie möglich mit Marder in Verbindung treten.

37

Was Burgwald auf seiner überstürzten Flucht nicht mehr gesehen hatte, war die Ankunft des schwarzen Mercedes mit dem deutschen Kennzeichen und Gregor Balatow am Steuer. Die schwere Limousine kam fast lautlos in den Hafen gerollt und im Schlagschatten der Baracke zum Stehen, als die Männer aus den Schnellbooten bereits auf dem Schiff waren und von

Krahke und seinen Leuten in Empfang genommen wurden. Balatow blieb im Wagen sitzen und beobachtete die Vorgänge an Bord. Mit der Rechten griff er nach hinten und betätigte einen Federmechanismus unter der Rückbank des Mercedes. Diese glitt nach vorne und gab einen Hohlraum frei, in dem sehr akkurat ein Waffenarsenal untergebracht war, dessen Anblick die Herzfrequenz von Söldnern und anderen sich dem professionellen Auslöschen von Menschenleben widmenden Zeitgenossen um einiges beschleunigt hätte. Ohne den Blick vom Schiff abzuwenden, tastete er nach einer Ingram MAC-10. Die war schlank genug, um unauffällig unter seiner Lederjacke zu verschwinden. Zwei Stangenmagazine zu je dreißig Schuss brachte er in der linken Innentasche unter. Eine Glock 22c mit doppelreihigem Magazin verstaute er hinten im Hosenbund, zwei Ersatzmagazine in der rechten und linken Jackentasche. Er betätigte wieder den Federmechanismus, die Sitzbank glitt zurück, und alles machte den gediegenen, seriösen, zivilen Eindruck wie zuvor.

An Deck der *Sursum Corda* hatten sich zwei Gruppen formiert: Krahke, Moltke und Wustrow, eskortiert von den vier Lastwagenfahrern, die breitbeinig und mit auf dem Rücken verschränkten Händen neben ihnen standen und aufmerksam die Männer vor ihnen musterten, bei denen es sich um fünf mit Pistolen bewaffnete Uniformierte des Werkschutzes der Anlage Ringhals handelte sowie um einen hochgewachsenen Zivilisten mit randloser Brille und flachsblondem Haar, der Moltke soeben die Hand hinstreckte und dabei unbehaglich um sich blickte. Moltke ergriff die Hand und schlug mit der anderen darauf, als wollte er einen Pakt besiegeln, dann stellte er den Besucher vor:

„Herr Krahke, Herr Wustrow, das ist Jon Carlson, Technischer Direktor des AKW Ringhals. Er wird unser Geschäft heute zum Abschluss bringen. Ich schlage vor, wir gehen hinein und besprechen alles weitere drinnen."

Carlson nickte und wandte sich an seine Männer: „Zwei

Mann zurück auf die Boote. Die anderen bleiben hier oben und halten die Augen offen!"

Die Männer taten wie befohlen. Auf dem Weg zum Niedergang bedeutete Krahke den Iranern, auf Abstand zu gehen, woraufhin diese sich an Back- und Steuerbord verteilten und die Besucher im Auge behielten. Die Werkschutzleute wechselten beklommene Blicke.

In der Eignerkabine nahmen die vier Männer an einem kleinen ovalen Konferenztisch Platz, als es an der Tür klopfte und gleich darauf Yannis Gatsos mit dem gewohnten Teetablett erschien.

„Wer hat Sie denn gerufen?", raunzte Krahke ihn an. „Verschwinden Sie! Aber dalli! Lassen Sie sich hier bloß nicht mehr blicken!"

Der Koch machte ein erschrockenes Gesicht und dann auf dem Absatz kehrt. Als sich die Tür hinter ihm geschlossen hatte, stellte der Schiffseigner eine Flasche 15 Jahre alten *Springbank Single Malt* mit vier Gläsern auf den Tisch und schenkte ein. Dann klappte er vor sich ein Notebook auf. Während der Rechner hochfuhr, hob er sein Glas.

„Meine Herrn, der heutige Abend wird vielleicht den Lauf der Geschichte verändern. Trinken wir auf das Geschäft unseres Lebens!"

Das taten sie und spitzten hinterher anerkennend die Lippen. Dann tippte Krahke ein paar Tasten auf dem Laptop an, und auf dem Bildschirm erschien eine Seite, die seine Zustimmung zu finden schien. Er riss den Mund auf, dass es aussah, als würde ein Rotbarsch nach Luft schnappen.

„Da haben wir's", sagte er. „Butterfield Bank, St. Peter Port, Guernsey, zertifizierter Zahlungsverkehr. Jetzt brauchen wir bloß noch Ihr ... Honorar und Ihre Kontonummer einzutragen, Herr Carlson. Unsere Auftraggeber haben die Zahlung gestern freigegeben. Wie Sie vielleicht wissen, Herr Carlson", er fixierte seinen Gast mit ausdruckslosem Gesicht, „geht es für den Iran um zweihundert Millionen US-Dollar. Ich will nicht hoffen, dass es bei einem Betrag dieser Größenordnung zu Schwierigkeiten kommt."

„Natürlich, nein, selbstverständlich nicht." Jon Carlson schien noch von der rein klanglichen Gewalt der genannten Zahl überwältigt.

„Wo also ist die Ware?", fragte Krahke. „Erst wenn wir sie überprüft und in Besitz genommen haben, kann ich Ihren Anteil überweisen."

Moltke fasste den technischen Leiter des AKW Ringhals am Arm.

„Los Jon, bringen wir es hinter uns. Wo ist das Zeug?"

Carlson räusperte sich.

„In einem der Container neben der Hafenmeisterbaracke. Ihr müsst verdammt vorsichtig damit sein. Wir haben zweihundert abgebrannte Brennelemente zerkleinert und chemisch aufgelöst."

„Womit?", fragte Wustrow.

„Mit Salpetersäure", antwortete Carlson, leicht irritiert, wie sein Gesichtsausdruck verriet. „Aus der radioaktiven Suppe haben wir das Plutonium abgetrennt. Dies geschieht durch Verdampfen", fügte er mit Blick auf Wustrow hinzu. „Das ist dann schon hochaktiver Bombenstoff, der mit Borsilikatglas eingeschmolzen und in hermetische Behälter aus gegossenem Edelstahl gefüllt wird. Bei uns gilt das als normaler Abfall, der in einem unterirdischen Bunker zwischengelagert wird. Absolut unverantwortlich."

Carlson hatte während seiner Ausführungen den Blick gesenkt gehalten und mit den Zeigefingern kryptische Zeichen auf die Tischplatte gemalt. Jetzt schaute er auf und sah in Gesichter, die ihn gebannt anstarrten. Also weiter:

„Ich habe in den vergangenen Monaten sechs wesentlich kleinere Spezialbehälter gegossen und eigenhändig befüllt. Sie müssen sich diese Behälter wie die doppelwandigen Glasgefäße in Thermoskannen vorstellen. Nur dass diese aus Edelstahl sind. Jeder Behälter mit einem Fassungsvermögen von einem

Kilogramm, wovon das reine Plutonium etwa 750 Gramm ausmacht. Sie bekommen sechs Thermoskannen. Das sind viereinhalb Kilo hochaktives Plutonium. Damit kann man eine kleine Atombombe bauen."

Das war die Aussage, auf die alle gewartet hatten. Allgemeines Aufatmen die Reaktion darauf.

„Wie weit sind Ihre Leute da draußen eingeweiht?", fragte Krahke lauernd.

„Von unserem Deal wissen die nichts. Das Plutonium habe ich allein hier im Hafen deponiert. Die Werkschutzleute glauben nach wie vor, hundertfünfzig Kilogramm Tantal, die Sie hoffentlich lieferbereit halten, wären das Geschäft. Es ist auch immer noch derselbe Zulieferer von elektronischen Komponenten für Windkraftturbinen in Frederikshaven, der die Ware abnimmt." Carlson lächelte fein. „Vom Erlös kriege ich auch diesmal wieder einen Anteil wie alle."

Verhaltenes, doch spürbar erleichtertes Gelächter von Krahke und Wustrow. Moltke legte seinem Freund die Hand auf die Schulter und erhob sich. Krahke klappte seinen Laptop zu und stand ebenfalls auf.

„Ich muss noch den Geigerzähler holen", sagte Wustrow, „dann können wir."

38

Um fünf Uhr ging die Sonne auf. Da lag Burgwald schon seit zwei Stunden am Rand des Wäldchens, das sich im Süden bis auf knappe hundert Schritte an den kleinen Hafen heranschob. Er beobachtete die *Sursum Corda*. Dort regte sich nichts. Die Schnellboote waren auch verschwunden. Jetzt verließ er seine Deckung unter den windschiefen Steineichen und näherte sich dem Schiff mit vorsichtigen Schritten.

Er hatte keine Minute geschlafen. Ein gutes Stück nach Mitternacht war ihm noch geglückt, womit er überhaupt nicht mehr gerechnet hatte. Sein Mobiltelefon war in der belebenden Wärme des Kaminfeuers wieder munter geworden, und er hatte Hauptmann Marder erreicht. Der hatte sich – als hätte er auf seinen Anruf gewartet – sofort gemeldet.

„Willie, gut, dass du anrufst! Bist du gesund? Was ist passiert?"

„Mir geht es gut. Ich bin auf dieser Halbinsel von Ringhals. Hier wird wohl ein Geschäft abgewickelt. Was ist das für ein Metall, das die schmuggeln?"

„Vergiss das. Es ist Tantal und Niob und gehört zu den seltenen Erden. Aber darum geht es gar nicht. Ringhals ist Schwedens größtes Atomkraftwerk. Wir befürchten, dass Krahke und seine Leute Uran oder Plutonium in den Iran schaffen wollen."

„Uran? Plutonium? Puh ..." Burgwald war in der Hütte hin und her gelaufen, jetzt wich die Kraft aus seinen Beinen und er musste sich setzen. „Da hab ich mehr Glück als Verstand gehabt! Gestern Abend sind kurz vorm Dunkelwerden zwei Schnellboote gekommen. Was weiter passiert ist, weiß ich nicht. Ich musste über Bord springen. Auf dem Schiff sind bewaffnete Iraner. Ich bin jetzt ein paar Kilometer entfernt in einer Waldhütte, meine Sachen sind wieder trocken. Was soll ich tun?"

„Wenn sie das Zeug mit Schnellbooten wegbringen, kannst du nichts tun. Dann müssen wir Interpol einschalten. Du kommst zurück nach Hamburg. Hast du Geld?"

„Ja, aber kein schwedisches."

„Versuch, nach Göteborg zu kommen, das dürfte der nächste Flughafen sein. Ich schicke dir fünfhundert Mark auf deinen Namen an das Büro der Western Union dort. Du kaufst dir ein Ticket nach Hamburg und nimmst den nächsten Flieger."

„Vorher schleiche ich noch mal in den Hafen und sehe nach, ob ich da irgendwas rausfinden kann."

„Auf keinen Fall! Du gehst kein weiteres Risiko ein. Hörst du? Komm auf dem schnellsten Weg zurück. Das ist ein Befehl."

Hier draußen waren Burgwalds Nerven jetzt so angespannt, dass er das Gefühl hatte, innerlich zu vibrieren. In der ungewohnten Rolle des Befehlsverweigerers fühlte er sich jedoch großartig. Ein im Morgenwind zappelndes Blatt, taufeucht im ersten Sonnenlicht glitzernd, zog seinen Blick kurz in die Baumkronen rechts von ihm, dann konzentrierte er sich wieder auf seine lautlose Annäherung an das Schiff. Wenige Minuten später hatte er die Container erreicht und war nur noch rund zwanzig Schritte entfernt. Da sah er Yannis Gatsos, der sich hinter dem Schanzkleid am Bug aufrichtete und ihm zuwinkte. Er winkte zurück, bedeutete dem Koch, das Schiff zu verlassen und zu ihm zu kommen. Yannis machte auf unbekümmert und winkte ihn lachend mit beiden Händen zu sich. Lauernd kam Burgwald zwischen den Containern hervor, von denen einer wie eine leere Garage weit offenstand. Der Koch war mittschiffs zum Laufsteg geschlurft, stand jetzt mit den Händen in den Hosentaschen da und gähnte.

„Wieso bist du so früh auf den Beinen?", fragte Burgwald.

„Ich hab an Deck geschlafen, um dich nicht zu verpassen, mein Junge. War mir ziemlich sicher, dass du noch mal hier aufkreuzen würdest. Komm ruhig an Bord. Ist keiner mehr da", rief Yannis aufgeräumt.

„Was heißt, keiner ist mehr da?"

„Die ganze Bande ist weg. Das Schiff gehört uns." Yannis schlug sich auf den Bauch und lachte. Burgwald stand vor der Gangway und starrte den Koch an, als hätte der den Verstand verloren.

„Das Schiff gehört euch? Wem?"

„Nun, dem Kapitän. Aber mich und Herrn Korzenowski, den Maschinisten, hat er übernommen. Er beschäftigt uns weiter. Wir schmeißen den Laden jetzt gemeinsam. Nun komm endlich rauf, damit ich dir meine neue Kajüte zeigen und alles erzählen kann."

Zögernd stieg Burgwald an Bord, wo der Grieche ihn am Arm packte und eilfertig zur Eignerkabine schob.

„Eintreten bitte", sagte Yannis und hielt ihm die Tür auf.

„Aber das ist doch Krahkes gute Stube."

„War. Jetzt ist's meine. Und so viel Platz!" Yannis strahlte. Er vollführte eine umfassende Armbewegung. Am Ende dieser Bewegung kam seine Hand auf der Lehne eines Konferenztischstuhls zu liegen. Er zog ihn zu sich heran. „Setz dich!"

Als Burgwald saß und sich ungläubig umschaute, kochte Yannis Kaffee. Dabei erzählte er, dass der Kapitän, der noch schlief, seine Kapitänskajüte behalten hatte, während der Maschinist in Moltkes Kabine umgezogen war und ab jetzt mit Herr Ingenieur angesprochen werden wollte.

„Halt, Moment", unterbrach ihn Burgwald. „Du meinst, die haben das Schiff einfach aufgegeben? Erzähl bitte der Reihe nach."

Yannis brachte den Kaffee, stellte ein Paket braunen Würfelzucker und eine Blechdose mit Karelia-Zigaretten dazu, dann setzte er sich zu Burgwald an den Tisch und erzählte die Reihe nach.

„Dein Sprung ins Wasser hat die gar nicht weiter interessiert. Schon kurz danach sind Krahke, Moltke und Wustrow mit dem Chef der Motorbootleute raus zu den Containern. Ich hab's nur durch ein Bullauge beobachten können, weil doch an Deck lauter Bewaffnete waren. Mit Einzelheiten kann ich daher leider nicht dienen. Sie sind in einen der Container reingegangen und haben etwas später einen Geländewagen rausgefahren. Danach wurde einer der Lastwagen vom Schiff runtergefahren und daneben gestellt. Zur gleichen Zeit kam von der Hafenmeisterbaracke her Krahkes schwarzer Mercedes. Den hab ich schon mal in Danzig im Hafen gesehen, daher weiß ich, dass das dem Krahke seiner war. Wer am Steuer saß, konnte ich nicht erkennen. Jedenfalls haben sie aus dem Geländewagen so was wie große Thermoskannen ausgeladen. Ganz vorsichtig, als wären die heiß oder voll Nitroglyzerin oder so. Zwei von den Behältern haben sie in den Mercedes gepackt und zwei in den Laster. Die Iraner sind draußen bei den Wagen geblieben, die andern drei wieder an Bord und hier rein in die Kabine. Nach 'ner halben Stunde ungefähr sind dann plötzlich alle abgehaun. Inzwischen hatten die Schnellbootleute die Metallwürfel, dieses Erz oder was das ist, in ihre Boote geladen. In zwei blauen Plastiktonnen verpackt. Der Moltke ist dann mit denen weg. Krahke und Wustrow sind in den Mercedes gestiegen, zwei Iraner in den Geländewagen, die andern beiden in den Laster und wwrrruummm ... weg waren alle."

„Und euch haben sie einfach zurückgelassen? Haben sie nichts gesagt?"

„Doch, dem Kapitän. Der hat vom Krahke ein Papier gekriegt, auf dem er ihm beglaubigt und besiegelt das Schiff überschrieben hat. Muss man sich mal vorstellen! Ich hab's mit eigenen Augen gesehen. Samt dem verbliebenen LKW und all den wertvollen Teppichen. Die verticken wir als nächstes und machen uns dann mit dem Schiff selbständig. Der Kapitän hat uns das vorgeschlagen. Herr Korzenowski und ich haben natürlich akzeptiert." Yannis' Augen glänzten vor Begeisterung. „Den alten Mechaniker da unten behalten wir selbstverständlich."

„Klar. Versteht sich. Thermoskannen, sagtest du, Yannis?"

„Ja, so große silberne Dinger. Die Iraner hatten dicke Arbeitshandschuhe an den Händen, als sie die in die Wagen geladen haben."

„Kannst du mir die beschreiben?"

„Na, du weißt doch, wie Arbeitshandschuhe aussehen; diese gelben Lederdinger ..."

„Ich meine die Fahrzeuge, Yannis."

„Die Fahrzeuge, ja sicher. Der schwarze Mercedes, wie gesagt, ich glaube, das war'n 230 SE. Der Geländewagen war'n hellblauer Subaru Forester. Den hab ich gleich erkannt, weil das mein Lieblings-ESYUVEE ist. Wenn ich mir jemals 'n Auto kaufen sollte ..." Ein Blick in Burgwalds Gesicht ließ ihn verstummen. „Und der LKW. Den kennst du ja."

Um Willie Burgwalds Mundwinkel zuckte es.

„Wohin sie gefahren sind, haben sie euch wohl nicht verraten, was?", fragte er und kicherte nervös, um gleich darauf in hysterisches Schniefen zu verfallen, das er mit abgewandtem

Kopf und flatternden Händen beiseite zu wischen suchte.

„Was ist mit dir, Willie?", fragte Yannis besorgt. „Kann man dir helfen?"

„Nein, Yannis. Wohl kaum", sagte Burgwald müde, wieder halbwegs gefasst.

„Da fällt mir ein ..." Die Augen des Griechen leuchteten auf. „Als sie weggefahren sind, hab ich noch gesehen, dass auf der hinteren Stoßstange von dem Laster mit weißer Farbe – etwas verblasst, aber noch leserlich – die Worte *Orient-Expres* gepinselt waren. Das hat bestimmt einer von diesen Simpeln gemalt, den früheren Fahrern. Hat nämlich den letzten Buchstaben vergessen."

Tod und Verderben

39

Ingegnere Paolo Scuderini war sechsunddreißig Jahre alt, Römer von Geburt und Vegetarier mit Vorliebe für Gemüsebrottaschen und Fruchtmixgetränke. Er war stolz auf seine regelmäßige Verdauung und rühmte sich eines gesunden tiefen Schlafs. Seit drei Wochen jedoch litt er unter schlimmen Albtraumattacken. Nachdem er die Leitung der Dalaki Mine übernommen hatte, war er keine Nacht länger als vier Stunden im Bett gewesen. Wie viel von dieser knappen Zeit jedes Mal für den Albtraum draufging, darüber mochte er gar nicht nachdenken. Sein Schlafdefizit war immens. Dunkle Schatten unter den Augen der sichtbare Ausdruck. Bei den Mitarbeitern hieß er schon Omar Sharif.

Als Junge hatte er mit seinen Eltern in Rom einen Film über die Befreiung eines deutschen Konzentrationslagers durch amerikanische Soldaten gesehen. Bei der Übernahme des Bergwerks von Dalaki wurde er an Szenen dieses Films erinnert. Sie waren mit zwei Jeeps durch das weit offen stehende Tor auf das Bergwerksgelände gefahren. Iranische Arbeitskräfte, Kinder zum Teil, liefen wie orientierungslos umher. Von Sicherheitspersonal keine Spur. Scuderini war natürlich informiert, dass der Chef des Sicherheitsdienstes entlassen worden war; aber dass dessen Mitarbeiter offenbar desertiert waren und das Bergwerk sich selbst überlassen hatten, war ein erster Schock. Der Buchhalter, der ihnen mit flatterndem Gewand aus dem Bürogebäude entgegengelaufen kam, bestätigte ihnen jedoch unter wiederholten Demutsgesten und großem Gefuchtel genau das. Früh am Morgen waren diese Leute in ihre *Humvees* gestiegen und hatten sich davongemacht. Eine wiederkehrende

Bewegung seiner durch die Luft fliegenden Arme bestand darin, mit ausgestrecktem Zeigefinger auf das andere Ende des Werksgeländes zu deuten. Scuderini folgte der Bewegung mit den Augen und erkannte am Rande des Tals – neben zwei schroff aufragenden Felsen etwas abseits gelegen – einen fensterlosen Schuppen, eine Art Werks- oder Lagerhalle. Er kniff die Augen zusammen und glaubte, in der hitzeflirrenden Luft Stacheldraht glitzern zu sehen; zwischen Betonpfosten eng gespannten Stacheldraht.

„Was soll das sein?", fragte er.

Der Buchhalter murmelte etwas, das sich wie Security-station anhörte. Der Mann sprach ein abenteuerliches Englisch und der *Ingegnere* nur wenige Worte Farsi. Um einander wirklich zu verstehen, fragten sie daher immer noch einmal nach. Auf diese Weise wurde jeder Satz mindestens eineinhalb Mal formuliert. Eine Art verbaler Echternacher Springprozession.

„Eine Security Station? Was soll das sein?"

„Die Station der Securityleute."

„Die Unterkunft der Security Leute?"

„Unterkunft für die Kranken."

„Eine Krankenstation! Aber warum Security? Warum muss die gesichert werden?"

Scuderini sah seine Begleiter ratlos an. Einige zuckten die Schultern und schauten zur Seite. Andere starrten nach unten und scharrte mit den Fußspitzen im Sand.

„Sehen wir uns das mal an!"

Der Buchhalter hatte dringende Monatsabrechnungen zu machen. Sie sähen sich später im Büro, rief er im Davoneilen.

„Der Schut hat das veranlasst", sagte einer der Begleiter, als sie sich in Bewegung setzten. Ein älterer Mann, der mit Scotty von Anfang an dabeigewesen war. „Dieser Krahke. Ein menschenverachtender Sadist, wenn Sie mich fragen, der nur einen Götzen hatte: Profitmaximierung. Dafür hat er Kinder im Bergwerk schuften lassen, obwohl er wusste, dass das gesundheitsschädlich war. Die Eltern überließen sie ihm für Unterkunft und Verpflegung. Wer krank wurde, den schickten seine Leute entweder nach Hause zurück, oder steckten ihn, wenn die Symptome zu offensichtlich waren, in das Lager da. Krankenlager haben sie das genannt. Leute mit Knochenfraß und stinkenden Wunden sind da untergebracht. Über dreißig, meiner Schätzung nach. Damit kein Unbefugter da reinschaut, haben sie den Stacheldrahtzaun drumherum gezogen." Der Mann spie angeekelt auf die Erde. „Bin ich froh, dass das endlich vorbei ist. Schade nur um den armen Scotty. Der war ein guter Mann."

Sie hatten sich dem sogenannten Krankenlager auf etwa hundert Schritt genähert, als ein dumpfer Knall ertönte und im hinteren Teil des Schuppens eine Stichflamme durchs Dach stieß, die sich zu einem fauchenden Feuerball ausdehnte. Sekunden später stand der gesamte Schuppen in Flammen. Eine Hitzewand dehnte sich aus, dass die Männer keinen Schritt mehr vorwärts kamen. Hinter ihnen schrillten Sirenen, zwei Wagen der Werksfeuerwehr brausten unter Glockengebimmel heran. Vor ihnen das wütende Brüllen der Flammen. Durch dieses infernalische Getöse drangen jetzt andere Geräusche. Einige der Männern um Scuderini hatten sich zu Boden geworfen. Andere hielten sich die Ohren zu. Die Schreie, die aus dem brennenden Schuppen zu ihnen drangen, hatten nichts Menschliches mehr. Sie wurden von den heulenden Flammen aufgesogen und hoch in den Himmel geschleudert.

„Gott steh uns bei!", murmelte der alte Mann.

Balkan

40

Zhora bent Hadi Tahiri, Leutnant der Kriminalpolizei der islamischen Republik Iran, hatte Angst. Ein Gefühl, das sie vollkommen vergessen hatte, seit sie sich in Deutschland aufhielt. Jetzt war es wieder da. Im Keller des Konsulats hatte der alte Archivar ihr alle Unterlagen herausgesucht, die über den im Iran tätigen Deutschen Kurt Otto Krahke verfügbar waren. Dazu gehörten auch als vertraulich eingestufte Geheimdienstdokumente, die Leutnant Tahiri auf Grund ihres Empfehlungsschreibens des iranischen Außenministeriums einsehen durfte und die die Arbeit des Deutschen für den irakischen Diktator Saddam Hussein Anfang der 90er Jahre wenn nicht definitiv belegten, so doch begründet nahelegten. Dann war dieser Mann ein paar Jahre verschwunden. 1993 tauchte er als Sicherheitsbeauftragter des als McCullum-Mine bekannten Bergwerks der indischen ONGC-Videsh Ltd. in Dalaki wieder in den Akten auf. Dalaki lag keine hundert Kilometer von Bushehr und dem dortigen Atomkraftwerk entfernt. Die Anlage und ihre nächste Umgebung galten als hochsensibler Bereich, der vom iranischen Geheimdienst, dem VEVAC, engmaschig observiert wurde. Die intensive Observanz galt besonders auch der Person Kurt Otto Krahke, der im irakisch-iranischen Krieg unter falschem Namen für die Gegenseite gearbeitet hatte und jetzt unter seinem richtigen Namen nur einen Steinwurf weit vom wichtigsten iranischen Kernkraftwerk tätig war. Der darüberhinaus vor ungefähr zwei Jahren angefangen hatte, in eben diesem ein und aus zu gehen, wie der Archivar zu berichten wusste, da er Kopien der zu diesem Zweck ausgestellten Sonderausweise und der Besucherlisten abgeheftet hatte. Vor einer Woche aber, sagte er, und das war so ziemlich das Ungewöhnlichste, was er in seiner langjährigen Laufbahn erlebt hatte, war eine Dienstanweisung aus dem Außenministerium in Teheran eingetroffen, in der die deutschen Generalkonsulate aufgefordert wurden, sämtliche Unterlagen – in schriftlicher wie in digitaler Form – zu vernichten, aus denen eine Verbindung des deutschen Staatsbürgers Kurt Otto Krahke mit dem Atomprogramm der Islamischen Republik Iran hätte ersichtlich werden können. Deshalb endete die Akte Krahke in Dalaki. Sämtliche Kopien von Fotos, Tagesausweisen, Besucherlisten und Gesprächsprotokollen waren verbrannt, alle entsprechenden Dateien auf den Computern gelöscht.

„Aber ich habe sie gesehen." Der alte Archivar starrte Leutnant Tahiri mit wässrigen Augen trotzig ins Gesicht.

41

„Das haben sie meinetwegen gemacht", sagte Zhora. Sie saß neben Thomas Marder auf den Stufen des unbesetzten DLRG-Häuschens am Falkensteiner Ufer und schaute einem Schlepper nach, der der Elbmündung entgegentuckerte. „Sie haben Beweise vernichtet, weil sie von ihren Leuten auf dem Schiff erfahren haben, dass wir von dem Plutoniumdeal wissen. Nach Herrn Burgwalds Sprung ins Wasser mussten sie das ja annehmen. Jetzt sind Krahke und Konsorten mit dem Zeug unterwegs nach Iran, das ist so gut wie sicher. Mich hat das Außenministerium nur benutzt. Ich sollte diesen Krahke im Blick behalten. Wenigstens so lange, bis ihre eigenen Leute bei ihm sind."

„Und nach Ihrem Besuch im Konsulat wissen die jetzt, dass Sie wissen ...", Marder rieb sich das Kinn. „Dann hat mich deswegen dieser Typ vom Auswärtigen Amt angerufen! Ihre Vermutung scheint sich auf der ganzen Linie zu bestätigen, Frau Tahiri."

„Bleiben Sie ruhig bei Zhora. Immerhin haben Sie mir fast das Leben gerettet."

„Sie meinen auf der Treppe ..." Marder schmunzelte. „War mir ein Vergnügen. Und für Sie bin ich Thomas."

„Angenehm."

„Gar nicht angenehm", feixte Marder. „Da bahnt sich nämlich eine diplomatische Katastrophe an, wenn die den Ball nicht flach halten. Und Sie, meine Liebe, müssen sofort von der Straße."

„Welchen Ball? Und von welcher Straße? Das hier ist doch ein Sandstrand ... Thomas, warum müssen Sie immer diese unverständlichen Redensarten benutzen? Können Sie es mir nicht ein wenig leichter machen? Unsere Situation ist doch wahrhaftig kompliziert genug."

„Schon gut, Zhora. Ich will damit sagen, dass Sie als Mitwisserin jetzt in akuter Gefahr sind. Ihre Leute nehmen doch an, dass Sie einen Atomtransfer unter allen Umständen verhindern würden. Oder nicht?"

„Ich befürchte es. Sonst hätten sie mich wahrscheinlich eingeweiht."

„Also. Deswegen runter von der Straße. Sie dürfen nicht mehr so offen durch die Gegend laufen. Das heißt, offen wäre vielleicht gar nicht schlecht. Mit offenem Haar. Ohne Kopftuch, verstehen Sie?"

„Netter Versuch, Thomas; aber der Trick verfängt bei mir nicht."

„Okay, warten wir, bis auf Sie geschossen wird."

Zhora warf ihm einen skeptischen Blick zu.

„Der Typ vom Auswärtigen Amt, der Sie angerufen hat, wer war das?", fragte sie.

„Ein gewisser Oswald Matthes. Kennen Sie den?"

„Das ist der Mann, der mich am Flughafen abgeholt und zu Kriminalrat Rupp geschickt hat."

„Interessant." Marder sprang auf die Füße. „Kommen Sie, Zhora, wir bewegen uns ein bisschen." Er reichte ihr die Hand und sie ließ sich hoch helfen. „Sie werden also nicht nur von Ihren eigenen sondern auch von unseren Leuten überwacht", spann Marder seinen Faden weiter. „BND, nehme ich an. Abteilung Internationaler Terrorismus oder ABC-Waffen-Proliferation. Die arbeiten auch mit anderen Diensten zusammen. Würde mich nicht wundern, wenn in diesem Fall die Israelis mit drinsteckten. Die werden möglichst wenig Aufsehen erregen und das Problem auf die stille Art lösen wollen. Sie werden niemals Interpol einschalten. Wie ich die Herren kenne, sollen wir für sie die Kastanien aus dem Feuer holen."

„Diese Redensart kenne ich. Das heißt, wir sollen die Drecksarbeit machen. Stimmt's? Dagegen habe ich im Grunde gar nichts. Hauptsache, ich kriege diesen Krahke zu fassen und kann ihm den Hals umdrehen."

Marder blieb stehen.

„Richtig. Genau das will ich auch."

Zhora ging noch einen Schritt, dann drehte sie sich um. Marder schaute ihr in die Augen, als er den Schritt nachholte und ihr die Rechte entgegenstreckte. „Die Hand darauf."

Zhora bent Hadi Tahiri ließ ihren Blick ruhig über Marders Gesicht wandern, ergriff die dargebotene Hand und drückte sie fest.

„Abgemacht", sagte sie lächelnd.

„Mit Handschlag besiegelt!", rief Marder grinsend und hielt ihre Hand noch ein bisschen. „Jetzt kriegen wir den Kerl."

Sie stapften ein paar Minuten durch den Sand, bis sie den Leuchtturm vor sich sahen. Dann gingen sie zum Uferweg hinauf in Richtung Parkplatz.

„Deshalb also hat mir dieser Unterstaatssekretär logistische Unterstützung angeboten", sagte Marder nachdenklich. „Die Herren ziehen lieber im Hintergrund die Fäden."

„Es ist aber doch gut, wenn wir die Herren im Hintergrund haben. Sie scheinen uns freie Hand lassen zu wollen."

„Und uns Rupp vom Hals halten? Das wäre schön."

Auf dem Parkplatz angekommen, schauten sie beiläufig in alle Richtungen, bevor sie in Marders Ford Scorpio einstiegen und in Richtung Innenstadt fuhren.

„Nur", sagte Marder, als sie sich auf der Falkensteiner Uferstraße in den Feierabendverkehr einfädelten, „wenn die Kerle im Besitz von atomwaffenfähigem Material sind und es mit Schnellbooten transportieren, weiß ich nicht, wie wir sie jemals aufspüren sollen. Angenommen, sie wollen das Zeug gar nicht in den Iran bringen, sondern es an die Russen verkaufen. Da brauchen die doch bloß in aller Ruhe wie Freizeitkapitäne an der schwedischen Küste entlangzuschippern bis rauf nach Stockholm, dann einmal quer über die Ostsee in den Finnischen Meerbusen rein und schwupp, sind sie in Leningrad, pardon, St. Petersburg."

Zhora sah ihn verwundert an.

„Für dieses Szenario gibt es doch gar keine vernünftige Annahme. Alles deutet auf Iran hin."

Marder seufzte.

„Sie haben ja Recht. Aber wie dem auch sei ... Wie können wir zwei Schnellboote lokalisieren? Wenn ich nur wüsste, was mit diesem Burgwald los ist. Der hätte mich längst anrufen sollen."

Als wäre dies das Stichwort gewesen, begannen die Glocken von Big Ben zu läuten. Sofort hatte Marder sein Mobiltelefon am Ohr und lenkte den Wagen an den Straßenrand.

Willie Burgwald brauchte geschlagene sieben Minuten, um seine Geschichte zu erzählen. Er rief vom Landvetter-Flugplatz aus Göteborg an. Das von Marder überwiesene Geld hatte er bekommen. Er hatte aber kein Flugticket dafür gekauft, sondern einen schnellen Mietwagen damit bezahlt, den er innerhalb einer Woche an jedem Flughafen Europas zurückgeben konnte.

„Ich fahre jetzt in die Stadt zur Fähre nach Frederikshavn. Das ist der einzige Weg, den sie genommen haben können. Sie kommen praktisch bei euch vorbei. Am Engpass in Flensburg könnte man sie mit einem Aufgebot an Streifenwagen abfangen."

„Das werden wir auf keinen Fall tun!", rief Marder. „Gar nicht auszudenken, wenn es bei der Ladung, die sie transportieren, zu einer Schießerei kommt. Und dazu wird es kommen, wenn man sie zu stoppen versucht."

„In Ordnung. Ich weiß natürlich auch nicht, ob sie zusammen bleiben oder getrennt fahren. Deswegen fand ich es auf jeden Fall richtig, mit einem Mietwagen die Verfolgung aufzunehmen."

„Ja. Gut gemacht, Willie. Was für einen Wagen fährst du denn?"

„Einen 3er BMW in anthrazitfarbener Diamant-Perl-Metallic-Lackierung!"

„Okay. Sobald du die Kerle siehst, bleib dran, halte Abstand und ruf mich sofort an. Noch etwas: Kauf dir ein Ladekabel für dein Handy, das du an den Zigarettenanzünder anschließen kannst."

„Gute Idee. Ich fahr jetzt los."

„Wir sehen uns."

Zhora hatte während des Gesprächs den Sonnenblendenspiegel aufgeklappt und prüfend ihr Kopftuch betrachtet, betastet, aufgeknotet und wieder umgeschlungen. Jetzt wartete sie mit fragender Miene auf Marders Bericht.

„Sie haben das Plutonium gar nicht in den Schnellbooten weggebracht, sondern auf drei Autos verteilt: einen schwarzen Mercedes 230 SE, einen hellblauen Subaru Forester – das ist eine Art Geländewagen – und einen alten MAN-Laster, dunkelgrün, mit grauer Plane, und auf der hinteren Stoßstange mit weißer Farbe die Worte *Orient-Expres* gemalt. Bei dem Wort *Express* soll das letzte «s» fehlen. Es ist anzunehmen, dass jedes Fahrzeug zwei thermoskannenartige Behälter mit sich führt, in denen sich das nukleare Material befindet. Jedenfalls haben sie mit hoher Wahrscheinlichkeit sechs solcher Behältnisse übernommen. Die Zahl ist leider ohne Gewähr."

Zhora hatte die Hände in den Schoß gelegt und nickte apathisch.

„Das ist so ziemlich das schlimmste Szenario, das man sich vorstellen kann. Drei Autos mit bombenfähigem Plutonium auf dem Landweg nach Iran. Quer durch den Balkan und die ganze

Türkei. Wie sollen wir die finden? Und wenn wir sie finden, wie sollen wir sie verfolgen? Das ist völlig unmöglich. Das ginge höchstens aus der Luft. Oder mit einer Armada von Zivilfahrzeugen. Und dann auch nur mit Satellitenunterstützung."

„Vielleicht wird in dieser Richtung was vorbereitet. Aber ich glaube eher nicht, dass die Herren solche spektakulären Einsätze ins Auge fassen. Satellitenüberwachung muss außerdem parlamentarisch genehmigt werden. Da gibt es dann immer Bedenkenträger und neunmalkluge Abgeordnete, die dumme Fragen stellen. Nein, das ist eine typische Aktion, von der die Welt nie erfahren wird. Nie erfahren darf; denn wenn doch, würde das grundlegende Sicherheitsgefühl vieler Menschen erschüttert, ihr Vertrauen in Regierungen nachhaltig beschädigt werden. Das kann unschöne Folgen haben, wie Sie wissen." Marder schaute die Kollegin forschend an. „Es wird an uns hängen bleiben. Wir müssen uns was einfallen lassen, Zhora."

Leutnant Tahiri hielt seinem Blick eine ganze Weile stand.

„Bringen Sie mich ins Hotel", sagte sie dann. „Ich packe meine Sachen, dann fahren wir los."

Thomas Marder warf den Kopf hoch.

„So mag ich Sie, Leutnant", sagte er und setzte den Blinker. Wenig später waren sie im Holstenwall und hielten vor ihrem Hotel.

42

Auf dem Rastplatz Fuglsang am Skanderborgsee saßen sieben Männer um einen der Picknicktische und tranken Mineralwasser, Zitronenlimonade und Coca Cola. Alkoholische Getränke hatte Kurt Otto Krahke strikt untersagt.

„Auch kein Bier. Nicht auf dieser Fahrt."

Was für die iranischen Agenten selbstverständlich war, würde Gregor Balatow und Ronnie Wustrow an Selbstverleugnung grenzende Überwindung kosten. Sie akzeptierten

Krahkes Vorgabe mit schmalen Lippen und dachten an die gut fünfzig Millionen Dollar, die sie bald auf dem Konto haben würden. Denn das war der *deal*. Carlson und Moltke hatten ihre Anteile von je zwanzig Millionen nach der Übergabe sofort überwiesen bekommen. Keine zwei Minuten später war der Eingang der Beträge auf ihren Konten von der Butterfield Bank in Guernsey bestätigt und mit einem automatisch in Gang gesetzten Vorgang quasi im gleichen Augenblick zu einer Partnerbank auf den Bermudas weitertransferiert worden. Dieser Vorgang jedoch wurde mit keinem Beleg und in keiner Datei bestätigt oder auch nur erwähnt. Er verschwand einfach im Limbus. Die Überweisungen für Krahke, Balatow und Wustrow würden erst freigegeben, wenn sie viereinhalb Kilogramm atomwaffenfähiges Plutonium fünftausend Kilometer über Land transportiert und in Bushehr abgeliefert hatten. Das war ein anspruchsvolles Unternehmen. Dafür bekamen sie mehr als doppelt so viel wie die Ingenieure, die sich mit den Schnellbooten bereits abgesetzt hatten. Für die vier Fahrer wiederum war es ein normaler Auslandseinsatz, bei dem nur die Spesen bezahlt wurden. Ihr Job war es, das teure Gut zu bewachen und darauf zu achten, dass unterwegs alles beisammenblieb. Dafür hatte man dekorierte Revolutionswächter ausgewählt, die sich bereits in Auslandseinsätzen bewährt hatten. In einem westlichen Land waren sie allerdings zum ersten Mal.

Sie saßen auf dem Rastplatz an der E 45 und hielten eine Strategiebesprechung ab. Sie wurde auf Englisch geführt, was für Wustrow frustierend war, da er die Sprache nicht verstand und sich jetzt nicht einmal mit Alkohol über sein Unverständnis hinwegtrösten konnte.

„Wir ziehen einfach eine gerade Linie von Flensburg bis Istanbul", sagte Krahke und zeigte mit feldherrischer Geste auf die Straßenkarte, die er auf dem Tisch ausgebreitet hatte. „An der fahren wir, grob gesehen, entlang. Durch Deutschland, Polen, Ungarn, Rumänien und Bulgarien bis nach Thrakien." Er zog mit dem Zeigefinger die imaginäre Linie nach. „Von Istanbul aus fahren wir in einer weiteren Geraden quer durch die Türkei zur iranischen Grenze. Irgendwelche Einwände?" Die an ihren Limonaden nuckelnden Iraner schüttelten die Köpfe, die Deutschen zogen schulterzuckend die Mundwinkel nach unten.

„Verbindung untereinander halten wir mit diesen netten kleinen Funkgeräten, die unsere iranischen Kameraden mitgebracht haben. Modernste Ware." Er hob einen der Apparate anschaulich in die Höhe und nickte den Vieren anerkennend zu. „Ein Gerät in jedem Fahrzeug. Bis ich nichts anderes sage, bleiben wir auf der A-Frequenz. Noch Vorschläge? Nein? Dann los!"

43

Zu der Zeit, als der Mercedes, der Forester und der MAN-Laster den Rastplatz verließen und in südliche Richtung auf die Europastraße einbogen, legte Burgwald in seinem anthrazitfarbenen 3er BMW mit der schicken Metallic-Lackierung den Gang ein und fuhr zum Fährhafen in Göteborg. Dort sagte man ihm, dass die nächste Fähre nach Frederikshavn in knapp zwei Stunden ging. Das hieß, er würde erst weit nach Mitternacht in Deutschland sein. Da konnte er eine Mütze Schlaf gebrauchen. Er schob den Beifahrersitz nach vorn, drehte die Rückenlehne so weit es ging zurück, stellte den Wecker seiner Armbanduhr und haute sich aufs Ohr.

44

Als Burgwald anderthalb Stunden später auf die Fähre rollte, passierte der Krahke-Konvoi gerade die nicht vorhandene dänisch-deutsche Grenze. Die Iraner staunten: Länder ohne Grenzen; unvorstellbar! Fasziniert starrten sie auf die leeren, trost-

und nutzlos in der Landschaft stehenden ehemaligen Grenzhäuschen, auf rostende, rot-weiße Schlagbäume. Ihre ungläubigen Blicke wurden von Hauptwachtmeister Walter Meimberg und Polizeimeister-Anwärter Eberhard Priebel – die ihren Streifenwagen hinter einem als Sichtschutz für Mülltonnen errichteten Lattenzaun geparkt hatten und mit zusammengekniffenen Augen die vorbeifahrenden Fahrzeuge musterten – als misstrauisch, verschlagen, irgendwie delinquentisch interpretiert. Die beiden lagen gern in Grenznähe auf der Lauer, um ungehindert ins Land einsickerndes Gesindel zu überprüfen. Und dass diese unrasierten dunklen Typen in dem alten Laster genau das waren, darauf würde der eine seine Pension, der andere zumindest ein Monatsgehalt verwetten. Nach einem kurzen Blickwechsel mit seinem Partner drehte Walter Meimberg den Zündschlüssel um, legte den ersten Gang ein und schob sich langsam hinter dem Lattenzaun hervor auf die Bundesstraße. Erst mal sehen, wie die Burschen da vorn auf einen Streifenwagen im Rückspiegel reagierten.

Sie hatten ihn gleich im Blick und funkten Krahke an. Was zu tun sei? Ruhig weiterfahren, lautete die Antwort. „And hide your weapons!"

Das war das nächste Problem. Die Iraner sprachen zwar ein vorzügliches Englisch, aber nix Deutsch. Bei den Uniformierten von der Heimatfront war das umgekehrt.

„Aussteigen!", bellte der Hauptwachtmeister, als sie den LKW zwei Kilometer weiter überholt, mit der Kelle zum Halten gebracht und sich ihm auf zwei Schritte genähert hatten. Der Polizeimeister-Anwärter hielt den finsteren Burschen auf der Beifahrerseite im Auge. Der Fahrer reichte einen Fächer von Papieren aus dem Fenster: internationaler Führerschein, Fahrzeugschein, aufgeschlagener Pass mit Visum, ein offiziell aussehendes Schreiben mit Stempeln. Als der unrasierte Typ damit auch noch auffordernd wedelte, anstatt seiner Anweisung Folge zu leisten, schwoll Hauptwachtmeister Meimberg der Kamm.

„Aussteigen!", sagte er noch einmal; gefährlich leise, wie er fand.

„Do you speak English?", versuchte es der Fahrer nun.

„Nix, hier wird Deutsch gesprochen!"

Die Männer im Laster glotzten verständnislos.

Meimberg begann zu gestikulieren. Seine beidhändigen Gesten bildeten eine zu öffnende Wagentür, ein hinunterzusteigendes Trittbrett, den Weg zur Rückseite des Wagens, die hochzuschlagende Plane und herunterzulassende Laderaumklappe ab. Nachdem der Fahrer – und unter Anwärter Priebels Aufsicht auch der Beifahrer – tatsächlich ausgestiegen und zur Rückseite des Lasters gegangen waren, den Verschluss der Plane geöffnet, diese hochgeschlagen und die Laderaumklappe heruntergelassen hatten, warf Meimberg einen Blick hinein und deutete mit steifem Zeigefinger ins Innere.

„Nix drin?", fragte er streng.

„Nix", antwortete der Fahrer.

„Mitkommen!" Hauptwachtmeister Meimberg drehte sich um ... und prallte erschrocken zurück, wobei die Absätze seiner Schuhe schmerzhaft auf die Zehen des Fahrers trafen. Dessen Hand zuckte zum Gürtel, entspannte sich jedoch sogleich wieder und klopfte am Oberschenkel Staub von der Hose.

Vor ihnen stand Kurt Otto Krahke.

„Schwierigkeiten, Herr Wachtmeister? Die beiden gehören zu mir."

„Hauptwachtmeister!" Mehr fiel Meimberg zunächst nicht ein. Am Straßenrand sah er einen schwarzen Mercedes 230 SE und am Steuer einen Mann mit Chauffeursmütze. Vage erinnerte er sich, den Wagen kurz vor dem LKW an sich vorbeifahren gesehen zu haben. Polizeimeister-Anwärter Eberhard Priebel war losgegangen und umrundete den Laster. Mit dem Fuß stieß er gegen jeden Reifen, dann stand er im Rücken von Krahke. Der Beifahrer hatte sich zum Fahrer und zu Meimberg gesellt.

„In welcher Beziehung stehen Sie denn zu diesen ... Herren?", fragte letzterer soeben.

Krahke wies sich als Inhaber der KOK-IMEX GmbH & Co.

KG in Hamburg aus, erläuterte die manchmal abenteuerlich anmutenden Besonderheiten des internationalen Speditionsgeschäfts im Allgemeinen sowie die Umstände ihrer diesmaligen Fahrt zu zwei schwedischen Großabnehmern von Perserteppichen – einem in Stockholm und einem in Uppsala – im Besonderen. Jetzt seien sie auf Leerfahrt zurück nach Hamburg.

„Ich muss überprüfen, ob die Papiere dieser Männer in Ordnung sind", beharrte der Hauptwachtmeister. „Lesen kann man davon ja nix. Die müssen mit nach Flensburg auf die Wache kommen. Ob wir aber um diese Zeit noch einen beeidigten Übersetzer auftreiben können, wage ich zu bezweifeln. Die beiden werden die Nacht in einer Arrestzelle verbringen und mindestens bis morgen warten müssen." Er schien darüber nicht unglücklich zu sein.

Krahke schnappte nach Luft.

„Und ob der Lastwagen überhaupt den Anforderungen der Deutschen Straßenverkehrsordnung genügt, ist noch eine ganz andere Frage", meldete sich der Polizeimeister-Anwärter.

Krahke warf den Kopf herum und starrte den jungen Mann hasserfüllt an.

„Wenn Sie uns nicht auf der Stelle weiterfahren lassen, werden Sie Ihres Lebens nicht mehr froh. Das ist ja Wegelagerei, was Sie hier abziehn. Ich hetz Ihnen die ausgekochtesten Anwälte Hamburgs auf den Hals. Wollen wir die Sache nicht lieber einvernehmlich regeln?"

Die Polizisten wechselten einen raschen Blick. Krahkes Rechte kroch den zweireihigen Blazer hinauf in Richtung Brieftasche, in seinen Augen flackerte ein durchtriebenes Glitzern. Als der Hauptkommissar antwortete, erlosch dieses Glitzern.

„Das ist versuchte Beamtenbestechung, Herr Krahke. Ich gebe Ihnen einen letzten guten Rat", sagte er, vor lauter Genugtuung zu ungewohnter Eloquenz auflaufend. „Suchen Sie sich in Flensburg ein nettes Hotel, kommen Sie morgen mit Ihren ausgekochten Anwälten aufs Revier, dann können die versuchen, Ihre sauberen Freunde loszueisen. Und jetzt erklären

Sie den ausländischen Herrschaften bitte, was sie erwartet; und raten Sie ihnen zu Friedfertigkeit und Demut."

Das war leichter gesagt als getan. Krahke zog sich mit den beiden Iranern ins Fahrerhaus des Lasters zurück. Bei hochgedrehten Seitenfenstern entspann sich ein wütender Wortwechsel, der zeitweilig in Handgreiflichkeiten auszuarten drohte. Schließlich überzeugte Krahke die Agenten davon, dass für alle am besten und für die Mission am sichersten war, keinen Widerstand zu leisten und in Flensburg darauf zu warten, dass die Anwälte – von denen er morgen eine ganze Schwadron losschicken würde – sie da rausholten. Die beiden Thermoskannen sollten sie in Plastiktüten gleich zum Mercedes bringen – das musste locker und unbekümmert aussehen – und dort sollten sie auch ihre Waffen deponieren. Ganz ruhig, alles würde sich zu ihrer Zufriedenheit regeln. Er sorgte noch dafür, dass die Männer ihr Funkgerät mitnehmen durften. So fand der kleine Grenzzwischenfall, der sich nach Marders Befürchtung geradewegs zu einer großen Katastrophe hätte auswachsen können, sein vorerst friedliches Ende.

Der Konvoi zog weiter. Sieben Männer waren in Ringhals losgefahren, jetzt waren es noch fünf. Und von ursprünglich drei Autos fuhren nur noch zwei in die beginnende Nacht, geraden Wegs nach Berlin und Breslau, in jedem Wagen drei mit Plutonium gefüllte Behälter.

45

„Welche Route werden sie nehmen?" Die bange Frage stellten sich Marder und Zhora, nachdem sie ihre Taschen im Kofferraum des Scorpio verstaut und sich für die nächste Zeit auf das sprichwörtliche Leben aus dem Koffer eingestellt hatten. Sie waren bei Suzanne vorbeigefahren und hatten sich verabschiedet, ihre Mobilfunknummern ausgetauscht, ihr für alle Fälle auch Burgwalds Nummer gegeben, und dann waren sie nach Bremerhaven weitergefahren, wo Marder noch ein paar nützliche Dinge aus seiner Wohnung holte, bevor sie sich auf die Reise begaben, die möglicherweise zu einer Reise ohne Wiederkehr wurde. Sie befanden sich auf einer mäßig befahrenen Autobahn, ihr Ziel war Berlin. Zhora hatte das Seitenfenster heruntergedreht, den rechten Arm aufgestützt, und betrachtete die vorüberziehende Landschaft. Ihr Kopftuch flatterte im Wind.

„Wenn wir uns eine gedachte Linie von Flensburg nach Istanbul vorstellen", sagte Marder, „haben wir wahrscheinlich die ungefähre Strecke, die sie fahren. Das wäre nach dem bisherigen Erkenntnisstand zumindest logisch, weil der direkteste und schnellste Weg. Die alte E 5 durch Jugoslawien nehmen sie sicher nicht. Da ist Krieg."

Zhora wandte ihm das Gesicht zu.

„Das heißt Polen, Slowakei, Ungarn, Rumänien, Bulgarien, Türkei. Ist das nicht viel zu riskant, so viele Grenzen?"

„In Jugoslawien wird überall geschossen. Das ist weitaus gefährlicher." Marder schaute kurz zu ihr hinüber. „Übrigens: Mit Ihrem Kopftuch sehen Sie richtig stilecht aus. Sechziger Jahre, Cabrio-Werbung; aber das sagt Ihnen sicher nichts. Jedenfalls ... wenn Sie auf dem Häubchen beharren, sollten Sie dafür sorgen, dass Sie immer ein bisschen Wind um sich haben."

„Sie brauchen gar nicht so boshaft zu grinsen. Wenn wir die von Ihnen vorgeschlagene Route fahren, werden wir bald in Gegenden kommen, wo Kopftuchträgerinnen in der Mehrzahl sind."

„Die aber den Männern untertan sein und ihnen bedingungslos gehorchen müssen. Darauf freu ich mich schon."

Marders Grinsen war noch ein bisschen boshafter geworden.

„Sie werden nicht viel Gelegenheit haben, Ihre Freude auszukosten. Wenn ich das alles nämlich nicht tue, werden Ihre Geschlechtsgenossen Sie in der untersten Schublade als Pantoffelhelden einsortieren und Ihnen «Schlappschwanz» hinterherrufen. Da können Sie froh sein, wenn Sie nicht mit faulem Obst beworfen werden." Zhora seufzte mitleidig. „In Bezug auf Informationen dürfte es dann mau für Sie aussehen."

„Wow!" Marder legte Bewunderung in seine Stimme. „Das war ja schon eine kleine Redewendung, die Sie da aus dem Kopftuch gezaubert haben."

Zhora akzeptierte sein Einlenken lächelnd. Während der weiteren Fahrt versuchten sie, eine tragfähige Strategie zu entwickeln, die es ihnen ermöglichen sollte, über fünfeinhalbtausend Kilometer drei Fahrzeuge zu verfolgen, wobei nicht auszuschließen war, dass diese streckenweise getrennt fahren würden. Wenn Burgwald zu ihnen stieß, verfügten sie immerhin über zwei Fahrzeuge.

„Das ist aber doch, als wollten wir einem Schwarm Brieftauben mit Autos hinterherfahren."

„Es ist nicht undenkbar, dass drei Personen drei Fahrzeuge über eine lange Strecke im Auge behalten. Nur finden müssen wir sie."

Zwischen Bückwitz und Neuruppin hielten sie an und aßen Currywurst mit Pommes. Zhora trank dazu ihr bevorzugtes Alsterwasser, um das zu bekommen, musste sie jetzt jedoch Radler bestellen. Marder begnügte sich mit einer Pepsi. Wenig später – sie fuhren bereits auf dem Berliner Ring – kam ihm eine Idee, die möglicherweise die Lösung ihres Problems darstellte.

In der Stauffenbergstraße, im Bezirk Tiergarten, befand sich das Gebäude des Verteidigungsministeriums, das neben vielen anderen auch ein paar interessante Kellerräume beherbergte. Wenige Häuser weiter lag das Maritim Hotel, in dessen Bar die beiden Ermittler mit Unterstaatssekretär Oswald Matthes verabredet waren, der sich im Augenblick jedoch noch in den Kellerräumen des Verteidigungsministeriums umtat. Marder parkte seinen Wagen in der Tiefgarage des Hotels. Zhora war draußen ausgestiegen und wollte vorab die Bar inspizieren.

„Diese Polizisten", brummte Marder, während er den Scorpio abschloss, „müssen immer alles inspizieren." Er schmunzelte, als er sich vorstellte, wie Leutnant Tahiri an die Rezeption trat und sich – verlegen am Kopftuch nestelnd – nach der

Bar erkundigte.

Er ging zum Fahrstuhl, drückte den Knopf für die Lobby und schaute sich um. Als ein Summen im Fahrstuhlschacht den Aufzug ankündigte, fasste er einen neuen Entschluss und marschierte über die Rampe zum Ausgang. Draußen schien eine tief stehende Sonne durch das frische Grün der Bäume und ließ die Welt friedlich und warm aussehen. Marder blieb einen Augenblick stehen und genoss den Anblick, das Gefühl von Friedfertigkeit, die vollkommene Abwesenheit alles Bedrohlichen. Er sah einen jungen Mann mit federnden Schritten auf den Hoteleingang zusteuern, in der Hand eine dunkelblaue Plastiktüte, auf der Marder in schräggestellten rot-weißen Großbuchstaben den Schriftzug OUR DUTY IS DEFENCE entziffern konnte. Er dachte an ihre Verabredung; an Zhora, deren Haar sich so lebendig angefühlt hatte und die vermutlich schon an der Bar saß und an einem Radler nippte; an Unterstaatssekretär Matthes, der am Telefon behauptet hatte, sein Schutzengel zu sein, und den er gleich kennenlernen würde. Nur widerwillig setzte er sich in Bewegung und betrat das Hotel.

In einer Ecke der Bar standen kleine Tische mit Sesseln und lederbezogenen Schaukelstühlen. Auf einem davon wippte der Mann mit der Tüte und schien sich schon angeregt mit Zhora zu unterhalten. Marder trat näher, der junge Mann sprang von seinem Stuhl auf.

„Sie müssen Hauptmann Marder sein. Schön, Sie kennenzulernen. Ich bin Oswald Matthes, vom Außenministerium." Er streckte ihm die Hand hin.

„Ist schon 'ne Weile her, das mit dem Hauptmann", brummte Marder und ergriff die ihm dargebotene Rechte. Ein warmer, fester Händedruck. Er setzte sich neben Zhora.

„Haben Sie schon bestellt?", fragte er.

„Frau Leutnant ist von Radler nicht abzubringen", erwiderte Matthes. „Ah, da kommen die Drinks ja schon."

Ein weiß bejackter Kellner stellte das Radler vor Zhora auf den Tisch, der Unterstaatssekretär bekam einen schlichten Kelch mit einem klaren Getränk mit einer Olive darin.

„Wodka Martini, nehme ich an?" Marder deutete auf Matthes' Getränk.

„Geschüttelt natürlich. In Berlin kriegen Sie keinen besseren", bestätigte Matthes.

Der Kellner schaute Marder an.

„Und der Herr?"

„Bringen Sie mir einen Tonic mit einem Spritzer Gin. Bombay Sapphire, bitte."

Keine Minute später hatte Marder seinen Drink vor sich stehen.

„Schreiben Sie alles auf meine Rechnung", sagte der Unterstaatssekretär. „Meine Zimmernummer weiß ich allerdings noch gar nicht."

„Auf welchen Namen, der Herr?"

„Matthes. Oswald Matthes."

Der junge Mann zwinkerte ihnen zu und hob sein Glas.

„Auf den Erfolg unseres Unternehmens!" Dann wurde er ernst. „Haben Sie Neuigkeiten von Ihrem Kriminalassistenten? Wissen Sie was über den Verbleib des Materials?"

Marder berichtete, was er von Burgwald erfahren hatte, und dass dieser sich sechs bis sieben Stunden hinter dem Konvoi befand.

„Wir dagegen dürften ungefähr auf gleicher Höhe mit ihnen liegen. Die haben zwar einen LKW dabei, aber den werden sie sicher bald abstoßen. Falls sie's nicht schon getan haben. Das kann also zu einem Wettrennen werden."

„Gut. Dann dürfen Sie keine Zeit verlieren. Wir verlassen uns allein auf Sie. Den Kriminalrat und die Sonderkommission werden wir in Hamburg beschäftigt halten. Die kommen Ihnen nicht in die Quere. Wir haben auch Ihre Konsulate im Auge, Frau Tahiri. Wie Sie wohl wissen, sind Ihre Landsleute in Hamburg gar nicht mehr gut auf Sie zu sprechen. Wir tun, was wir können, um sie von Ihnen abzulenken. Aber wir haben keine Kavallerie, die Ihnen zu Hilfe eilen könnte, wenn es drauf ankommt. Sie zwei müssen diese Aufgabe allein bewältigen."

Der Unterstaatssekretär piekte in seine Olive und steckte sie in den Mund. Er schaute seine Gegenüber aufmerksam an, sagte, wie zu sich selbst:

„Vom Zufall zusammengeführt, beide stark motiviert, beide erfahrene Agenten im Außendienst. Eine glückliche Konstellation. Wie gedenken Sie vorzugehen? Haben Sie einen Plan?"

Marder schaute zu Zhora. Sie antwortete mit einem Wimpernschlag und widmete sich wieder ihrem Radler.

„Wir gehen davon aus, dass das Material auf dem Landweg transportiert wird. Selbst mit einem Charterflugzeug wäre die Gefahr zu groß, entdeckt zu werden, da Privatjets, die eine solche Strecke *non-stop* fliegen können, nur von internationalen Flughäfen starten dürfen. Alles andere müsste in der Türkei oder auf Zypern zwischenlanden. Da haben wir Kooperation. Sie müssen dort bitte alles Nötige veranlassen."

Matthes nickte.

„Wir werden auf schnellstem Weg nach Istanbul fahren. Dort müssen wir vor dem Konvoi eintreffen", fuhr Marder fort. „Wir werden an den Bosporusbrücken auf sie warten. Das ist der Flaschenhals. Da müssen sie durch. Burgwald wird unterwegs zu uns stoßen. Zumindest werden wir in ständigem Kontakt bleiben."

„Sehr gut. Da hätte ich noch was für Sie", sagte Matthes und begann in der blauen Tüte zu kramen. Er bemerkte Marders neugierigen Blick.

„Wundern Sie sich nicht. Die hat ein Freund aus dem Verteidigungsministerium von einem Kollegen in London geschenkt bekommen. *OUR DUTY IS DEFENCE*. Die Briten haben ja diesen besonderen Sinn für Nationalpathos. Ich habe daran gedacht, die Tüte rahmen zu lassen, leicht verknittert hinter Glas, und mir ins Büro zu hängen. Was halten Sie von der Idee?"

„Sehr geschmackvoll. Unbedingt. Sehr patriotisch auch."

„Schon gut. So genau wollte ich es gar nicht wissen."

Unterstaatssekretär Matthes richtete sich auf und brachte drei olivgrüne Funkgeräte, kaum größer als Mobiltelefone, zum Vorschein.

„Die gebe ich Ihnen mit auf den Weg. Das Modernste, was zurzeit auf dem Markt ist, wie mir mein Kollege versichert. Mit integrierter Breitbandskala. Sie haben also nicht nur vier Kanäle zum Senden und Empfangen, sondern auch eine ganze Skala von Frequenzen, in die Sie hineinhorchen können. Polizeifunk und alles Mögliche. Mit etwas Glück erwischen Sie Ihre Beute beim Funken. Sollte Ihnen das gelingen, sagen Sie mir bitte Bescheid, damit ich mithören kann."

„Das machen wir." Marder steckte zwei Geräte in die Taschen seiner Lederjacke, eines reichte er an seine Kollegin weiter.

Des Unterstaatssekretärs zweiter Griff in die Tüte förderte noch kleinere Technologie zutage.

„GPS-Tracker. Für den Fall, dass Sie nah genug an sie herankommen, um diese netten Dinger an einem Auto anzubringen. Unbegrenzte Reichweite. Unterscheidet sich von den zivilen Geräten durch einen starken Haftmagneten. Hier, sehen Sie? Einen Rechner haben Sie dabei?"

„Ich habe mein Laptop eingepackt. Eine robuste und äußerst schnelle *military*-Ausführung", erwiderte Marder und wog einen der drei zigarettenschachtelgroßen Apparate in der Hand.

„Noch etwas", sagte Matthes und griff ein weiteres Mal in die Tüte, die jetzt auf seinem Schoß lag. Er kam mit drei Reisepässen in der Hand heraus, die er auf dem Tisch auffächerte und dann zu den beiden hinüber schob. „Aus unserer Hexenküche", sagte er mit vernehmbarem Stolz und vergewisserte sich zugleich mit einem Blick in die Runde, dass sie allein waren. „Sie können versichert sein, dass es nicht einfach war, diese Kunstwerke in so kurzer Zeit herzustellen. Diplomatenpässe. Zwei deutsche auf die Namen Thomas Marder und Willie Burgwald; ein iranischer auf Ihren Namen, Frau Tahiri. Ihre Freibriefe aus Gefahr und höchster Not. Geben Sie gut auf sie acht." Er trank einen Schluck. „Mehr, fürchte ich, können wir nicht für Sie tun."

„Wer genau sind «wir»?", fragte Marder und schaute dem Unterstaatssekretär fest in die Augen. Der lächelte gequält.

„Ich kann Ihnen folgendes sagen: Falls sich in Gefahr und höchster Not jemand an Ihre Seite stellt, den Sie nicht kennen, und dieser jemand sich als Sultan Ahmed vorstellt, dann wäre das einer von uns."

Nach einem fragenden Blick zu Zhora, den diese mit kurzem Kopfschütteln quittierte, sagte Marder:

„Danke. Sie haben Ihre Funktion als Schutzengel wunderbar ausgefüllt, Herr Matthes. Aber jetzt müssen wir los. Wir werden wahrscheinlich irgendwo in Polen übernachten. Danach geht es über die Slowakei, Ungarn, Rumänien und Bulgarien."

„Dann viel Glück!"

„Auch ich möchte Ihnen danken, Herr Matthes", sagte Zhora. Sie drückte seine Hand. „Ich weiß sehr zu schätzen, was Sie für mich tun."

„Viel Glück", wiederholte der Unterstaatssekretär.

Mit melancholischem Blick schaute er den beiden nach, wie sie – die Frau mit dem Kopftuch ein Stück hinter dem Mann; was sich gut machen würde, dort, wo sie hinfuhren – dem Ausgang zustrebten. Dann faltete er die Plastiktüte zusammen, verstaute sie sorgsam in der Innentasche seines Jacketts und orderte noch einen Wodka Martini.

46

Burgwald hatte sich auf der Fähre mit einer Stange zollfreier Kent eingedeckt. Jetzt jagte er den BMW lustvoll über die Autobahn nach Süden. Kurz vor der Grenze musste er die Scheinwerfer einschalten. Kurz vor Bremerhaven war der Aschenbecher voll. Er beschloss, ihn erst am nächsten Tag zu leeren, um daran erinnert zu werden, dass er ein Ladekabel für sein Mobiltelefon kaufen musste. Gegen zwei Uhr morgens sank er erschöpft in sein Bett. Vorher hatte er noch mit Hauptmann

Marder telefoniert. Der war schon in der Slowakei.

„Wären wir bloß in Polen geblieben!", rief er ins Funktelefon. Es hörte sich an, als hustete er die Wörter in sein Handy. „Wir sitzen hier in den Karpaten fest. Haben zum Glück eine Herberge gefunden. Da bleiben wir diese Nacht. Fahren morgen früh weiter. Wo bist du?"

Zwischen den Störgeräuschen kamen nur Satzfetzen an, die Burgwald im Geiste zu verständlichen grammatikalischen Konstruktionen fügte.

„Ich bin in Bremerhaven und schlaf mich erst einmal aus!", rief er. Als würde lautes Sprechen die Verständlichkeit fördern! „Fahre morgen hinter euch her. Soll ich irgendwas mitbringen?"

„Nein, nicht nötig. Wir telefonieren uns zusammen."

„Ja, machen wir. Gruß an Frau Leutnant."

„Halt die Ohren steif!"

Das war's gewesen. Jetzt lag er im Bett und dachte mit wohligem Schauer an seine Erlebnisse der letzten zwei Wochen. In den vergangenen vierzehn Tagen hatte er abenteuerlichere Dinge erlebt als davor in vierzehn Jahren. Dabei hatte er Mut bewiesen und Glück gehabt – das Quantum *fortune*, das er gegen Krahke ins Feld geführt hatte. Der schockierende Gedanke an das todbringende Plutonium, das in vermeintlich harmlos aussehenden Thermoskannen gen Osten fuhr, erreichte sein Bewusstsein nicht mehr, zerfaserte an den Schranken eines gnädigen Schlafs.

47

Am Ende des Wassers, dort, wo sich die Ostsee als Flensburger Förde bis in die Innenstadt hineinwindet, liegt das 1. Polizeirevier. Zwischen den Streifenwagen im Hof stand der alte MAN-Laster, dessen Fahrer und Beifahrer man in Polizeigewahrsam genommen und über Nacht in eine der Ausnüchterungszellen gesperrt hatte. Dort saßen die beiden Agenten jetzt und starrten konsterniert auf ihr Frühstück. Es gab für jeden eine Tasse Kaffee mit Kondensmilch und Zucker, zwei Scheiben Schwarzbrot, Butter, ein in Plastik eingeschweißtes Leberwürstchen sowie zwei Scheiben rohen Schinken. Ein für sie unbegreiflich opulentes Gefängnisessen und deswegen eine besonders subtile Schweinerei. Still und verbissen kauten sie ihr Schwarzbrot mit Butter und tranken süßen Kaffee dazu. Gegen elf traf die von Krahke angekündigte Schwadron Rechtsanwälte ein. Mercedes SL 500, Audi A8, Jaguar XL Sovereign, alle in unheilschwangerem Schwarz. Ebenfalls die sechs Herren, die den Fahrzeugen entstiegen, schwarzlederne Aktenkoffer schwenkten und den Revierleiter, den zuständigen Staatsanwalt und den Haftrichter zu sprechen verlangten. Keine Stunde später waren ein erklecklicher Stapel Erklärungen abgegeben und Schriftstücke unterzeichnet und die beiden iranischen Kurzzeitgefangenen frei.

Hauptwachtmeister Walter Meimberg und Polizeimeister-Anwärter Eberhard Priebel, die sich in der Eingangshalle des Reviers herumdrückten, um den Einmarsch der Anwälte zu beobachten, an den sie eigentlich nicht geglaubt hatten, sahen sich urplötzlich um das Vergnügen gebracht, die beiden Häftlinge noch ein Weilchen triezen zu können. Und nicht nur das. Im Hof wechselten diese unrasierten Kerle halblaut ein paar Worte miteinander, kehrten ihrem schäbigen Lastwagen dann einfach den Rücken und zeigten auf den Audi A8, woraufhin ihnen einer der Herren im schwarzen Anzug tatsächlich die Schlüssel dieser Luxuslimousine aushändigte. Meimberg und Priebel rieben sich die Augen. Die beiden Perser stiegen ein und fuhren ohne ein Wort des Dankes, ohne ein kleines Winken zum Abschied vom Hof. So einfach sollten diese verdammten Mullahs davonkommen? Das konnte doch nicht wahr sein!

Meimberg und Priebel brauchten sich mit keinem Blick zu verständigen; sie warfen sich in ihren Streifenwagen und hängten sich an den Audi. Bei so einem Gefährt würde man auf eine Geschwindigkeitsübertretung nicht lange warten müssen. Es dauerte dann doch gut zwanzig Minuten, bis sich die Iraner mit dem A8-Navigationssystem vertraut gemacht hatten, aus der Stadt herausfanden und hinter der Westlichen Höhe auf die Autobahn zuhielten. Jenseits der Ortsgrenze, auf der B 200, gaben sie Gas und schienen die Sprintfähigkeit des Audi testen zu wollen. Die schwere Limousine schnellte nach vorn, war drei Sekunden später auf 120 km/h und beschleunigte weiter. Sofort warfen Meimberg und Priebel Blaulicht und Sirene an und traten das Gaspedal nach unten. Sie hatten in ihrem VW-Passat-Streifenwagen überhaupt keine Chance, den Audi einzuholen. Kurz hinter dem Gewerbegebiet am Friesischen Berg jedoch verlangsamte der seine Fahrt ganz unerwartet und bog in eine Seitenstraße ab, die zu einem Wäldchen und einem dahinterliegenden kleinen Baggersee führte. Dort hielten sie an. Der Streifenwagen mit quietschenden Reifen hinterher. Meimberg und Friebel machten triumphierende Gesichter, als sie ihren Wagen wenige Schritte hinter dem Audi zum Stehen brachten und ausstiegen. Die Iraner hatten ihr Fahrzeug bereits verlassen und kamen ihnen entgegen. Was sollte das nun wieder? Hauptwachtmeister Meimberg hob die rechte Hand.

„Halt!"

Die beiden Männer ignorierten ihn. Polizeimeister-Anwärter Eberhard Priebel griff zu seinem Pistolenhalfter, was die Iraner jedoch nicht im Geringsten zu beunruhigen schien. Er hatte die Pistole halb draußen, als der Beifahrer heran war und ihm die Waffe mit einem gezielten Fußtritt aus der Hand kickte. Der andere hatte dem verdutzten Meimberg schon den Arm auf den Rücken gedreht, sich dessen Dienstwaffe in den Hosenbund gesteckt und den Hauptwachtmeister an die Fahrertür des Streifenwagens gedrückt. Das alles registrierte Priebel in Bruchteilen einer Sekunde, als er sich zur Seite warf, um seine im Gras liegende Pistole zu erreichen. Er glaubte sie schon im Griff zu haben, da stand der Fuß des Iraners auf der Waffe. Dessen Knie knallte gegen Priebels Schläfe. Um den Polizeimeister-Anwärter wurde es schwarz. Hauptwachtmeister

Meimberg hatte die ganze Zeit über keinen Ton mehr herausgebracht. Entsetzt schaute er mit an, wie der Kerl die Waffe aufhob, sich den bewusstlosen Priebel über die Schulter wuchtete und zu ihm und dem Iraner zugestapft kam, der ihn im Polizeigriff festhielt. Alles ging wortlos vonstatten. Mit einer Hand hielt der Kerl den schlaff über seiner Schulter hängenden Priebel fest, die andere schob dessen Waffe in die Hosentasche, kam wieder zum Vorschein und streckte sich Meimberg auffordernd entgegen. Ein kurzer Ruck an seinem auf den Rücken gedrehten Arm half ihm auf die Sprünge. Er gab die Autoschlüssel heraus. Und obwohl er wusste, dass er dies niemals hätte tun dürfen, fiel ihm nichts ein, was er stattdessen hätte tun können. Resigniert sah er zu, wie der Iraner den Kofferraum des Streifenwagens aufschloss, die Klappe hochdrückte und den Polizeimeister-Anwärter hineinplumpsen ließ.

„Nein ...", ächzte er, als der andere Kerl den Druck verstärkte und ihn nach hinten bugsierte. „Sie können doch nicht ..." Mit einem Knall wie ein Kanonenschlag schoss blendendweißes Licht rings um ihn auf – dann war alles dunkel und still. Davon, dass er zu seinem Kollegen in den Kofferraum geworfen und die Klappe zugeschlagen wurde, bekam Hauptwachtmeister Walter Meimberg nichts mehr mit. Die Männer zerstörten das Funkgerät im Streifenwagen. Das führte dazu, dass in der Zentrale bis zum späten Nachmittag von einer technischen Störung ausgegangen wurde. Erst um 16 Uhr machten sich mehrere Streifenwagen auf den Weg, die vermissten Kollegen zu suchen. Eine Viertelstunde später wurden sie gefunden und aus ihrer misslichen Lage befreit. Die Dienstwaffen der beiden fand man im Handschuhfach.

Den Autoschlüssel hatten die Iraner in den See geworfen. Auf der Autobahn nahmen sie Funkkontakt zu ihren Kumpanen auf.

48

„Verflucht, wo seid ihr?", fauchte Krahke.
Sie gaben ihre Position durch.
„Dann seht zu, dass ihr ohne Zwischenfall nach Polen kommt. Raus aus diesem verdammten Land."
„What's up?"
„What up is? Euer Kollege, der Khalil, ist eben hochgenommen worden."
Die Kurzversion der Geschichte, die sie dann hörten, überzeugte sie, dass Krahke Recht hatte. Nur raus aus diesem merkwürdigen Land. Folgendes war passiert:
Zehn Kilometer vor der polnischen Grenze waren die zwei Wagen auf eine Autobahntankstelle gefahren, um Tanks und Reservekanister mit hochoktanigem Superbenzin aufzufüllen. Die Männer waren ausgestiegen und vertraten sich die Beine. Kamal betankte den Subaru-Forester, Khalil schlenderte umher und hatte sich die letzte Zigarette einer Schachtel angezündet, die er zerknüllt und dann achtlos auf die Erde geworfen hatte. Noch bevor einer der Deutschen reagieren konnte und noch bevor Khalil zum zweiten Mal an seiner Zigarette gezogen hatte, brach das Unheil über ihn herein.
Von einem anderen, ebenfalls tankenden Fahrzeug kam mit wehender blonder Mähne und einer Pracht batik-bunter Röcke, Blusen und seidener Schals eine Frau mittleren Alters auf ihn zugestürzt, blieb mit zornig blitzenden Augen vor ihm stehen, zeigte anklagend auf die zerknüllte Zigarettenpackung zu seinen Füßen und keuchte:
„Das geht aber nicht."
Zur gleichen Zeit wie die Frau, war von gegenüberliegender Seite der Tankwart losgestürmt und erreichte Khalil nur eine Sekunde später als sie. Seine Hand flog nach vorn, riss dem Iraner die Zigarette von den Lippen und schleuderte sie zu Boden. Wütend trat er den Glimmstängel aus.

„Sind Sie wahnsinnig? Neben einer Tanksäule rauchen? Wollen Sie uns alle in die Luft jagen? Was glauben Sie denn, wo Sie sind?"

Der völlig überraschte Khalil hatte unwillkürlich eine leicht geduckte, sprungbereite Haltung eingenommen, die Arme etwas vom Körper abgespreizt, sein Kopf zuckte von der Frau zum Mann und wieder zurück zur Frau. Doch weil der Tankwart die längere Ansage gehabt hatte, blieb Khalils Blick letztlich auf ihm ruhen. Das gefiel der Frau nicht.

„Sie Ökoschwein!", zischte sie.

Khalil verstand das Wort zwar nicht, aber er sah das erhitzte Gesicht der Frau vor sich. Den wütend verzerrten Mund. Er verlor die Nerven. In diesem Augenblick vollkommener Ratlosigkeit und Befremdung brach seine in langen Ausbildungsjahren antrainierte Selbstdisziplin zusammen. Allerdings nur kurz; nur so lange er brauchte, um auszuholen und der Frau eine schallende Ohrfeige zu versetzen und dem Tankwart, dessen Bewegung er neben sich spürte, den Ellenbogen vor die Brust zu stoßen, dass der Mann taumelte, über einen Tankschlauch stolperte und auf dem Hosenboden landete. Ungläubig glotzte er den über ihm stehenden Iraner an. Die Frau hielt sich heulend die Backe. Jetzt kam ihr Begleiter angestiefelt, der erst noch seinen Tank vollgemacht hatte.

Dasselbe hatte inzwischen auch Kamal getan. Der Tank des Mercedes fasste einige Liter mehr als der Forester, weswegen Gregor noch ein Weilchen beschäftigt sein würde. Aber Krahke, Wustrow und Kamal kamen angelaufen, um die Situation zu entschärfen. Sie drängten Khalil zurück und stellten sich zwischen ihm und dem sich aufrappelnden Tankwart. Den und den Begleiter der heulenden Frau versuchten sie mit vorgestreckten Händen und beschwichtigenden Worten zu besänftigen. Alle drei plapperten durcheinander. Der aufgebrachte Tankwart drohte handgreiflich zu werden. Da kam die Polizei.

Ein rascher Blick zum Verkaufskiosk, durch dessen Fenster ihn der Kassenwart anstarrte, verriet Krahke, dass nur der die

Freunde und Helfer alarmiert haben konnte. Zwei Streifenwagen, vier Uniformierte. Gregor Balatow hatte den Benzinschlauch zurückgehängt und machte sich an der Rückbank des Mercedes zu schaffen. Wustrow schob sich vor und sprach plötzlich sächsischen Dialekt.

„Wenn isch den Hörrn Beamten die Lahsch erklör'n dürf."

„Jau, det wär jar nisch so unanjebracht", kölnerte einer der Uniformierten zurück. Daraufhin wurde das weitere Gespräch in allgemeinverständlichem Hochdeutsch geführt. Jeder kam zu Wort. Auch die heulende Frau. Für Khalil übernahm Krahke das Sprechen. Die Polizeibeamten zeigten sich verständnisvoll. Doch dann bestand die Frau darauf, Anzeige wegen Körperverletzung zu erstatten. Ihr Mann versuchte es mit einem „Aber Marion ..." Die Frau blieb stur.

„Dazu müssen wir Sie beide mit aufs Revier nehmen", sagte der Streifenführer. „Das ist leider unumgänglich."

Der Mann wandte sich augenrollend ab. Krahke sagte:

„Ich begleit meinen Geschäftsfreund. Wenn die Formalitäten erledigt sind, kann er wohl gehn?"

„Wenn Sie für ihn bürgen, dürfte das kein Problem sein."

„Selbstverständlich bürg ich für ihn."

Der Konvoi aus fünf Fahrzeugen machte sich auf den Weg zum Polizeipräsidium in Frankfurt/Oder. Unterwegs erreichte Krahke der Funkspruch der in Flensburg freigelassenen Agenten, die auf der A 7 zwischen Schleswig und Eckernförde fuhren. Wenn alles glatt ginge, sagte er, träfen sie sich am Abend in Breslau, im Hotel Monopol, dort gebe es einen bewachten Hotelparkplatz. Er würde Zimmer reservieren. Und ja, falls man sie an der Grenze nach dem Grund ihrer Einreise nach Polen frage, sollten sie einfach sagen, sie träfen sich mit Geschäftsfreunden zur Wildschweinjagd in Pila.

49

Karpaten. Hohe Tatra. Wolfsland. Tor zum Balkan. Welches Wort man auch für diese Gegend fand, in der sie da festsaßen; eines konnte man sagen: Es war eine Landschaft von wilder, unberührter Schönheit. Ein von zweitausend Meter hohen, schroff aufragenden Felsengipfeln umfriedetes Tal mit sanft gewellten Wiesen und an den Hängen sich hochschiebendem Wald, aus dem scheinbar kein Weg hinaus führte. Mitten darin ein Ort – Borov – wie aus der Zeit gefallen. Eigentlich nur eine Kreuzung von Landstraße und Schienenweg mit ein paar Dutzend Häusern drumherum. Bis vor einem Jahrzehnt ernährte die Eisenbahn viele Menschen in Borov. Hier hielten Züge auf ihrer langen Reise quer durch den Balkan. Es gab ein kleines Hotel für Lokführer nach dem Schichtwechsel, das jetzt eine Schule für Kinder von Eisenbahnern war, eine Reparaturhalle für die Züge und ein Depot, in dem für den Kriegsfall zweihundert Lokomotiven auf Lager standen. Ob sie noch fahrtüchtig waren, wusste keiner, interessierte auch keinen in Borov.

Für Marder und Zhora boten die rostigen Ungetüme einen überwältigenden Anblick; allerdings interessierten auch sie sich mehr für die Reparaturhalle. Auf dem Pass war der Keilriemen des Scorpio gerissen, sie hatten die gesamte Serpentinenabfahrt im Leerlauf unter heftiger Betätigung von Fuß- und manchmal auch Handbremse bewältigen müssen. Im Ort fanden sie ein Gasthaus, wo sie die einzigen Gäste waren. Jetzt brauchten sie einen Mechaniker, der ihnen die festgefressenen Bremsen ausbaute und wieder in Schuss brachte. Marder versuchte bei den Wirtsleuten in Erfahrung zu bringen, ob in den vergangenen Tagen ausländische Autos durchgekommen waren. Vage Gesten waren die Antwort, eine über das Beherbergungsvokabular hinausgehende Verständigung schien nicht möglich. Das Wort Auto hatten die guten Leute jedoch verstanden. Sie wiesen in Richtung Reparaturhalle. Dort fanden die beiden einen jungen Mann, der sich in dem weitläufigen Backsteinbau eine Schmiede eingerichtet hatte und auf rotglühendes Eisen einhämmerte, dass die Funken stoben. Der machte ihnen die Bremsen. Da er nicht das richtige Werkzeug besaß, musste er improvisieren. Einen halben Tag werde es schon dauern, schätzte er. Auch der Schmied hatte keine ausländischen Autos gesehen. In dieses Tal verirrten sich nur selten Fremde.

Am frühen Nachmittag des nächsten Tages war die Reparatur vollendet, und sie konnten weiterfahren. In der Nacht hatten sie Wolfsgeheul gehört.

„Sind Sie schon einmal in dieser Gegend gewesen?", fragte Zhora.

„Nein", erwiderte Marder und ließ den Blick schweifen. „Ab hier beginnt für uns der Osten. Das ist für Sie ein unbekanntes, vermutlich sogar befremdendes Konzept. Hat mit dem Krieg zu tun, beziehungsweise den Kriegen, den beiden großen. Eigentlich fing es schon mit den Türken an, die bis Wien vorgedrungen sind. Dies ist die Gegend, wo mitteleuropäische Idylle sich mit orientalischem Barbarentum mischt. Den Balkan kennen, wirklich verstehen ... das tat nicht einmal Karl May."

„Wer ist das?"

„Der Mann, der den Schut erfunden hat."

„Krahke wurde *Der Schut* genannt."

„Das sollte wohl eine Anspielung auf seine Grausamkeit sein."

„Hat dieser Karl May grausame Geschichten geschrieben?"

„Langatmig trifft es eher. Lesen Sie einen Roman von ihm, wenn Sie Schlafstörungen haben."

„Habe ich nicht."

„Dann brauchen Sie auch keinen Karl May."

Sie hatten das Tal verlassen und fuhren der Kuppe eines hohen, vollkommen baumlosen Berges entgegen, der nur mit struppigem braunem Gras bewachsen war. Die Straße führte über den Gipfelgrat und auf der anderen Seite wieder hinunter in schwindelnde Tiefen. Auf der Passhöhe hielten sie an und schauten sich um. Kein Ort weit und breit, nirgends ein Hinweis auf menschliche Besiedlung. Kein Kirchturm, kein Rauch, der aus Schornsteinen stieg. Nur eine endlose Abfolge runder Bergrücken und zackiger Gipfel. Überall würden sie rüber und herum müssen. Eine zeitraubende Achterbahnfahrt in echt groß, denn Tunnel gab es nur für die Eisenbahn. Marder öffnete den Kofferraum und winkte Zhora zu sich heran. Unter dem Reserverad, zusammen mit einem Kreuzschlüssel in einen fettigen Lappen gewickelt, brachte er zwei Pistolen zum Vorschein. Seinen alten Colt und eine handlichere Beretta 92, die er Zhora aushändigte.

„Wir fahren in der nächsten Zeit durch eine etwas anachronistische Gegend. Da ist eine Waffe manchmal das bessere Argument, und eine gewisse Feuerkraft kann dem Fortkommen nützlich sein."

Sie fragte nicht nach, was genau das bedeuten sollte, sondern verstaute die Beretta wortlos in ihrer Handtasche. An den Radkasten des Wagens gelehnt, beobachtete sie Marder, wie er Kreuzschlüssel und Reserverad wieder in den Kofferraum zurücklegte. Ein provokantes Glitzern glomm in ihren Augen.

„Sagen Sie, Thomas, wie weit nach Osten reicht eigentlich Ihr Reich des Bösen?"

Marder hob überrascht den Kopf, dann zog er die rechte Braue hoch und fragte lächelnd:

„Wollen Sie desertieren?"

Zhora machte den Mund auf, schloss ihn wieder, spitzte die Lippen und stieß einen leisen Pfiff aus.

„Sieh einer an. Wie ich es mir gedacht hatte."

„Und? Wollen Sie?"

„Alles der Reihe nach. Erst wollen wir Krahke den Hals umdrehen, bevor er und seine Leute den gern beschworenen Weltenbrand entfachen. Meinen Sie nicht?"

Marder nickte.

„Weltenbrand. Das Reich des Bösen", murmelte er. „Woher haben Sie dieses Vokabular? Werden Ihnen im Politikunterricht Bilder von Präsident Bush oder europäischen Regierungschefs mit Pferdefuß gezeigt?"

„Wir analysieren da eher teuflische Gehirne; führender Politiker, gewiss, und Militärs. Wenn Sie so wollen, die wissenschaftliche Variante von Pferdefuß."

„Und nehmen Sie sich dabei auch Ihre Ayatollahs vor?"

„Die sind für Sie die Oberteufel im Reich des Bösen, nicht wahr?"

„Spätestens dann, wenn Krahke ihnen das Plutonium liefert, werden sie es sein."

„Dazu wird es nicht kommen, Thomas. Wir hindern sie daran. Schon vergessen?" Sie lächelte. Jede Streitlust war aus ihrem Blick gewichen. „Und wenn das in Istanbul passieren soll, sollten wir möglichst ohne Umwege darauf zuhalten ... und schnell sein."

„Wahr gesprochen, mein Leutnant. Es wird kühl. Schlingen Sie Ihr Kopftuch enger, und dann los."

Bis Einbruch der Dunkelheit tauchten sie in tiefe Täler, schraubten sich in ungeahnte Höhen, fuhren unter schwindelnd hohen Felsmassiven her und durch märchenhaft anmutende Wälder. Einmal lief ihnen der böse Wolf über den Weg. Im fahlen Neonlicht eines einsamen Zollschuppens wurden sie nach Ungarn durchgewunken. Dort kamen sie schneller voran. Statt Wildnis nun Acker- und Weideland. Später die Puszta. Die E 79 war eine richtige Asphaltstraße mit Mittelstreifen. Hinter Debrecen wurde daraus wieder unmarkierte Landstraße. Nebel kam auf, die Sicht verringerte sich auf zwanzig Meter. Im zweiten Gang tasteten sie sich am Straßenrand entlang, bis ein bleiches Ortsschild ihnen verriet, dass sie in das Städtchen Létavértes einfuhren. Schemenhafte geometrische Formen; kein Mensch, den sie nach dem Weg fragen konnten. Sie schlichen jetzt an knubbeligen Bordsteinkanten entlang, soweit es überhaupt welche gab. Irgendwann verlor Marder die Geduld. Er war müde und hungrig und sah sie schon die Nacht im Auto verbringen. Da hielt er an, stieg aus, hob die Hände wie einen Trichter an den Mund und rief:

„Hallo! Ist hier jemand?" Dann drehte er sich um und rief in die andere Richtung: „He, niemand zu Hause?"

Es hörte sich an, als hätte er in ein Daunenkissen gesprochen. Die einzige Antwort gab ein Hund, der zwei Mal heiser bellte. Danach wieder Stille. Drinnen versuchte Zhora, dem Autoatlas Informationen zu entlocken. Als Marder sich umwandte, materialisierte sich eine menschliche Gestalt aus dem wabernden Grau. Der Ex-Hauptmann zuckte unmerklich zusammen und schämte sich sogleich dafür. Vor ihm stand ein Mann, der wie ein Hirte aussah. Er trug ein kragenloses Leinenhemd und eine Lammfellweste und auf dem Kopf einen Hut aus schwarzem Filz. Der Mann war unrasiert und hatte einen grauen, traurig herabhängenden Schnauzbart. Unter dem nuschelte er in fehlerlosem, nur von einem schwach schwäbischen Akzent getrübten Deutsch:

„Bei dem Wetter schickt nur der alte Nagy seinen Hund nach draußen. Wo kommen Sie denn her? Und wo wollen Sie hin?"

„Sie sind Deutscher?", fragte Marder verblüfft.

„Banater Schwabe. Hab aber auch zehn Jahre lang in Sindelfingen bei Mercedes am Fließband gestanden. Hört man wohl, was?"

„So gut wie gar nicht", beschwichtigte Marder. „Wir suchen für die Nacht eine Bleibe. Gibt es in der Nähe ein Hotel oder sowas?"

„Fahren Sie einfach weiter geradeaus. Nach fünf Kilometern erreichen Sie die rumänische Grenze. Kurz davor zweigt rechts ein Weg ab, der führt zum *Waldgasthof Ural*. Die haben drei oder vier Fremdenzimmer. Das ist die einzige Möglichkeit hier in der Gegend."

Er beugte sich vor und warf einen langen Blick ins Innere des Ford.

„Eine schöne Frau haben Sie dabei", sagte er, als er wieder

hoch kam. „Ist das Ihre?"
„Sie gehört mir nicht. Falls Sie das meinen."
„Also frei verfügbar?" Der Hirte grinste anzüglich, wobei er einen wilden Verhau brauner Zähne zeigte.
„Das würde ich nicht sagen." Marders Gesicht war Stein geworden.
„Kein Problem. Und nichts für ungut, was?" Der Mann spie auf die Erde und wandte sich zum Gehen.
„Der Nebel lichtet sich", sagte Marder. „Bald wird man weit sehen können."
„Kann sein", nuschelte der andere. „Vielleicht auch nicht." Dann verschwand er.

Der *Waldgasthof Ural* erwies sich von außen als niedriger Fachwerkbau mit durchhängendem Dach, und von innen als düstere Spelunke, in der sie undeutlich einige menschliche Gestalten ausmachen konnten. Der Gastraum war in mehrere Sitznischen unterteilt. Eckige Pfeiler aus dunklem Holz trugen die Decke. Zhora und Marder warteten an einer kleinen, aus Nut und Feder-Brettern gezimmerten Theke, hinter der eine Tür offenbar zu Küche und Vorratsraum führte. An der Theke selbst gab es weder Gläser noch Flaschen noch eine Zapfanlage oder Kasse. Ein schmales Holzregal an der Wand, in dem ein paar Schachteln Zigaretten und Streichhölzer lagen. Das war alles. Eine alte Frau trug große Teller mit Haufen von Fleisch und Kraut an die Tische. Jedes Gesicht war in diesem Moment den Neuankömmlingen zugewandt. Stumpfe Teilnahmslosigkeit durchgängiger Ausdruck.

Ein blasses Mädchen erschien hinter der Theke. Sie mochte vierzehn oder fünfzehn sein, sagte etwas, das vermutlich Ungarisch war. Marder zog die Schultern hoch und fragte, ob sie Deutsch spreche oder vielleicht Englisch. Sie schaute ihn mit großen Augen an und nickte. Dann sagte sie: „Yes."

Sie bräuchten eine ordentliche Mahlzeit, was zu trinken – er warf einen sehnsuchtsvollen Blick auf die Flaschen und die großen Gläser mit dunklem Bier überall auf den Tischen – und vor allem eine Bleibe für die Nacht. Das Mädchen nickte und sagte: „Yes."

„Zwei nebeneinanderliegende Einzelzimmer, bitte."

Das Mädchen schaute ihn an, dann Zhora, die großen Augen weiteten sich ins Ungläubige. Für jeden von ihnen ein Zimmer?

Marder nickte. Zhora nickte und sagte: „Yes."

„Und, bitte, gleich eine Flasche Bier", sagte Marder. „Dazu ein Wasser."

Er zeigte ins Halbdunkel des von funzeligen Lampen beleuchteten Gastraums und machte ein fragendes Gesicht. Das Mädchen kam hinter dem Tresen hervor und ging ihnen voraus zu einem freien Tisch an der Wand. Sie zog einen Lappen, den sie hinter die Schürze geklemmt hatte, hervor und wedelte damit über die mit eingekerbten Kritzeleien übersäte Tischplatte. Als nächstes brachte sie eine erstaunlich umfangreiche Speisekarte. Zhora und Marder blätterten ratlos darin herum. Eine Unzahl von Gerichten auf Ungarisch und Preise in Forint.

„Essen Sie Fleisch?", fragte Marder.

„Lieber nicht", antwortete Zhora.

„Ich fürchte, Fisch wird man hier nicht bekommen."

„Mir reicht eine Portion Pommes und Salat."

Das Mädchen bachte Bier und Mineralwasser. Sie zeigte auf die Speisekarten und fragte, ob sie was gefunden hätten. Marder lächelte gequält. Er deutete auf die Teller, über die sich ringsum hergemacht wurde, bestellte das Gleiche für sich, und für die Dame eine Portion Pommes frites und Salat. Dann füllte er seinen Humpen und trank ihn in zwei großen Schlucken halb leer. Als er sich genießerisch den Schaum von den Lippen leckte, hielt Zhora ihm ihr Glas entgegen.

„Auch auf Ihr Wohl", sagte sie.

Marder hob sein Glas ebenfalls. „Entschuldigen Sie die Unhöflichkeit. Aber das Flüssige muss ins Durstige. Da gibt es manchmal kein Halten." Mit zwei weiteren Schlucken hatte er sein Glas geleert. „Das könnten Sie auch trinken", bemerkte er, den Flaschenhals senkrecht ins Glas haltend. „Schmeckt ausgezeichnet, außerdem besteht es zu über neunzig Prozent aus Wasser."

Er sah Zhoras zweifelnden Blick.

„Ich meine nur ... Radler oder Alsterwasser werden Sie ab jetzt kaum noch bekommen. Da könnte Bier eine islamverträgliche Alternative sein."

«Sie können es wohl nicht lassen», war sie versucht, zu antworten, dachte dann jedoch an den Wortwechsel mit dem Hirten im Nebel und daran, dass Marder auf zwei nebeneinanderliegenden Zimmern bestanden hatte. Das musste wohl als Fürsorglichkeit gewertet werden.

„So, meinen Sie", sagte Zhora.

Die alte Frau brachte das Essen. Marder bekam seine Fleischplatte mit Schnitzel, Steak, Wurst, Leber und Kraut. Zhoras Pommes sahen aus, als wären sie mit dem Beil aus riesigen Kartoffeln herausgehauen worden. Die alte Frau stellte eine Plastikflasche mit Ketchup dazu. Zhora zeigte auf die leere Bierflasche und streckte zwei Finger in die Höhe.

„Neunzig Prozent, sagen Sie?" Der Blick, der sich auf Marder richtete, war reine Inquisition.

„Mindestens. Meistens mehr."

Mit Wolfshunger machten sie sich über ihre Speisen her und vertilgten sie bis auf den letzten Krümel. Dabei fanden sie zu angeregter, unbeschwerter Unterhaltung, die sie die Anspannung der letzten Tage vergessen ließ. Das hieß, Marder unterhielt Zhora, was diese sichtlich genoss, ebenso wie das dunkle Bier, das sie als vollwertigen Ersatz für Alsterwasser zu akzeptieren schien. Er erzählte von seinem Jahr mit Achim Eklund in Damaskus, von dem Sandsturm, ihren Literatur- und Sprachstudien, einer – im Nachhinein betrachtet – unschuldigen Zeit. Am Ende schoben sie mit zufriedenen Seufzern die Teller von sich.

Doch irgendwas stimmte nicht mehr. Die Atmosphäre im Lokal hatte sich verändert. Zhora und Marder schauten sich um.

Alle Gäste waren verschwunden. Bis auf drei junge Burschen, die neu hereingekommen waren, sich an der Theke lümmelten, laute Bemerkungen machten, die sie mit heiserem Gelächter quittierten, und die herausfordernd zu ihnen herüber schauten. Von dem Mädchen und der Alten sah man nichts. Die Burschen tranken ihr Bier aus der Flasche und rülpsten provokant. Alle drei trugen Gummistiefel. Untersetzte kräftige Kerle, die aussahen, als wären sie harte körperliche Arbeit gewohnt. Und als wollten sie am Ende ihres Tages ein bisschen Spaß haben. Am liebsten mit einer kopftuchtragenden Muslimin, wie man ihren Gesten und Grimassen unschwer entnehmen konnte. Hinter ihnen, im Halbdunkel kaum zu erkennen, stand der Hirte mit der Lammfellweste und zwirbelte seinen Schnauzbart.

Marder und Zhora schauten sich an und blieben sitzen. Nach einer Weile, als weder das Mädchen noch die alte Frau auftauchten, erhoben sie sich von ihren Stühlen und gingen langsam dem Ausgang und den Männern entgegen, die diesen blockierten. Je näher sie kamen, desto angespannter wurden die Gesichter der vier. Sie standen jetzt dicht nebeneinander, so dass Marder, der vorausging, einen Arm ausstreckte, um sich Durchgang zu verschaffen. Mit einem Knurrlaut wurde ihm der Arm zur Seite geschlagen. Marder hob beschwichtigend beide Hände und wich einen Schritt zurück. Zhora trat an seine Seite.

Dann, mit einer gleichzeitigen, wie einstudiert wirkenden Bewegung, flogen ihre Fäuste ansatzlos nach vorn. Knirschend gingen Nasenbeine zu Bruch, Blut schoss hervor, vierstimmiges Jammern und Wehklagen. Es war alles so verflucht schnell gegangen!

„Kommen Sie!", rief Marder. „Rasch, zum Auto. Hier können wir nicht bleiben."

Mit aufheulendem Motor und durchdrehenden Reifen trieb er den Scorpio über den Waldweg.

„Wir haben gar nicht bezahlt", sagte Zhora und schaute Marder fragend an. Der zog die Mundwinkel nach hinten.

„Der Emir sprach zum Scheich, dann geh'n wir besser

gleich", sagte er zwinkernd.

Eine rätselhafte Aussage, fand Zhora, der auf den Grund zu gehen sie im Moment überforderte. Sie grübelte noch darüber, ob sich Emir und Scheich vielleicht auf etwas bezogen, das Marder in Damaskus gelernt hatte, da erreichten sie die rumänische Grenze. Den offenen Schlagbaum der Ungarn passierten sie, ohne dass sich jemand sehen ließ. Die Rumänen indes waren auf dem Posten. Der Schlagbaum stand zwar auch bei ihnen steil in den nächtlichen Himmel gereckt, aber unter einer Außenlampe, in deren Licht die Motten tanzten, war ein Campingtisch mit Stühlen aufgebaut, an dem drei Männer mit aufgeknöpften Uniformen saßen, rauchten, Karten spielten und eine Flasche Tuica, den heimischen Pflaumenschnaps, kreisen ließen. Als sie das Auto mit dem deutschen Kennzeichen erblickten, stahl sich ein hoffnungsfrohes Grinsen auf ihre Lippen. Sie legten die Karten ab, setzten ihre Mützen auf, kamen etwas steif auf die Beine und näherten sich mit erwartungsvollen Mienen. Sie waren nicht mehr ganz trittsicher, versuchten aber einen würdigen Auftritt hinzubekommen, indem sie im Gehen ihre Uniformjacken zuknöpften und mit rollenden Handbewegungen zu verstehen gaben, dass die Seitenfenster heruntergedreht werden sollten. Fahrer und Beifahrerin gehorchten. Während einer der Zöllner – die Hände in den Hosentaschen – um das Auto herumging und dabei gegen die Reifen trat, beugten sich die anderen zu den Fenstern hinunter und sagten beinahe unisono:

„Anhauchen!"

Zhora genierte sich, und Marder glaubte seinen Ohren nicht zu trauen. Doch was blieb ihnen übrig. Sie taten, wie geheißen. Daraufhin richteten sich die Zöllner auf, warfen sich über das Autodach hinweg einen Blick zu und machten bedenkliche Gesichter.

„Aussteigen!", sagte der, der auf der Fahrerseite stand.

Marder warf Zhora einen verständnisheischenden Blick zu, den sie abnickte, dann trat er aufs Gaspedal. Der Ford machte einen Satz nach vorn, dass der dritte Zöllner quiekend zur Seite sprang und den beiden anderen der Unterkiefer herunterklappte. Thomas Marder war sich ziemlich sicher, dass sie das Kennzeichen des Fords nicht auf die Reihe bekommen würden. Er fuhr einfach mit Vollgas weiter. Statt nach Osten ins Land hinein, fuhr er an der Grenze entlang in Richtung Süden. Irgendwann später bog er nach Osten ab. Nach zwei weiteren Stunden erreichten sie Deva. Eine mittelgroße Stadt, die sie ganz durchquerten und von deren letztem Haus an der Ausfallstraße das lächelnde Konterfei des amerikanischen Colonels Harland Sanders grüßte. Neben dem Imbiss – ein Witzbold hatte Buchstaben vertauscht: KENTUCKY CHRIED FICKEN stand über dem Eingang – die rumänische Version eines Motels. Dort blieben sie.

50

Willie Burgwald hatte nicht gewusst, dass ihm Autofahren so viel Spaß machte. Seit zehn Stunden saß er hinterm Steuer, immer noch euphorisiert, doch allmählich kroch ihm die Müdigkeit in die Glieder und vernebelte seine Sinne. An der nächsten Abfahrt verließ er die E 75 und folgte dem Richtungsschild nach Tata, 3 km. Auf halbem Weg kam er an einem Straßenrestaurant vorbei, das einladend aussah, und auf dessen Dach mit großen Buchstaben das Wort *Panzió* aufgemalt war. Er erriet, dass er dort würde übernachten können, und fuhr auf den Parkplatz. Das Restaurant bot traditionelle ungarische Küche, dazu eine überraschende Auswahl lieblicher Rotweine. Beiden sprach Burgwald mit Hingabe zu. Danach wankte er erschöpft auf sein Zimmer. Er erwog noch kurz, sich mit Marder in Verbindung zu setzen, doch da ihm die Augen schon zufielen, beschloss er, damit bis zum Morgen zu warten. Er hievte die Beine aufs Bett und legte den Kopf aufs Kissen. Nur zwei Minuten, dachte er, dann würde er sich ausziehen und ins Bad gehen, Zähne ...

Im Traum durchlebte er den vergangenen Tag noch einmal. Nur viel schneller und manchmal im Neunzigradwinkel abgeknickt, als würde er in einem Tunnel auf der Seitenwand fahren. Das war schon spannend. Auf der Autobahn nach Berlin und dann runter nach Dresden hatte er die Tachogrenzen des BMW erkundet. Bis 232 km/h war er gekommen, dann hatte es zu regnen angefangen. In Tschechien war er meistens Landstraße gefahren, um das Kurvenverhalten des 3er zu testen. Zwischen Boskovice und Blansko führte die Straße mehrere Kilometer an der Eisenbahnlinie entlang. Nicht immer ganz gerade, aber das hatte sein Wettrennen mit dem D-Zug, der sich von hinten heranschob und ihn überholen wollte, erst richtig spannend gemacht. Aus einem der stellenweise dicht neben ihm dahinrasenden Abteilfenster schaute eine hübsche Dunkelhaarige herüber. Als sie erkannte, dass Burgwald mit dem Zug um die Wette fuhr, lächelte sie. Dann war urplötzlich – durch kein Schild angekündigt – die scharfe Rechtskurve vor ihm aufgetaucht. Bremsend und schleudernd drehte er sich um die eigene Achse. Mit viel Glück überlebte er einen Traktor und einen direkt dahinter fahrende Schweinetransporter, die ihm dreißig Sekunden später entgegen kamen. Sein Puls raste. Er gab die Verfolgung der Dunkelhaarigen auf und ließ es langsamer angehen. Als er – schon in Ungarn – die Autobahn verließ und nach Tata abbog, begann es dunkel zu werden. Burgwald befand sich nun vierhundert Kilometer Luftlinie in nordwestlicher Richtung hinter seinem Chef und Leutnant Tahiri.

51

Siebenhundert Kilometer nördlich von Burgwald saß die wiedervereinigte Krahke-Gang in der Bar des Hotels Monopol. Sie tranken Cognac und Coca Cola, rauchten Zigarren und erzählten sich ihre Geschichten von unterwegs. Wustrow hatte sich am Bartresen an eine polnische Schöne herangemacht, für die er keine Englischkenntnisse benötigte. Die Iraner bestanden darauf, in der Nacht abwechselnd bei den Autos Wache zu halten. Den Deutschen war das recht. Bisher hatten sie unwahrscheinliches Glück gehabt. In Zukunft würden sie solche Zwischenfälle wie in Deutschland vermeiden müssen, murrte Krahke, und schaute die jungen Iraner missbilligend an. In den Ländern, durch die sie demnächst fuhren, konnten derartige Dinge leicht aus dem Ruder laufen. Dann hatte man nichts mehr unter Kontrolle. Also: ein bisschen mehr Disziplin! Die Iraner machten aufsässige Gesichter, was Krahke, der seinen dritten Cognac vor sich stehen hatte, als Gehorsamsverweigerung interpretierte. Sein Mund klappte auf und zu, als wollte er sich in einen Wutanfall hyperventilieren. Gregor Balatow legte ihm die Hand auf den Arm.

„Verdammt, was fingerst du an mir rum? Bist du übergeschnappt?" Krahke starrte ihn hasserfüllt an.

Balatow stand auf.

„Ich geh schlafen. Gute Nacht. Wir sehen uns beim Frühstück."

Sich entziehen, hatte er gelernt, war der wirksamste Weg, Krahkes hochpumpendem Jähzorn die Luft rauszulassen.

Der saß jetzt allein mit den vier finster blickenden Iranern am Tisch. Wie lange würde das noch gutgehen mit denen? Vielleicht, dachte er, sollte man mal herausfinden, ob die Kerle außer Englisch noch anderer Länder Sprachen beherrschten und ob so ein Land zufällig auf ihrer Route lag. Es könnte auch nicht schaden, dachte er, wenn das Kräfteverhältnis etwas ausgeglichener wäre. Bis Rumänien, sagte er sich, bis Rumänien musste er die Jungs bei Laune halten.

52

Marders erster Impuls beim Aufwachen war, Willie Burgwald anzurufen. Er unterließ es. Burgwald neigte dazu, in unübersichtliche Situationen zu geraten, da konnte das Klingeln seines Handys fatale Folgen haben. Geduld, mahnte sich Marder. Der

Junge würde ihn anrufen, wenn neue Entwicklungen eintraten. Ganz sinnvoll könnte es sein, ihn parallel zu ihrer eigenen Route fahren zu lassen, überlegte er. Über Temesvár, Craiova und Sofia etwa. Wenn sie auf die winzige Chance einer Zufallssichtung des Krahke-Konvois spekulierten, war das vielleicht sogar ratsam. Dann würden sie spätestens in Edirne oder sonstwo in Thrakien zusammentreffen und gemeinsam nach Istanbul fahren. Er musste sich das genauer überlegen und auf der Karte ansehen. Auch mit Zhora besprechen. Er könnte sie zum Frühstück in die Hähnchenstube des spitzbärtigen Colonels einladen. Nein, das war keine gute Idee, dachte er, als er aus seinem Einzimmerhäuschen trat und ihm der Schriftzug über dem Eingang ins Auge sprang.

Die zwölf Appartments des Motels waren als rustikalfolkloristisch aufgemachte Blockhütten in einem Halbkreis um die Rezeption angeordnet. Gegenüber lag der Imbiss. Er klopfte an Zhoras Tür, und als keine Antwort kam, stapfte er zum Empfang. Es war sieben Uhr früh und noch erbärmlich kalt. Der Himmel war jedoch wolkenlos und versprach einen sonnigen Tag. Der Nachtwächter schlief, seine Ablösung war noch nicht eingetroffen. Weil Zhoras Schlüssel nicht am Schlüsselbrett hing, weckte Marder den Mann durch einen moderaten Hieb auf die Klingel. Der Bursche war stark übergewichtig und kam unter großen Wellenbewegungen von Körperfett auf die Füße. Ja, die Dame habe ihren Schlüssel mitgenommen. Er warf einen Blick auf seine Armbanduhr. Um das tun zu können, musste er mit zwei Fingern einen Fleischwulst am Handgelenk zur Seite schieben. Vor einer halben Stunde sei sie zum Dauerlauf aufgebrochen, wollte gegen acht wieder zurück sein. Wo man hier frühstücken könne, fragte Marder, außer beim KENTUCKY. Der sei sowieso seit Wochen geschlossen, erwiderte der Dicke betrübt und wies dann zwinkernd auf die andere Straßenseite: Vielleicht drüben, in der Hamilton-Bar ..."

Zu dieser frühen Stunde war das Etablissement, hinter dem die Straße im grünen Wald verschwand, erstaunlich gut besucht. Auf dem Parkplatz vor dem rosarot verputzten zweistöckigen Gebäude standen einige LKW und mehrere Privatwagen. Der Bindestrich zwischen den Wörtern *Hamilton* und *Bar* über dem Eingang bestand aus einem rotblinkenden Herzen. Marder ging trotzdem hinein.

Drinnen war es stickig und warm. Tische und Stühle waren aus Resopal und offenbar nicht für langes Herumsitzen gedacht. Es herrschte eine Atmosphäre träge blinzelnder Katzen. Zwei der Gäste hatten den Kopf auf den Tisch gelegt und schliefen. An der Bar im Hintergrund hockten gelangweilt ein paar in abenteuerliche Dessous gekleidete Damen. Der Wirt schien Feierabend machen zu wollen. Marder sah, wie er sich einen Briefumschlag in den Hosenbund steckte, in dem sich vermutlich die Nachteinnahmen befanden. Dabei grinste er so zufrieden wie ein Bankräuber, dem ein ordentlicher Batzen Scheine in die Plastiktüte gestopft wurde und der sich schon aufs Nachzählen freut.

Eine der Damen kam herangeschlendert und setzte sich zu Marder an den Tisch. Sie musterte ihn ausgiebig, gönnte ihm einen ebensolchen Blick in ihr Dekolleté und fragte mit gedämpfter Stimme und dem Ton eines Lehrers, der zu einem begriffstutzigen Schüler spricht, dabei den rechten Zeigefinger von ihm zu sich und wieder zu ihm bewegend:

„Du ... mit mir ... ficki-ficki machen?"

Wenn Marder ehrlich war, musste er zugeben, dass er mit sowas gerechnet hatte. Trotzdem waren für ihn frisch aufgebrühter Kaffee und knuspriger Toast nicht jenseits aller Vorstellung gewesen, und er war jetzt entsprechend frustriert und genervt. Er hob den Kopf, und sagte laut genug, dass jeder im Lokal es hören konnte:

„Nein, ich will nicht mit dir ficki-ficki machen!"

Die Dame bekam einen roten Kopf und zog beleidigt ab. An ihrer Stelle machte sich der dicke Wirt auf den Weg und kam mit rudernden Armen zwischen den Tischen heran. Schnaufend blieb er vor Marder stehen, wischte sich mit dem Ärmel

den Schweiß von der Stirnglatze, stützte sich mit beiden Händen auf die Rückenlehne des Stuhls, auf dem die Dame gesessen hatte, und fragte mit steinerner Miene:
„Wenn Sie hier nicht ficki-ficki machen wollen, was wollen Sie dann?"
„Ich will frühstücken", sagte Marder müde.
Der Wirst grinste abgründig.
„Da hat sich der Fettsack vom Motel wohl wieder einen Scherz erlaubt. Und Sie sind tatsächlich drauf reingefallen. Sehen wir aus, als ob wir hier Frühstück machen?"
Er klopfte ihm auf die Schulter.
„Und jetzt raus!"
Die frische Luft draußen wirkte belebend; aber als Marder sah, wie Leutnant Tahiri munter aus dem Wald gespurtet kam, fühlte er sich alt.
Sie winkte ihm zu, und noch bevor er den Arm zum Gruß heben konnte, klingelte sein Mobiltelefon. Es war Burgwald.
„Hi, Willie. Wollte gerade anfangen, mir Sorgen zu machen."
„Dazu gibt es keinen Grund." Burgwald klang aufgekratzt. „Ich bin in Ungarn, kurz vor Budapest, in einer kleinen Straßenpension. Hab gerade ein super Frühstück verputzt und wollte fragen, wie es weitergehen soll."
„Nun, wir sind in Rumänien, auf halbem Weg nach Bukarest, am Stadtrand von Deva, und hier gibt's nicht nur kein super, sondern überhaupt kein Frühstück. Entsprechend ist meine Laune. Also Vorsicht. Hör zu! Ich habe neueste Funktechnik für dich dabei; aber wenn wir hier auf dich warten, verlieren wir zu viel Zeit. Wir haben schließlich nicht die geringste Ahnung, wo sich Krahke und Konsorten befinden, oder?"
„Die haben den Lastwagen. Ich könnte mir vorstellen, dass ich die mindestens eingeholt, wenn nicht sogar überholt habe."
„Vergiss doch mal den Lastwagen, Willie. Die wären ja doof, wenn sie den nicht längst stehengelassen und durch einen schnellen PKW ersetzt hätten."
„Stimmt vermutlich. Trotzdem war ich allein wahrschein-

lich schneller als die im Konvoi, oder?"

„Wenn sie denn im Konvoi fahren! Stell dir vor, die teilen sich auf und jeder fährt eine andere Strecke."

„Das stelle ich mir lieber nicht vor."

„Nein, ich auch nicht. Ist auch eher unwahrscheinlich. Die Iraner werden die gesamte Lieferung im Auge behalten wollen. Außerdem sind sie besser geschützt, wenn sie zusammenbleiben. Was ergibt sich daraus für uns?"

„Dass wir so weitermachen wie bisher? Versetzt parallele Strecken fahren, schnell sind und uns spätestens in Istanbul treffen?"

„Du bist ein schneller Denker, Willie. Gut so. Über den Daumen gepeilt fahren wir Bukarest, Burgas, Edirne; und du nimmst ungefähr die Strecke Temesvár, Craiova, Sofia. Edirne ist unser vorläufiger Treffpunkt. Augen offen und Ausschau nach einem Konvoi halten, der aus dem bekannten schwarzen Mercedes, dem blauen Subaru Forester und einem unbekannten Fahrzeug besteht."

„*Roger*." Es hörte sich an, als würde Burgwald tief durchatmen: „Thomas? Ich bin so gut wie pleite."

„Oh, sorry. Daran habe ich nicht gedacht. Okay, lass mich überlegen ... In Budapest gab es ein Postamt im Déli-Bahnhof, da hatten sie ein Western Union-Büro. Dahin transferiere ich dir noch einmal fünfhundert Dollar. Auf dem Balkan ist das ein Vermögen."

„Danke. Wie lange wird das dauern? Ich kann in einer Stunde da sein."

„Ein bisschen mehr Geduld wirst du aufbringen müssen, Willie. Bis Bukarest brauchen wir, wenn ich die Karte recht in Erinnerung habe, mindestens fünf bis sechs Stunden. Schau dir in der Zeit Budapest an. Warst du da schon mal?"

„Nein, noch nie."

„Eine sehr schöne, aber auch etwas melancholische Stadt. Das Lied vom traurigen Sonntag ist da komponiert worden. Ich ... ich muss jetzt Schluss machen, Willie. Frau Tahiri nähert sich in einem apricotfarbenen Kopftuch, und sie schreitet ausgesprochen unternehmungslustig aus. Alles deutet darauf hin, dass sie mit mir in die Stadt fahren und frühstücken will. Sollte ich wider Erwarten in Deva ein Western Union finden, bekommst du dein Geld gleich. *Over* jetzt und aus."

Was Marder so gut wie unvorstellbar schien: Am Bahnhof von Deva gab es ein kleines Fast Food-Lokal, neben dem eine Tür in den ersten Stock zu einem Postamt führte, wo man tatsächlich Geldtransfers über Western Union abwickeln konnte. Und in einem modern aussehenden Hotel gegenüber bekamen sie endlich auch Frühstück. Welches sich allerdings als noch gewöhnungsbedürftiger herausstellte als das, was dem Reisenden in italienischen Hotels gern als Frühstück vorgesetzt wird.

53

Willie Burgwald hielt die Nase in den Wind und zündete sich die letzte Karelia an. Er blies den Rauch in den klaren Morgenhimmel und ging – die Kippe im Mundwinkel, eine Hand in der Hosentasche – einmal um den BMW herum, strich versonnen lächelnd mit dem Finger über die Diamant-Perl-Metalliclackierung, setzte sich hinein, ließ den Motor an, trat im Leerlauf zwei Mal das Gaspedal nach unten und erfreute sich an dem röhrenden Geräusch der aufheulenden Zylinder. Dann fuhr er los. Unterwegs versuchte er, im Autoradio einen Sender zu finden, der keine Zigeunermusik spielte. Das stellte sich als unmöglich heraus. Überall aufkratzende Geigen und sägende Klarinetten, die sich anhörten wie ein zerrendes Gemisch aus ZZ-Top, Rachmaninow und Liberace. In Tatabánya gab er es auf.

Den Rest des Weges hing er seinen Gedanken nach. Er stellte sich vor, wie ihr Zusammentreffen mit Krahke, Wustrow und den Iranern – den Fahrer des schwarzen Mercedes nicht zu vergessen – verlaufen würde. Das ging bestimmt nicht ohne

Gewalt ab. Er musste an die großkalibrigen Pistolen denken, die die Iraner auf dem Schiff plötzlich in Händen gehalten hatten. Und dann waren sie noch im Besitz des Plutoniums! Damit hatten sie den Status von Nordkorea. Ungemütliche Vorstellung. Zudem waren die Kerle gewaltig in der Überzahl. Burgwald schauderte. Er musste so schnell wie möglich Marder und Leutnant Tahiri erreichen. Also Gas geben. Er schaute sich um. Das waren schon die Außenbezirke von Budapest, die da vorbeiglitten. Die Straße schien direkt ins Zentrum zu führen. Gleich darauf tauchte rechts von ihm der Déli-Bahnhof auf. Als er zum Haupteingang abbog, scherte etwa fünfzig Meter vor ihm ein Wagen aus der Reihe der parkenden Autos und fuhr langsam davon. Burgwald setzte den Blinker. Schwein musste man haben. „*Fortune*", flüsterte er mit spitzen Lippen und lächelte in sich hinein.

Er warf noch einen Blick auf den BMW – nirgends ein Halte- oder Parkverbotsschild – und ging ins Bahnhofsgebäude, um das Western Union-Büro zu suchen. Er fand es schnell, doch das Geld war noch nicht da. Also würde er Marders Rat befolgen, und sich die Stadt ansehen. Der Western Union-Mann erklärte ihm den Weg über die Brücke ins Zentrum. Es war noch keine zehn Uhr. Die Sonne schien aber schon sommerlich warm. Burgwald zog seine Jacke aus und warf sie sich über die Schulter. Pfeifend marschierte er los. Zum ersten Mal in seinem Leben überquerte er die Donau. Sie floss in ihrem ruhigen, gleichmäßigen Lauf von Norden nach Süden unter ihm dahin. Nicht besonders blau, aber breit und mächtig und zweifellos sehr schön. Ein mit Kohle beladener Lastkahn lag so tief im Wasser, dass er mit seinen Kohlenhaufenbuckeln aussah wie das Ungeheuer von Loch Ness. Ein Geschwader Möwen segelte träge im Tiefflug heran. Am anderen Ufer begann die eigentliche Innenstadt. Das Paris des Ostens, dachte Burgwald. In Paris war er auch noch nicht gewesen. Da lernte er jetzt gewissermaßen zwei europäische Hauptstädte auf einmal kennen; Glückspilz, der er war.

Er kam an einem Tabakladen vorbei, ging hinein, kaufte

zwei Schachteln Munkás und steckte sich gleich einen der Glimmstängel an. Der Tabak war nicht so dunkel wie der der Karelia, der Geschmack ging eher in Richtung Virginia. Kratzte aber schön im Hals. Ein paar Straßen weiter stieß er auf einen Plattenladen, und ihm fiel das Lied ein, das Thomas Marder erwähnt hatte. Er trat ein und fragte nach einem *„song of a sad sunday"*. Der langhaarige Bursche, der den Laden schmiss, machte ein zweifelndes Gesicht, wirbelte aber sogleich an den Stelltischen entlang, zog hier und da eine CD heraus und stellte sie an anderer Stelle wieder hinein, bis er gefunden hatte, was er suchte und Burgwald zu sich winkte.

„Gloomy Sunday", sagte er und deutete auf einen pultartigen Holztisch mit schätzungsweise zwei laufenden Metern CDs. Nachdem Burgwald in die ersten Scheiben reingehört hatte, ahnte er, was er dort vor sich hatte. Zwei Stunden später wusste er es und geriet in ein wahres Fieber. Er stand vor der wahrscheinlich vollständigsten Sammlung von Liedern vom traurigen Sonntag, die es auf der Welt gab: Eine ungeahnte Zahl von Studioaufnahmen und Live-Mitschnitten, ungarische Versionen von Gyula Csepregi und Róbert Rátonyi. Es gab nichts, was es nicht gab: vom unbekannten Straßensaxophonisten bis zur filigranen Klarinettenversion von Artie Shaw, von Marianne Faithfull bis Elvis Costello. An die hundert CDs, darunter die Flötenversion eines indischen Schlangenbeschwörers. Willi Burgwald wurde immer trauriger, je länger er diese Musik hörte. Als sie in den dreißiger Jahren erstmals im Radio gespielt wurde, las er in den *booklets*, sollten Hörer reihenweise Selbstmord begangen haben. Was Wunder! Das finsterste Tal von Liebesleid wurde in diesem Lied durchwandert. Am tiefsten berührte ihn Sinéad O'Connors gehauchte Interpretation, die er schließlich kaufte. Danach war er blank. Zurück zur Western Union, der einzig verbleibenden Option. Sein Glück hielt an. Das Geld war da. Mit fünfhundert Dollar in der Tasche trippelte er pfeifend die ausgetretene Marmortreppe hinunter, dem Ausgang zu, gleich dahinter die Zufahrtsstraße, auf deren Parkstrei-

fen er den BMW abgestellt hatte.
 Er war schon beinahe am Ende der Straße, als ihm aufging, dass er zu weit gelaufen war. Er hatte den BMW viel weiter vorn geparkt. Er kehrte um. Doch da, wo der BMW stehen sollte, stand jetzt ein Skoda. Darin saß ein Mann und rauchte. Aber Burgwald war sich ganz sicher. Das musste der Platz sein, in den er eingeparkt hatte. Schweiß brach ihm aus. Er klopfte an die Seitenscheibe des Wagens. Der Mann drehte das Fenster nach unten und schaute unwillig zu ihm hinauf. Burgwald versuchte, sich auf Englisch und Deutsch zu verständigen. Nix verstehn, lautete die schulterzuckende Antwort. Das Seitenfenster wurde wieder hochgekurbelt. Burgwalds Knie begannen zu zittern. Er starrte den Skoda an. War das nicht derselbe Wagen, der ihm so überaus passend den Parkplatz frei gemacht hatte? Dieses Senfgelb! Die Erkenntnis, die aus seiner Bauchgegend unaufhaltsam zum Hirn hochkroch, schien eine Hitzewelle vor sich her zu schieben.

54

In der Nacht war Kurt Otto Krahke zu dem Schluss gekommen, dass es seinem Sicherheitsgefühl entgegenkäme, wenn er den Konvoi in halbstündigem Abstand fahren ließe. Das würde auch interne Überraschungsmomente ausschließen. Bei den Iranern führte der Vorschlag zu einer kurzen, lautstarken Diskussion, dann erklärten sie sich einverstanden. Sie beharrten nur darauf, die Reihenfolge zu bestimmen. So fuhr schließlich der Forester vornweg, der Mercedes mit den Deutschen in der Mitte, und der Audi 8 machte den Schluss.
 „Die fühlen sich offenbar sicher, wenn sie uns in die Zange nehmen", knurrte Krahke, als sie schon in Richtung Krakau unterwegs waren. „Wir aber sollten uns mit dem Gedanken anfreunden, dass die vier Nachtwächter irgendwo versuchen werden, die Lieferung zu übernehmen."

„Wäre denkbar", antwortete Wustrow vom Rücksitz. „Aber frühestens wohl in der Türkei."

„Warum das?"

„Ein muslimisches Land. Da haben sie Heimvorteil."

„Wir müssen also unsere rumänischen Freunde mobilisieren." Balatow trommelte aufs Lenkrad. „Sobald ich ein Netz habe, rufe ich an."

„Vier Mann sollten es mindestens sein", sagte Krahke nachdenklich. „Und sie sollen eigene Waffen mitbringen."

„Auf jeden Fall! An unsere Vorräte lasse ich doch keinen ran." Balatow grinste in den Rückspiegel.

„Und Funkgeräte", sagte Wustrow.

Am Abend waren sie schon in Ungarn, verabredeten sich über Funk in Debrecen, einer großen Stadt kurz vor der rumänischen Grenze. In einem Vorort stand ein Hund mitten auf der Straße. Er hatte den Kopf zur Seite gedreht und sah dem herannahenden Auto entgegen, rührte sich aber nicht von der Stelle. Balatow zog das Lenkrad kurz nach links und überfuhr ihn. Es gab ein hässlich holperndes Geräusch. Balatow schaute sich feixend um. Krahke kicherte. Wustrow verdrehte die Augen und sah kopfschüttelnd aus dem Fenster.

Gregor Balatow war vor vielen Jahren in Ungarn, Rumänien und Bulgarien im Einsatz gewesen. Daher seine Behauptung, er kenne den Balkan. Er hatte auch das Bahnhofshotel in Debrecen, das er angeblich in guter Erinnerung hatte, zur Übernachtung empfohlen. Jetzt standen sie vor einem heruntergekommenen Gebäude mit abblätterndem, gelben Putz, in dem zu aller Überraschung tatsächlich Übernachtung mit Frühstück angeboten wurde, und das – ein Blick durchs Fenster verriet es – sogar einen eigenen Restaurationsbetrieb mit zwei Kellnern unterhielt.

„Mürber Charme, immerhin." Balatow versuchte das Hotel positiv zu sehen.

„Man kann nur hoffen, dass das Ding nicht so mürbe ist, dass es einem auf den Kopf fällt", murrte Wustrow, die Fassade musternd.

„Damals war das eine gute Adresse", verteidigte sich Balatow. „Vor allem, weil es zwei Hinterausgänge gibt, oder jedenfalls gab."

„Wir sind doch nicht mehr im Kalten Krieg", maulte Krahke. „Und die Autos? Sollen wir die über Nacht auf der Straße stehen lassen?"

„Ich spreche mit den Leuten. Das Hotel hat meines Wissens einen Hinterhof."

Mittlerweile war auch der Audi eingetroffen. Die Iraner standen beisammen, rauchten und redeten gestikulierend aufeinander ein. Es schien um die nächtliche Autowache zu gehen. Das Hotel war ihnen offenbar keiner näheren Betrachtung wert.

Zum Abendessen wollten sie sich an einen separaten Vierertisch setzen, doch Krahke machte auf herzlich: „Wir sind ein *team*, Jungs, wir haben ein gemeinsames Ziel", sagte er, „und außerdem gibt's was zu feiern."

Nun saßen sie an einem großen runden Tisch, waren die einzigen Gäste im Lokal, hatten ungarische Gerichte und Getränke bestellt, und Krahke verstieg sich zu einer leutseligen Ansprache anlässlich des ersten Drittels ihrer langen Reise, das sie hier und heute hinter sich gebracht hätten. Die argwöhnischen Mienen der Fahrer glätteten sich. Zu strahlen begannen sie, als Krahke sich bückte und eine braune Papiertüte unter dem Tisch hervorholte, vier Stangen amerikanischer Zigaretten zum Vorschein brachte und jedem Fahrer eine in die Hand drückte. „Auf unseren *lucky strike*", sagte er und hob sein Glas. „Auf weiterhin gutes *teamwork* und das Gelingen unserer Mission." Die Iraner hoben ihm ihre Teegläser entgegen. Balatow und Wustrow klopften drei Mal mit den Fingerknöcheln auf den Tisch.

Es wurde eine gelungene Betriebsfeier, bei der vorübergehend sogar die vier Leiharbeiter dem schimärischen Zauber einer *corporate identity* erlagen.

Am nächsten Morgen nahmen sie in gewohnter Formation und alter Misstraulichkeit das zweite Drittel ihrer „Mission" in Angriff.

55

Hinter den transsilvanischen Bergen kam endlich die Verbindung zustande. Big Ben schlug an, Marder aktivierte sein Mobiltelefon und hörte einen japsenden Burgwald, der so viel auf einmal sagen wollte, dass er kein Wort herausbekam. Am Ende stand fest, dass ihm der BMW gestohlen worden war. Er hatte Anzeige erstattet und den ganzen Tag auf einem Polizeirevier verbracht, wo man ihn nicht nur ausgefragt, sondern regelrecht in die Mangel genommen hatte, als verdächtigte man ihn, die Karre selbst geklaut zu haben. Burgwald war empört, moralisch angeschlagen und vor allem ratlos. Wie sollte es denn jetzt weitergehen!

„Nur mit der Ruhe, Willie, Nerven behalten", versuchte Marder zu beschwichtigen. „Dein nächster Schritt ist doch ganz logisch. Das Geld hast du?"

„Na klar!" Das klang schon wieder zuversichtlich.

„Dann hopp, hopp zum Flughafen. Nimm den nächsten Flieger nach Bukarest. Wenn du da gelandet bist, meldest du dich. Hast du verstanden?"

„Sicher. Mach ich. Bis dann."

„Willie!"

„Ja?"

„Kopf hoch!"

„Keine Sorge, der sitzt fest auf den Schultern."

„Dann bin ich entspannt."

Marder steckte sein Mobiltelefon ein und bedachte Zhora mit einem nachdenklichen Blick.

„Deutsche Kennzeichen", sagte er.

„Was ist damit?"

„Autos mit deutschen Kennzeichen wecken hier Begehrlichkeiten. Wir sollten uns vielleicht nach einer Möglichkeit umsehen, die Nummernschilder auszutauschen."

„Und vorsorglich schon mal eine Beule ins Auto fahren?

Oder irgendwo entlangschrammen, damit es schön balkanmäßig aussieht?"

Marder gewahrte das Funkeln in ihren Augen und grinste. Er lehnte sich zurück, legte die rechte Hand auf ihre Schulter und schob sie leicht nach vorn, beugte sich hinüber, als wollte er einen Blick in ihren Nacken werfen.

„Was machen Sie denn da?" Das Funkeln erlosch.

„Ich wollte nur mal nachsehen, wo genau Ihr Schalk eigentlich sitzt. Der zeigt sich immer so unvermutet."

„Sie wollen doch nicht vertraulich werden, Thomas. Oder?"

„Nichts täte ich lieber. Aber wir sind im Dienst, nicht wahr?"

„So ist es. Sehen Sie mal, da."

Sie näherten sich Bukarest auf der E 81, die hier A 1 hieß, und fuhren durch ein ausgedehntes Industriegebiet. Zhora zeigte rechts voraus. Wo auf asphaltierten Plätzen unter Betonstraßenbrücken gewöhnlich Autos frisiert und umgespritzt werden, da erstreckte sich neben einem Schrottplatz ein Stück verwildertes Brachland, auf dem Zigeuner ihr Lager aufgeschlagen hatten. Die nächste Abfahrt schien direkt hinzuführen. Marder bog ab.

Das Zigeunerlager bestand aus einem Dutzend Wohnwagen, einem Traktor mit angehängtem Zirkuswagen sowie zwei Planwagen. Am Rande des Platzes grasten Maultiere. In der Mitte brannte ein Feuer, um das herum mehrere Männer standen, rauchten und in eine lebhafte Diskussion verwickelt schienen. Auf den Treppenstufen einiger Wohnwagen hockten Pfeife rauchende Frauen, kleine Mädchen daneben, Jungen im Schulalter rannten umher und spielten, umtollt von kläffenden Kötern. Fünf oder sechs junge Burschen lehnten am Zirkuswagen, rauchten wortlos und starrten finster vor sich hin.

Marder hielt unter der Brücke, stieg aus, machte sich am Kofferraum zu schaffen, schlug die Kofferraumklappe wieder zu und bedeutete Zhora, im Auto zu bleiben. Einige der Männer schauten schon zu ihnen herüber. Marder ging los und marschierte steifbeinig mitten ins Lager; das heißt, ganz so weit kam er nicht, denn sobald er den Platz betrat, löste sich die Gruppe am Feuer auf, und auch in die Halbwüchsigen kam Bewegung. In lockerer Formation kamen die Männer auf ihn zu, umringten ihn, bildeten bald eine drohlich raunende Eskorte, die Marder schließlich so einzwängte, dass es kein Weiterkommen gab. Da blieb er stehen, klemmte die Daumen hinter den Hosengürtel, reckte den Hals und fragte laut: „Ist hier vielleicht jemand, der 'ne Kippe für mich hat?" Und bevor jemand antworten oder sonstwie reagieren konnte, griff er in seine Gesäßtasche und zog einen Flachmann heraus. „Ich hab hier 'nen guten Schluck Whisky, den man dazu trinken könnte." Er hob eine Flasche *Famous Grouse* in die Höhe.

Sogleich hellten sich die Mienen der Männer ringsum auf, sie brachen in Gelächter aus, klopften ihm auf die Schulter und schoben ihn schmunzelnd und schwatzend zum Feuer, boten ihm Platz auf einem Baumstamm an, und dann saßen sie rauchend und trinkend beisammen, erzählten gestikulierend, lachten und freuten sich über die Abwechslung am frühen Abend. Als Marder irgendwann den Vorschlag formulierte, seine deutschen Nummernschilder gegen inländische zu tauschen, sprangen zwei junge Männer auf und kamen gleich darauf mit zwei Sporttaschen voller Autokennzeichen aus den verschiedensten Ländern zurück. Marder entschied sich für zwei Schilder mit dem B für Bukarest, worauf die Umsitzenden wohlgefällig nickten. Die beiden Burschen liefen rüber zum Scorpio, winkten Zhora zu, hockten sich vorne und hinten auf den Boden und fingen an zu schrauben. Zhora stieg aus, vertrat sich die Füße und schaute lächelnd zu. Einer der jungen Männer hielt ihr auffordernd ein Päckchen Zigaretten hin. Sie schüttelte dankend den Kopf. Am Himmel bauten sich dicke Wolkentürme auf. Eine halbe Stunde später waren sie wieder auf der Stadtautobahn und hielten nach Norden auf den Flughafen zu. Dort stellten sie den Scorpio mit den nun Bukarester Kennzeichen im Parkhaus unter. Das deutsche Nummernschild lag im Kofferraum. Ein Geschenk der neuen Freunde.

Der Himmel hatte sich zugezogen, eine schwarze Wolkenwand schob sich heran. Dahinter sah man lautlos lichternde Blitze. Es war kalt geworden.

Auf der Anzeigentafel in der Ankunftshalle war ein Malév Flug aus Budapest für 20.15 Uhr angekündigt. Die Maschine sollte Burgwald erwischt haben können. Eine gute Stunde noch. Zhora und Marder fanden ein Bistro, das Tische in der Halle entlang der Glaswand aufgestellt hatte, durch die sie nach draußen auf den Vorplatz schauen konnten. Marder bestellte ein Bier, Zhora wollte schwarzen Tee. Draußen war es pechschwarze Nacht geworden. Es begann zu regnen. Schwere Tropfen klatschten gegen die Glaswand. Jetzt hörte man auch den Donner, der den regellos zuckenden Blitzen hinterhergerollt kam. Die Menschen in der Halle blieben stehen und starrten nach draußen.

„Man fühlt sich wie auf einer kleinen Insel mitten im tosenden Ozean", sagte Zhora. Sie betrachtete das Blitzlichtgewitter am Himmel.

Marder war noch ganz aufgekratzt von der guten Stimmung, die er ins Zigeunerlager gebracht, und von den zwei Schlucken Whisky, die er von seinem Flachmann noch abbekommen hatte. Genussvoll grunzend leerte er sein Glas.

„Sie haben nicht zufällig einen Fotoapparat dabei?", fragte er Zhora, sich mit dem Handrücken die Mundwinkel abwischend. „Mit dem hellen Kopftuch vor der dunklen Glaswand und den dahinter zuckenden Blitzen, das gäbe ein grandioses Porträt."

„Ich bin nach Europa gekommen, um Mörder zu fangen. Da ist eine Kamera eher hinderlich. Aber drüben am Souvenirshop habe ich kleine Fotoapparate aus Plastik gesehen. Wenn man hineinschaut, kann man bunte Postkartenansichten betrachten. Wäre das nichts für Sie?"

„Mein Spieltrieb wird eher durch andere Dinge angeregt."
„Interessant! Durch was denn?"
„Da könnte ich Ihnen schon einiges aufzählen."
„Darf ich hoffen?"

„Ich weiß nicht ... Ich glaube, so weit sind wir noch nicht."
„Sie Spielverderber."
„Aber Sie wissen doch: Gut Ding will Weile haben. Würden Sie sich revanchiert fühlen, wenn ich Ihnen ein Alsterwasser brächte?"
„Hier? Wo wollen Sie das hernehmen?"
„Lassen Sie sich überraschen."
Er ging zur Bistrobar, wo die Getränke in Flaschen und Kisten an der Wand aufgereiht standen, kaufte zwei Flaschen und ließ sich zwei Gläser geben, schenkte ein, wie es sich gehörte, und ging mit den vollen Gläsern zum Tisch zurück.
Ein Geräusch wie von platzenden Knallerbsen allüberall ließ ihre Köpfe herumfahren. Riesige, golfballgroße Hagelkörner prasselten gegen die Fensterwand. In wütender Attacke schlugen sie unaufhörlich dagegen, häuften sich in kurzer Zeit zu einem knolligen weißen Wulst, der unaufhaltsam in die Höhe wuchs. Die Menschen in der Halle verfolgten das unheimliche Schauspiel mit schreckgeweiteten Augen. Das Geräusch schien die ganze Flughafenhalle zu durchdringen. Wie eine über sie alle hereinbrechende biblische Plage, dachte Marder; wie der Angriff allesfressender Heuschrecken, den sie als Kind einmal erlebt hatte, erinnerte sich Zhora. Doch in der Halle waren sie sicher.
„Darf ich Sie einen Moment alleinlassen?", fragte Marder. „Ich würde mal gern für kleine Jungs."
Zhora legte den Kopf schief und nickte unmerklich.
Die Toiletten befanden sich am Ende der Halle, und das Pissoir bestand aus einer schräg verlaufenden Regenrinne ohne Zwischenwände. Prompt stellte sich – Marder hatte gerade die Hose aufgeknöpft – jemand neben ihn. Viel zu nah. Ein schmächtiges Kerlchen mit zurückweichendem Haaransatz und blasser Stirn, Mitte zwanzig vielleicht, das ihn von unten her anschaute und fragte:
„Darf ich ihn dir halten?"
Nach einem Blick in die treuherzigen Augen des Kleinen, entspannte sich Marder, steckte beide Hände in die Hosenta-

schen und fragte, leicht auf den Fußballen wippend:
„Gehört das hier zum Dienst am Kunden? Ist das ein Flughafenservice?"
„Nein", antwortete das Kerlchen und lächelte schüchtern, „das ist ein Service speziell von mir."
„In Ordnung", sagte Marder, „jetzt abschütteln."
Was es alles gab! Nach diesem so skurrilen wie harmlosen Erlebnis schlenderte er aufgeräumt zum Bistro zurück. Zhora saß nicht mehr an ihrem Tisch. Er fragte den Mann hinterm Tresen, ob er gesehen hatte, wohin sie gegangen war. Der schüttelte den Kopf, ohne sein Hantieren an scheppernden Getränkekästen zu unterbrechen. Marder machte ein ratloses Gesicht. Hatte Zhora sich anstecken lassen und die Damentoilette aufgesucht? Die Halle verlassen und nach draußen gegangen war sie wohl kaum. Der Hagel prasselte mit unverminderter Gewalt vom Himmel. Mittlerweile hatte sich ein körniger weißer Wall von über einem halben Meter Höhe vor der Glaswand aufgetürmt. Unmöglich, dass bei diesem Wetter ein Flugzeug landete oder startete. Er wartete noch fünf Minuten und machte sich gerade auf den Weg zum Info-Stand, als Zhora ihm von dort schon entgegenkam.

„Für die nächsten Stunden bleibt der Flughafen gesperrt. Sämtliche Flüge werden verschoben. Ich habe auch den Malév-Flug von Budapest überprüfen lassen. Herr Burgwald ist an Bord. Aber er wird hier nicht landen. Der Flug wird umgeleitet nach Konstanza."

„Wo, zum Teufel, ist das?"

„Das ist eine ziemlich große Hafenstadt am Schwarzen Meer. Die Ankunftszeit der umgeleiteten Maschine aus Budapest dort wird auf 21.00 Uhr geschätzt."

Marder schaute auf die Armbanduhr.

„Noch gut eine Stunde. Sie sind eine tüchtige Frau, Zhora."

„Danke. Aber die Zeitangaben sind natürlich ohne Gewähr. Alles hängt davon ab, wie sich dieses Wetter entwickelt."

„Ich mache mir Sorgen um unser Zeitfenster. Wenn der

Krahke-Konvoi schneller ist als wir und wir ihn in Istanbul verpassen, finden wir die Kerle nie wieder. Wir müssen so schnell wie möglich zu den Brücken und dort notfalls ohne Burgwald klarkommen. Was meinen Sie?"
Zhora biss sich auf die Lippen. Marder glaubte, das Klickedi-klick ihres Denkapparats geradezu hören zu können.
„Die Entfernung von hier aus nach Konstanza beträgt ungefähr zweihundert Kilometer. Noch einmal eine solche Entfernung müssten wir zurücklegen, um an der Küste entlang wieder auf unsere bisherige Route nach Istanbul zu stoßen. Ein Umweg von etwa zweihundert Kilometern. Nicht gerechnet die unbestimmte Zeit, die wir in Konstanza verbringen, bis Burgwald heil gelandet ist. Andererseits würden wir auf der Küstenstrecke das Balkangebirge umfahren und könnten dadurch einiges an Zeit wieder herausholen."
„Sie sind über die geografischen Gegebenheiten erstaunlich gut informiert."
„Ich habe tüchtig in Ihrem dicken Auto-Atlas geschmökert. Sagt man das so, geschmökert?"
„Ja, das sagt man so." Marder zwang sich zu Konzentration. „Der Weg über Konstanza birgt einige Unwägbarkeiten und bedeutet Zeitverlust. Wir bleiben auf der geplanten Route nach Istanbul. Burgwald wird sich melden, sobald er in Konstanza gelandet ist. Er soll dann die nächste Maschine nach Istanbul nehmen. Wir holen ihn da am Flughafen ab. Okay?"
„Einverstanden."
„Dann los! Sehen wir zu, wie weit wir heute noch kommen."

56

Zu dem Zeitpunkt, als Zhora und Marder in den Scorpio stiegen und sich auf den Weg in Richtung Bulgarien machten, hatten Krahke und seine Leute sich ihnen auf rund sechzig Kilometer genähert. Die Fahrt durch die südlichen Karpaten war nicht allein wegen des schlechten Zustands niemals endenwollender Serpentinenstraßen so anstrengend gewesen, sondern auch, weil es die ganze Zeit über intensiven Funksprechverkehrs bedurfte, um die drei Fahrzeuge halbwegs beisammen zu halten. Trotzdem hatten Kamal und Khalid im ersten Wagen sich zwei Mal verfahren. Alle mussten warten, bis sie die richtige Straße wiedergefunden hatten. Nach dem zweiten Mal waren sie dann im Konvoi – der Mercedes vornweg – weitergefahren. Gegen Abend wurde es rapide dunkel. Ein Unwetter zog auf. Trotzdem bestand Balatow darauf, bis nach Pitesti – der letzten größeren Stadt vor Bukarest – weiterzufahren. Dort hatte er Freunde, die er, sagte er, unbedingt besuchen musste. Sie schafften es noch so eben. Bevor die balkanischen Hagelkörner ihnen die Windschutzscheiben demolieren konnten, verschwanden alle drei Wagen im schwarzen Maul der Tiefgarage des von Balatow ausgesuchten Hotels.

Die Familien Gheorghiu und Feminescu wohnten in benachbarten Häusern nur ein paar Straßen von diesem Hotel entfernt; entsprechend fluchte der Taxifahrer, der zum Hotel gerufen wurde und Balatow unter Gefahr von Glasbruch und Blechschäden dorthin zu bringen hatte. Während Krahke und Wustrow mit den Iranern eine leichte Abendmahlzeit zu sich nahmen und früh zu Bett gingen, verbrachte Gregor Balatow eine lange Nacht mit den Männern der Familien Gheorghiu und Feminescu, deren beiden Familienoberhäupter für ihn in Hamburg tätig geworden waren. Sie aßen gut und tranken viel, erhitzten sich in eifernden Debatten, lagen sich in den Armen, tranken weiter. Später skizzierten sie Streckenverläufe, verteilten Aufgaben und schrieben Einkaufslisten. Als Balatow nach Mitternacht ins Hotel zurückgebracht wurde, hatte er eine Hilfstruppe rekrutiert, die sich alsbald wohlausgerüstet stets in erreichbarer Nähe halten und jederzeit eingreifen können würde.

57

Burgwalds Befinden besserte sich nicht, als sie kurz vor der Landung in die Turbulenzen eines blitzenden und prasselnden Sturmwetters gerieten, Zwerchfelle sich wölbten und Spucktüten hervorgeholt wurden, der Kapitän mit zweimaliger Durchsage darum bat, bloß keine Funktelefone einzuschalten; es gebe aber keinen Grund zur Panik. „Und bitte stellen Sie das Rauchen ein!" Wenig später hieß es, die Maschine werde nach Konstanza umgeleitet. Eine zusätzliche Stunde. Und Burgwald konnte Marder nicht anrufen.

Eine halbe Stunde später kamen sie aus der Schlechtwetterfront heraus, die Passagiere hörten auf zu beten, der Pilot ging in den Sinkflug. Die Landung in Konstanza verlief reibungslos. Burgwald hatte nur kleines Handgepäck, und nachdem er durch den Zoll gewinkt worden war und nun in der schmucklosen Abfertigungshalle stand, griff er umgehend zum Mobiltelefon. Marder meldete sich aus Giurgiu, einer Kleinstadt mit rostenden Hafenanlagen am Ufer der Donau. Auf der anderen Seite des Flusses lag Bulgarien.

„Wir werden versuchen, heute Abend noch bis Varna zu kommen", sagte Marder. „Über die E 70 sollte das zu schaffen sein. Dort bleiben wir über Nacht und fahren morgen die Küste hinunter nach Istanbul. Sieh zu, dass du einen Flug dorthin bekommst. Wir werden morgen irgendwann am Nachmittag dort eintreffen."

Burgwald grinste.

„Ich weiß noch was Besseres. In einer knappen Stunde geht von hier aus eine Propellermaschine nach Varna. Die nehme ich und bin noch früher da als ihr. Was sagst du dazu?"

„Was ich dazu sage?" Marder sah Zhora an und schmunzelte. „Dass du ein Teufelskerl bist, Willie, das sage ich dazu. Wir treffen dich im Flughafengebäude."

Als Burgwald sein Mobiltelefon in die Hosentasche steckte,

hatte er ein Gefühl im Bauch wie vorhin am Himmel beim Durchsacken in ein Luftloch, als die Leute gequiekt hatten wie bei der Talfahrt einer Achterbahn. Er warf sich die kleine Reisetasche über die Schulter und ging leichtfüßig zum Ticketschalter. Den schwarzhaarigen, salopp gekleideten jungen Mann mit dem levantinischen Teint, der mit ihm in der Maschine gesessen hatte und ihm nun folgte, bemerkte er nicht.

Die Counter von TAROM und Turkish-Airlines lagen nebeneinander. Der Levantiner kaufte ein Ticket für die erste Maschine am anderen Morgen nach Istanbul und nahm befriedigt zur Kenntnis, dass Burgwald den nächsten Flug nach Varna buchte. Diese inoffiziell operierenden Deutschen schienen gut eingespielt zu sein, dachte er. Außerdem wussten sie zu improvisieren.

Marder und Zhora trafen gegen Mitternacht in Varna ein. Da hatte Burgwald schon Zimmer für sie im Flughafenhotel gebucht und bei einer nationalen Autovermietung einen Toyota-Jeep gemietet, den er als *upgrade* für den eigentlich gebuchten und dann doch nicht verfügbaren Citroen Xara bekam. Es war nicht das neueste Modell, machte aber einen robusten, geländegängigen Eindruck und den jungen Kriminalassistenten – der gleich eine Proberunde um das Flughafengelände drehte – abenteuerlich glücklich.

Kurz vor Mitternacht betraten Marder und Zhora die Abflughalle. Burgwald, der übernervös auf sie gewartet hatte, sprang auf und eilte ihnen entgegen. Marder streckte ihm die Hand hin:

„*Long time no see*", begrüßte er ihn lächelnd. Er umschloss Burgwalds Hand mit festem Druck. Der fand gar keine Worte und drückte lachend zurück.

Zhora trat vor.

„Ich freue mich, Sie wohlbehalten wiederzusehen. Sie sind ein tapferer Mann, Herr Burgwald."

Sie reichte ihm die Hand, die dieser ergriff, und legte die andere darüber. „Tapfer und kühn."

Burgwald war so bewegt, dass ihm noch immer kein Wort über die Lippen kam.

„Schier verwegen", half ihm Marder.

„Na, na, nicht übertreiben!" Burgwald bewegte sich in den Schultern, entzog dem Leutnant die Hand und wies nach draußen. „Ich habe schon ein neues Auto gemietet und im Flughafenhotel Zimmer für Sie reserviert."

„Dann nehmen wir da noch einen Absacker, und morgen früh brechen wir zeitig auf."

Marder berührte Zhoras Unterarm, als sie Burgwald folgten, und da sie in keiner Weise abwehrend reagierte, ließ er die Hand unter ihrem Arm, bis sie das Hotel betraten.

In Marders Zimmer hielt die Minibar für jeden ein Getränk bereit. Der Austausch ihrer Reiseerlebnisse wurde jedoch schon bald durch allseitiges Gähnen unterbrochen und folglich auf unbestimmte Zeit verschoben. Beim Frühstück am nächsten Morgen bekam Burgwald eines der Funkgeräte und einen GPS-Tracker ausgehändigt. Er drehte die kleinen Hightec-Geräte bewundernd zwischen den Fingern.

„Nette Dinger", sagte er anerkennend; „aber ich habe keine Waffe."

„Darum kümmern wir uns in Istanbul", erwiderte Marder kauend. „Du fährst auf der Strecke vor uns her, dann können wir das Spielzeug da endlich einmal testen." Er deutete auf die Elektronik.

So fuhren sie los. Gegen Mittag erreichten sie die Grenze. Marder bog kurz vorher in einen Waldweg ein und wechselte die Nummernschilder aus.

„In der Türkei ist es sicherer, mit deutschen Kennzeichen zu fahren", antwortete er auf Zhoras Frage. „Warum? Das dürfte Ihnen, aus einem anderen Kulturkreis kommend, nicht leicht zu vermitteln sein. Ich denke, es hat mit Respekt zu tun."

„Deutsche genießen in der Türkei also mehr Respekt als Rumänen?"

„Mit Sicherheit."

Die Unbedingtheit dieser Antwort verblüffte Zhora. Während der Weiterfahrt verschränkte sie die Arme vor der Brust, spielte nachdenklich mit den Fingern der linken Hand an einem Zipfel ihres Kopftuchs. Nach einer Weile merkte sie, dass Marder unruhig wurde.

„Worüber denken Sie nach?", fragte er endlich, die Stille der letzten Kilometer unterbrechend.

„Über die Sicherheit."

„Das ist ein weites Feld. Wir werden es auf dieser Reise kaum erschöpfend beackern können." Er warf ihr einen Seitenblick zu. „Sie halten mich für einen Chauvinisten, nicht? Das haben Sie schon einmal gesagt."

„Ich glaube, dass Sie ehrlich sind. Was nicht heißt, dass Sie Recht haben müssen."

„Natürlich nicht immer." Der Blick, den er ihr diesmal zuwarf, war eigentlich ein Grinsen. Burgwald, der das Funkgerät ausprobierte, schaltete sich ein.

„Grenze ohne Vorkommnisse passiert. *Over*. Bei euch alles klar? Kommen!"

„Ja. Wir fahren gerade durch ein Kaff namens Igneada. Halten uns auf der D 565 und werden dann über die E 80 nach Istanbul reinkommen. Warst du schon mal in Istanbul? Kennst du dich da ein bisschen aus?"

„Nein, überhaupt nicht."

„Fahr' einfach immer geradeaus in die Stadt rein. Dann kommst du irgendwann zur Galatabrücke. Da treffen wir uns."

„Null Problemo. Bis dann. *Over*."

„Die Zuversicht dieses jungen Mannes ist bemerkenswert. Finden Sie nicht?" Marder suchte Zhoras Blick und hätte deshalb beinahe das Stoppschild an der Kreuzung hinter Igneada übersehen. Er musste eine Vollbremsung hinlegen, um nicht von zwei von rechts heranbrausenden Mercedeslimousinen abrasiert zu werden. Zhora streckte die Arme aus und stützte sich am Armaturenbrett ab. Marder schüttelte benommen den Kopf.

„Haben Sie das gesehen?"
„Nah und deutlich." Zhora hyperventilierte ein bisschen.
„Und?"
„Und was?"
„Zwei von den Kerlen im ersten Wagen haben vor knapp einer Woche auf uns geschossen."
„Sind Sie sicher?"
„Ich habe die Gesichter der beiden gesehen. Im ersten Wagen. Los, bleiben wir dran!"
Marder gab Gas, und Zhora griff zum Funkgerät, informierte Burgwald über die neue Situation.
„Lassen Sie sich überholen und behalten Sie die Wagen danach im Auge. Wir schließen auf und verfolgen sie dann abwechselnd bis nach Istanbul hinein."
„Verstanden. Ende."
Jetzt kam Bewegung in die Sache, dachte Burgwald. Mann, hatten sie ein Glück. Denn dass die Rumänen zu Krahke gehörten, stellte wohl niemand in Frage. Nur, dass der rote Wüterich und seine Leute jetzt offenbar acht Mann Verstärkung bekamen, war weniger schön. Er knabberte noch an dem Gedanken, als er sie im Rückspiegel auftauchen sah. Sie kamen in einem idiotischen Tempo herangebraust. Zwei staubige oder sandfarbene Mercedeslimousinen. Wie sollte man sie bei einer solchen Geschwindigkeit unauffällig verfolgen? Andererseits: Wenn sie so weiterrasten, würden sie wahrscheinlich bald von einer Polizeistreife gestoppt. Also Ruhe bewahren. Erst einmal warten, bis Marder und Frau Tahiri zu ihm aufschlossen.

Aber sie kamen nicht. Was war los?, fragte er über Funk. Eine verdammte Schafherde, fluchte Marder ins Gerät, die ausgerechnet vor ihnen über die Straße musste. Burgwald sollte dranbleiben, die Rumänen auf keinen Fall verlieren. Leicht gesagt. Vor ihm tauchte eine Ortschaft auf, Straßen verzweigten sich, mit einem Mal waren beide Fahrzeuge verschwunden. Er wählte auf gut Glück eine Richtung und fuhr bis zum Ortsausgang weiter. Von dort schlängelte sich die Straße in eine endlose, baumlose, steppenartige Landschaft hinein, in der außer einem Eselskarren bis zum Horizont kein Fahrzeug zu sehen war. Burgwald wendete, fuhr zurück zur Ortsmitte und nahm dann eine andere Straße. Am Ortsrand das gleiche Bild wie vorhin. Der GPS-Tracker zeigte ihm, dass dies aber die richtige Straße in Richtung Istanbul war. Er fuhr auf den Seitenstreifen und wartete. Zehn Minuten später kam der Scorpio, der so zugestaubt war, dass Burgwald ihn erst erkannte, als Marder hupte und hinter ihm an den Straßenrand fuhr. Da schnippte er seine angerauchte Kippe aus dem heruntergekurbelten Seitenfenster und stieg aus.

„Ihr habt ja gesehen, wie die gefahren sind", sagte Burgwald entschuldigend. „Als ich in dies Dorf kam, war von den Kerlen schon nichts mehr zu sehen."

Die drei schauten sich betreten an. Marder fing sich als erster.

„Wäre ja auch zu schön gewesen. Bleiben wir also bei unserem ursprünglichen Plan. Das heißt, so schnell wie möglich zur Bosporusbrücke und zu der anderen. Wie heißt die eigentlich?"

„Fatih-Sultan-Mehmet", wusste Burgwald.

„Also dann ... Du fährst hinter uns her, Willie. Und halte Sichtkontakt."

„Verlasst euch drauf."

Am frühen Nachmittag fuhren sie durch die ersten Vororte und Außenbezirke von Istanbul. Die E 80 brachte sie bis in die Innenstadt. Dort, wo sich die Schnellstraße in zwei Arme teilte, um später über die beiden Brücken den asiatischen Kontinent zu erreichen, nahmen sie den südlichen Arm, später noch eine weitere Abfahrt in Richtung Süden und landeten schließlich an den Schiffsanlegestellen des Goldenen Horns nahe der Galatabrücke. Von dort quälten sie sich mit ihren Fahrzeugen durch das Gassengewirr des Waffenhändlerviertels unterhalb der Süleymaniye-Moschee. Geschäftiges Treiben in den Straßen, überall wurde gebaut. In der Nähe eines alten Hammams stellten sie die Fahrzeuge ab und gingen zu Fuß weiter.

„Wir brauchen Waffen", sagte Marder. „Hier bekommen

wir sie."
Burgwald gingen die Augen über. Waffengeschäft reihte sich an Waffengeschäft. Jagdflinten, Sturmgewehre, Feldausrüstung, Messer, Pistolen und Revolver, zum Teil vor den Läden aufgebaut und in Kisten präsentiert, als hätte man es mit Obst- und Gemüseständen zu tun. Man brauchte nur zuzugreifen. Ein Waffennarrenparadies. Zhora schien derartiges nicht fremd zu sein. Sie musterte die ausgestellten Waren mit Kennerblick, schien aber nicht sonderlich beeindruckt von dem, was dort angeboten wurde.

„Ramsch", murmelte sie verächtlich.

„Nicht alles", korrigierte Marder, als er in eine enge Gasse einbog und vor einem dunklen Hauseingang stehenblieb, hinter dem sich alles Mögliche befinden mochte, nur kein seriöses Waffengeschäft. Neben dem Eingang, unter einem schmalen Schaufenster mit einer Auswahl von Jacken und Hosen in neonfarbenen Tarnmustern, standen auf Holzgestellen ein paar flache Kästen aus dunkelgrünem Plastik, wie sie Fischverkäufer in den Markthallen benutzten, um darin ihre Fische auf Eis feilzubieten. Hier waren die Kästen angefüllt mit einem bizarren Sortiment sindbadisch oder alibabaesk anmutender, mit glitzernden Steinen verzierter Krummdolche sowie Kampfmesser in Rambo- und Crocodile-Dundee-Manier, vor deren Kauf selbst ukrainische Touristen zurückgeschreckt wären. Marder ging hinein. Zhora und Burgwald folgten ihm. Drinnen war kaum etwas zu erkennen. Vage Umrisse von Kisten und Ballen und Dingen, die von der Decke herabhingen, und von überquellenden Regalen, gegen die man stieß, bis ein korpulenter Mann in weißem Jackett und mit einem roten Fez auf dem Kopf sich ihrer annahm und sie durch schmale Flure in ein geräumiges, gut ausgeleuchtetes Zimmer führte. Dort saßen zwei ältere Herren in dunklen Anzügen und kragenlosen weißen Hemden auf einem Teppichstapel und rauchten Wasserpfeife. In der Mitte des Raums stand ein halbes Dutzend Glasvitrinen, über zwei Wände zogen sich Waffenschränke, die mit gläsernen Türen verschlossen waren. Burgwald hatte nicht den geringsten Zweifel, dass alles Glas in diesem Raum kugelsicher war. Der Mann mit dem Fez erkundigte sich nach ihren Wünschen.

„Wir brauchen hohe Feuerkraft, die möglichst unauffällig am Mann zu tragen ist", erklärte Marder.

Der Mann mit dem Fez nickte bedächtig, dabei Zhora mit einem flüchtigen Seitenblick streifend.

„An der Frau auch", ergänzte Marder, dessen Blick an Zhoras unbewegter Miene abprallte, nach kurzem Umherirren beim Fez jedoch gnädige Aufnahme fand.

„Bitte, schauen Sie sich um." Er führte seine Gäste an den Vitrinen und Schränken entlang und machte Vorschläge.

„Bei komprimierten Waffensystemen sind die Israelis immer noch weltweit führend", erläuterte er. „Sehen Sie, hier." Er deutete auf ein klobig wirkendes, stumpfnasiges Gewehr. „Ein modifiziertes M16-Sturmgewehr für Wolframmunition. Das heißt, keine herkömmlichen Geschosse. Die Patronen sind mit Wolframpulver gefüllt, dessen große Oberfläche durch den Luftwiderstand nur einen Wirkungsradius von ca. vier Metern entfaltet. Innerhalb dieses Radius' ist die Munition absolut tödlich. Eine Art Granate. Sie zerreisst menschliches Gewebe ohne Splitterwirkung, allein durch Druck. Die Zielgenauigkeit ist mit hundert Metern angegeben."

Marder machte ein angewidertes Gesicht.

„Sowas brauchen wir nicht. Wir kommen mit herkömmlicher Technik zurecht."

„Dann sehen Sie sich das hier an!"

In den routinierten Verkäuferton mischte sich unverhohlener Stolz: „Sturmgewehr Tavor 21. Frisch aus der Entwicklungsabteilung von *Israel Military Industries*. Ich darf behaupten, dass wir die Einzigen in der Türkei sind, die diese Waffe schon anbieten. Leichtes Polymer-Gehäuse, nur 72 cm Gesamtlänge. Beidseitiger Hülsenauswurf, daher auch für Linkshänder problemlos bedienbar. Verbindet das geringe Gewicht eines direkten Gasdruckladers mit der Zuverlässigkeit eines indirekten Systems. Hier trifft das Gas auf den fest mit dem Verschlussträger verbundenen Kolben, und durch diese Lüftungsschlitze im Gehäuse über dem Handgriff werden die heißen schmutzigen Pulvergase vom Mechanismus abgelenkt. Das Gewehr verwendet ein Standard-M16-Magazin mit 30 Schuss und kann mit einem 40 mm Gewehrgranatwerfer aufgerüstet werden. Ein auf eine Picatinny-Schiene montiertes Rotpunktvisier würden wir gern dazugeben. Als Geschenk des Hauses, versteht sich." Er strich sich zufrieden über den Bauch.

„Sehr schön." In Marders Stimme klang Anerkennung. „Leider zu lang."

„Nun, dann gibt es die bewährten Handfeuerwaffenmodelle von Uzi, Glock und Co.", fuhr der Verkäufer ungerührt fort. „Hier, sehen Sie!"

Er deutete auf eine Vitrine, die ein halbes Dutzend Pistolen modernster Bauart barg. Marder, Zhora und Burgwald traten interessiert näher. Der Mann mit dem Fez schloss die Vitrine auf und nahm die einzelnen Waffen in die Hand.

„Eine Mini-Uzi. Kaliber 9 mm oder .45 ACP. Zum verdeckten Tragen gedacht. Stangenmagazin mit bis zu 40 Schuss. Feuergeschwindigkeit ca. 1.700 Schuss pro Minute. Zweiter Pistolengriff am Handschutz und seitlich umklappbare Schulterstütze. Daher auch gut für Dauerfeuer geeignet."

Er legte sie zurück und griff zur nächsten.

„Die Glock. Wir haben das Modell 17 im Angebot. Für große Hände geeignet. Nicht so kompakt wie die Glock 19, auch 30 Gramm schwerer; dafür zwei Schuss mehr im Magazin. 17 Schuss. Für viele Kunden das ausschlaggebende Kriterium."

Die nächste Pistole war ein Modell, das Burgwald noch nie gesehen hatte.

„Die Jericho 941. Halbautomatische Selbstladepistole mit festem Visier und Schlagbolzensicherung. Kaliber 9 mm Parabellum, Magazinkapazität 16 Schuss. Die sogenannte *Baby-Eagle*. Der perfekte Mann-Stopper."

Marder hob die Hand.

„Willie?"

„Ich denke, ich bleibe bei der Glock. Was mit siebzehn Schuss nicht zu regeln ist, ist überhaupt nicht zu regeln", sagte Burgwald entschlossen.

„Zhora?"

„Ich bin mit der Beretta zufrieden. Allerdings könnte ich mir vorstellen, dass uns ein paar von den Uzis gute Dienste leisten würden. Und reichlich Munition."

„Womit Sie zweifellos Recht haben", stimmte Marder zu.

„Brauchen wir Schalldämpfer?", fragte Burgwald.

„Für die Pistolen habe ich Schalldämpfermodelle da; für die Uzis leider nicht." Der Fez machte ein bedauerndes Gesicht.

„Und für einen Colt Automatic, 54er Modell?", fragte Marder.

„Auch für diese", der Fez zögerte unmerklich, „Waffe wird sich was finden lassen."

Die alten Herren waren mit ihrer Wasserpfeife ein Stück zur Seite gerückt, so dass Zhora, Marder und Burgwald nun ebenfalls auf dem Teppichstapel Platz nehmen konnten, wo der Abschluss ihres Geschäfts mit gesüßtem Pfefferminztee begossen wurde. Mit drei Uzis und sechs Handgranaten in einer Sporttasche sowie einer Glock 17 im ledernen Schulterhalfter – das Burgwald als Draufgabe bekommen hatte – verließen sie eine halbe Stunde später das Geschäft durch einen Ausgang zu einer anderen Straße hin. Als sie hinaustraten, blickten sie auf die Wasserfläche des Goldenen Horns, die in der Nachmittagssonne glitzerte.

Und noch etwas sahen sie. Allerdings erst, nachdem sie schon einige Schritte gegangen waren und ihre Augen sich an die Helligkeit draußen gewöhnt hatten. Keine zehn Meter entfernt auf der anderen Straßenseite stand einer der beiden sandfarbenen Mercedes mit rumänischem Kennzeichen zwischen anderen geparkten Autos. In wortloser Verständigung strebten die drei auseinander. Zhora ging weiter, Burgwald verschwand in einem Tabakladen. Von dort aus konnte er beobachten, wie Marder auf die gegenüberliegende Seite wechselte, wo er an einem Zeitungsstand eine *Hürriyet* kaufte und sich im Weitergehen sogleich in die Lektüre vertiefte. Kurz vor dem Mercedes verlangsamte er seinen Schritt und hob die Zeitung etwas höher. Er schien eine hochinteressante Meldung entdeckt zu haben. Zwei Schritte weiter stieß er mit einem entgegenkommenden Mann zusammen, die Zeitung flatterte zu Boden. Eine Verwünschung ausstoßend bückte er sich, um sie wieder aufzuheben. Die hintere Stoßstange des rumänischen Mercedes befand sich nur wenige Zentimeter von seinem rechten Arm entfernt. Mit einer blitzschnellen Bewegung stieß seine Hand im Schutz der Zeitung nach vorn und heftete seinen GPS-Tracker mit kaum vernehmbarem Plopp unter das Bodenblech. Umständlich faltetet er die Zeitung zusammen, erhob sich immer noch brummelnd und setzte seinen Weg in der Richtung fort, in der Zhora – auf der anderen Straßenseite ein Schaufenster betrachtend – wartete, bis er auf ihrer Höhe war und dann parallel zu Marder weiterging. Burgwald war unterdessen mit einer Plastiktüte in der Hand aus dem Tabakladen auf die Straße getreten, schaute zum Himmel hinauf, warf einen Blick auf seine Armbanduhr und schlenderte – eine Hand in der Hosentasche – hinter den anderen her. Die Aktion mochte drei bis vier Minuten in Anspruch genommen haben, und weitere fünf Minuten vergingen, bis sie am alten Hammam wieder zusammentrafen. Sie stiegen alle in den Scorpio, und Marder fuhr seinen schnellen Rechner hoch, über den die Satellitenverbindung zu den GPS-Trackern lief.

„So, meine Freunde, mal sehen, ob wir euch auf den Schirm kriegen", brummte er.

„Hoffentlich führen sie uns auch wirklich zu diesem Krahke", sagte Zhora mit Zweifel in der Stimme.

Burgwald hatte im Tabakladen eine Stange türkischer Zigaretten gekauft und fingerte jetzt eine Packung *Türkü* auf.

„Da haben wir sie!", rief Marder und zeigte auf den Bildschirm, der das Gassengewirr des Waffenhändlerviertels abbildete. In der Mitte blinkte ein roter Punkt, der sich fortbewegte.

„Das war aber knapp. Sie sind schon unterwegs. Hoffen wir bloß, dass sie den Tracker nicht finden und dass die Magnete halten." Burgwald paffte nervös das neue Kraut und hustete. Er verzog das Gesicht und warf die Kippe halb aufgeraucht aus dem Fenster.

„Die halten schon." Marder war voller Zuversicht. „Jetzt haben wir die Kerle. Die entkommen uns nicht mehr."

Zhora band ihr Kopftuch fest.

„Wir machen ihnen die Hölle heiß."

„Los gehts!"

Burgwald stieg um in den Jeep.

Die Jagd begann.

Mor Gabriel

58

Der Krahke-Konvoi zog sich durch halb Istanbul. Die Iraner bildeten die Vorhut. Der Audi A8 hatte Üsküdar bereits hinter sich gelassen und näherte sich Sultanbeyli. Der Forester folgte in einem Abstand von zwei bis drei Kilometern, Krahkes Mercedes stets im Rückspiegel. Die Rumänen fuhren ebenfalls mit einigen Kilometern Abstand und erreichten gerade den asiatischen Kontinent, als sich der Ford Scorpio und Burgwalds Toyota in die rechte Fahrspur der Bosporus-Brücke einfädelten. Sie waren jetzt Teil des Konvois und würden sich nicht mehr abhängen lassen.

Willie Burgwald hatte das Autoradio aufgedreht und schwebte beglückt zwischen Himmel und Wasser. Seit er die ersten Klänge von Hüsnü Selendiricis Klarinettenspiel gehört hatte, war er von orientalischer Musik wie betrunken. Er bekam gar nicht genug davon und drehte sich durch die Senderskala, bis die nie zuvor gehörten Melodien erklangen. Seine wie von Trotz und Gegenwind gezeichneten Züge über dem zurückweichenden Kinn hoben sich, seine Augen strahlten. Er hatte die Seitenfenster heruntergedreht und ließ die Musik nach draußen. Warmer Wind spielte auf seiner Haut. Die Menschen am Straßenrand schauten zu ihm ins Auto, lächelten und winkten. In einem Gefühl von Gelöstheit und Einverständnis winkte er glücklich zurück.

Ähnlich entspannt lehnte Zhora im Beifahrersitz des Scorpio und schaute vergnügt auf das Treiben in den Straßen der Stadt, die immer ländlicher wurde, in dörfliche Viertel und hässliche Hochhaussiedlungen zerfiel, bis schließlich nur noch graue Straße vor ihnen lag, die durch gebirgige braune Landschaft führte.

„Seit Europa hinter uns liegt, grinsen Sie wie ein Honigkuchenpferd", maulte Marder nach einem Seitenblick zu ihr. „Fühlen Sie sich wieder zu Hause?"

„Nein, ich muss bloß daran denken, wie Ihnen hier wohl zumute ist: statt Kirchen nur noch Moscheen; kein weibliches Haupt ohne Kopftuch ... andererseits: das Wissen um die Vorherrschaft des Patriarchats mit allem, was es im Einzelnen bedeutet, müsste Sie eigentlich milde stimmen."

„Archaische Bräuche sind nichts, was mich mit Befriedigung erfüllt. Wenn Männer ihre Frauen rückständig halten, klopfe ich ihnen dafür nicht auf die Schulter. Das täte ich vielleicht bei Ihnen, wenn Sie als freie Frau mit wehendem Haar neben mir säßen."

„Die Freifrau mit wallendem Haar. Höre ich da den Minnesänger bei Ihnen durch, Thomas? Doch ein bisschen Archaik? Gute alte Ritterromantik?"

Marder lachte, als er sah, mit welchem Vergnügen sich Zhora ins verbale Scharmützel stürzte. Da brach ganz offensichtlich die Erleichterung über das Ende der Ungewissheit durch. Das Adrenalin begann seinen Tanz mit den Endorphinen. Da das Plutonium niemals den Iran erreichen durfte, musste hier, in der Türkei, die Entscheidung fallen.

Bei dem Gedanken jedoch, dass sie fünfzehn bewaffnete Männer überwinden mussten, um an das Plutonium zu kommen, konnte sich Marder eines flauen Gefühls nicht erwehren. Zhora schien keine derartigen Bedenken zu haben, wenn er ihren spitzbübischen Blick richtig deutete.

„Ich frage mich, woher Sie Ihre Unbekümmertheit nehmen. Furcht verspüren Sie bei dem, was auf uns zukommt, keine?"

Ihre Miene wurde ernst.

„Nein, Thomas." Ein kurzes Zögern. „Ich will Ihnen auch erklären warum."

Am Straßenrand huschte ein Hinweisschild vorüber. *Ankara 320 km*, las Marder.

„Wenn Sie im Leben nur noch ein einziges Ziel verfolgen",

sagte Zhora leise, „und dafür die eigene Existenz zu opfern bereit sind, werden Sie furchtlos und frei. Wenn der Tod keine Bedeutung mehr hat, ist auch das Leben bedeutungslos. Mein Ziel heißt seit vielen Jahren Rache."

„Seit Eklunds Tod ist mir dieses Gefühl vertraut", warf Marder ein.

„Ich weiß, aber meine Rache ist älter. Acht Jahre älter, um genau zu sein."

„Al Amarah!", rief Marder. „Ich habe es geahnt. Aber wie passen Sie da hinein?"

„Abu Ammar", sagte Zhora tonlos, „Ihr Kontaktmann aus Khorramshar, der so grausam gefoltert und ermordet wurde, war mein Mann. Er arbeitete wie ich für den Geheimdienst gegen Saddam. Er gehörte zu denen, die für das westliche Kriegsbündnis hinter die feindlichen Linien gingen. Im ersten Golfkrieg, als wir vom Irak angegriffen wurden, war er in Gefangenschaft geraten und von Saddams Schergen auf unaussprechliche Weise misshandelt worden. Beim zweiten Golfkrieg stellte er sich daher der westlichen Allianz zur Verfügung. Er wollte seine Peiniger aufspüren, Rache nehmen, die Revolution gegen Saddam unterstützen."

Zhora atmete tief ein, nestelte mit einer Hand an ihrem Kopftuch. Marder – den Blick starr auf die Straße gerichtet – sagte nichts.

„Nach Auftauchen dieser schrecklichen Fotos, die sie von ihm gemacht hatten, fand der VEVAC schnell heraus, dass die Söldnertruppe um Krahke in dem Gebiet operierte und den Überfall organisiert hatte. Seitdem bin ich diesen Kerlen auf der Spur. Und welches Ende das hier auch findet, ich bin damit einverstanden. Der Tod hat seinen Schrecken für mich lange verloren."

Marder schaute in den Rückspiegel. Weit hinter ihnen sah er den roten Toyota und fragte sich, wie sehr Burgwald an seinem Leben hing.

„Ich verstehe Sie jetzt, Zhora. In Hamburg war das eine andere Situation, und ich bitte Sie für meine damaligen Äußerungen um Nachsicht."

„Das ist schon vergessen. Mein Blick auf Ihr Land und auf Sie ist inzwischen auch ein anderer geworden. Das ist jetzt aber nicht wichtig. Wir müssen uns auf unsere Aufgabe konzentrieren, mögliche Szenarien durchspielen. Ich frage mich, was die Kerle da vor uns planen? Und welche Rolle spielen diese Rumänen?"

59

Diese Frage beschäftigte auch die Männer in Krahkes Mercedes. Balatow war für eine Weile zu den Rumänen umgestiegen. „Um die Stimmung hochzuhalten", hatte er gesagt. Ronnie Wustrow saß am Steuer des 230er SE. Krahke auf dem Beifahrersitz musterte ihn von der Seite und suchte nach einem gewinnenden Einstieg für das, was er zu sagen hatte. Er konnte Wustrow immer noch nicht verlässlich einschätzen. Er nahm dessen Dienste zwar schon seit Jahren, jedoch immer nur sporadisch in Anspruch. «Aber im Kern ihres Wesens», dachte er, «sind diese popelinjackigen Stasileute ja für kleinbürgerliche Leutseligkeit empfängliche Spießer.» Er räusperte sich.

„Unter uns Pastorentöchtern, Wustrow ..."

Die Einleitung quittierte Wustrow erwartungsgemäß mit einem Kichern.

„ ... ich würd zu gern Mäuschen spielen bei Balatow und seinen Rumänen. Ihnen als Profi muss ich nicht sagen, worauf sein Gutelaunemachen hinauslaufen kann."

Mit einer kurzen Bewegung schlug Wustrow seine Popelinjacke zur Seite und ließ den Kolben einer großkalibrigen Pistole sehen.

„Ich habe mich unter der Rückbank bedient und bin auf Unannehmlichkeiten vorbereitet", knurrte er.

„Ich kann mich also auf Sie verlassen, falls die ihr eigenes

Spiel spielen wollen."

„Und ob! Was ist mit den beiden Ermittlern, von denen Sie erzählt haben? Dem Mann aus Hamburg und der iranischen Frau. Meinen Sie, die haben unsere Spur verloren? Wir sind so unbehelligt bis hierher gekommen, da werde ich unwillkürlich misstrauisch."

„Auch mit denen müssen wir rechnen. Nur weil wir noch nichts von ihnen gesehn haben, heißt das nicht, dass sie nicht da sind. Bis zur iranischen Grenze sind's noch über tausend Kilometer. Da endet der Trichter. Bis dahin wird was passieren, darauf können Sie Gift nehmen."

„Ich habe schon in Istanbul mit einem Zugriff gerechnet. Das wäre ungemütlich geworden."

„Ungemütlich wird's auf jeden Fall, Wustrow. Wenn's drauf ankommt, sind die Kräfteverhältnisse für uns beide leider ... na ja, ungünstig ist geschmeichelt. Ich weiß nicht, ob wir das heil überstehn."

„Hören Sie, Krahke. Wir zwei sind zwar die alten Säcke in diesem Verein; aber uns macht doch keiner was vor. Wir sind abgewichste Profis, vor denen die sich in Acht nehmen müssen. Vergessen Sie das nicht. Bei der geringsten Unregelmäßigkeit schlagen wir schnell und gnadenlos zu. Da zögern wir nicht eine Sekunde. Wir legen alles um, was sich uns in den Weg stellt. Wir haben ja gar keine Wahl."

„Das wollt ich von Ihnen hören, Wustrow. So gefallen Sie mir." Ein verkniffenes Lächeln spielte um seine Lippen. „Es ist wie immer: alles oder nichts."

Wustrow stieß ein bitteres Lachen aus und hielt Krahke die offene Rechte hin: „Alles oder nichts!"

Krahke schlug ein.

Die Nacht verbrachten sie in einem neuen Mövenpick-Hotel hinter Ankara. Es lag einsam, ein Stück von der Landstraße entfernt. Die Rumänen blieben unsichtbar und hatten sich vermutlich „in irgendeiner verlausten Mohammedanerstube einquartiert", wie Wustrow es formulierte. Nach dem Abendessen knobelten die Iraner wieder ihre nächtliche Plutoniumwache aus. In dieser Nacht wechselten sich die drei Deutschen erstmals ab, um die Iraner im Auge zu behalten.

Am Morgen brachen sie spät auf. Gut geschlafen hatte keiner. Alle wirkten angespannt. Nach einer guten Stunde Fahrt veränderte sich die Landschaft. Alles Leben schien mit einem Mal erloschen. Links der Straße kahle braune Hügel ohne jedes Grün, so weit das Auge reichte. Rechts dehnte sich die endlose, blendend weiße Fläche eines riesigen Salzsees, dessen Ufer hinter flirrenden Lichtspiegelungen verschwanden. Stellenweise reichte das krustige Salz bis an den Asphalt der Straße.

Den drei Männern im Mercedes fehlte jeder Sinn für die rohe Schönheit dieser Natur, die man unmöglich noch als Landschaft bezeichnen konnte. Sie starrten nach vorn auf die Straße, wo sie weit voraus die beiden Wagen der Iraner wussten. Balatow saß am Steuer, wirkte nervös und machte Witze. Irgendwann griff er zum Funkgerät und quatschte mit den Rumänen, die außer Sichtweite hinter ihnen fuhren.

„Na, ihr Banausen, alles klar bei euch?", sagte er und legte auf, ohne eine Antwort abzuwarten. Er kicherte und zwinkerte im Rückspiegel nach hinten. Krahke und Wustrow grinsten müde zurück.

Die Sonne stand mittlerweile hoch, und Wustrow hatte seine dicke Hornbrille gegen eine gleichartige mit dunklen Gläsern vertauscht. Außerdem hatte er sich einen tütenförmigen Sonnenhut aufgesetzt. «Kaum wiederzuerkennen, der alte Sack», dachte Balatow noch, bevor seine Gedanken hinter der nächsten Kurve von ganz anderen Dingen in Anspruch genommen wurden.

Die Kurve war schwer einsehbar, weil sie um einen felsigen Vorsprung führte. Dahinter warteten die Iraner. Ihr Forester stand bedenklich schräg am Straßenrand, zwei Räder bis zu den Achsen im Salz. Der Audi hielt mit offenem Kofferraum wenige Schritte weiter. Drei der Männer liefen unter großem Einsatz von Gesten am Unglückswagen hin und her. Der vierte stand mitten auf der Straße und winkte hektisch den Mercedes zur Seite. Balatow trat auf die Bremse und konnte den schweren Wagen kurz vor dem Forester zum Stehen bringen.

Was dann geschah, war eine unvorhersehbare Abfolge von Ereignissen, die jedoch so schnell nacheinander eintraten, dass ein unbeteiligter Zuschauer den Eindruck gewonnen hätte, Zeuge einer minutiös choreografierten Inszenierung zu sein.

Die Deutschen waren gerade ausgestiegen, da formierten sich die vier Iraner zu einem lockeren Halbkreis und kamen ihnen entgegen. Jeder hielt eine Pistole in der Hand. Sie hatten noch keine drei Schritte getan, da kam mit jaulenden Reifen der erste Rumänen-Mercedes um die Kurve gejagt, dicht gefolgt vom zweiten. Schotter spritzte hoch, die Iraner wichen zurück und warfen sich hinter ihren Autos in Deckung, die Deutschen hechteten über die Straße und suchten hinter den Felsen Schutz. Der erste Mercedes krachte beinahe ungebremst in den 230er SE. Glas splitterte, Türen sprangen auf, Körper kippten heraus, keiner der Insassen schien mehr am Leben. Der Fahrer des zweiten Mercedes riss das Lenkrad herum und schaffte es gerade noch, an seinem Vordermann vorbeizukommen. Er geriet jedoch ins Schleudern, raste schlingernd auf den Salzsee zu und kam ein Stück hinter dem Audi 8 zum Stehen. Die Iraner waren sofort auf den Beinen und stürmten auf den Wagen zu. Die Rumänen darin fuchtelten mit ihren Waffen, behinderten sich gegenseitig und schossen wild durch die Fenster. Die Iraner setzten in unregelmäßigen Sprüngen heran, rollten sich ab, kamen an allen vier Seiten des Wagens hoch und erschossen die Rumänen in Sekunden.

Inzwischen hatten sich Krahke, Balatow und Wustrow mit gezogenen Waffen vorsichtig dem aufgefahrenen Mercedes genähert, der – ebenso wie Krahkes edle Limousine – zur Hälfte nur noch aus verbeultem und gestauchtem Blech bestand. Aus der Motorhaube zischte kochendes Wasser in die Höhe. Das linke Vorderrad ragte im rechten Winkel aus der Karosserie. Drei der Rumänen waren tot. Der vierte betastete wimmernd seine

Brust, aus der etwas Spitzes herausragte. Aus einer Kopfwunde rann Blut über sein Gesicht und tropfte ihm in den Mund. Er brabbelte unverständliche Worte, die als schaumige Blutblasen auf seinen Lippen zerplatzten. Balatow war mit einem Schritt bei ihm, hielt ihm die Pistole an den Kopf und drückte ab.

„Verdammte Verräter", knurrte er. Mit flatternden Lidern, den rauchenden Colt in der Faust, drehte er sich zu Krahke und Wustrow um. Die hatten sich mit einem kurzen Blickwechsel verständigt, ihn stehen lassen und nun bereits die Vordertüren des 230er aufgerissen. Sich über die Rückenlehnen der Vordersitze beugend, fummelten sie an der Rückbank herum. Gleichzeitig versuchten sie, die davor befestigten Plutoniumbehälter aus ihrer Verankerung zu lösen. Da krachte wieder ein Schuss. Eine ganze Salve aus mehreren Waffen war die Antwort. Krahke spürte einen Schlag an der Wade und schrie auf. Er und Wustrow tauchten aus dem Mercedes auf und ließen sofort ihre Pistolen fallen, als sie zwei der Iraner vor sich sahen, die ihre Waffen auf sie gerichtet hielten. Khalid kniete auf der Straße und hielt seinen Kameraden im Arm, der sich die Hände auf den Bauch drückte und kreidebleich aussah. Zwischen seinen Fingern quoll Blut hervor. Krahke wurde übel. Als er auch noch Blut aus seinem zerfetzten Hosenbein rinnen sah, drehte er sich um, hielt sich an der offenen Tür fest und kotzte auf den Fahrersitz seines Wagens. Als die Iraner Wustrow umdrehten und seine Hände mit Kabelbinder auf den Rücken banden, sah er Balatow am Straßenrand liegen. Sein Toupet war verrutscht und hing wie ein zerrupftes Vogelnest seitlich am Kopf. Er war von mehreren Kugeln getroffen, sein Hemd vom Bauch bis zum Hals ein blutiger Fetzen. Dennoch bewegte er sich. Ein Fuß zuckte, seine rechte Hand tastete suchend im Staub. Kamal trat zu ihm, bückte sich, hob mit spitzen Fingern das Toupet hoch, betrachtete es angewidert, ließ es fallen und tötete Balatow mit einem Schuss in die Schädeldecke.

Unterdessen hatte Khalid seinen verwundeten Kameraden

zum Audi getragen und auf die Rückbank gebettet. Kamal und der andere untersuchten die Autos und luden das Plutonium um. Die beiden Behälter in Krahkes Mercedes waren hinter den Vordersitzen festgeschnallt gewesen und unversehrt geblieben. Krahke hatte einen Streifschuss an der Wade davongetragen; eine Fleischwunde nur, die aber stark blutete und höllisch schmerzte. Kamal fesselte ihn auf dieselbe Weise wie Wustrow und stieß die beiden Deutschen dann zum Subaru Forester, der jeden Moment umzukippen und im schwappigen Salz zu versinken drohte. Krahke und Wustrow standen neben dem leergeräumten Wagen und schauten über die endlose weiße Fläche des Sees. Beißender Salzdampf peinigte ihre Schleimhäute und ließ die Augen tränen. Als sie hinter sich Kamal die Pistole entsichern hörten, wussten sie, dass dieser Ort ihr Eingang zur Hölle war.

Kamal spannte den Hahn seiner Waffe. In diesem Augenblick begann im Audi ein Funkgerät zu knistern; Khalid bellte seinem Kameraden einen Befehl zu, der dazu führte, dass Kamal die Waffe wieder entspannte. Er ging zum Audi, wo Khalid leise ins Funkgerät sprach. Die Deutschen ließ er einfach stehen.

Krahke war noch immer blass um die Nase, was bei ihm einiges heißen wollte. Er biss die Zähne zusammen, setzte sich an den Straßenrand und beobachtete die Iraner. Wustrow tat es ihm nach. Beim Umladen der Plutoniumbehälter hatten die Männer die präparierte Rückbank entdeckt und verfrachteten nun das dort verstaute Waffenarsenal sichtlich zufrieden in den Kofferraum des A 8. Dann gingen sie zu dem Mercedes mit den erschossenen Rumänen. Sie zerrten die Leichen heraus und warfen sie auf den Salzsee. Danach schlugen sie mit ihren Waffen das gesplitterte Glas der zerschossenen Fenster aus den Rahmen. Sie rissen die Schonbezüge von den Sitzen, schüttelten sie draußen aus und wischten damit die Glassplitter vom Armaturenbrett.

„Die wollen mit der Karre weiterfahren", entfuhr es Krahke. Er schaute ungläubig zu Wustrow. Der nickte resigniert.

„Vielleicht nehmen sie uns mit", sagte er, kläglich grinsend.
„Hat Balatow wirklich geglaubt, die alle vier erledigen zu können?"
„Dem guten Gregor ist zunehmend die Realität abhanden gekommen. Aber eigentlich müssen wir ihm dankbar sein."
„Dankbar? Der hätte uns kalt lächelnd umgelegt."
„Sicher. Aber jetzt liegt er da, seine rumänischen Heinis liegen auch alle da, und uns trennen nur noch drei Männer von sechs Behältern, die alle in einem einzigen Auto liegen. Hoch brisant das Ganze; aber sehr einladend. Finden Sie nicht?"
Krahke ließ seinen Worten einen meckernden Laut folgen, der unter anderen Umständen als Lachen durchgegangen wäre. Wustrow schien nur halb überzeugt.
In diesem Moment kippte der Forester mit einem ächzenden Geräusch auf die Seite. Kamal und ein weiterer Iraner kamen heran. Sie verbanden Krahkes Bein notdürftig, rissen ihn und Wustrow hoch und trieben sie zu dem fensterlosen Mercedes der Rumänen. Kamal zerschnitt ihre Handfesseln und stieß Wustrow auf den Fahrersitz. Krahke wurde auf den Beifahrersitz geschoben. Kamal stieg hinten ein. Der andere setzte sich ans Steuer des Audi zu Khalid, der auf der Rückbank saß und den Kopf des verwundeten Kameraden auf seinen Schoß gebettet hatte. Auf sein Zeichen fuhren sie los.

60

„Stopp! Anhalten!", rief Marder.
Zhora, die am Steuer saß, lenkte den Scorpio an den Straßenrand. Marder starrte auf den Bildschirm seines Laptops.
„Irgendwas stimmt da vorne nicht. Der Mercedes der Rumänen hat plötzlich angehalten. Hier, sehen Sie? Gleich hinter dieser Straßenbiegung."
Er warf einen Blick auf das Datenband am unteren Rand der abgebildeten Karte.

„Genau sechseinhalb Kilometer vor uns."
Zhora schaute in den Rückspiegel.
„Da kommt Burgwald", sagte sie. Gleich darauf knirschte hinter ihnen der Schotter unter den Reifen des Toyota-Jeeps. Burgwald stieg aus und kam steifbeinig herangestiefelt. Die Hände steckten in den Gesäßtaschen seiner Jeans, im Mundwinkel qualmte eine Kippe. Er rauchte die Türkü mittlerweile ohne zu husten.

„Probleme?", fragte er, lässig durch den Zigarettenqualm grinsend und sein Schulterhalfter streichelnd. Zhora lachte.

„Bin ich froh, dass wir Sie dabeihaben, junger Mann", sagte sie, und ihr Lachen entwertete die Worte keineswegs.

„Komm mal her und sieh dir das an!" Marder deutete auf den Laptop auf seinem Schoß. „Vor zwei Minuten ist unser Funk-Mariechen abrupt zum Stillstand gekommen. Direkt hinter der Kurve da."

Pee break, I presume?"

„Kann natürlich sein." Marder warf Zhora einen vorsichtigen Blick zu. Da sie nicht reagierte, ließ er den Blick weiterwandern zu Burgwald.

„Ich schlage vor, wir warten hier zwanzig Minuten. Länger braucht man auch nicht, wenn noch ein Reifenwechsel hinzukommt."

„Gut", stimmte Zhora zu, „da können wir uns ein wenig die Beine vertreten." Sie stieß die Tür auf, stieg aus und ging ein paar Schritte. Nachdem sie ausgiebig den Kopf über die Schultern gerollt hatte, gesellte sie sich wieder zu den Männern und betrachtete die Landschaft auf dem Bildschirm.

„Was machen wir, wenn sich nach zwanzig Minuten der Punkt immer noch nicht bewegt?", fragte Burgwald und trat die aufgerauchte Kippe aus.

„Dann müssen wir näher ran. Hier, auf dem Satellitenbild sieht man, dass die Straßenbiegung um eine Felsformation herumführt. Wir müssten einen geschützten Platz für die Autos finden, dann könnten wir versuchen, über die Felsen zu klettern und einen Blick auf die Stelle zu werfen, an der der Wagen stehen- oder steckengeblieben ist."

„Nach dem Gelände zu urteilen, sollte das machbar sein", sagte Zhora.

Burgwald nickte.

In der Zeit des Wartens lud und überprüfte Marder die Waffen. Zhora wanderte bis an den Rand des Salzsees, der einige hundert Schritte entfernt begann. Unter der heißer werdenden Sonne stieg ein beißender Dunst auf und trieb ihr Tränen in die Augen. Sie tat noch ein paar tastende Schritte, dann kehrte sie zu den Autos zurück. Burgwald rauchte in der verbleibenden Zeit zwei Zigaretten und übte sich im Schnellziehen aus dem Schulterhalfter. Da hob Marder die Hand.

„Sie fahren weiter!" Er schaute auf die Uhr. „Achtzehn Minuten", sagte er nachdenklich. „Was immer da los war ..., wir machen es wie besprochen: Vorsichtig bis zu den Felsen, dann klettern."

„Okay!" Burgwald saß bereits im Toyota und ließ den Motor aufheulen.

„So unbefangen müsste man noch mal sein", sagte Marder mit einer Kopfbewegung nach hinten und mit Blick zu Zhora, die nun ebenfalls den Zündschlüssel umdrehte.

„Oder so jung", schlug sie lächelnd vor und ließ den Scorpio mit einem Satz auf die Straße hüpfen. Burgwald hinter ihnen hupte begeistert.

„Freut mich, dass unser Willie Sie so mitzureißen vermag. Und freilich ist es schön, jung zu sein. Aber bitte nicht kindisch werden."

Sie wurden ernst, fuhren langsam und beobachteten das Gelände. Auf Marders Bildschirm bewegte sich der rote Punkt des GPS-Trackers kontinuierlich mit etwa 100 km/h in Richtung Süd-Osten. Die Entfernung hatte sich auf acht Kilometer erhöht. Weit voraus kam die Felsformation mit der scharfen Kurve in Sicht. Etwa einen Kilometer vorher zweigte ein Fahrweg links ab, der kurz darauf in einem ausgetrockneten Bachbett endete. Dort stellten sie die Fahrzeuge ab. Der Weg über Geröll und große Gesteinsbrocken war zwar beschwerlich, bot aber im Notfall bessere Deckung, als wenn sie am Straßenrand gingen. Jeder mit einem kleinen Rucksack, der Munition, Verbandszeug, Trinkwasser und Reservemagazine enthielt, marschierten sie los. Die Uzis hielten sie diskret am Körper. Sie gingen in Abständen von einigen Metern hintereinander und kamen gut voran. Die Felsbarriere, die sie erklimmen mussten, wenn sie hinter die Straßenbiegung sehen wollten, ragte etwa zwanzig bis fünfundzwanzig Meter in die Höhe und schien keine nennenswerten Kletterkünste zu erfordern. Sie bestand aus übereinandergetürmten, von Rissen und Spalten durchzogenen Felsblöcken, zwischen denen hier und da ein krüppeliger Strauch zu wachsen versuchte. Marder ging voraus, Zhora in der Mitte, den Schluss machte Burgwald. Gerade umrundete er einen mannshohen Felsblock, als er fast auf eine Schlange getreten hätte, die vor ihm auf dem Trampelpfad lag und ihn wütend anfauchte. Sie war grau-braun gefleckt, nicht besonders lang, aber dick wie eine Wurst, und der unförmig geschwollene Kopf ließ auf ausgeprägte Giftdrüsen schließen. Er zuckte erregt hin und her. Burgwald blieb wie angenagelt stehen und wagte sich nicht zu rühren. Schlangen konnten nur Bewegung wahrnehmen. Wenn er sich nicht bewegte, war er für sie unsichtbar. Wo hatte er das gelesen? In einem *Reader's Digest*? Noch während er seine Uzi Millimeter um Millimeter nach vorn zu bringen suchte, wurde ihm klar, dass er auf keinen Fall schießen konnte. Ein Schuss würde weit zu hören sein, ihre Anwesenheit verraten, möglicherweise die ganze Aktion gefährden oder gar scheitern lassen. Er ließ den Arm sinken und atmete flach. Warum musste das Biest ausgerechnet ihm vor die Füße kriechen? Er hatte doch gar keine Erfahrung in solchen Sachen! Seine Gedanken drohten gerade in panikartige Turbulenzen zu geraten, da tauchte wie ein lautloser Schatten Leutnant Tahiri vor ihm auf, bewegte sich selbst wie eine Schlange und hielt einen Dolch in der Hand, der blitzschnell zustieß. Das Nächste, was Burgwald wieder klar und deutlich sah, war der vom Dolch durchbohrte Schlangenkopf, den Leutnant Tahiri vor seinen Augen hin und her bewegte. Im Hintergrund sah er den Hauptmann grinsend am Felsblock lehnen.

„Eine Bergotter", sagte der Leutnant. „Sehr giftig. Ihr Biss ist zwar nicht tödlich; aber lähmend und ausgesprochen schmerzhaft."

Mit diesen Worten schleuderte sie die Schlange hinter den Felsen und wischte das Messer am Hosenbein ab. Marder winkte Burgwald aufmunternd zu, dann gingen sie in gehabter Formation weiter. Zwanzig Minuten später hatten sie den Fuß des Felsens erreicht und begannen mit dem Aufstieg. Sie kletterten eher neben- als hintereinander, jeder suchte seinen eigenen Weg, und sie erreichten die Kuppe ungefähr zur gleichen Zeit. Oben musste Marder ein paar Mal tief Luft holen, um wieder zu Atem zu kommen. Dann legten sie sich auf den Boden und krochen zum Rand des Felsens, der etwa zwanzig Schritte vor ihnen lag. Von dort aus spähten sie vorsichtig auf die Straße. Burgwald schob seinen Kopf über den Felsrand und riss unwillkürlich den Mund auf, ohne jedoch einen Laut von sich zu geben.

Was auf den ersten Blick wie ein spektakulärer Verkehrsunfall aussah, entpuppte sich bei genauerem Hinsehen als blutiges Massaker. Die Toten, die da unten herumlagen, waren alle erschossen worden. Bei den vieren im Auto war die Todesursache von oben nicht zuverlässig festzustellen. Sie würden wieder hinunterklettern und sich die Sache aus der Nähe ansehen müssen. Marder schickte Zhora und Burgwald zu den Autos zurück, er selbst glaubte, den steilen Abstieg auf dieser Seite bewältigen zu können. Er wollte den Tatort nicht aus den Augen lassen und würde unten auf sie warten.

Es war nicht schwieriger als er gedacht hatte, und er benötigte keine Viertelstunde für den Abstieg. Als erstes ging er zu dem aufgefahrenen Mercedes, in dem die vier Männer saßen.

Drei waren allem Anschein nach beim Aufprall gestorben, einer durch Kopfschuss getötet worden. Der Tote auf der Straße war Balatow. Das Toupet neben seinem Kopf sah aus wie ein blutverschmierter kleiner Vogel. Vier weitere Leichen lagen am Rand des Salzsees neben- und übereinander. Die Schweinerei musste schnellstmöglichst von der Straße. Er griff zu seinem Mobiltelefon und wählte die Nummer des hilfsbereiten Herrn Matthes vom Außenministerium. Der hörte sich alles an und schien gar nicht unzufrieden damit, wie sich die Dinge entwickelt hatten.

„Wir haben schon einen Mann in Istanbul. Der regelt die Angelegenheit und informiert die türkischen Behörden", sagte er. „Sie haben es jetzt noch mit maximal sechs Gegnern zu tun, Herr Marder. Vielleicht sind ja einige von denen verwundet. Holen Sie sich die Kerle! Wir halten Ihnen so gut wir können den Rücken frei."

„Verstanden", erwiderte Marder.

Er betrachtete die Reifenspuren und Fußabdrücke und versuchte sich vorzustellen, was geschehen war. Vom Salzsee wehte ein heißer Wind herüber. Trotzdem hing noch zäh der widerwärtige Geruch des Todes über der Szene. Marder warf einen besorgten Blick zum Himmel. Geier waren noch keine zu sehen. Aber sie würden kommen.

Zhora und Burgwald kamen mit den Autos. Außer ihnen war weit und breit kein Mensch zu sehen. Marder hoffte, dass das noch eine Weile so blieb.

„Für mich stellt sich die Sache folgendermaßen dar", sagte er, als Burgwald und Zhora zu ihm traten. „Krahkes Wagen in der Mitte, davor ein Wagen der Iraner und hintendrauf einer der Rumänen. In dieser Reihenfolge betrachtet, könnte man sich einen Hinterhalt der Iraner vorstellen, der außer Kontrolle geraten ist. Sie simulieren einen Unfall, die Deutschen halten an, hinter ihnen kommen die Rumänen in dem idiotischen Tempo angerast, das sie immer vorlegen, und knallen hinten auf den Mercedes. Drei von ihnen sind sofort tot, der Vierte wird erschossen. Ebenso Balatow."

„Von wem und warum?", fragte Burgwald.

Zhora war zu den Leichen am Salzsee gegangen, kniete nieder und untersuchte den Boden.

„Von wem, das werden die ballistischen Untersuchungen zeigen", fuhr Marder fort. „Und warum? Ganz einfach: Angriff und Gegenwehr. Wir müssen uns eine sehr dynamische Situation mit mindestens zwei Parteien vorstellen, die sich hier das Plutonium unter den Nagel reißen wollen."

„Mindestens?", fragte Burgwald. „Du denkst an nationale Fraktionen?"

„Nicht unbedingt. Sieh mal: Balatow liegt direkt neben dem Mercedes mit den toten Rumänen. Vielleicht wollten sie gemeinsame Sachen machen. Man hat ihm von oben in die Schädeldecke geschossen. Das sieht nach Hinrichtung aus."

„Aber die Einschüsse in der Brust. Der muss doch sofort tot gewesen sein."

„Tja, wie gesagt: Das klären die Ballistiker."

Zhora rief die beiden zu sich.

„Herr Burgwald, Sie haben die Iraner gesehen. Gehört einer von diesen Toten zu ihnen?"

Mit bemerkenswerter Kaltblütigkeit hob sie die Köpfe der Leichen an, so dass Burgwald ihre Gesichter sehen konnte.

„Nein ..., nein", stammelte er, „das sind sie nicht."

„Dann sind es die Rumänen aus dem zweiten Wagen", sagte Zhora und erhob sich. Sie zeigte auf die Straße.

„Sie sind ins Schleudern geraten und haben den Wagen hier zum Stehen gebracht. Die Iraner haben sie im Auto erschossen. Deswegen die Glassplitter überall."

„Aber das Glas müsste dann doch im Auto liegen", wandte Burgwald ein.

„Sie haben es nach draußen gekehrt; haben den Wagen gesäubert, weil sie damit weitergefahren sind."

„Ohne Fenster?" Burgwald sah verwirrt aus.

Marder trat zu ihm und ergriff seinen Arm.

„Das ist im Moment alles ein bisschen viel für dich, Willie." Er führte ihn zum Toyota. „Setz dich da rein, qualm erst mal 'ne Kippe und lass das Ganze auf dich wirken."

„Okay, mach ich, danke", murmelte Burgwald und klopfte mit etwas zittrigen Fingern eine Türkü aus der Packung.

Marder ging zu Zhora.

„Wie geht es jetzt weiter?", fragte sie. „Wir können doch die Leichen hier nicht so herumliegen lassen."

„Ich habe mit dem Auswärtigen Amt telefoniert. Hier werden sicher bald Hubschrauber auftauchen. Wir sollten zusehen, dass wir schnell die Flatter machen."

„Die Flatter machen. Aye, aye, Captain." Sie legte die Hand ans Kopftuch. „Ich ahne, was das heißen soll."

„Sie lernen schnell."

„Es muss ja auch schnell gehen. Was glauben Sie, wieviel Vorsprung die mittlerweile haben?"

„Kann ich nachsehen."

Sie gingen zu den Autos zurück. Burgwald sah schon wieder ganz munter aus. Im Scorpio wurde der Rechner hochgefahren und zeigte Sekunden später das Satellitenbild der südlichen Türkei. Der blinkende rote Punkt des GPS-Trackers bewegte sich in einer Entfernung von hundertundneunzig Kilometern auf Adana zu.

„Die wollen doch wohl nicht nach Syrien abhauen!" Marder klang alarmiert.

„Das glaube ich nicht." Zhora bat ihn, die Grenzregion etwas näher heranzuzoomen. „Sehen Sie: Von Adana aus können sie fast parallel an der syrischen und irakischen Grenze entlangfahren und südlich von Orumiyeh Iran erreichen. Das ist der schnellste Weg, weil die Straßen im Grenzgebiet sehr gut sind und weil sie so die Dreitausender-Pässe des Taurusgebirges umgehen. Die wollen nur schnell nach Hause."

„Kann sein. Sie legen jedenfalls ein beachtliches Tempo vor. Aber wir kriegen sie."

„Wir müssen sie kriegen." Zhoras Augen waren schwarz

und tief wie Brunnen.

„Wir werden sie kriegen. Sie haben nur noch zwei Fahrzeuge, und wir haben das unverschämte Glück, dass an einem davon unser Tracker hängt. Nachdem was hier geschehen ist, werden sie schön zusammen bleiben. Das gesamte Plutonium befindet sich jetzt an einer Stelle."

Marder klappte den Laptop zu und zwängte sich hinters Steuer. Zhora schwang sich auf den Beifahrersitz. Burgwald saß bereits im Jeep und spielte mit dem Gas. Marder hob den Arm aus dem Fenster und winkte nach vorn: Los geht's! Zur Antwort tippte sich Burgwald an eine imaginäre Mütze und schlug die Hand zackig nach unten, wie das die lässigen amerikanischen Spezialkommandos im Kino taten.

61

In Nusaybin wurde die Situation unhaltbar. In der Grenzstadt, die auf syrischer Seite Al-Qamishliyah hieß, war unerwartet viel Polizei und Militär auf den Straßen. Demonstranten zogen durch den türkischen Teil der Stadt, skandierten kurdische Parolen und blockierten den Verkehr. Außerdem hatte Chaled – der Verwundete – angefangen, Blut zu husten. Sie mussten dringend raus hier, weg von der Grenze, weg von den Uniformen, einen Ort finden, wo Chaled versorgt werden konnte, ohne dass Formulare ausgefüllt oder Fragen beantwortet werden mussten. Zu allem Überfluss hatten sie noch die zwei Deutschen am Hals, die sie am Salzsee besser liquidiert hätten. Aber ihre Politiker oder der Geheimdienst – oder beide – brauchten diese Männer offenbar als Sicherheit, als Faustpfand, als Geisel; wie immer man das nennen wollte. Sechs Behälter und die dazugehörigen Deutschen unversehrt nach Bushehr bringen. So lautete der Auftrag, der ihnen aus dem Funkgerät zwar unter Störgeräuschen, doch unmissverständlich und im vereinbarten Code erteilt worden war. Balatows Alleingang war für sie gänzlich überraschend gekommen; ihn zu erschießen, die einzige Möglichkeit gewesen. Chaled hatte er noch böse mit einem Bauchschuss erwischt, von dem sie nicht wussten – und ohne Hilfsmittel auch nicht herausfinden konnten –, welche inneren Verletzungen er verursacht hatte. Daher ihre Entscheidung, vom Salzsee aus ohne Pause durchzufahren, in der Hoffnung, Chaled lebend nach Hause zu bringen.

Seit neun Stunden waren sie nun unterwegs. Bis nach Orumiyeh, Iran, wo Chaled operiert werden könnte, waren es mindestens weitere zehn Stunden. Die Straße entlang der irakischen Grenze würde schlechter werden. Das würden sie nicht schaffen. Chaled würde es nicht überstehen. Beim letzten Halt hatte Khebir, der den Audi steuerte, von einem befestigten Kloster in der Gegend von Midyat berichtet. Dort lebten Mönche. Vielleicht konnten die Chaleds Wunde versorgen. Vielleicht konnte er dort sogar wieder etwas zu Kräften kommen, bevor sie weiterfuhren. Sie beschlossen, auf Khebirs geografische Erinnerung zu vertrauen und das Kloster zu suchen.

Die beiden Deutschen – der Ältere, der den größten Teil der Strecke gefahren war, und der mit der Beinwunde, der ihn vor drei Stunden abgelöst hatte – waren vollkommen erschöpft. Die lange Fahrt in einem Auto ohne Windschutz- und sonstige Fensterscheiben hatte sie zermürbt. Außerhalb der Stadt befahl Kamal ihnen, noch einmal anzuhalten. Er scheuchte die beiden auf die Rückbank, fesselte ihnen die Hände auf den Rücken, setzte sich selbst ans Steuer und folgte dem Audi in die Wildnis. Hinter ihm verdrehten Krahke und Wustrow die Augen, kippten zur Seite und schliefen sofort ein.

Die Straße wand sich durch hügeliges Land und wurde bald schmaler. Da jedoch ein satter Vollmond schien, fiel ihnen die Orientierung leicht. Es dauerte nicht lange, da waren sie ganz allein: keine Scheinwerfer von anderen Fahrzeugen mehr, keine Menschen, keine Häuser, kein Baum, kein Strauch. Eine kahle Mondlandschaft aus karstigen Hügeln und felsigen Anhöhen mit schroffen Abbrüchen, in denen schwarze Höhlen gähnten. Eine Gegend für Eremiten. Einmal gerieten sie auf eine Schotterpiste, die nach wenigen Kilometern im Nichts endete. Sie fuhren zurück, versuchten eine andere Straße. Schließlich erreichten sie eine sanft gewölbte, mit lockerem Strauchwerk bestandene Hochebene, in deren Mitte ein wuchtig aufragendes, mauerbewehrtes Bauwerk die Nacht verdunkelte. Das Kloster.

62

Als die Verfolger in Nusaybin eintrafen, lagen Pflastersteine und zerbrochene Stöcke auf den nächtlichen Straßen. Aus einem Fenster hing eine zerrissene kurdische Fahne. Es herrschte eine unheimliche, fast bedrohliche Atmosphäre, obwohl kein Mensch zu sehen war. Oder gerade weil.

„Dies ist Kurdengebiet", sagte Zhora. „Da kommt es manchmal zu Unruhen. Kein Grund zur Sorge."

Auf der Fahrt vom Salzsee zur Grenze hatte sie sich mit Marder am Steuer abwechseln können, doch Burgwald war nach acht Stunden müde geworden. Daher hatten sie am Ende eines staubigen Straßendorfs angehalten und im Schatten einer Akazie eine Stunde geschlafen. Nun standen sie auf einem beleuchteten Parkplatz mitten in diesem scheinbar ausgestorbenen Ort. Sie waren dem Funksignal bis auf achtundvierzig Kilometer nahegekommen. Es blinkte jedoch weit abseits der Straße mit langen Intervallen und bewegte sich nicht mehr.

„Sie sind gehandicapt", sagte Marder, „haben wahrscheinlich einen oder mehrere Verwundete, die versorgt werden müssen."

„Und dann verlassen sie die Stadt und fahren raus in die Pampa?" Burgwald klang skeptisch. Er deutete mit seinem wenig überzeugenden Kinn auf das Display von Marders Rechner. „Da ist doch nichts."

„Doch, da ist was."

Die Männer sahen überrascht zu Zhora.
„Zoomen Sie mal das Blinksignal heran."
Marder betätigte den Cursor. Als wären sie mit dem Fallschirm abgesprungen, stürzte ihnen das Land entgegen. Geländeformationen wurden erkennbar, Straßen, Wege, Wadis, und dann schälte sich rasend schnell aus dem erdfarbenen Bodengekröse eine Festung heraus.
„Mor Gabriel Manastiri", lasen sie. Stumm starrten sie auf das von Mauern umgebene Gebilde.
„Was ist das?", fragte Burgwald.
„Ein Kloster", antwortete Zhora. „Das steht schon seit über tausend Jahren hier."
„Dahin haben sie sich also verkrochen", murmelte Marder. Er schaute Zhora an und Burgwald. Beide nickten.
„Dann holen wir sie uns."
Burgwald warf einen Blick auf seine Armbanduhr.
„Wann?"
„Jetzt."
„Mannomann!" Ein komisch verzweifelter Blick zu Leutnant Tahiri. Ein munteres Zwinkern als Antwort.
Bevor sie losfuhren, hielten sie eine kurze Lagebesprechung ab, und Marder schickte noch eine *mail* an Matthes. Sie lautete: „37° 19′ 19″ N, 41° 32′ 18″ O. Wir haben sie."

63

Sie näherten sich dem Kloster über eine breite, von Mauern und Bäumen eingefasste Zufahrtsstraße. Nur die Front des Gebäudekomplexes war mit Fahrzeugen erreichbar, alle anderen Seiten waren durch mauerbewehrte Gärten und Nebengebäude blockiert. Im Scheinwerferlicht ragte eine sechs Meter hohe Mauer vor ihnen auf. Am äußeren rechten Ende ein großes Tor mit einer massiven zweiflügeligen Tür. Kamal und Khebir sprangen aus den Autos und hämmerten mit den Fäusten dagegen, riefen etwas auf Türkisch und hämmerten weiter. Ein paar Minuten ging das, dann berieten sich die drei Männer, versuchten es erneut. Keine Reaktion. Drinnen blieb alles still. Daraufhin fuhr Kamal den Mercedes längs an die Mauer. Er und Khebir sprangen auf das Autodach, einer hievte den anderen auf die Schulter, schob seine Handflächen unter dessen Sohlen und stemmte ihn hoch, so dass er die Mauerkrone erreichen und sich hochziehen konnte. Khalid hob den Kopf des bewusstlos gewordenen Chaled von seinem Schoß, kletterte ebenfalls aufs Autodach und half Kamal auf die Mauer. Auf der anderen Seite ließen sie sich hinab und sprangen in den Innenhof. Draußen hängte sich Khalid die *Ingram* um und sicherte die Fahrzeuge.

Kamal und Khebir schlichen mit gezogenen Waffen durch den im hellen Mondlicht liegenden Hof, passierten ein weiteres Tor, drückten sich an die Mauer neben der Eingangspforte einer Kirche oder Kapelle. Von drinnen drang Stimmengemurmel an ihr Ohr. Sie verständigten sich mit einem Blick, stießen die Tür auf und stürmten mit schussbereiten Waffen hinein. Drinnen trafen sie auf neun betende alte Männer mit weißen Bärten, die ihnen angstvoll entgegenschauten. Sie trugen bestickte Kappen und lange schwarze Mäntel und drängten sich vor einem Altar aneinander. Kamal und Khebir trieben sie nach draußen, stießen sie über den Hof, zwangen sie, in großer Eile das Tor aufzuschließen. Dabei schrien sie unablässig nach einem *Hekim*. Es dauerte eine Weile, bis die verängstigten Männer die farsisch gefärbte Aussprache verstanden und auf einen von ihnen zeigten. Inzwischen war das Tor geöffnet. Davor stand Khalid. Er trug den bewusstlosen Chaled auf seinen Armen. Die alten Männer traten ehrfürchtig zur Seite. Sie führten die Iraner durch eine niedrige Bogentür in einen ebenerdigen Raum mit kahlen Wänden. Darin standen ein Tisch, ein Stuhl, ein Schrank und ein Bett. Die Iraner rissen die Matratze von der Liegestatt und warfen sie auf den Tisch. Der Bewusstlose wurde behutsam daraufgelegt. Der Arzt trat vor und begann, vorsichtig die Kleidungsstücke von der Wunde zu lösen. Während Khalid mit entzündeten Augen blinzelnd das Tun des Arztes verfolgte, liefen die anderen zurück zu den Wagen. Die verschlafenen Deutschen und die sechs Plutoniumbehälter wurden hereingeholt. Danach verbargen sie die beiden Fahrzeuge so gut es ging unter Bäumen. Wieder drinnen, verriegelten sie das zweiflügelige Tor und legten einen Querbalken vor. Die beiden Deutschen schauten sich um.

„Was für eine Mausefalle ist das denn?"

Krahke bewegte unbehaglich die Schultern. Sein Kopf glühte wie im Fieber. Wustrow gähnte. Noch ehe er eine Antwort geben konnte, wurden sie von ihren Bewachern vorwärts gestoßen in einen gewölbeähnlichen Gang, den eine Galerie blakender Kerzen in flackerndes Licht tauchte. An den Wänden aus unbehauenem Naturstein standen lange Holzbänke. Man befahl ihnen, sich auf einer davon niederzusetzen. Kamal trat heran und schnitt ihnen die Handfesseln auf. Khebir stand mit der Waffe im Anschlag daneben. Die Deutschen rieben sich die schmerzenden Handgelenke, doch Kamal hielt bereits neue Kabelbinder in der Hand, fesselte ihnen die Hände vor dem Körper und band sie an den Armlehnen fest. Krahke und Wustrow bissen die Zähne zusammen, sagten aber nichts und jammerten nicht. Sie verfolgten das Tun der Iraner mit finsteren Mienen und wachsamen Blicken. In einer Wandnische auf der anderen Seite des Gangs hing über einem Sims eine fast schwarze Ikone, auf der trotz des Lichts von einem Dutzend Kerzen in zwei Leuchtern nicht viel mehr zu erkennen war, als ein paar goldene Reflexe, die zu einem gekrönten Haupt zu gehören schienen. Auf dem Boden der Nische stand eine Holzkiste, wie man sie zum Transport von Weinflaschen oder Brennholzscheiten verwenden mochte. Darin wurden die sechs Plutoniumbehälter gestellt, eine Decke wurde darübergeworfen, die Kiste in die Nische zurückgeschoben. Die brisante Fracht, die bislang zwölf Menschenleben gefordert hatte, war auf einen Blick unsichtbar geworden.

64

Mit ausgeschalteten Scheinwerfern krochen die Wagen an das Kloster heran. Der einsam aus der Landschaft ragende Koloss brachte Marder ein anderes Gebäude in Erinnerung. Die Umgebung war ganz ähnlich gewesen. Er warf einen scheuen Blick zu Zhora. Sie wirkte entspannt und schaute konzentriert nach vorn. Im Nachhinein war Marder froh, dass sie sich ausgesprochen hatten.

Unterwegs war auf seinem stumm geschalteten Mobiltelefon eine Kurznachricht von Unterstaatssekretär Matthes eingegangen: „Zugriff nicht vor 06:00 Uhr Ortszeit. Schicke Unterstützung."

Zhora war wie eine Furie auf ihrem Sitz herumgewirbelt.

„Das kommt gar nicht in Frage, Thomas. Krahke hole ich mir vorher. Kein Mensch hindert mich daran." Aus ihren Augen loderten Blitze.

„Sie sind doppelt so viele wie wir."

„Vielleicht auch nicht. Was glauben Sie denn, was passiert, wenn hier die türkische Armee auftaucht oder was immer dieser Matthes an sogenannter Unterstützung schicken will?"

„Ich nehme an, dass er eigene Leute mobilisiert."

„Womöglich mit Kriminalrat Rupp an der Spitze."

„Nun malen Sie mal nicht den Teufel an die Wand. So schlimm wird's schon nicht werden."

Marder grinste. Diese Frau schreckte ja vor keiner Fantasie zurück.

„Sie wollen Ihre Rache", fuhr er fort, „einverstanden; aber das Plutonium ist genauso wichtig. Und denken Sie an den jungen Burgwald. Der hat keinerlei Kampferfahrung. Wir müssen alles berücksichtigen."

„Ich kümmere mich um Krahke, Sie konzentrieren sich auf das Plutonium, Burgwald lassen wir als Nachhut oder Deckung bei den Autos."

„Ich sehe schon, Sie sind nicht umzustimmen."
„Und Sie? Wie fühlen Sie sich, wenn Sie an Ihren Freund Eklund denken?"
Marders Züge wurden hart.
„Dieser Bemerkung hätte es nicht bedurft, Zhora. Ich war von Anfang an auf Ihrer Seite."
„Tut mir leid, Thomas. Aber die Vorstellung, dass Krahke, dieses Schwein, verhaftet, irgendwann vor Gericht gestellt und von seinen Anwälten herausgepaukt wird, ist mir unerträglich. Dazu lasse ich es nicht kommen."
„Trotzdem müssen wir versuchen, ein umfassendes Geständnis von ihm zu kriegen."
„Das sehe ich ganz genau so."
„Danach gehört er Ihnen."
„Das tut er."
Nun waren sie da. Sie parkten die Fahrzeuge zweihundert Meter vor dem Kloster im Schutz einer aus Feldsteinen aufgeschichteten Mauer. Jeder nahm seine Waffen, schulterte seinen Rucksack. Zhora schlug sich links in die Gärten, Marder und Burgwald näherten sich der Vorderseite des Gebäudes. Sie blieben unter Bäumen, so lange es ging; Burgwald auf der linken, Marder auf der rechten Seite der Zufahrt. Auf der Hälfte seines Weges entdeckte Burgwald die Autos. Einen Mercedes ohne Fensterscheiben, tatsächlich, und einen Audi A 8 mit Hamburger Kennzeichen.

„Schicke Alternative zum alten Orient-Expres", murmelte er und legte seine Hand auf die Motorhaube. Eine reflexhafte Bewegung, bekannt aus Film und Fernsehen, die ihm keinerlei Erkenntnis vermittelte. Mit trotzig vorgeschobenem Kinn schlich er weiter.

Die Baumdeckung endete auf seiner Seite dort, wo die Gebäude begannen. Vor ihm lag im fahlen Mondlicht eine Esplanade, so groß wie ein halbes Fußballfeld. Linkerhand wurde sie vom dreistöckigen Eckgebäude des Klosters und einer mindestens sechs Meter hohen Mauer begrenzt; auf der rechten

Seite von der Baumreihe, in deren Schutz Marder vorgerückt war. Burgwald spähte nach allen Seiten, huschte hinüber und schloss zu ihm auf. Sie bewegten sich dicht hintereinander vorsichtig weiter, bis die Bäume auch auf dieser Seite an einer Mauer endeten.

Mor Gabriel war ein vor tausendsechshundert Jahren von orthodoxen Christen gegründetes Kloster, dessen mächtige Quadern davon kündeten, dass es als eine Burg und ein Fels für Gläubige in feindseliger Umgebung gebaut worden war. Der Blick über die Esplanade zeigte den Männern ein Wehrkloster, das sich im Lauf der Jahrhunderte durch verschachtelte Anbauten sowie die massige Mauer, die den Zugang abriegelte, zu einem festungsartigen Bollwerk ausgewachsen hatte. Die Fensteröffnungen der Erdgeschosse waren zugemauert. Alles wirkte bedrückend, abweisend, feindlich.

Sie würden nur über die Dächer hineingelangen. Marder wies auf die Nebengebäude. Mit ihm als Steigbügelhalter war Burgwald eine Minute später auf dem nächsten Flachdach und half dem Hauptmann hinauf. Von der Mauer der eigentlichen Klosteranlage trennte sie nur noch ein schmaler Durchlass. Allerdings auch ein Höhenunterschied von mindestens zwei Metern. Da Burgwald Übung darin hatte, in mattem Licht umherliegende Gegenstände zu erkennen, bemerkte er als Erster die Leiter im Schatten eines Mäuerchens liegende. Sie war lang genug, die Männer auf das flache Dach des Eckgebäudes zu bringen. Von dort hatten sie einen umfassenden Blick über die gesamte Anlage. Burgwald blieb der Mund offenstehen. Was er da sah, waren die Burggemäuer des Prinzen von Persien! Mit einem Hauch von Wehmut streifte ihn noch einmal der exotische Zauber seines ersten Computerspiels. Ein mit einem Blick nicht zu erfassendes Labyrinth von Terrassen, Treppen, flachen Dächern, Balustraden, Bogengängen, Nischen, Gewölben und Galerien auf verschiedenen Ebenen, dass ihm schier schwindlig wurde. Jedes Dach gespickt mit zahllosen Schornsteinen, die aussahen wie kleine Wohntürme mit winzigen Walmdächern und eigenen Fenstern. Sämtliche Gebäudefenster waren vergittert; und mochte auch der Innenhof seinen architektonischen Überschwang bereitwillig im Mondlicht herzeigen, so waren die Bogengänge, Nischen und Gewölbe doch unheimliche schwarze Löcher, die jeden Eindringling unwiederbringlich zu verschlingen drohten.

Burgwald warf einen Seitenblick zu Marder, der neben ihm lag und konzentriert beobachtete. Als er seinen Blick wieder über die Dächer und Terrassen schweifen ließ, gewahrte er eine Bewegung auf einem der rückwärtigen Gebäude. Im selben Moment stieß Marder ihm den Ellenbogen in die Rippen und deutete mit dem Kopf in diese Richtung. Ein schwarzer Schatten huschte von Schornstein zu Schornstein. Marder lächelte. Zhora, die einen viel weiteren Weg als sie zurückgelegt hatte, war also ebenfalls auf den Dächern. Nun schwang sie sich über den vorderen Dachrand, ließ sich lang herabhängen und dann auf das schräge Vordach einer Tür fallen, das etwa einen Meter unter ihr aus der Wand ragte. Es war ein steinerner Vorsprung, auf dem sie federnd landete, sofort ihr Gleichgewicht fand, sich umdrehte und den Rücken an die Mauer presste. Nach einem kurzen Blick zu beiden Seiten ging sie in die Hocke, hangelte sich nach unten und ließ sich auf die Terrasse fallen. Die Uzi schussbereit in Händen, sicherte sie nach allen Seiten, drehte sich um, trat zur Tür und legte die Hand auf die Klinke. Dann wandte sie sich noch einmal um, spähte in die Richtung, in der sie Marder und Burgwald vermutete. Beide erhoben sich synchron auf die Knie und drückten sich sofort wieder flach an den Boden. Zum Zeichen, dass sie sie gesehen hatte, hob Zhora die MP. Im nächsten Moment öffnete sie die Tür und verschwand im Gebäude. Gleich darauf fiel drinnen ein Schuss. Marder und Burgwald erstarrten. Die Stille nach dem Schuss dehnte sich zu einer unerträglichen Ewigkeit. Dann, als hätte sich eine Blockade gelöst, überstürzten sich die Ereignisse.

65

Kamal und Khebir ließen die Deutschen allein und gingen zu ihren Kameraden. Der Arzt versuchte offenbar, die Kugel in Chaleds Bauch zu finden. Schweiß rann ihm von der Stirn und tropfte auf ein Handtuch, das er dem Verwundeten auf den Unterbauch gelegt hatte. Khalid rieb sich die rotgeränderten Augen.

„Ich muss mich bewegen, sonst schlafe ich ein. Einer von euch hält den Alten hier im Auge, einer geht aufs Dach. Ich schnappe mir einen der Mönche und verschaffe mir einen Überblick über die Innenräume."

Sofort hängte sich Khebir die Ingram um und machte sich auf die Suche nach einem Aufgang zum nächsten Dach. Khalid fand die Mönche im Refektorium, wo sie in ängstlicher Beflissenheit Teller mit Brot und Obst und Karaffen mit Wasser auf die Tische stellten. Er trank ein paar Schlucke, griff sich den erstbesten der alten Männer und bedeutete ihm, ihm das Innere des Klosters zu zeigen. Sie stiegen verwinkelte Treppen hinauf und gelangten in einen großen Saal mit hohen Fenstern. Abnehmendes Mondlicht ließ kaum noch etwas erkennen. An der Längsseite des Saals gab es sechs Fenster und in der Mitte eine etwas niedrigere Tür, die Khalid erst gewahrte, als sie von draußen geöffnet wurde. Eine dunkle Gestalt huschte zu ihnen herein. Die Sekunde, die der übermüdete Khalid brauchte, um zu begreifen, dass es sich nicht um Khebir handeln konnte, wurde ihm zum Verhängnis. Er zog seine Waffe, schwenkte sie in Richtung des Eindringlings, dabei behinderte ihn der weite Mantel des vor ihm stehenden Mönchs. Das Korn seiner in Schussrichtung fliegenden Pistole verhakte sich im groben Stoff. Mit einem wilden Ruck riss Khalid die Waffe nach rechts, bekam sie frei, stand einen Sekundenbruchteil mit ausgestrecktem Arm nur halb von dem vor ihm stehenden alten Mann verdeckt. In dieser Position traf ihn Zhoras Kugel in den Hals und zerschmetterte beim Austritt seinen Nackenwirbel. Khalid erschlaffte und sank tot zu Boden. Der alte Mönch stieß einen tiefen Seufzer aus, wurde ohnmächtig, klappte mit eckigen Bewegungen zusammen und kippte zur Seite auf den toten Mann. Es sah aus, als legte er sich entsagungsvoll auf einem ausgebeulten Strohsack zur Ruhe.

Khebir betrat soeben das Dach des Nachbargebäudes, als der Schuss die nächtliche Stille zerriss. Er ging sofort in die Hocke, riss die Ingram von der Schulter und versuchte herauszufinden, von wo der Schuss abgefeuert worden war. Aus dem Augenwinkel gewahrte er eine Bewegung auf dem Dach des Gebäudes vor der Kirche. Halb rechts hinter ihm. Er wirbelte herum und schoss.

Marder und Burgwald waren gleichzeitig aufgesprungen und rannten zurück zur Leiter, als neben ihnen mit hässlichem Knirschen Kugeln einschlugen und Steinsplitter aus dem Boden rissen. Erst dann hörten sie den Knall der Detonationen. Sie sprangen auf das tiefer gelegene Dach, rollten sich ab und hetzten in die Richtung des Gebäudes, in dem Zhora verschwunden war.

Krahke und Wustrow sahen sich beunruhigt an. Auf den ersten Schuss folgte eine Salve aus einer anderen Waffe. Der Ingram zweifellos. Es war also so weit. Die Verfolger hatten sie eingeholt.

„Hab immer gewusst, dass das passiert", knurrte Krahke.

„Wir sind am Arsch", stöhnte Wustrow, die gefesselten Hände hebend. Im selben Moment kam Kamal hereingestürzt, offensichtlich die Holzkiste mit den sechs Plutoniumbehältern im Blick.

„Kamal, sei vernünftig", zischte Krahke. „Die Behälter sind doch gut getarnt. Nimm uns die Fesseln ab und gib uns Waffen. Ihr braucht uns jetzt. Allein werdet ihr mit denen nicht fertig. Wie viele sind da draußen?"

Kamal starrte sie argwöhnisch an, schien fieberhaft zu überlegen. Seine Lider flatterten.

„Keine Ahnung", keuchte er schließlich, zog ein Messer und zerschnitt ihnen die Fesseln. „Die Waffen sind in dem Raum, wo Chaled liegt. Anscheinend kommen sie über die Dächer. Beeilen Sie sich!"

Krahke und Wustrow rannten los.

Um auf die Terrasse zu gelangen, von der aus Zhora ins Haus gegangen war, hätten Marder und Burgwald eine mehrere Meter hohe Wand überwinden müssen. Links davon führte jedoch eine Steintreppe auf eine tiefer gelegene Terrasse, von der wieder eine Treppe nach oben ging. Möglicherweise war das ein Weg. Kaum hatten sie die ersten Schritte getan, sahen sie auf dem gegenüberliegenden Dach Mündungsfeuer blitzen. Marder brachte im Fallen seine Uzi in Anschlag, kam auf die Beine und schoss. Burgwald nahm die sechs Stufen in einem einzigen gewaltigen Sprung, kam nach dem Abrollen geschmeidig auf die Füße und rannte weiter zur nächsten Treppe, als könnte ihm keine Kugel etwas anhaben. Marder hatte unter einer der Kolonnaden Deckung gefunden und gab ihm Feuerschutz. Die Ingram auf dem gegenüberliegenden Dach verstummte. Marder sprang die Treppe hinauf und erreichte Burgwald neben der Tür, an der sie Zhora zuletzt gesehen hatten. Ein hüfthohes Mäuerchen bot notdürftigen Schutz. Burgwald deutete mit dem Kopf auf die Tür.

„Wir müssen da rein, was?"

Marder schaute sich um, nickte.

„Der Leutnant rechnet damit."

„Können wir nicht erst eine Handgranate reinwerfen? Sie ist doch bestimmt schon unten."

„Willie! Wir wissen nicht, wo sie das Plutonium gelagert haben. Die Handgranaten nützen uns hier nichts."

Burgwalds Kehlkopf begann hektisch auf und ab zu tanzen.

„Aber ruhig Blut", Marder legte ihm die Hand auf den Unterarm. „Wir gehen zusammen rein. Du sicherst nach links, ich nach rechts. Okay?"

„Okay." Burgwald atmete tief durch.

Marders Hand kroch zur Türklinke. Ein Blick zu Burgwald, dann drückte er sie nach unten, und sie stürmten hinein. Burgwald war nicht so abgebrüht wie Marder, dafür fehlte es ihm an Erfahrung. Und für einen Kampfeinsatz fehlte es ihm auch an Nerven. Er schoss sein halbes Magazin leer, als ihn der dunkle Raum umfing und er erst einmal nichts sah. Marder machte dämpfende Bewegungen mit der flachen Hand. Burgwald sah es, beruhigte sich, biss sich beschämt auf die Unterlippe. Mit einem Mal war es totenstill im Kloster.

Zhora hatte – ohne auf weiteren Widerstand zu stoßen – einen Kreuzgang erreicht, an dessen Ende zwei Torbögen ins Freie führten, wie sie undeutlich erkennen konnte. Dort war es etwas heller als in ihrem Teil des Ganges, der in vollkommener Finsternis lag. Vorsichtig setzte sie einen Schritt vor den anderen, tastete mit dem Fuß den Boden ab, bevor sie ihn aufsetzte. Den Blick hielt sie starr auf die Torbögen gerichtet, die offenbar auf den Innenhof gingen. Sie befand sich etwa in der Mitte des Kreuzgangs, als sie dort vorn einen Schatten vorüberhuschen sah. Sie setzte sofort hinterher und erreichte mit drei lautlosen Sprüngen den ersten Torbogen. Sie lugte um die Ecke, registrierte im Bruchteil einer Sekunde das vor ihr liegende Terrain. Eine Terrasse, von der (links) eine Steintreppe nach unten in den Innenhof führte, und (geradeaus) eine andere hinauf zu einer höheren Ebene. Der Schatten, dem sie folgte, hatte gerade das untere Ende der Teppe zum Innenhof erreicht und schickte sich an, diesen zu überqueren. Er spähte nach allen Seiten. Es war ein Mann, barhäuptig, kein Bart, kein Mantel. Er zog das rechte Bein etwas nach. Diesen Mann kannte sie. Sie hatte ihm schon einmal gegenübergestanden. Es war der Mann, den sie suchte. Es war Krahke! Zhora sog hörbar die Luft ein.

Burgwald folgte Thomas Marder die Treppe hinunter in die gespenstische Stille des labyrinthischen Gebäudes. Er bemühte sich jetzt, cool zu sein. «Bange machen gilt nicht», redete er sich ein. Vor ihnen öffnete sich ein Korridor. Hier konnte sich das flackernde Licht von Kerzenstummeln in Wandnischen kaum gegen die Finsternis im Gemäuer durchsetzen. Marder ging voran. Burgwald folgte in einem Abstand von zwei Metern und sicherte nach hinten. Fast wäre er beim Rückwärtsgehen an eine Holzkiste gestoßen, die halb aus einer Nische ragte und über die nachlässig eine Decke geworfen war. Einen vorwitzigen Zipfel schob er mit dem Fuß zurück, dann folgte er Marder weiter zum Ausgang. Das Gewölbe machte dort einen scharfen Knick, hinter dem eine breite Steintreppe nach zwei Absätzen in rechten Winkeln auf eine Dachterrasse führte, von der aus man wahrscheinlich den Innenhof überblicken konnte. Marder deutete nach oben. Dicht an die Hauswand gedrückt, nahmen sie Stufe für Stufe. Langsam kroch das erste Grau des beginnenden Tages über die Klostermauern.

Burgwalds Salve im hinteren Gebäudeteil veranlasste Kamal zu einem abrupten Richtungswechsel. Er hatte nach Chaled sehen wollen, rannte jetzt jedoch am Fuß der hohen Mauer entlang in das gegenüberliegende Gebäude, auf dessen Dach er Khebir vermutete. Von oben würden sie die gesamte Anlage im Blick haben und mit ihren MPs bestreichen können. Immer zwei Stufen auf einmal nehmend, hetzte er nach oben und gelangte durch einen offenen Zugang aufs Dach. Zahllose Schornsteine boten trügerische Deckung. Sie waren eigentlich zu klein, um einen menschlichen Körper zu verdecken. Doch dann erblickte er Khebir auf dem nächsten Dach. Er hatte sich hinter einem der Schornsteine auf ein Knie niedergelassen und zielte durch die fensterartigen Abzugsöffnungen. So konnte es funktionieren. Kamal warf sich hinter das Begrenzungsmäuerchen seines Daches, von dem aus er in den Innenhof sehen und die gegenüberliegende Dachlandschaft im Auge halten konnte. Eine verräterische Stille lag über allem. Bald würde die Morgendämmerung einsetzen.

Die beiden Deutschen entdeckten sie erst, als diese etwa vierzig Meter entfernt um eine Mauerecke bogen und tief gebückt übers Dach rannten. Die Iraner schossen sofort. Marder hatte Schutz hinter zwei nah beieinander stehenden Schornsteinen gefunden, die schräg zu den Gegnern standen und somit durchgehende Deckung boten. Burgwald lag längs hinter der Dachumrandung, die hier höchstens dreißig Zentimeter hoch war. Er musste den Kopf unten halten, wenn er nicht getroffen werden wollte. «Eine blödere Deckung hätte ich mir gar nicht suchen können», dachte er resigniert, und sein durch die Nase ausgestoßener Atem blies kleine Furchen in den gelben Staub, der sich am Fuß des Mäuerchens gesammelt hatte.

„Versuche links die Balustrade zu erreichen!", hörte er Marder rufen. „Ich gebe dir Feuerschutz."

Burgwald warf einen Blick in die genannte Richtung. Die Balustrade des nächsten Treppenabgangs befand sich etwa sechs Schritte halb rechts voraus. Das musste zu machen sein! Er spannte jeden Muskel.

„Jetzt!", rief Marder. Er feuerte das ganze Magazin seiner Uzi leer, während Burgwald nach rechts rollte, auf die Füße sprang, losrannte und hinter die schützende Balustrade hechtete. Marder lud nach, während die Iraner das Feuer erwiderten. Burgwald war ihnen in seiner neuen Position ein Stück nähergekommen. Er suchte den Blickkontakt zu Marder und klopfte auf die Handgranate in seiner Brusttasche. Marder schmunzelte. Der Junge konnte es nicht lassen, suchte immer noch den maximalen Feuerzauber. Aber es war jetzt die richtige Taktik, der richtige Moment. Er nickte Burgwald zu und hoffte, dass der Junge warf, bevor die Iraner auf die gleiche Idee kamen.

Burgwald fummelte die Handgranate aus der Tasche, zog den Sicherungsstift und warf mit einer weit ausholenden Armbewegung, die im Kino für ihn immer der Inbegriff guter *action* gewesen war. Die Wirklichkeit war grausamer. Auf dem Zenith seines Wurfbogens traf ihn eine Kugel in die rechte Schulter. Es tat gar nicht weh. Nur ein dumpfer Einschlag, der jedoch sämtliche Muskeln seiner rechten oberen Körperhälfte erschlaffen ließ. Der erhobene Arm sank herab, die Handgranate plumpste aus seiner kraftlosen Hand und blieb neben ihm liegen. Ungläubig starrte er auf das stählerne Ei, bildete sich ein, das Ticken des Zeitzünders zu hören, suchte mit ungläubig geweiteten Augen die Gestalt von Hauptmann Marder ... Thomas ... Die Zeit dehnte sich auf schier unerträgliche Weise. Dann explodierte sie. Thomas Marder weigerte sich, zu glauben, was er sah. Ein dumpfer, ganz und gar unmenschlicher Laut brach aus seiner Brust, trieb ihn auf die Beine und den beiden schießenden Iranern entgegen. Er bewegte sich rein instinktiv, verfeuerte im Zickzack laufend das ganze Magazin seiner MP auf den Mann hinter dem Schornstein, der ihm blutüberströmt entgegenkippte, als er mit einem letzten Sprung dessen Deckung erreichte. Sofort warf Marder die leergeschossene Uzi von sich und zog seinen Colt. Kamal hatte mehr Zeit auf der Suche nach besserer Deckung verwendet, als geschossen. Bei dem Geräusch der auf den Boden aufschlagenden Uzi wirbelte er herum und schoss. Marder kniete, versuchte kontrolliert zu atmen, hielt den Colt mit beiden Händen und drückte genau in dem Augenblick ab, in dem Kamal erkannte, dass er auf den ältesten Trick der schießenden Zunft hereingefallen war. Marder traf ihn in die linke Schläfe. Kamal war tot, bevor sein Körper auf den Boden schlug.

Als die Schießerei auf dem Dach begann, lief Krahke los. Durch die Streifschusswunde behindert, humpelte er über den Platz. Zhora trat zwei Schritte aus ihrer Deckung, hob die Beretta und schoss. Sie traf Krahke in die linke Kniekehle. Der Mann heulte auf und warf den Kopf herum. Sein rotes Gesicht war schmerzverzerrt. Fluchend sank er in den Staub.

Marder hörte den Schuss im Innenhof, wirbelte herum und sah ein Bild, das ihm noch grausamer erschien, als das des von einer Explosion zerrissenen Burgwald. Mitten im Hof kniete Krahke. Zhora näherte sich ihm mit der Pistole im Anschlag, doch hinter ihr löste sich aus dem Schatten des Hauses die gedrungene, kahlköpfige Gestalt eines Mannes mit einer dicken Hornbrille, der eine Waffe in beiden Händen hielt und auf Zhoras Nacken zielte. Marder befand sich genau über ihm;

mindestens acht Meter über ihm. Er sah, wie der Mann den Sicherungshebel seiner Waffe umlegte. Da sprang Marder. Erst viel später fragte er sich, warum er gesprungen war. Einen Sprung aus solcher Höhe konnte er nie im Leben unverletzt überstehen. Und dennoch riskierte er diesen Sprung für eine Frau, die nichts lieber tat, als ihm widerspenstig zu kommen? Die hartnäckig ihr Haar vor ihm verbarg? Er fand keine Erklärung. Aber er musste es tun. Für Zhora sprang er ohne zu denken.

Federnd kam er auf der zwei Meter unter ihm liegenden Terrasse auf, als der Kahlköpfige den Hahn seiner Waffe spannte. Die sechs Meter, die ihn jetzt noch von dem Mann trennten, kalkulierte Marder sehr schnell und sehr genau. Als der Kahlköpfige seinen Finger um den Abzug legte, krachte ihm Marder mit einem fallbeschleunigten Gewicht von über hundert Kilo in den Rücken. Seine Knie bohrten sich in die breiten Hüften des Mannes. Durch den Aufprall brach dessen Becken, die Wirbelsäule verrutschte. Der Aufschrei des Mannes erstarb in einem erstickten Gurgeln. Der Abzugsfinger zuckte in einem letzten Reflex, der Schuss peitschte gen Himmel, an dem sich die erste zarte Morgenröte zeigte. Marder verkrümmte seinen Körper zu einer embryonalen Schutzhaltung, doch der Aufprall war zu hart. Er hielt sich zwar auf dem Rücken des Mannes, dennoch brachen seine rechte Schulter, drei Rippen, die Speiche des rechten Unterarms, das rechte Handgelenk, und beide Kniescheiben splitterten. Das Geräusch all der brechenden Knochen und das hohle Pfeifen von Wustrows platzenden Lungen war das Letzte, was er hörte, bevor ihn gnädige Bewusstlosigkeit umfing.

Es war eine kurze Gnade. Der Schmerz in seinem Körper und das Krachen eines Schusses holten ihn nach wenigen Sekunden ins Bewusstsein zurück. Er konnte sich nicht bewegen, aber sein Verstand war klar, seine Sinne funktionierten. Er sah und hörte, was keine fünf Schritte von ihm entfernt in der Mitte des Innenhofs geschah. Zhora stand vor dem zusammengekrümmt am Boden knienden Krahke und richtete ihre Waffe auf ihn. Sie hatte ihm in die rechte Hand geschossen. Der Rotgesichtige heulte vor Wut und Schmerzen. Neben ihm auf der Erde lag ein blutverschmiertes Messer.

„Bist du wahnsinnig? Du gottverdammte Schlampe!", kreischte er.

Zhoras Stimme klang beherrscht.

„Wo waren Sie Ende Januar 1991?"

„Frag nicht so blöd! Das weißt du doch längst."

„Ich will es von Ihnen hören."

„Ich hab iranische Spitzel abgemurkst. Das war mein Job." In seine Augen trat ein tückisches Glitzern. „Ihr habt uns nicht dran hindern können, was? Jetzt soll späte Rache geübt werden, wie? Wer von den Kerlen lag dir denn so am Herzen, Schätzchen?"

„Wer hat Abu Ammar al Tahiri getötet?"

„Himmel! Ich kann doch nicht jeden gekillten Kameltreiber namentlich kennen!"

„Der Hinterhalt in Al Amarah."

„Al Amarah ... Abu Ammar ... Saddams spezieller Freund. Ja, dem haben wir eine Sonderbehandlung zukommen lassen. War der auch dein spezieller Freund, Schätzchen? Hab mich persönlich um ihn gekümmert. Die Fotos hast du ja sicher gesehn. Sonst wärst du jetzt nicht hier, was?"

Krahke wusste, dass es hier für ihn zu Ende ging, und ließ noch einmal die Sau raus. Ein gemeines Grinsen kroch über sein glühendes Gesicht.

„Der gute alte Abu Ammar hat's nicht leicht gehabt. Hat gequiekt wie ein Schwein, als ich ihm sein Lieblingsspielzeug abgeschnitten hab."

Zhora starrte ihn wortlos an, dann hieb sie ihm den Lauf der Beretta ins Gesicht. Marder hörte das Nasenbein brechen. Sah Blut tropfen. Krahke schwankte, drückte schützend beide Hände vors Gesicht und hob den Kopf.

„Du blöde Sau!" knurrte er voller Hass. „Das ist doch ewig

her. Du kannst nicht jetzt noch ..."

„Wer ist für den Tod von Achim Eklund verantwortlich?"

„Der in Bremerhaven? Einer von diesen dämlichen Zollschnüfflern. Mit dem hat *good old* Gregor seinen Spaß gehabt." Krahke blinzelte sie lauernd an. „Also der hat dich auf den Plan gerufen", sagte er gedehnt. „Sein Foto ist über Interpol in deine Hände geraten ... Hat dich an deinen geliebten Abu erinnert, was?" Er ließ ein irres Kichern hören. „Man sollte das Töten vielleicht doch nicht ganz so ausufernd zelebrieren."

„Nein, das sollte man nicht", sagte Zhora, steckte die Beretta in den Hosenbund, kniete hinter Krahke nieder, umfasste seinen Kopf mit beiden Armen und brach ihm mit einem Ruck das Genick. Als sein Körper kraftlos vor ihr niedersank, riss sie ihr Kopftuch ab, warf den Kopf in den Nacken und schüttelte das prachtvolle schwarze Haar, ließ es locker und lockig über ihre Schultern fallen. Dann stieß sie beide Fäuste hoch in den Himmel und einen so wilden, befreienden Urschrei aus, dass sich Marders Nackenhaare sträubten.

Als wäre es die Antwort auf ein erhörtes Gebet, drang darauf ein Brausen vom Himmel wie von tausend Engelsflügeln. Hervorgerufen wurde es von den Rotoren eines herangleitenden Helicopters in den Farben der heraufziehenden Morgenröte und der Aufschrift: MELEK TURIST SERVIS. Er sank jenseits der Mauer herab, das Brausen der Rotoren erstarb. Gleich darauf stürmten zwei Gestalten in den Innenhof. Ein Mann und eine Frau. Beide dunkel gekleidet. Der Mann war bewaffnet und irgendwie levantinisch aussehend. Die Frau war jung, ihr strohblondes Haar zu einem Pferdeschwanz gebunden.

„Suzanne!"

Der Ausruf des Staunens verursachte einen stechenden Schmerz in Marders Brust. Er hustete. Suzanne rannte zu ihm, rutschte vor ihm auf die Knie.

„Onkel Tom!" Sie wollte ihn umarmen. Marder wehrte entsetzt ab.

„Nein, nicht ...", keuchte er und sah sie mit komisch freudiger, zugleich schmerzvoller Miene an.

Suzanne warf einen hilfesuchenden Blick zu Zhora, die schleppenden Schritts herankam.

„Thomas, du hast mir zum zweiten Mal das Leben gerettet", sagte sie. Ihr Blick war dunkel, ihre Stimme klang matt, traurig, wie aufgebraucht. „Und du hast dein eigenes Leben dafür riskiert."

Thomas Marder spürte einen warmen Klumpen im Hals, der es ihm unmöglich machte, ein Wort hervorzubringen. Dass Zhora zum vertraulichen Du übergegangen war, schien ihm jedoch vollkommen richtig und auf sehr natürliche Weise natürlich zu sein.

Der levantinisch aussehende junge Mann hatte mit wenigen Blicken die Lage erfasst und trat nun zu ihnen. Er streckte Marder die Hand hin. Der schloss nur kurz die Augen und lächelte müde.

„Sultan Ahmed", stellte sich der Levantiner daraufhin vor.

„Ah, Sie sind die Kavallerie. Etwas spät dran, wie?"

„Sie haben zu früh angefangen."

„Der frühe Vogel fängt den Wurm. Das Sprichwort wird man wohl auch in Israel kennen."

Der Mann grinste.

„Sicher. Aber die junge Dame wollte noch mit. Hat sich nicht abwimmeln lassen. Sie kann beträchtlichen Druck aufbauen." Er warf Suzanne einen anerkennenden Blick zu. „Und kämpferische Qualitäten hat sie wohl auch."

„Gut, dass sie die hier nicht vorführen musste." Marder lag auf dem linken Ellenbogen gestützt und zog eine Grimasse, als er mit dem Kinn unter sich deutete. „Wann hebt man mich endlich von diesem Knochensack herunter? Der hat mir zwar das Leben gerettet, aber gemütlich ist was anderes."

Suzanne gab einen erschrockenen Laut von sich und wich zurück, als sie erkannte, dass das, worauf ihr Onkel Tom lag, ein Mensch war.

„Wo ist Burgwald?", fragte Zhora mit dünner Stimme.

Marder sah sie an und schüttelte den Kopf.

„Ist er da oben?" Zhora schaute zum Dach am Ende des Hofes.

„Er ist nirgends mehr."

Zhora sah ihn mit weiten Augen an, ihre Hand fuhr an die Lippen, der Daumen verschloss sie mit einem hingewischten Kreuz. Dann stand sie mit hängenden Armen vor Marder, die Handflächen ihm entgegengestreckt. Ihre Blicke begegneten sich und ließen erst voneinander, als die singenden Mönche kamen.

„Aramäisch", sagte Suzanne. „Der Wechselgesang ist Aramäisch."

Vier Mönche trugen den Tisch, auf dem Chaled lag. Sie hatten ein weißes Tuch über ihn gebreitet. Ihnen folgten zwei weitere mit einer Trage, die sie neben Marder abstellten. Die Übrigen waren stehengeblieben. Ihr raunender Sprechgesang erstarb. Es waren würdige alte Männer, denen man ansah, wie erschüttert und aufgewühlt sie waren. Eine wilde Schießerei in ihrem Kloster ... überall Tote ... Das hatte es nicht gegeben, so lange sie denken konnten. Vorsichtig hoben sie Marder auf die Trage.

„Wieso kommt ihr eigentlich nur zu zweit und in einem Touristenhubschrauber?", fragte Marder, als die Mönche ihn umgebettet hatten. „Wir dachten, Sie rücken mit der türkischen Armee an."

Sultan Ahmed winkte ab.

„Die hatten wir am Salzsee dabei. Das hat gereicht. Wir konnten uns ja ausrechnen, mit wie vielen Männern Sie es noch zu tun hatten. Aus der Plutoniumsache wollen wir die Türken raushalten. Wo haben Sie das Zeug überhaupt?"

Marder warf einen Blick zu Zhora.

„Wir haben es gar nicht", antwortete er und wunderte sich, wie glatt ihm die Worte über die Lippen kamen.

Sultan Ahmed schnappte nach Luft.

„Waaaas?"

„Sie sehen ja, was hier los war", mischte sich Zhora ein. Sie beschrieb mit ausgestrecktem Arm einen weiten Bogen. „Alle sind tot. Das Material muss aber hier im Kloster sein."

Sultan Ahmed bekam schmale Augen.

„Sie haben nicht vor, es mit nach Hause zu nehmen, nicht wahr? In den Iran, meine ich."

Zhora lachte und schüttelte ihr Haar.

„Nein", sagte sie, „aber nein. Ich habe selbst nicht einmal vor, nach Hause zu gehen. In den Iran, meine ich."

Suzanne warf einen verstohlenen Blick zu Thomas Marder und gewahrte auf seinem Gesicht etwas, das sie nicht erwartet hatte, dort jemals wiederzusehen: Es war ein Glanz in seinen Augen, der ihn zu wärmen schien, seinen Zügen alle Härte nahm; ein Strahlen, wie man es nur auf den Gesichtern von glücklichen Menschen sieht.

„Dann müssen wir uns auf die Suche machen. Vielleicht wissen die Mönche was."

Der Mann, der sich Sultan Ahmed nannte, drehte sich um und winkte Zhora, ihm bei der Suche zu helfen. Bevor sie losging, bedachte sie Marder mit einem fröhlichen Blick, den dieser als «bin gleich wieder da» interpretierte. Sie schickten sich gerade an, die Mönche zu befragen, da traten zwei von ihnen zur Seite und zeigten auf eine Holzkiste, die sie herbeigetragen hatten und über die nachlässig eine alte Decke geworfen war. Nach einem raschen Blickwechsel bückte sich der Mann, den man auch Ismael nennen durfte, und schlug das Tuch zurück. Es gab den Blick auf eine Weinkiste frei, in der säuberlich paarweise aufgereiht sechs große versiegelte Thermosbehälter standen. Alle starrten darauf wie auf Aladins Schatz. Der Mann bückte sich, hob einen Behälter heraus, wog ihn in seinen Händen, schüttelte ihn vorsichtig und horchte an der Umwandung, roch am Verschluss.

„Der Einzige, der sie zweifelsfrei identifizieren könnte, lebt nicht mehr", bemerkte Zhora, auf die Thermoskannen deutend. „Sie haben jetzt nur sechs Wundertüten für große Jungs, die Sie gemeinsam mit Herrn Matthes aufmachen können. Das wird bestimmt spannend."

Der in Zhoras Worten anklingende Spott ließ Sultan Ahmed scheinbar unbeeindruckt.

„Bestimmt", sagte er, den Behälter vorsichtig zu den anderen stellend. Und sich wieder aufrichtend: „Die Operation ist damit beendet. Die Mönche werden die Toten begraben. Suzanne, könnten Sie den alten Knaben das bitte beibringen? Sie beide" – sein Kinn deutete zuerst auf Marder, dann auf Zhora – „bringen wir zurück nach Bremerhaven. Kriminalrat Rupp wird sich freuen, Sie wieder bei sich zu sehen."

Marder bedachte ihn mit einem finsteren Blick.

Suzanne hatte mit den Mönchen geredet, die mit mürrischen Mienen im Innenhof zurückblieben, während sie und Sultan Ahmed die Trage hochhoben und Marder zum Hubschrauber brachten. Zhora ging nebenher.

„Aber in Hamburg gibt es eine Unfallklinik, da kenne ich den Chefarzt, Dr. Haimann. Zu dem will ich", nörgelte Marder.

„Ja, Hamburg", rief Zhora. Ihre Rechte ertastete Marders Linke und umfasste sie fest. „Ich hab noch einen Koffer in Hamburg." Ihre Stimme klang wie Rauch.

„Das war doch Berlin", brummte der Mann an der Trage, dessen richtigen Namen niemand kannte.

„Und Papas Wohnung steht leer", sagte Suzanne so laut, dass niemand es hörte.

Roatán, 4 Monate später

66

Von Tegucigalpa kommend, flog die zweimotorige Propellermaschine nach einer Zwischenlandung in La Ceiba dicht über dem Wasser, zog, als die *Bay Islands* in Sicht kamen, einen weiten Bogen über die Inseln und landete sanft auf dem Flugfeld des kleinen *airports* von Roatán. Es waren nur wenige Reisende an Bord, Inselbewohner hauptsächlich, die das Wochenende auf dem Festland verbracht hatten. Unter ihnen befanden sich zwei Ausländer, deren einziges Gepäck aus den beiden Sporttaschen bestand, die sie in der Hand trugen, als sie das Flugzeug verließen und auf die Plattform der quietschend herangerollten Metalltreppe hinaustraten. Feuchte, heiße Karibikluft schlug ihnen entgegen, als hätten sie die Tür zu einer finnischen Sauna aufgemacht; die ihnen – nebenbei gesagt – vertrauter gewesen wäre, als diese Inseln und das Land, zu denen sie gehörten.

Die Islas de la Bahía oder *Bay Islands* lagen ein paar Steinwürfe vor der Nordküste von Honduras, ihre Bevölkerung war schwarz und sprach Englisch. Die ausländischen Reisenden waren zwei junge Männer, Mitte dreißig, beide blond, ihre Sprachkenntnisse beschränkten sich auf Englisch, Deutsch und Schwedisch.

Nachdem sie sich von der klimatischen Ohrfeige erholt hatten, stiegen sie lachend die Rolltreppe hinunter und stiefelten in die Abfertigungshalle. Da sie kein Gepäck hatten, wie man es von ausländischen Touristen gewohnt war, und auch nicht mit der Adresse eines gebuchten Hotels aufwarten konnten, wurde der Nachweis von Solvenz von ihnen verlangt. Damit konnten sie dienen. Für die Zöllner fiel sogar ein üppiges Trinkgeld ab, woraufhin die beiden jungen Männer mit den besten Wünschen für einen gesegneten Aufenthalt hinausgeleitet und in das größte der vor der Flughafenhalle wartenden Taxis komplimentiert wurden.

„*Which way, Sirs?*" Der Fahrer zog seine Sonnenbrille tief auf die Nase und schielte seine Gäste durch den Rückspiegel an.

„Tja ...", sagte der eine.

„*A nice divin' place?*", probierte es der andere.

So fuhren sie los durch eine Landschaft, von der Nordeuropäer, wie sie welche waren, immer träumten. Die Orte, durch die sie fuhren, hießen *Coconut Garden, Brick Bay, French Harbor, Silence Spring, Oak Ridge*. Das Hotel, vor dem der Taxifahrer sie dort absetzte, hieß *Reef House Resort*.

Ein zweistöckiges Gebäude aus Holz unter Palmen, in Weiß und Hellblau gehalten, direkt am Strand. Dahinter das türkisleuchtende Wasser der karibischen See. Sie waren die einzigen Gäste und würden es erfahrungsgemäß wohl die nächste Zeit bleiben, wie ihnen Constantino Monterroso verriet, der im Hotel die Funktion des Empfangschefs, Barmanns, Kellners, Tauchlehrers und Fahrers bekleidete. Den beiden jungen Männern – die sich als John Smith und Bob Fuller aus Sherman/Wyoming, USA, ins Gästebuch eintrugen – war das nur recht. Bei einem *Planter's Punch*, den Constantino ihnen als Willkommenscocktail mixte und den sie in breiten Holzliegestühlen unter den Palmen am Strand schlürften, berichtete ihnen der Italiener, wie er in den späten 80er Jahren als Weltenbummler auf der Insel gelandet war, einen Job als Tauchlehrer im *Reef House* angenommen hatte und dann irgendwie dort hängengeblieben war.

John Smith und Bob Fuller sahen sich an. Ja, so etwas könnten sie sich auch vorstellen, sagten sie, und erzählten, dass sie an der Ostküste im Kernkraftbusiness – Smith – und vor Neufundland auf Walfängern – Fuller – gearbeitet und dank der Wahnsinnskonjunktur jener Zeit in wenigen Jahren ein Vermögen gemacht hätten. Aufgrund von Umständen, die zu erläutern jetzt zu weit führen würde, hätten sie vor einigen Monaten ihre Jobs von einem Tag auf den anderen aufgeben müssen. Jetzt wollten sie – finanziell unabhängig – das Leben genießen, so lange sie jung waren. Auf der Suche nach dem richtigen Ort dafür hätten sie sich eine Weile an der Westküste und in Florida herumgetrieben, in Mexiko seien sie ein paar Monate gewesen, zuletzt nebenan in Belice, und jetzt also hier.

„Großartig", sagte Constantino und hob sein Glas. „Auf das Leben! Wollt ihr *dope* rauchen?"

„Gemach", sagte John.

„Wir wollen's langsam angehen lassen", erklärte Bob.

„Recht so", sagte Constantino, straffte die Schultern und setzte sich aufrecht. „Wollt ihr tauchen?"

„Vielleicht morgen", sagte John.

„Haben wir noch nie gemacht", gab Bob zu bedenken.

„Ich bring's euch bei", versicherte Constantino.

67

Zwei Wochen später waren John Smith und Bob Fuller immer noch die einzigen Gäste im *Reef House*. Beinahe täglich fuhren sie nun mit Constantino aufs Meer hinaus und tauchten an den Riffen, wo sie mit riesigen Mantarochen um die Wette schwammen, farbtrunkene Fischpopulationen und bunte Korallenbänke erkundeten und sich an die Nähe neugieriger Haie gewöhnten. Wieder an Land, zauberte ihnen Robert „*Blues*" Johnson, der Koch des Reef House, lukullische Leckereien aus den Fischen und Hummern, die Constantino und die beiden Gäste von ihren Tauchausflügen mitbrachten. Später tranken sie Cocktails auf der Veranda und erzählten sich Geschichten von Reisen und Abenteuern und von Träumen, die noch der Erfüllung harrten.

Als Bob eines Abends durch eine morsche Stufe der Verandatreppe brach, sich den Fuß verstauchte und seinen *drink* verschüttete, fragte er Constantino, warum der Eigner des Hotels – „Wer ist das überhaupt und warum hat der sich noch nie blicken lassen?" – den Laden nicht besser in Schuss hielt.

„Stimmt, es muss sich einiges ändern, damit alles so bleibt wie es ist", stellte John fest. Investition täte not, meinte er.

Constantino stimmte ihnen zu und erzählte die Geschichte von Edén Pastora, der das Hotel 1987 gekauft und schon bald darauf aus ungeklärten Gründen jegliches Interesse daran verloren hatte.

„Ein ehemaliger Haifischjäger aus Nicaragua. *Paradise* Pastora nennen ihn die Einheimischen. Er wohnt in der Hauptstadt, Coxen Hole, keine zwanzig Kilometer von hier. Wenn ihm einer einen anständigen Preis für das Hotel böte, würde er bestimmt sofort verkaufen. Investieren will er nicht. Kann er auch nicht. Ist ziemlich pleite, der gute Mann. Ein interessanter Mensch, aber halsstarrig, unberechenbar, ein schwieriger Umgang."

Constantino wiegte grübelnd den Kopf. Er schien eigene Erfahrungen mit dem Mann gemacht zu haben, bot sich aber an, den Kontakt zu ihm herzustellen.

So kam es, dass John Smith und Robert Fuller – laut stupend gefälschter Pässe beide 1964 geboren in Sherman, einer Kleinstadt am Fuß der Blauen Berge in Wyoming, USA – am 25. Dezember 1999 den Kaufvertrag für das *Reef House Resort* in Oak Ridge, Roatán, Bay Islands, Honduras, CA unterzeichneten und damit das Paradies in Besitz nahmen, das ihnen erstmals auf den Schnellbooten in der Bucht von Ringhals wie eine strahlende Fatamorgana vor Augen getreten war.

Draupadi Verlag

Der Draupadi Verlag wurde 2003 von Christian Weiß in Heidelberg gegründet. Das Verlagsprogramm hat drei Schwerpunkte:

1. Romane, Erzählungen und Gedichte aus Indien und den sonstigen südasiatischen Ländern in deutscher Übersetzung;
2. Sachbücher über Indien bzw. Südasien;
3. Bücher aus anderen Teilen der Welt, insbesondere Deutschland.

Der Name des Verlags nimmt Bezug auf die Heldin des alt-indischen Epos „Mahabharata". In Indien ist Draupadi als eine Frau bekannt, die sich gegen Ungerechtigkeit wehrt und für eine Gesellschaft kämpft, in der niemand mehr unterdrückt wird.

Die Bücher des Draupadi Verlags sind in jeder guten Buchhandlung erhältlich oder **direkt beim**

Draupadi Verlag
Dossenheimer Landstr. 103
69121 Heidelberg

Telefon 06221 / 412 990   info@draupadi-verlag.de
Telefax 0322 2372 2343   **www.draupadi-verlag.de**

Fordern Sie unseren Verlagsprospekt an!

Erschienen im Januar 2015

Frank Barsch

**Am Anfang
war die Nacht**
Roman

ISBN 978-3-937603-85-8
220 Seiten, 18,00 Euro.

Privatdetektiv Rolf Apitz hat ein Problem. Er wird verdächtigt, seine geheimnisvolle Auftraggeberin ermordet zu haben. Dass Apitz neben ihrer nackten Leiche gefunden wird und sich an die vorausgegangene Nacht nur bruchstückhaft erinnert, macht die Sache nicht besser. Während eines gnadenlosen Verhörs versucht er, die Ereignisse der letzten Tage zu rekonstruieren. Wem ist er bei seinen Ermittlungen inmitten eines Wahlkampfs so auf die Zehen getreten, dass auch noch zwei professionelle Killer hinter ihm her sind?

Am *Anfang war die Nacht* ist mehr als nur ein Thriller: ein Gesellschaftspanorama, eingefangen am Anfang unseres Jahrhunderts; ein Roman, der Spannung neu definiert.